IMUTÁVEL

JESSICA BRODY

IMUTÁVEL

Tradução
Ryta Vinagre

ROCCO
JOVENS LEITORES

Título original
UNCHANGED
The Unremembered Trilogy:
Book 3

Direitos para a língua portuguesa reservados
com exclusividade para o Brasil à
EDITORA ROCCO LTDA.
Rua Evaristo da Veiga, 65 – 11º andar
Passeio Corporate – Torre 1
20031-040 – Rio de Janeiro – RJ
Tel.: (21) 3525-2000 – Fax: (21) 3525-2001
rocco@rocco.com.br
www.rocco.com.br

Printed in Brazil/Impresso no Brasil

preparação de originais
JULIANA WERNECK

CIP-Brasil. Catalogação na Publicação.
Sindicato Nacional dos Editores de Livros, RJ.

B883i

Brody, Jessica
Imutável / Jessica Brody; tradução Ryta Vinagre. – 1. ed. – Rio de Janeiro: Rocco Jovens Leitores, 2020.

Tradução de: Unchanged
ISBN 978-85-7980-494-6
ISBN 978-85-7980-484-7 (e-book)

1. Ficção científica americana. I. Vinagre, Ryta. II. Título.

20-63139 CDD: 813
CDU: 82-3(73)

Vanessa Mafra Xavier Salgado – Bibliotecária – CRB-7/6644

O texto deste livro obedece às normas do
Acordo Ortográfico da Língua Portuguesa.

A meus leitores,

Por acreditarem que tudo é possível.
Até as histórias malucas que invento.

A fé é a força pela qual um mundo desfeito emergirá para a luz.
– Helen Keller

SUMÁRIO

0. Antes 13

PARTE 1: O Desconhecido

1. Atualizada 19
2. Errada 24
3. Duplicada 30
4. Lembretes 37
5. Vigilante 41
6. Afortunada 45
7. Mais 51
8. Ameaças 56
9. Senso 62
10. Lacunas 65
11. Libertada 69
12. Desenterrado 72
13. Partida 79
14. Sequenciada 82

PARTE 2: A Revelação

15. Encapsulada 91
16. Reativa 99
17. Recepção 108

18. Ruínas 117
19. Silenciada 124
20. Produzida 129
21. Entrada 132
22. Manipulação 139
23. Renascimento 150
24. Convite 161
25. Indesejável 165
26. Convicção 169
27. Ruptura 175
28. Evocação 182
29. Convocada 185
30. Anormal 192
31. Paradoxo 196
32. Dividida 200

PARTE 3: O Esclarecimento
33. Purificada 207
34. Estranhos 211
35. Heroísmo 221
36. Líder 225
37. Offline 230
38. Componentes 237
39. Pretextos 247
40. Alimentada 253
41. Incentivos 259
42. Legado 267
43. Contaminada 269
44. Respostas 276
45. No Palco 281
46. Subtexto 284
47. Insultos 290
48. Herança 297
49. Suja 303

50. Ilógica 312
51. Pedidos 315
52. Surpresas 320

PARTE 4: A Ruína
53. Separada 327
54. Câmara 331
55. Abaixo 335
56. Rasgada 341
57. Tempestade 348
58. Travessia 356
59. Igualdade 362
60. Lamento 367
61. Esperançosa 371
62. Invasão 373
63. Feridas 375
64. Apelos 385
65. Reordenada 389
66. Convertida 392
67. Ela 394
68. Em Algum Lugar 397
69. Agora 402
70. Lenda 405
71. Luz 409
72. Desvendada 413
73. Semelhanças 417
74. Herdado 424
75. Favores 426
76. Fim 430
77. Mais Tarde 436

Agradecimentos 443

0

ANTES

A menina não lutou. Ela sabia que não fazia sentido. Observou o médico preparar a seringa, puxar o Cv9 para o êmbolo e inserir a agulha diretamente em sua veia.

É claro que havia meios mais modernos de injetar sedativos, mas ele preferia a sensação tátil da agulha. O leve estalo que produzia quando penetrava a pele. A pressão de forçar manualmente a droga na corrente sanguínea.

Ele podia confiar nos próprios dedos.

Não podia dizer o mesmo de muitas outras coisas.

– Não se preocupe – disse. – Não vai doer. E você não vai se lembrar de nada.

O soro fez efeito rapidamente. A dose era considerável. Enquanto resvalava para o sono, sua mente conteve um rosto. O rosto que ela desejava lembrar. E também desejava esquecer.

Ela acordaria acorrentada. Acordaria mudada.

Sabia disso.

O sorriso em seus lábios enquanto a mente escorregava para as trevas foi seu derradeiro ato de rebeldia.

O médico observava os sinais vitais em um monitor. Quando ela ficou inconsciente por completo, ele chamou o presidente.

O louro magro entrou na sala dez minutos depois, mancando, apoiado em uma bengala. Era um imenso progresso em relação à cadeira mecânica que o transportava ontem mesmo.

– Ela está preparada – informou o médico.

O presidente, vacilante, contornou a beira da chapa de metal flutuante que sustentava a menina inconsciente. Sem pronunciar nem ao menos uma palavra, correu os olhos por ela. Um espectador ignorante até poderia descrever a expressão como de adoração, em particular quando ele estendeu a mão para tirar uma mecha de cabelo castanho-dourado do rosto da garota.

Porém, quanto mais a observava, menos inofensivo ficava seu olhar. Endurecia a cada segundo. Até que pedras azuis e geladas fitavam das órbitas em que antes estavam os olhos.

Ela o havia traído pela última vez. Ele não repetiria os mesmos erros novamente.

– Tenho um Codificador de Memória preparado – informou o médico. – Pedi uma limpeza completa a ser iniciada, a seu comando.

– Não. – A resposta do presidente foi rápida e severa.

O médico estava certo de ter entendido mal.

– Não?

– Já tentamos isso. Inúmeras vezes. E sempre nos leva de volta a este ponto.

– Mas certamente desta vez os codificadores podem...

O presidente o silenciou com um movimento trêmulo da mão.

– Ela guarda as memórias. *Todas* elas. Restaure tudo o que temos no bunker do servidor.

– Tudo?

– A culpa é uma arma poderosa. As memórias serão um lembrete constante de sua deslealdade. Sempre que ela pensar nele, quero que *sinta* essa traição. Diga ao codificador que realizaremos o novo procedimento.

O médico se retraiu.

– Senhor, com todo respeito, esse procedimento não foi plenamente testado e...

– É tudo por ora.

O médico ficou em um silêncio perplexo até que, por fim, conseguiu reconhecer verbalmente a ordem.

O presidente voltou o olhar para a menina, acariciando com delicadeza o rosto sedoso. Em seguida, para que o médico não pudesse ouvir, ele se abaixou e sussurrou em seu ouvido: "Desta vez você não terá o luxo do esquecimento."

PARTE 1

O DESCONHECIDO

1
ATUALIZADA

UM ANO DEPOIS...

O ar é inclemente e escaldante chicoteando meu corpo enquanto atravesso o campo árido. Não há construções que façam frente ao vento do deserto, e hoje parece que ele está mais furioso do que nunca. Eu poderia ultrapassá-lo. Certamente sou capaz disso. Mas mantenho meu ritmo atual.

Não tenho pressa de chegar lá.

Daqui, o complexo é quase irreconhecível. Os caminhos bem-cuidados terminaram uns 800 metros atrás. As superfícies lustrosas e reflexivas do Setor Aeroespacial foram os últimos sinais de civilização.

Agora só tem...

O nada.

Mas me tranquiliza saber que as fortificações que marcam os limites ficam depois da colina a minha esquerda.

Houve um tempo em que os muros do complexo me prendiam lá dentro – quando eu pensava neles como muros de uma prisão e tentava fugir. Agora, é como se alguém tivesse levantado um véu de ilusão de meus olhos e eu finalmente enxergo a verdade.

Os muros existem para manter os outros *do lado de fora*.

Aqueles que não me entendem. Aqueles que querem me ferir. Aqueles que são diferentes de mim.

É claro que há muita gente deste lado do muro que é diferente de mim, mas essas pessoas são confiáveis. Seus corpos e suas mentes talvez não sejam fortes como os meus, mas elas ainda pensam como eu. Ainda servem ao Objetivo.

Os arbustos secos estalam sob meus pés quando me aproximo do chalé. O muro de 3 metros do perímetro ainda se destaca, mas o portão não está mais trancado.

Corro a ponta dos dedos na superfície quente e impiedosa do concreto, sentindo as bordas ásperas formigando minha pele.

Ele costumava pular esses muros.

O garoto de minhas lembranças.

Foi assim que chegou a mim. Foi assim que invadiu meu mundo e corrompeu meu cérebro com concepções impossíveis. Sonhos impossíveis. Promessas de uma vida fora dessas barreiras.

Como se eu pudesse viver em qualquer outro lugar.

É a este lugar que pertenço. Sempre pertenci. E agora que minhas memórias foram restauradas e a verdade me foi revelada, meu cérebro é mais forte, meus objetivos voltaram a se fortalecer. Não sou mais suscetível a mentiras cativantes.

Não posso mais ser influenciada.

Eles me consertaram e me apresentaram a meu verdadeiro propósito. E sou grata por isso.

Abro o pesado portão de aço do que já foi o Setor Restrito e entro. O chalé branco é menor do que eu me lembrava. Como se encolhesse fisicamente a cada dia, sua importância diminuindo em minha mente. Esta é a primeira vez que o visito em mais de um ano. A primeira vez que consigo reunir forças para tanto.

Espero que hoje ele me lembre de onde comecei. Quem eu era. Até onde eu cheguei.

Não sou mais a garotinha vulnerável e ingênua que precisava ser trancada em uma jaula para a própria proteção.

Agora sou forte. Um membro plenamente funcional do Objetivo.

Uma soldada.

Mesmo que ele estivesse aqui, mesmo que tivesse encontrado um jeito de voltar, não importaria. Agora eu conseguiria resistir a ele. Nunca mais cairei presa em seus encantos.

Aquela menina idiota já era.

Eu sou a versão melhor.

A grama que cerca o chalé cresceu demais e está tostada a um tom de castanho pelo sol do deserto. Ninguém mais vem aqui. Não há motivos para isso. O Setor Restrito do complexo foi construído originalmente para me proteger do mundo. Mas, desde o anúncio da Revelação, três meses atrás, não preciso mais ser protegida.

Eu existo.

E o mundo sabe disso.

Agora o setor permanece abandonado. Todo o meu treinamento, os testes e a recreação acontecem em outros setores.

Quando passo pela porta de entrada da casa encontro os cômodos desertos. Devem tê-los esvaziado, redistribuindo a mobília a outras partes do complexo. Sem dúvida, aquelas poucas posses que eu tinha foram para o lixo. E é melhor assim. Aquela foi a época mais sombria da minha vida. Não quero lembranças.

Vou de um cômodo a outro, as pernas vacilantes e incertas sob meu corpo. Posso ter um colapso a qualquer instante pelo mero peso deste lugar. Mas me forço a continuar.

Paro no meio do que antes era a sala de estar e fecho os olhos. Sinto o cheiro de minha própria traição. Minha fraqueza está impregnada nestas paredes. Ela me dá ânsias de vômito, mas eu me obrigo a respirá-la, permitindo que se instale nos pulmões. A vergonha corre por meu corpo como um inseto frio. Odeio como fica horrenda dentro de mim, mas não luto. Não expulso nada. Só puxo mais para o fundo. Deixo que me sature.

É exatamente disso que preciso para saber que continuo forte. Focada. Comprometida. Este é um momento importante para o Objetivo. E não vou me permitir tropeçar de novo.

Lá fora, o sol já se põe, o globo dourado e reluzente beijando o horizonte cor-de-rosa. Quando vou à varanda, meu olhar é atraído para um trecho de grama amassada no outro lado do gramado. Sei, pelo acesso às memórias de minha vida antes da reabilitação, que havia um banco de mármore branco ali.

Antes de escaparmos, o garoto e eu costumávamos esconder coisas embaixo do banco. Era nossa forma de comunicação sem que os cientistas soubessem.

Outro método de rebelião flagrante de minha parte.

Um novo assalto de culpa me esmurra o peito. Cerro os punhos e os dentes e absorvo a sensação, deixando que alimente o fogo da determinação que mantenho aceso o tempo todo em meu íntimo.

O banco sumiu há muito tempo, mas, estranhamente, algo me atrai ao lugar onde ele ficava. Como um campo de força magnético que me puxa para dentro, tornando-me impotente em seu domínio.

Será possível que ainda exista algo enterrado aí depois de todo esse tempo?

A ideia entra em minha mente antes que eu possa impedir, e sinto meus pés se arrastarem quando me aproximo, com a mente e o corpo em guerra.

Um pequeno objeto na grama, onde antes ficava o banco, chama minha atenção. Vou até lá e me abaixo, arrancando a pequena flor do chão e a levantando. A superfície branca e emplumada cintila quando atravessada pela luz evanescente do sol.

– Dente-de-leão – digo, acessando o nome correto em minha mente.

Sorrio pela facilidade com que a palavra me vem. Os uploads que recebo semanalmente me fornecem mais dados do que um dia vou precisar. Agora que sou digna de confiança, recebi permissão completa a todo conhecimento que eu desejar. Meu acesso aos dados não é mais limitado.

Procuro por mais informações e descubro rapidamente que um dente-de-leão é uma erva daninha erradicada graças aos progressos feitos no Setor Agrícola da Diotech.

Mas é evidente que não conseguiram eliminar todos.

– Erva daninha – digo com curiosidade, rolando o caule grosso e áspero entre o polegar e o indicador.

A memória da primeira vez que vi um deles explode em minha mente. Eu estava com ele. O garoto chamado Lyzender. Foi no dia em que nos conhecemos. Bem aqui, neste jardim.

Ele me disse para fazer um pedido.

Ele me disse muitas coisas.

"É mais bonita do que as outras plantas", observo, segurando o caule.

Os olhos dele encontram os meus. Olhos castanhos infinitos. "Certamente é."

Envolvo a flor branca e felpuda na palma da mão e aperto, esmagando as fibras macias. Quando abro os dedos, não resta nada além de uma polpa cinzenta e doentia.

– Quisera eu nunca ter caído – anuncio ao jardim vazio, passando a mão na perna da calça e deixando o caule seco no chão. Há um *esmagar* satisfatório quando meu sapato pisa nele. – Eu gostaria de nunca termos nos conhecido.

2
ERRADA

Pego o caminho mais longo de volta ao Setor Residencial, passando pelos hangares reluzentes do Aeroespacial, cujas superfícies sempre distorcem meu reflexo de maneiras inquietantes. Elas me transformam em um monstro desfigurado com um olho gigante e sem pescoço.

Sou uma das poucas pessoas que andam a pé pelo complexo. A maioria prefere usar um hovercraft, devido ao calor e à distância entre os setores, mas gosto sinceramente de caminhar. As distâncias não me incomodam e meu corpo foi projetado para suportar climas severos.

Antigamente eu gostava de andar pelo perímetro, junto das VersoTelas, para ver o mundo do outro lado. Mas, desde o anúncio da iminente Revelação, o mundo do outro lado é povoado por equipes de noticiários, manifestantes e gente que quer dar uma espiada do lado de dentro de nossos muros.

Embora eu saiba que eles não conseguem ver através delas – as telas são programadas para visibilidade em apenas uma via –, ainda me assusta atravessá-las. Sinto sua energia no ar feito moscas zumbindo em torno de uma carcaça morta. Há um caráter frenético em seu desespero que me deixa nervosa.

O dr. A diz que isso é normal. Que posso ter medo.

– O medo não é equivalente à fraqueza – afirmou. – Equivale à obediência. Você quer ser obediente, não quer?

Fiz que sim com a cabeça.

– Quero servir ao Objetivo.

Ele sorriu.

– Todos nós queremos. E sua desconfiança com relação a estranhos a manterá segura.

Mas sei que não conseguirei ficar oculta atrás desses muros por muito mais tempo. A Revelação acontecerá em dois dias. Então eles verão meu rosto. E então eles me conhecerão.

E, de todas, essa é a parte que mais me amedronta.

Atravesso o Setor Agrícola descrevendo um arco amplo em volta do álamo no canto. Jamais gostei dessa árvore. Parece um ogro velho e gorducho com membros distorcidos demais. E quando o sol se fragmenta pelos galhos no ângulo certo, juro que ouço a árvore gritar. Um barulho sombrio e penetrante que desaparece no segundo em que me viro. É como o fantasma de um eco.

Os aromas deliciosos de ervas amadurecidas saem dos dutos de ventilação do domo hidropônico enquanto caminho. O dr. A diz que um dia não precisaremos cultivar comida nenhuma. Os computadores conseguirão manipular moléculas a partir de matéria-prima e lhes dar a forma de qualquer coisa que quisermos comer.

– Mais ou menos como fizemos com você. – Ele gosta de dizer isso, como se eu fosse uma chapa quente de panquecas de supercerejas processadas por encomenda no nível molecular.

Gosto quando o dr. A fala do futuro. Sinaliza que o Objetivo será um sucesso. E, na verdade, não estamos muito longe disso. A Diotech já dominou a engenharia de carne sintética depois que o governo proibiu a criação de gado para fins alimentares, sete anos atrás. Aprendi sobre isso em um de meus uploads sobre a história da agricultura.

Daqui, com minha visão aperfeiçoada, posso ver até o portão noroeste, a entrada principal do complexo, onde se reuniu a maioria dos repórteres. Todos têm esperança de ganhar acesso ou encurralar alguém para uma entrevista a ser colocada no Feed. Sei que nunca conseguirão entrar. A força de segurança do diretor Raze é de primeira linha.

– Para que consigam chegar perto de você, princesa, terão que passar por cima do meu cadáver – diz ele, sempre com uma piscadela.

Ao sair do Setor Agrícola e me aproximar da arcada de metal polido do Setor Médico, paro quando uma sensação ranheta e familiar passa a me fazer cócegas na boca do estômago. Eu me viro, quase esperando encontrar alguém atrás de mim, mas não há ninguém ali.

Ainda assim, a sensação persiste.

Giro em um círculo lento, deixando que meus olhos impecáveis apontem para cada flor em vaso, cada teto curvo de cada prédio, cada folha de grama pelo caminho. Sinto os ombros mais rígidos, o corpo contraído.

O que está procurando?, pergunto em silêncio a mim mesma.

Mas não há resposta. Não posso responder à pergunta.

Nunca consigo responder à pergunta.

Tudo o que sei é que quase todo dia algo me obriga a olhar.

Certa vez perguntei ao dr. A sobre os buracos.

Ele pensou que eu me referia aos buracos que os roedores cavam no chão do deserto, fora do complexo, e me ofereceu um upload sobre habitats animais, mas neguei com a cabeça.

– Não. Quero dizer os buracos dentro de mim.

– Não existem buracos dentro de você, Sera – respondeu ele firmemente. – Eu a fiz perfeita, lembra?

Fiquei frustrada porque não consegui fazer com que ele entendesse.

– Está faltando alguma coisa. – Foi a única explicação em que consegui pensar.

– Não está faltando nada! – exclamou ele, a raiva inesperadamente faiscando em seus olhos. – Dei a você tudo que poderia pedir. É mal-agradecida por todos os luxos que tem aqui?

Imediatamente, entendi que havia dito o que não devia. Faço isso com frequência.

– Me desculpe – disse, desesperada para anular a angústia que causei nele. – Tem razão. Não está faltando nada. Sou muito agradecida.

Nunca mais perguntei a ele sobre buracos.

Corro pelo caminho do Setor Médico, com o cuidado de controlar meu ritmo. O dr. A diz que, ao andar pelo complexo, é importante que eu esconda meus aperfeiçoamentos o máximo possível, para não deixar ninguém constrangido.

À minha esquerda fica o prédio grandioso e rebuscado que abriga os laboratórios da memória. É de longe a maior e mais bem equipada estrutura do setor. Se as aparências são algum sinal de alocação de recursos, as memórias definitivamente estão no topo da lista de prioridades do dr. A.

E eu sei por quê.

Acontece muita coisa dentro dos muros desse complexo que o mundo lá fora nunca saberá. Tantos segredos são enterrados sob as superfícies luzidias dos laboratórios, que é preciso mais do que apenas um pequeno exército para protegê-los.

Antigamente eu era um desses segredos.

A equipe do diretor Raze teve a tarefa de prevenir brechas. Mas o que acontece quando as medidas preventivas fracassam?

É aí que entram os Codificadores de Memória.

Ao passar, dou uma espiada pelas paredes de SintetiVidro no hall de entrada branco e imaculado que leva aos laboratórios onde Sevan Sidler e sua equipe de Codificadores de Memória trabalham para guardar os segredos da Diotech. O piso sintético é tão limpo que as pilastras de cada lado refletem em sua superfície, dando a impressão de que as colunas mergulham fundo do chão.

Tenho um arrepio e apresso o passo até impor uma distância considerável entre mim e o prédio. Ele sempre me parece sinistro. Pensar em todas as memórias que entram por essas portas e jamais saem. Inúmeros bytes de dados removidos da mente das pessoas e armazenados em um pod em algum lugar.

Quantos sonhos foram esquecidos ali?

Quantos beijos subtraídos? Amores removidos?

É quase como se eu pudesse sentir, sempre que entro nesses laboratórios, as memórias agarradas às paredes, tentando desesperadamente continuar lembradas.

De vez em quando, preciso entrar. Quando o dr. A ordena uma varredura de memória aleatória. Tirando isso, procuro ficar longe dali.

Pego a esquerda para a entrada dos jardins, mas, antes que chegue lá, ouço nitidamente passos atrás de mim.

Reduzo o ritmo, paro e me viro, procurando a origem, mas de novo não tem ninguém. O caminho está vazio. A maioria dos cientistas ainda está no trabalho.

– Olá? – chamo.

Ninguém responde.

A primeira coisa que me passa pela cabeça é que um dos repórteres de fora dos portões contornou de algum jeito a equipe de segurança do diretor Raze e torce para me ver pelo menos de relance.

Mas, se for assim, por que se escondem de mim?

Espero, procurando por alguma centelha de movimento, mas o complexo está imóvel.

Apreensiva, dou meia-volta, concentrada em cada detalhe a meu redor. Ouço a respiração de alguém. Talvez a uns 15 metros. No máximo 30.

Retomo meus movimentos. Desta vez, não limito o ritmo. Corro. Com a maior velocidade que minhas pernas geneticamente aprimoradas podem chegar.

Mas não chego muito longe. No segundo em que ponho os pés no jardim, alguém me derruba no chão.

3

DUPLICADA

O agressor age com tanta rapidez que mal tenho tempo de processar o que está acontecendo. Em um minuto estou de pé e, no seguinte, prostrada de costas, com um corpo imenso pressionando o meu. Solto um grunhido ao bater a cabeça no chão.

Abro os olhos e pisco. Um rosto entra em foco. De formato oval, emoldurado por uma franja de cabelo louro-escuro e sedoso que cai na testa, ocultando os vibrantes olhos verde-azulados. Um sorriso endiabrado curva a boca rosa-clara e perfeita.

– Kaelen – digo, aliviada, soltando uma risadinha nervosa.

– *Jouw reflexen zijn traag.*

Tradução: seus reflexos são lentos.

Então ele passou ao holandês. Hoje de manhã, foi árabe.

– Não estava preparada para ser atacada no meio do jardim. – Eu me defendo na mesma língua sem pestanejar. Kaelen acha que pode me enganar, trocando de idiomas ao longo do dia. Não conseguiu nem uma vez.

– Exatamente o que eu quis dizer. Você deveria estar preparada sempre.

Solto um gemido e planto as duas mãos em seu peito, tentando empurrá-lo para longe de mim, mas ele não cede. Kaelen é mais forte do que eu. Sempre foi. É um ExGen de segunda geração, enquanto sou da primeira.

Ele gosta de brincar que é uma versão melhorada de mim.

Gosto de brincar que ele é só uma cópia inferior de uma obra-prima.

Ele sorri com malícia do meu esforço, gostando de me ver lutar. Depois, segura minhas mãos e as prende ao lado de meus ombros.

– O que vai fazer agora? – Ele me incita, ainda em holandês fluente.

Suspiro, fingindo me resignar, deixando que meus músculos, braços e pernas relaxem embaixo dele, depois parto para outra tentativa de escapar.

Kaelen se limita a rir e ainda me prende sem muito esforço.

– Deplorável.

– Você é mais forte do que eu! – exclamo. – Não há nada que eu possa fazer.

– Pode retribuir meu beijo.

– O q...?

E então sua boca está na minha, impedindo que a palavra seja concluída. O beijo não é suave nem hesitante. Kaelen não age com suavidade ou hesitação. Ele age com ferocidade. Age com avidez. É imperioso. Seus lábios se abrem e ele libera parte do peso que seu corpo joga em mim.

Kaelen solta meus punhos e de imediato alcanço seu cabelo, adorando a sensação entre meus dedos. Mais macios do que deveria ser o cabelo humano. Eu o puxo para mais perto e ele responde instantaneamente aprofundando o beijo, lendo minha linguagem corporal com perfeição, como só ele sabe fazer.

Como ele sempre soube fazer.

Somos fluentes em cada idioma da Terra. Mas é a linguagem silenciosa entre nós que falamos melhor.

É isto que acontece quando vocês são Parceiros Duplicados – criados de dois projetos genéticos complementares. Quase dá para sentir o que o outro vai fazer antes da ação.

O dr. A diz que é como as almas gêmeas, mas sem a desilusão. Comprovou-se cientificamente que os Parceiros Duplicados são casais compatíveis, enquanto o conceito de "almas gêmeas" é só uma ideia inventada pela humanidade, muito tempo atrás, numa tentativa de explicar o inexplicável.

Não há muita coisa no mundo de hoje que seja inexplicável.

O dr. A cuidou bem disso.

Tirando proveito da distração de Kaelen, em um movimento rápido, eu me afasto dele e rolo para a esquerda. Ele desmorona no espaço que acabo de abrir, caindo de barriga com um *unf*. Antes que ele tenha tempo de processar minha ação, estou de pé e lhe abro um sorriso sarcástico.

Ele sorri do desafio, levanta-se num salto e vem atrás de mim. Mas, desta vez, tenho uma boa dianteira. E preciso dela. Kaelen não só é mais forte do que eu, mas também é mais rápido.

Costuramos com habilidade por entre as cercas-vivas meticulosamente aparadas e os canteiros imaculados de flores no jardim, dois borrões de cor e risos. As plantas florescem o ano todo no complexo, apesar do calor e das condições inóspitas de crescimento no deserto. Agradecemos ao Setor Agrícola por isso. Assim como a vida útil das flores depois que são cortadas. Antigamente, elas morriam em questão de dias. Agora, podem colorir a casa de alguém por meses sem dar sinais de murchar.

É um dos poucos avanços feitos pela Diotech que posso verdadeiramente valorizar. Veículos flutuantes, DigiSlates e lasers de mutação de longo alcance certamente podem facilitar a vida, às vezes até aumentar a segurança. Mas não fazem nada para tornar o mundo mais bonito.

Por fim, Kaelen me alcança, saltando sem dificuldade uma cerca mais alta do que nós dois. Ele me segura pela cintura e me puxa de volta para ele, passando os braços fortes e cinzelados por mim de modo que não consigo me soltar. Quando sua boca encontra a minha de novo, meus joelhos quase cedem.

Ele aperta as mãos na base das minhas costas, provocando arrepios pela coluna. Solto um gritinho e pressiono a língua em sua boca, misturando-a com a dele. Sinto que ele sorri encostado em mim quando recua, brincando pelo controle do beijo.

– Olá, Sera. Oi, Kaelen – diz uma voz, assustando-nos e interrompendo nosso abraço.

Abro os olhos e viro a cabeça para longe da boca de Kaelen. Quando vejo quem está ali, um calafrio glacial corre por minhas veias, apagando qualquer prova do calor de Kaelen.

Estava tão consumida por nosso beijo que nem mesmo o ouvi se aproximar. E, pelo visto, Kaelen também não. Grande coisa os reflexos *dele*.

– Olá – responde Kaelen cordialmente, sorrindo para o homem ao lado de um arbusto com uma tesoura vermelha de poda pendurada em uma das mãos enquanto a outra acena descontroladamente para nós.

Constrangida, tento me desvencilhar dos braços de Kaelen o mais rápido que posso. Ele procura me puxar de volta, murmurando em um italiano sedoso: "*Tranquilla. Stai calma.*"

Kaelen sempre passa ao italiano quando quer me acalmar. Ou quando tenta adoçar o que diz. Ele sabe que as vogais suaves ajudam a me tranquilizar.

Mas não consigo. Não consigo ficar nos braços de Kaelen com aquele homem parado ali.

Nem mesmo suporto olhá-lo de boca aberta no jardim, com suas roupas mal ajustadas, a barba ruiva desgrenhada e os sapatos cobertos de poeira.

– Ele não entende o que acabou de ver – garante Kaelen.

Ele pensa que se trata do beijo. Pensa que estou sem graça por nossa exibição pública de afeto. Quem dera fosse assim tão simples.

– Está uma linda tarde, não? – diz o homem em sua cadência estranha e desajeitada, sem perceber nossa luta. – Não faz calor demais para maio.

Arrisco um olhar em sua direção, mas seus olhos fixos e vazios me provocam um tremor e tenho que virar o rosto de novo.

Kaelen se coloca na minha frente, oferecendo o corpo como escudo.

– Está quase anoitecendo. Você devia ir para casa. – Ele se dirige ao homem como todos fazem no complexo. Como quem se comunica com uma criança pequena que nasceu sem a capacidade de entender o mundo.

Quando volta a falar, o homem se atrapalha com as letras, como se as formasse pela primeira vez.

– Só pensei em adiantar o trabalho de amanhã. Tem muita cerca-viva nesse lugar.

– Tem mesmo – concorda Kaelen, gentilmente. – Mas talvez esteja na hora de encerrar o trabalho. Está ficando tarde.

O homem fica em uma imobilidade sinistra enquanto encara Kaelen. Passam-se quase dez segundos antes de ele responder.

– Agora está?

– Está.

Olho a entrada do Setor Residencial, não muito longe daqui. Eu poderia correr. Continuar correndo até chegar em casa. Poderia bater a porta, jogar o corpo nela com toda minha força.

– *Tranquilla* – repete Kaelen. – Ele não vai machucar você.

É claro que eu sei que ele não vai me machucar. O coitado não machucaria uma mosca. Não é da dor que tenho medo. É de olhar em seus olhos. É de ver o vazio com que ele me olha. É de saber do brilhantismo que ali existia no passado.

É de saber que ele é um traidor. Como eu.

Mas não com tanta sorte.

Eu tive uma segunda chance.

Ele recebeu... *isso*.

Um cérebro artificial remendado com nanoprocessadores e metal sintético. Uma nova vida que é ofensiva em comparação com a que tinha.

– Precisamos punir nossos inimigos – disse certa vez o dr. A. – Caso contrário, como vamos impedir que outras pessoas nos traiam?

– Que horas são? – pergunta o homem, olhando as poucas estrelas que começaram a aparecer, como se elas pudessem lhe dar uma resposta.

– Quase oito horas – diz Kaelen.

A boca do homem fica entreaberta enquanto ele absorve a informação.

– É isso agora?

– É – confirma Kaelen. – Então, você devia descansar um pouco, não acha?

Enterro o rosto nas costas musculosas de Kaelen, desejando em silêncio que o homem obedeça. Que vá embora. Sua face deformada já vai assombrar meus sonhos esta noite. Não preciso que esse pesadelo transborde também em minhas poucas horas restantes de vigília.

– Acho que você está certo – concorda o homem, por fim. – Eu devia ir para casa.

Sim. Vá. Por favor.

– Então, boa noite.

– Boa noite – ecoa Kaelen.

Não consigo me obrigar a falar.

Porque sou uma porcaria de uma covarde.

Dou uma espiada rápida pela dobra do cotovelo de Kaelen e vejo o homem largar a tesoura de poda a seus pés e se virar para sair. A tesoura se incrusta na grama com as alças vermelhas para cima. Finalmente saio de trás de Kaelen.

Mas o homem se vira para nós.

– Sera – diz ele, olhando-me em cheio com aqueles olhos mortos.

Fico petrificada. Engulo em seco. Obrigo-me a respirar. Kaelen esbarra em meu ombro, incentivando uma resposta minha.

Dou um pigarro e forço a língua a se mexer.

– Sim?

O homem sorri. É uma contorção facial desconcertante que nunca chega aos olhos dele.

– É um prazer ver você.

Posso sentir Kaelen me observando. Posso sentir as estrelas me observando. Esperando minha reação. Esperando para me julgar por isso.

O dr. A não ficaria satisfeito se soubesse quanto isso me perturba. Ele chamaria meu mal-estar de fraqueza. Diria que ainda tenho o sangue de uma traidora correndo pelas veias.

Preciso provar que ele está errado.

Eu me coloco reta, estufo o peito e digo no meu tom mais afável e distante.

– É um prazer ver você também, Rio.

4

LEMBRETES

Existem robôs paisagistas no complexo. Eles existem há anos. E são muito mais eficientes e produtivos do que qualquer jardineiro humano. Mas o dr. A queria transformar seu antigo parceiro profissional em um exemplo, o homem que antes era um dos cientistas mais talentosos do complexo da Diotech. Ele queria que todos vissem o que acontece quando o irritam.

Ninguém está a salvo de punição. Nem mesmo o cofundador da empresa.

Duvido que alguém fique tão perturbado ao vê-lo quanto eu.

O dr. Havin Rio era o cientista-chefe do Projeto Gênese, o lançamento oficial do Objetivo e o projeto que me deu vida em 27 de junho de 2114. E depois a Kaelen, em 19 de dezembro de 2115. Mas o dr. Rio já havia desaparecido muito antes de Kaelen ser criado.

Só que ele foi mais do que apenas meu criador. Morou comigo no chalé em meus primeiros meses de vida. A certa altura, eu até me referia a ele como pai.

E então ele cometeu a traição definitiva.

Ele me ajudou a ser livre.

Assim como Lyzender, o garoto de minhas memórias, o dr. Rio desenvolveu sentimentos por mim. Como se eu fosse sua filha de verdade. E colocou esses sentimentos à frente do Objetivo.

Agora paga por isso dia após dia.

A memória começa a ondular dentro de mim. Como a formação de uma tempestade tropical, curvando as árvores até dar a impressão de que vão se partir.

"Você salvou a minha vida", sussurro em seu ouvido, com o frasco mínimo nas mãos. O gene da transessão que me permitirá viajar no tempo. A chave *para minha fuga.*

Sinto seu corpo arriar. Ele me abraça com força. "Era o mínimo que eu podia fazer."

A recordação de nossas palavras mutuamente traiçoeiras revira meu estômago. Sempre que o vejo vagando pelo complexo com aquela tesoura de poda, sou lembrada de nossos erros. Pelo menos ele não consegue se lembrar dessa parte. Pelo menos não precisa marinar na culpa toda manhã quando acorda. Como um banho sujo e morno.

Mas sou grata pela misericórdia que o dr. A teve para comigo. Vacilei pela tentação – corrompida por um garoto com olhos cor de bordo e um sorriso torto – e o dr. A me salvou. Ele me deu uma segunda chance.

Kaelen me leva para um banco próximo e desabo nele, meu corpo um amontoado trêmulo e abalado.

Eu não deveria reagir desse jeito a lembretes da minha antiga vida.

Deveria conseguir expulsar essa parte de mim. Colocar o Objetivo antes de qualquer outra coisa.

Deveria ser mais como Kaelen.

E eu tento. Juro que tento. Mas, de algum modo, ainda fracasso. Mesmo depois de minha reabilitação. Simplesmente parece que não consigo desligar isso.

– Ei, ei, ei. – Kaelen está agachado a meus pés, as mãos pousadas em meus joelhos. – *Guardami*. – O italiano suave volta quando ordena que eu olhe para ele.

Estou tremendo tanto que não consigo manter o olhar firme. Tudo está em convulsão. Por dentro, eu grito.

Controle-se!

Pare com isso AGORA!

Você já não é mais fraca!

Mas é como se gritasse em uma sala vazia e ninguém me ouvisse.

De onde vêm essas emoções?

– Olhe para mim – ordena Kaelen de novo. Desta vez ele segura meu queixo e o mantém firme. Talvez seja a única parte de mim que não está tremendo. – Ele não é nada. Ele não importa mais. Por que tudo isso? Por que reage dessa maneira?

– Eu... eu... não sei. – Minha voz está abalada. Quase irreconhecível.

Mas é a verdade. Eu *não* sei. Não entendo por que a mera presença dele me transforma em uma bagunça trêmula. É como se a cada vez que eu o visse, algum abismo mal encoberto se abrisse dentro de mim. Algum túnel ao passado do qual não consigo me desligar. Ele não é meu pai. Nunca foi. É só um cientista que chegou perto demais. Que rompeu seu juramento com o Objetivo.

– Ele é... ele é... – continuo.

– Ele é irrelevante. É um traidor.

Concordo com a cabeça.

– E você não é.

– Eu... fui.

– Não é mais.

Concordo de novo.

– O dr. A consertou você. Ele te deu outra chance. Você devia ficar agradecida.

Tento impedir que meus dentes batam.

– Eu... eu... sou.

– Ótimo. Então use isso. Use o que está sentindo agora para reafirmar seu compromisso com o Objetivo. Você não é a pessoa que um dia foi. Não é uma traidora como ele.

Pelo jeito como Kaelen diz "ele", não sei se está se referindo a Rio ou ao garoto de minhas memórias. Aquele que me ajudou a fugir. Mas sei que não devo perguntar. De qualquer modo, não importa.

Não sou como nenhum dos dois.

– Tudo bem?

Puxo o ar, trêmula.

– Tudo bem.

Kaelen se inclina e me dá um beijo delicado na boca.

– Que bom. – Ele entrelaça os dedos nos meus e me puxa. – Venha. Vamos voltar. O jantar começa daqui a alguns minutos.

5
VIGILANTE

O Setor Residencial é grande e sua área externa é bem projetada. É ali que a maioria dos funcionários do complexo passa o tempo livre. No meio, há um conjunto de cinco edifícios de apartamentos ligados ao restante do setor por caminhos ajardinados. São as unidades habitacionais de cientistas, funcionários e suas famílias.

Kaelen e eu moramos na Residência Presidencial com o dr. A e sua equipe. É uma linda casa no fundo do setor, cujo projeto se baseou em uma fazenda do Sul, anterior à Guerra Civil.

Ouvi algumas pessoas reclamarem que nossa casa destoa em meio à arquitetura ultramoderna do restante do complexo, mas pelo visto o dr. A não se importa. Além disso, ele instalou VersoTelas em cada janela e, assim, quando alguém olha de dentro, parece que a casa é cercada por uma campina verde e por cerejeiras em flor.

Quando chegamos à entrada do setor, uma partida de magnetobol no Campo Recreativo acaba de começar. Os poucos adolescentes que moram no complexo – filhos de funcionários da Diotech – gostam de jogar à noite, depois que esfria.

Todos eles param e nos olham quando passamos, deixando a bola prateada e oval pairando no ar, intocada e desprotegida. Alguns sussurram entre si.

Já me acostumei com essa reação. Tornou-se uma ocorrência cotidiana.

Não me incomoda.

– Você e Kaelen são muito especiais – o dr. A costuma me dizer. – Despertarão assombro e inveja aonde quer que forem. Vocês ficaram em segredo por muitos anos. Dê aos Normatas o tempo para se acostumarem com a ideia de sua existência.

É assim que o dr. A os chama. Normatas. Um amálgama de *normal* com *primata*. Acho engraçado que ele use a palavra de maneira tão relaxada, quando ele próprio é infestado pelas mesmas limitações.

Paro de andar e olho para os adolescentes. Não é minha intenção que seja um desafio, mas parece que os garotos entendem desse jeito, porque todos viram o rosto e voltam ao jogo, fingindo que não me viram. Observo a reação por um minuto. Conheço as regras do magnetobol, de um upload. Uma vez, quando perguntei ao dr. A se eu podia jogar, ele me disse que seria injusto. A força e a velocidade deles não seriam páreo para as minhas.

O time de vermelho manda a magnetobol para o gol do outro lado do campo, provocando uma erupção de aplausos. Estou a ponto de me virar e sair dali quando noto um garoto que não voltou ao jogo. Ele é alto e desengonçado, e tem cabelo azul elétrico cortado em camadas no alto. Está parado na beira do gramado sintético me encarando. Nossos olhares se encontram e, diferente dos outros jogadores, ele não vira o rosto. Não tem medo de mim. Na verdade, quase parece querer me dizer alguma coisa.

Faço uma busca por minhas DigiLentes, captando sua face com um piscar de olhos e correndo a imagem pelo banco de dados da Diotech, em busca de um nome.

O resultado aparece cruzando minha visão um instante depois.

Klo Raze

Raze?

Do *diretor* Raze? Esse garoto é *filho* do diretor Raze? Nem mesmo sabia que Raze tinha familiares no complexo. Por que ele nunca mencionou Klo antes?

O menino dá um passo hesitante em minha direção, mas para, imóvel, o corpo visivelmente tenso. Como um cervo pego no facho de um hovercóptero. Seus olhos disparam para algo além de mim e eu me viro. O dr. A vem caminhando pela calçada ao sair da Residência Presidencial para cumprimentar Kaelen, que noto, agora, que está uns bons dez metros à minha frente.

– Sera? – Kaelen me chama. – O que está fazendo?

Corro para alcançá-lo, oferecendo ao dr. A um sorriso que rezo para que pareça sincero.

– Boa tarde.

– Certamente *foi* – responde o dr. A, um pouquinho azedo demais para meu gosto. Ele me olha de cima a baixo e de repente fico extremamente constrangida por meu cabelo embaraçado pelo vento. – Agora já é praticamente noite.

– Desculpe-me, dr. A – Kaelen se apressa em responder. – Estávamos nos beijando no jardim e perdemos a noção do tempo.

Estremeço por dentro com a sinceridade brutal de Kaelen. Ele precisa mesmo contar ao dr. A *tudo* o que fazemos?

Acho que devo agradecer por ele não ter mencionado Rio. Ou, pelo menos, ainda não. Mas isso não importa. Minhas memórias, um dia, vão me entregar. Esse momento deve aparecer em minha próxima varredura aleatória. E estou destinada a ser repreendida por isso.

O dr. A ergue uma sobrancelha.

– Nos jardins, é? Local interessante. Mas criei os dois com a incapacidade de resistirem um ao outro. Assim, como poderia culpá-los pelo que está no DNA de vocês?

O dr. A solta uma gargalhada ao mexer no cabelo de Kaelen antes de passar um braço pelos ombros dele e o guiar para casa.

– Venha tomar uma bebida comigo, meu caro. Temos muito o que conversar sobre amanhã. – Ele para por tempo suficiente para me olhar com reprovação. – Sera, minha joia. Por que não veste algo mais apropriado para o jantar? E ajeite esse cabelo. Você está meio... desgrenhada.

Obediente, concordo com a cabeça e os acompanho. Quando chegamos ao final da via de três pistas que leva à Residência Presidencial, arrisco um olhar ao campo de magnetobol.

O garoto ainda está lá. Ainda olha. Apesar de o jogo ter continuado sem ele.

6

AFORTUNADA

Com o semblante sério, vejo no ReflexiVidro o nanogrampo desaparecer nas fibras sedosas e castanho-douradas de meu cabelo.

– Pronto – diz Crest, recuando um passo para admirar seu trabalho. – Tudo terminado.

Como sempre, seus esforços são mais impressionantes do que o resultado. O meio coque complexo que ela tentou fazer está ligeiramente fora do centro da cabeça. Como secretária do dr. A, ajeitar meu cabelo "desgrenhado" não está necessariamente na descrição de cargo de Crest, mas parece que ela adora ajudar, mesmo que não seja muito boa nisso. Porém, não reclamo. Poupa-me o trabalho de ajeitar o cabelo. Uma tarefa que menosprezo, embora tenha recebido vários uploads que fizeram de mim uma cabeleireira consumada.

– Está meio torto – comenta, o cenho franzido para sua criação. – Mas me formei em administração de empresas. Não em embelezamento. – Ela suspira. – Da próxima vez que quiser se pavonear em ventos de 50 quilômetros por hora, que tal usar um chapéu?

– Me desculpe. – Meus vibrantes olhos púrpura ainda estão fixos em meu reflexo.

O Feed foi minimizado em uma pequena janela no canto do ReflexiVidro, desviando meu foco do vestido azul cintilante que escolhi aleatoriamente no armário. Um repórter fala das ações de alto desempenho do dia. É claro que a Diotech Corporation está no topo da lista. As ações vêm subindo desde o anúncio da Revelação. E o dr. A prevê que essa alta seja só o começo. Depois que a primeira linha de produtos do Objetivo for lançada no mercado, daqui a alguns meses, a Diotech será intocável.

O rosto em júbilo de Crest aparece ao lado do meu. Ela dá uma pancadinha em minha cabeça, usando a própria.

– Por que tão triste, minha pérola? Ficou tão horrível assim?

Ela se refere ao penteado, e na mesma hora me sinto mal. Sempre tento ao máximo elogiar Crest por qualquer coisa que ela faça por mim. Em particular porque nunca ouvi o dr. A lhe fazer um elogio sequer, nem mesmo agradecer. E Crest trabalha arduamente para ele.

– Não. Eu adorei. Está lindo. Sua melhor obra até agora.

Ela ri, e seus olhos escuros dançam.

– Você devia pedir um upload sobre a arte de mentir. É medonha nisso. Agora, me conte. Qual é o problema?

– Vi o dr. Rio outra vez – digo a ela, retraindo-me assim que percebo meu erro.

Agora é só Rio.

O cérebro dele não é mais capaz de ciência avançada. O título e os prêmios lhe foram retirados. Rio não é mais ele mesmo. Só parece igual. Salvo os olhos horripilantes e a boca permanentemente entreaberta.

– E? – Crest me motiva.

– E eu alucinei completamente.

Sempre posso me confidenciar com Crest. Ela é a única que não me julga pelas reações que aparentemente não consigo controlar, por mais que tente. Kaelen não entende minha ansiedade com as decepções que causo ao dr. A. Sempre foi o favorito dele. Se alguém pode entender as pressões de agradar ao presidente de Diotech, esse alguém é Crest.

Ela se senta a meu lado no banquinho de veludo, mas ainda se dirige para meu reflexo.

– E daí?

– Daí – ecoo. – Significa que eu o decepcionei. E se o dr. A vir essa memória em minha próxima varredura? E se ele pensar que significa que ainda sou a garota que traiu o Objetivo?

– Não seja boba. Isso já tem mais de dois anos.

Como eu poderia esquecer? A data foi talhada em minha memória como uma gravura em pedra. Sei dela melhor do que sei meu próprio aniversário.

Dia 9 de janeiro de 2115.

O dia em que saí do complexo. Com *ele*.

– O dr. Alixter perdoou você – garante Crest, referindo-se a ele por seu nome completo. Kaelen e eu somos os únicos que o chamam de dr. A. Ele nos disse para fazer isso. Achava que parecia menos formal. Mas dificilmente alguém o trata por seu nome de batismo, Jans. – Ele *consertou* você.

Concordo. Quero acreditar nisso, mas não sei se consigo. Existe uma frieza quando o dr. A se dirige a mim. Uma distância. Que não existe entre ele e Kaelen. É só uma prova a mais de que preciso continuar tentando. Preciso continuar me provando.

Examino o rosto de Crest no espelho. A cortina brilhante de cabelo preto é picotada em camadas irregulares. Uma mecha de fios mais compridos cai pela ponte do nariz, dividindo a franja curta ao meio. Nunca olho por muito tempo para Crest. Ela tem mais nanotatuagens no corpo do que qualquer um que eu tenha visto na vida. E, às vezes, fico tonta só de olhar. Crest diz que é viciada nelas. As nanotatuagens lhe dão um senso de controle.

Aponto uma em sua bochecha, a que ela reprogramou ontem mesmo. Agora exibe em looping duas pessoas se beijando em câmera lenta.

– Quem são? – pergunto.

Ela me olha com surpresa.

– Nunca viu *The Rifters*? É simplesmente o melhor programa no Feed.

– Os programas fictícios não me interessam. Não consigo acreditar nas histórias.

Ela meneia a cabeça, decepcionada.

– O dr. A fez você lógica demais para seu próprio bem. – Crest aponta o desenho móvel em sua face. – Olha, este é Ashander e esta é Glia. Eles são desesperadamente apaixonados, mas nunca podem ficar juntos porque o sangue dos dois é incompatível devido a experiências alienígenas. Mas essa é uma trama paralela. Bem, nesta cena, Ashander enfrenta a morte e a destruição dos mundos dos dois só para roubar um beijo dela. Foi a coisa mais romântica da *história da humanidade.*

Os olhos de Crest se fecham e por um momento eu me pergunto se ela dormiu. Mas ela abre os olhos num átimo e sorri radiante para mim. Sei que espera por uma reação, assim forço um sorriso e digo: "Nossa."

Tomara que seja o que ela quer de mim. Algum entusiasmo mútuo pelo que ela explicou.

Crest ri e se levanta do banco, dando um leve tapinha em meu rosto com o pente que tem na mão.

– Uma mentirosa *medonha.*

– Você contou bem a história – digo, à guisa de consolo. – Foi muito passional.

– Bem, agora é o máximo de paixão que posso esperar na minha vida. Mais uma vez, eu me provei desastrosa no quesito amor. Jin ainda não retornou nenhum de meus pings.

Jin é um assistente de laboratório por quem Crest tem uma fixação há meses. Ela o chama de "Matéria Escura". Em parte porque ele trabalha no Setor Aeroespacial, mas principalmente porque diz que existe uma escuridão em volta do coração dele, como uma nuvem de tempestade semipermanente. Por isso ela é obcecada por ele.

Crest suspira e seus pensamentos desaparecem por um momento em outro lugar. Um lugar triste. Quando voltam, ela fala.

– Você sabe da sorte que tem, não sabe? Você e Kaelen. Ter alguém *criado* só para você. Sua alma gêmea perfeita. Parece coisa de conto de fadas.

Quero lembrar a ela que Kaelen e eu somos *Parceiros Duplicados*, não almas gêmeas, mas algo me diz para responder simplesmente com um "Sim. Eu sei".

Ela fica visivelmente aliviada.

– Isso é bom.

Algo no espelho chama sua atenção. Crest faz uma careta e expande a janela do Feed até que tome quase toda a parede.

– Ah, droga, esse idiota de novo, não. – Ela aumenta o volume e uma voz sedosa e carismática inunda meu banheiro.

"A hora de agir é agora. Antes que a Diotech solte essas monstruosidades no mundo. É isso que queremos? *Seres humanos* sinteticamente projetados andando entre nós?"

Pela inflexão na expressão *seres humanos*, ele podia facilmente ter substituído por *roedores* e ninguém teria notado.

"Como se já não bastassem aqueles robôs operários horríveis que eles empurraram para cima de nós, vamos deixar que essa empresa ímpia domine nosso país com seres sintéticos?"

Gritos de oposição se seguem à pergunta, e a câmera abre uma panorâmica, revelando uma enorme multidão reunida em torno do orador no pódio. Seu cabelo escuro, caminhando para o grisalho, está escondido por um chapéu de aba larga no estilo faroeste, e o branco dos olhos é tingido de azul pelas lentes de grau que ele usa. Claramente ele não acredita em cirurgia ocular corretiva. O texto que corre na base do Feed diz: *Pastor Peder: Igreja da Luz Eterna.*

Crest solta um gemido.

– Ímpios – repete ela, com nojo, para a cara do homem. – Bem, *você é* um desalmado!

"Precisamos nos unir", continua ele, despertando aplausos dos espectadores. "Deus nos atribuiu esse desafio fatigante. Vamos rejeitar o pedido de Deus?"

Um sonoro "Não!" abala o ReflexiVidro.

"Então, me ajudem!", conclama Peder a sua plateia. "Juntem-se a mim na oposição a essa corporação infame e a tudo que eles tentam fazer para nos corromper."

– Ah, cale essa boca – resmunga Crest, e desativa o Feed. O rosto de Peder desaparece, e fico grata pelo silêncio.

O dr. A diz que eu não devia me preocupar com o pastor Peder. Ele não representa uma ameaça para nós. Peder simplesmente gosta da própria voz. Mas ainda não significa que gosto de ter esse homem em meu banheiro. E não ajuda que quase sempre que eu ligue o Feed, alguém esteja falando nele.

Um ping faísca pelo vidro um instante depois. É para Crest, do dr. A. Ele a repreende por não arrumar corretamente sua hovermala para a partida de amanhã.

Ela força um sorriso. Sei que tenta renovar o mesmo entusiasmo com que entrou aqui, mas para Crest é uma luta encontrá-lo.

– Bem, o dever me chama. Você devia descer à sala de jantar.

Eu me viro para a porta, mas paro quando sinto a mão de Crest em meu braço, apertando um tantinho demais. Quando me viro, a centelha em seus olhos se foram.

– A vida é um horror para o restante de nós. Você tem uma boa vida aqui, sabia? Por favor, me prometa que não vai se esquecer disso.

Sua intensidade me deixa nervosa, mas consigo abrir um sorriso.

– Não vou me esquecer.

7
MAIS

Quando desço a escada, já passa das nove e o dr. A, o diretor Raze e Dane, chefe de publicidade da Diotech, estão imersos em uma discussão sobre os próximos passos do Objetivo. Encontro-os na sala de estar, bebendo algo alcoólico castanho-escuro no que parecem copos de cristal verdadeiro. O cristal agora é fabricado sinteticamente, mas o dr. A tem obsessão por coisas antiquadas e feitas antes de a Diotech dominar a sintética.

– Não tem tanto valor se você simplesmente pode preparar num laboratório em questão de minutos – ele tem a fama de dizer. – Mas é bom poder oferecer uma versão mais barata às massas, não?

Sempre que ele diz algo assim, eu me pergunto sobre meu próprio valor. E o de Kaelen. Fomos, como ele disse, "preparados num laboratório". Talvez não tenha sido em questão de minutos, mas o conceito não seria o mesmo?

Kaelen não tem bebida nenhuma na mão. Diz que não gosta do efeito entorpecente que tem em seus sentidos. Nunca experimentei. Mas o dr. A também nunca me ofereceu.

Os quatro homens se levantam quando me veem. Kaelen agora veste um terno cinza-escuro com guarnição vermelha. Está impressionante.

O olhar do dr. A desce até meu vestido, um longo azul e cintilante com nanopespontos prateados e dourados na bainha.

Observo diligentemente sua reação. É só isso que me importa. Afinal, é o dr. A quem insiste que usemos roupas formais a cada jantar.

Seus lábios se abrem em um sorriso.

– Linda como sempre, minha joia – diz ele, e sinto meus ombros relaxarem. Embora meus vários uploads tenham me dado um senso impecável de moda, as centenas de roupas deslumbrantes em meu armário ainda me deixam atrapalhada e um tanto desequilibrada. Como se fossem feitas para outra pessoa.

Kaelen se aproxima de mim, me dá um beijo no rosto e sussurra uma só palavra em meu ouvido.

– Luminosa.

Não consigo deixar de sorrir.

– Você tem que dizer isso.

– Não, não tenho.

– Está em seu DNA.

– Amar você? Sim. Achar que você está particularmente bonita neste exato segundo? Não tenho ciência disso.

– Não tenha tanta certeza.

– Timing excelente – diz Dane num tom agudo. – Eu estava prestes a mostrar a todos a última edição de nosso novo anúncio para o Feed.

Ele ordena à tela na parede que seja ativada e seleciona um arquivo em um pod na rede interna. O familiar logo da Diotech cobre toda a parede, espalhando-se por fim em tomadas estilizadas e rápidas dos lábios grossos e cor-de-rosa de uma mulher, dos bíceps tonificados e bronzeados de um homem, de uma perna feminina magra, de dois deslumbrantes olhos iridescentes, de cabelos que faíscam na luz.

– Isso será transmitido logo após a Revelação – explica Dane. – Ninguém conseguirá desligar o Feed sem ver.

O anúncio continua com dois corpos em movimento. Correndo, esmurrando, chutando, saltando. O efeito em câmera lenta quase faz parecer que estão voando. Nunca vemos o rosto de nenhum dos dois, mas fica evidente, pelas voltas ágeis e alturas majestosas, que não são Normatas. Os Normatas não se movimentam assim. Só os ExGens têm essa mobilidade.

Não demora muito para que eu reconheça que as duas pessoas na filmagem somos eu e Kaelen. Lembro quando gravaram as imagens, meses atrás. Ficamos na frente de uma tela verde no prédio da publicidade quase o dia todo enquanto Dane nos dizia o que fazer, como posar, para onde olhar, que altura saltar.

Uma voz acompanha as imagens. Uma voz grave e nítida que exige atenção. Exige ser ouvida.

"Seja mais forte. Mais rápido. Mais inteligente. Seja *mais*."

O logo da Diotech aparece de novo, desta vez acima de duas frases.

Coleção ExGen
Em Breve

A tela escurece.

– O que acham? – O rosto de Dane irradia orgulho.

Todos na sala explodem em aplausos. Eu me junto a eles às pressas, desesperada para esconder minha verdadeira reação.

Na verdade, fico dividida. O anúncio faz exatamente o que deve fazer: promover a mais nova linha de produtos da Diotech. Levar as pessoas a *quererem* se aprimorar. Mas tudo nele é enganador. Os Normatas não conseguirão realmente se *tornar* ExGens como Kaelen e eu. Só poderão comprar algumas modificações genéticas que eles próprios administrarão, e cada uma delas aperfeiçoará uma característica específica. Como a cor dos olhos, o tom da pele, a capacidade muscular, o brilho dos cabelos, a função cerebral, o formato do corpo.

– Absolutamente esplêndido – elogia o dr. A. – Eles farão fila na frente de cada drogaria do país! Ótimo trabalho, Dane.

Dane sorri, saboreando o elogio. Todos nós sabemos que o dr. A raramente os faz.

O dr. A. passa o braço pelos ombros de Kaelen e o leva para a sala de jantar.

– Vamos comer. É bem tarde e estou faminto. – Ele me lança um olhar rápido e sei o que está pensando. O atraso na refeição é culpa minha.

Baixo a cabeça, aceitando a acusação.

Dane aparece atrás de mim e me belisca na cintura.

– Não se preocupe. Eu o mantive distraído. Faz parte do trabalho.

Abro um sorriso agradecido a ele.

– Agora – sussurra ele, verificando se o dr. A está fora de alcance –, o que você realmente pensa do anúncio?

– Eu adorei. – Minha resposta é rápida. Talvez rápida demais.

Dane franze o cenho, incrédulo.

– Sem essa. Sou eu. Pode dizer com franqueza.

– Só estou confusa – admito.

Ele assente.

– Tudo bem. Com o quê?

– O anúncio, a Revelação, o nome da coleção. Dá a entender que as pessoas podem pagar para ficar idênticas a mim e a Kaelen, mas elas não podem. Com o número de aperfeiçoamentos que é oferecido, elas nem chegarão perto disso. Isso não é... mentira?

Dane ri de leve.

– Não, é marketing. Você nunca dá *exatamente* o que eles querem. Senão, perde todo seu poder. As agências de publicidade têm feito isso há anos com iluminação estratégica, modelos digitais e retoques em imagens. Você mostra o que eles não podem ter, depois dá uma guinada e lhes vende aquilo que chega mais perto.

É um esforço acompanhar sua lógica.

– E tem certeza de que é isso que as pessoas querem? Ficar mais parecidas comigo e com Kaelen?

Dane coloca a mão quente em meu rosto e me abre um sorriso sem alegria.

– A verdade, Sera, é que as pessoas querem o que a Diotech diz que elas devem querer.

8

AMEAÇAS

Tomamos nossos lugares de costume na formal sala de jantar: o dr. A na cabeceira da mesa longa e retangular, Kaelen e eu sentados à sua esquerda, Dane e Raze à direita. Crest nunca é convidada para jantar conosco. Ela diz que isso não a incomoda, que fica ocupada demais gerenciando a agenda do dr. A para se sentar para comer, mas incomoda a mim. Só nunca expressei isso.

Luly, a ajudante de cozinha, traz as refeições customizadas segundo nosso desejo, e o dr. A volta a atenção para mim e Kaelen.

– Dane e eu tivemos excelentes notícias sobre a Revelação.

Todo o meu corpo fica tenso e lembro a mim mesma de respirar fundo algumas vezes. Ficar calma. Se os nanossensores que correm por minhas veias neste momento detectarem algum aumento anormal em meu batimento cardíaco, o dr. A saberá. Um alerta será emitido em uma tela em algum lugar do Setor Médico. Ele receberá um relatório em seu Slate nesta mesma noite e cotejará o horário da anomalia com a hora em que ocorreu esta conversa.

É para isso que estou aqui. Este é meu papel no Objetivo. Mostrar ao mundo como os produtos da Diotech podem melhorar a vida das pessoas. Ele não pode saber que meu corpo entra numa atividade frenética só de pensar no cumprimento de meu dever.

Começo a contar pelo 89, optando por um número primo para manter a mente ocupada.

Oitenta e nove, 178, 267, 356, 445...

– Quais são as notícias? – eu me obrigo a perguntar, retraindo-me ao notar que minha voz parece estrangulada.

Dane abre um largo sorriso.

– Dê uma olhada.

Ele se vira para a tela na parede às suas costas e dá a ordem para retomar a reprodução. De repente, Mosima Chan, a jornalista do Feed mais famosa do país, está na sala conosco, seu holograma ganhando vida enquanto ela começa a falar com muita seriedade.

"Eu sou Mosima Chan e trago as últimas notícias. Agora posso anunciar oficialmente que, em 8 de maio de 2117, a AFC Streamwork transmitirá a primeira entrevista ao vivo e *exclusiva* com a criação da revolucionária inovação científica da Diotech, batizada de Projeto Gênese."

Engasgo com o pequeno pedaço de filé sintético que tinha acabado de colocar na boca, levando o dr. A a me lançar um olhar venenoso.

– Com licença – digo enquanto bebo a água de minha taça.

"Sera e Kaelen, de 18 anos, chamados de 'ExGens' em um comunicado oficial da Diotech à imprensa, estarão aqui, neste estúdio, daqui a dois dias. Até agora, nem Sera nem Kaelen foram vistos por alguém fora da sede altamente restrita da Diotech, localizada no deserto a leste de Nevada. A Diotech vem mantendo o projeto sob forte proteção, recusando-se a liberar uma fotografia que seja do rosto dos dois."

A barra de comentários na lateral da tela fica completamente louca. Quero dar a ordem para reduzir a velocidade, assim posso ver o comentário de um dos espectadores, mas tenho medo do que possa estar escrito.

Dane desativa a tela um instante depois.

– Mosima Chan vai dar o pontapé inicial em nossa turnê de publicidade! – anuncia ele, com o sorriso pateta ainda colado na cara.

De repente tenho dificuldades para respirar. A ideia de estar no estúdio dela, com nossos rostos transmitidos para o mundo, me paralisa. Eu me lembro de vê-la entrevistar ao vivo Eean Glick depois de ele voltar de Netuno. O contador de espectadores passou de oito bilhões. Sinto que minha pulsação fica acelerada.

Quinhentos e trinta e quatro, 623, 712, 801, 890...

– Não é incrível? – pergunta Kaelen.

– Incrível – consigo ecoar. Mas a sala já começou a rodar. Está se tornando real demais. Rápido demais. Mosima Chan. Uma turnê de divulgação por 28 cidades. Bilhões de olhos apontados para nós. Julgando-nos. – Tem certeza de que estamos prontos para tudo isso?

Puxo o ar, surpresa, quando noto que falei em voz alta. Era minha intenção que ficasse só na minha cabeça. Mas agora minha incerteza foi exposta e de imediato me arrependo.

O dr. A bate na mesa, assustando a todos e fazendo sua taça voar pela quina. A taça cai no chão a uma curta distância e se despedaça. É aí que tenho certeza de que é cristal verdadeiro. A variedade sintética não teria nem mesmo rachado.

– Claro que estão prontos. – Seus olhos azuis e gélidos se estreitam na minha direção. – Acha realmente que eu os mandaria ao mundo antes de estarem prontos? Ainda duvida tanto assim de mim?

– Não – respondo rapidamente enquanto, por dentro, eu me repreendo pela burrice. – Não duvido nada de você.

Luly está de volta; ela ouviu o tumulto. Olha a bagunça.

– Vou chamar um bot. – E volta a desaparecer.

– Já adiamos isso por muito tempo – continua o dr. A. – Levamos o ano passado preparando vocês para isso. Demos a vocês acesso a incontáveis uploads. Ensinamos a gíria e os eufemismos populares. Treinamos vocês para que se comportem mais como seres humanos normais, assim não parecerão robôs horripilantes aos olhos do público. – Ele se vira para Dane. – Foi o que *você* disse que eles precisavam. Essa ideia foi *sua*.

Dane sempre teve mais competência para apaziguar o dr. A do que qualquer um de nós. Em especial, eu.

– Eles fizeram *grandes progressos* – garante Dane alegremente, colocando a mão gentil no braço do dr. A. – Não fossem esses rostos extraordinários, eu acreditaria que eram adolescentes Normatas de qualquer lugar. Eu definitivamente acredito que eles estão prontos.

– Estou muito confiante de que podemos fazer isso – eu me apresso a dizer, ainda tentando encobrir meu horrendo deslize. – Quero servir ao Objetivo.

Kaelen aperta minha mão.

– Nós dois queremos.

Eu me retraio quando vejo, pelo canto do olho, o bot de limpeza entrar silenciosamente na sala. Essas coisas sempre me deixam nervosa, com sua metade superior humanoide e a inferior sobre rodas. Este é projetado para parecer um homem. Eles têm tarefas variadas no complexo. Todas as coisas que as pessoas reais não querem fazer. Principalmente trabalho de faxina. Limpeza. Manutenção básica. E, naturalmente, existem os bots médicos, que ajudam nos laboratórios. Esses bots têm rostos tão convincentes, tão impecáveis, que quase acreditamos que são reais. Isto é, até que os olhamos nos olhos. Por mais avançada que seja sua tecnologia, a Diotech jamais conseguiu aperfeiçoar bem os olhos. Sempre existe um vazio ali. Uma ausência de alma que nos atinge no fundo das entranhas.

Olhar um bot operário nos olhos é um erro que só cometemos uma vez.

Eu me concentro no prato enquanto o bot limpa os cacos de vidro, suga-os para sua base, enxuga o líquido derramado com uma extensão que se projeta da parte inferior, depois dá um polimento no piso de madeira, deixando-o brilhante, para encerrar o trabalho.

O diretor Raze, que até então tinha desfrutado em silêncio de sua costeleta de porco sintética, engole e fala.

– Você entende, dr. Alixter, que a atenção extra da mídia dará mais combustível a Peder e à gente dele, não? Ele não vai simplesmente sumir.

Estremeço com a insolência do comentário. Em particular por ser feito logo em seguida à última reação do dr. A ao ceticismo. Mas o dr. A simplesmente o despreza com um gesto, como se não fosse uma preocupação digna de ser verbalizada.

– Peder é um lunático delirante sem nenhuma queixa válida. Ele é maluco. Ninguém o leva a sério.

– Se ele conseguir angariar apoio suficiente aos olhos do público, ou...

O dr. A se levanta, empurra a cadeira para trás e joga o guardanapo na mesa.

– Por ora já basta, diretor. Obrigado. – Ele se vira para Dane. – Mande um ping para Crest com o cronograma final da turnê. – Em seguida, sai da sala deixando um prato de comida que mal tocou.

Dane se levanta um segundo depois e o acompanha, e ficamos os três para terminar a refeição em um silêncio incômodo. Nunca tive muito a dizer ao diretor Raze. A verdade é que ele me assusta um pouco, com sua constituição alta e a postura autoritária. Às vezes, me olha como se eu fosse um pedaço de carne sintética que gostaria de devorar. Mas suponho que essas características que intimidam também ajudem a manter a segurança do complexo. Então, talvez eu *deva mesmo* ter medo dele.

Só depois de Luly retirar os pratos é que tenho coragem para perguntar:

– Diretor, acha realmente que Peder é uma ameaça a nós?

Ele se levanta, limpa a boca com o guardanapo e dá uma piscadela.

– Não se preocupe, princesa. Sabe que eu nunca deixaria que nada acontecesse a você.

– Mas o senhor disse...

– Deixe que eu faça meu trabalho e você estará em segurança. – Há certa tensão em seu tom que me faz sentir o contrário de segura.

Depois que ele sai, Kaelen, que pelo visto não se deixou abalar pelos confrontos recentes, fica de pé e segura minha mão, puxando-me da cadeira.

– Está se sentindo melhor? – pergunta ele, claramente se referindo ao colapso que tive no jardim mais cedo.

Faço que sim com a cabeça.

– Muito.

– Que bom. – Ele pega meu rosto nas mãos em concha e me puxa para ele.

Nossas bocas se chocam e de repente não consigo mais me lembrar do que me preocupava dois segundos atrás.

– O que quer fazer agora? – pergunto.

Sua boca se refugia em meu pescoço.

– Tenho algo em mente.

Eu rio.

– E o que é?

– Algo que você não poderá fazer com esse vestido. – Depois ele entrelaça os dedos nos meus e me puxa com urgência para a porta.

9

SENSO

Kaelen me dá uma dianteira. Nós dois sabemos que preciso. Baixo a cabeça e corro diretamente para a noite. O vento embaraça meu cabelo, destruindo o coque de Crest em questão de segundos. Mas ela não vai se importar. O jantar já acabou. O dr. A se retirou para seus aposentos. Estamos sozinhos.

O complexo está em silêncio, todos metidos em seus respectivos cantos do Setor Residencial. Essa é a única hora em que Kaelen e eu podemos realmente esticar as pernas. Vou para o leste, atravesso o centro do Setor Agrícola e entro no campo árido que fica depois dele. Se eu entrasse à direita, acabaria de volta ao chalé. Nesse momento, é o último lugar em que quero estar. Até a ideia do chalé, ali, desocupado, mas cheio de lembranças, faz com que eu me lembre de todas as coisas em que não quero pensar. Como Rio e seus olhos vagos. Como o garoto e seus dentes-de-leão idiotas.

Como eu e minhas fraquezas.

Assim, continuo em frente, entro ainda mais no pasto indomado, o mato arranhando meus tornozelos. Deixo os pensamentos tediosos cada vez mais para trás a cada passo que dou na velocidade de um raio.

Ouço os passos ligeiros de Kaelen atrás de mim. Ele está me alcançando. Eu me esforço mais. Mais rápido. Meus músculos nunca se cansam. Meus pulmões nunca ardem. Ser uma ExGen é assim. A velocidade. O vigor. Os sentidos ímpares.

Farejo o ar, respirando o deserto ácido. Mas há outro aroma que me pega de guarda baixa – um odor pútrido e enjoativo. Ele me deixa mais lenta, no início aos poucos, depois me força a parar quando pego uma lufada mais forte. Kaelen para a meu lado. Observo sua reação. A julgar pela confusão em seu rosto, ele também sente o cheiro.

– Devíamos voltar – diz ele depois de um instante, e juro que vejo a compreensão faiscar em seus olhos.

Dou um passo e respiro fundo.

– O que é isso? Parece quase... quase como... – Meu corpo fica frio quando consigo reconhecer. Eu me lembro desse cheiro. Ele se levantou de meus próprios braços e pernas enquanto o fogo me consumia. Aconteceu em outro mundo. Em outra época. Mas o cheiro não mudou. – ... carne queimada. – Concluo o pensamento, toda a emoção se esvaindo de minha voz.

Kaelen puxa meu braço.

– Venha. Vamos. Não devemos ficar aqui.

Mas me desvencilho dele e avanço, decidida, deixando que o olfato me guie até eu encontrar a origem. Paro de imediato e encaro o espetáculo exposto diante de nós, a menos de 100 metros de distância.

Uma estrutura grande e transparente foi erguida no meio do campo. Um cubo de vidro autônomo, sem teto. Dentro dele, ruge um fogo mortal.

Apavorada, vejo um cientista de jaleco branco guiar uma mulher vendada para a entrada da câmara. Outro cientista parado ali perto aperta um botão em seu Slate e uma porta na parede de vidro desliza, abrindo-se. O fogo não tenta escapar. É controlado. Limitado pelas fronteiras do pequeno espaço.

O primeiro cientista retira a venda da mulher. Ela olha as chamas, inexpressiva e fixamente. Nem um grama de medo aparece em seu rosto. O segundo cientista aperta outro botão no Slate e a mulher avança para a câmara aberta.

Sem a menor hesitação e nem mesmo um lapso de preocupação, ela vai direto para o fogo. Ele a consome instantaneamente, as chamas escaldantes envolvendo o corpo magro e o deixando imóvel e silencioso em questão de segundos.

Abro a boca para gritar, mas não sai nada. É quando percebo a mão de Kaelen cobrindo meus lábios, bloqueando o som.

– Sera – sussurra ele com urgência. – Precisamos ir. Agora.

Tento falar, mas ele não me permitiria. Em um borrão, ele me levanta com um só braço, a outra mão ainda segurando firmemente minha boca. Não luto. Deixo que ele me leve. Enquanto desaparecemos na escuridão, ouço uma voz atrás de nós. Vem do pesadelo que testemunhamos há pouco.

– Excelente trabalho – a voz elogia os cientistas. – Acredito que estamos prontos.

Para mim, não há dúvida de que a voz pertence ao dr. A.

10

LACUNAS

Acordo em uma cadeira. Tenho os punhos algemados aos braços do móvel; meu cérebro está confuso. Parece que minha cabeça foi recheada de algodão. Pisco e olho em volta. Levo algum tempo para reconhecer onde estou. As VersoTelas que me cercam estão desligadas, deixando as quatro paredes em um breu silencioso.

Estou dentro dos laboratórios da memória.

A voz familiar de Sevan Sidler chega por um pequeno alto-falante perto de meu ouvido.

– Oi, Sera. Como se sente?

– Bem – murmuro, grogue.

Faço o de sempre quando desperto nesta sala: eu me esforço para conjurar a última coisa de que me lembro antes de perder a consciência.

Crest fez meu cabelo. Fui para o jantar. O dr. A se irritou e quebrou um copo de cristal. Dane nos contou sobre nosso aparecimento iminente no programa de Mosima. Kaelen e eu fomos correr. E depois...

Depois não há nada.

Depois despertei aqui.

Sei exatamente o que isso significa. Uma de minhas memórias foi alterada. Provavelmente apagada. Não é uma ocorrência incomum. Na verdade, acontece com bastante frequência.

Com frequência suficiente para que eu não enlouqueça como antigamente. No ano passado, aceitei o fato de que as modificações de memória existem pelo bem de todos e, sobretudo, pelo bem do Objetivo. Confio na capacidade crítica do dr. A. Por isso, comigo, eles não precisam mais passar pelo problema de codificar memórias artificiais para substituir aquelas que removeram. Aceitei o fato de que há coisas que simplesmente não preciso saber.

Mas esta noite, depois de tudo que aconteceu, a curiosidade me faz cócegas nos pensamentos.

A hora pisca em minhas Lentes: 1:42. Quando Kaelen e eu saímos de casa depois do jantar, passava das dez. O que houve nessas três horas? O que eu vi?

As algemas que seguram meus punhos são soltas; eu me levanto e flexiono os dedos. Uma das VersoTelas se abre e entro no corredor onde Kaelen espera com um sorriso angelical.

– *Ça va?* – pergunta ele, em francês, se estou bem.

– *Oui* – respondo. A névoa em meu cérebro já começou a se dissipar. Em alguns minutos, estarei afiada e alerta de novo.

Sevan coloca a cabeça pela porta que dá na sala de controle. É onde ele fica sentado junto a um computador o dia todo enquanto o misterioso código do Revisual+, a linguagem das memórias, corre por sua tela.

– Tenham uma boa noite, os dois – diz ele, seu ânimo habitual em nada afetado pela memória que retirou, nem pelo fato de que agora estamos no meio da noite e ele muito provavelmente foi acordado para realizar minha alteração.

– Para você também – respondo e sigo Kaelen para fora.

Voltamos andando em silêncio ao Setor Residencial. Quero fazer tantas perguntas. Quero perguntar o que aconteceu. O que eles roubaram. Alteraram as memórias de Kaelen também? Ou só as minhas? Mas sei que não posso. Contraria todas as regras. Todos os protocolos. E mesmo que Kaelen saiba as respostas, ele não tem permissão para me dizer.

Somos muito próximos de várias maneiras – vinculados pela própria vida que corre em nossas veias –, mas a Diotech sempre vem em primeiro lugar.

O Objetivo sempre vem em primeiro lugar.

Eu me esforço para puxar o menor fio que seja do que foi removido de minha mente. O que eu talvez tenha visto. O que eu possa ter sentido. Torcendo, sem racionalidade nenhuma, para que qualquer resquício das últimas horas ainda perdure, escondido em algum lugar nos cantos de meu cérebro.

Mas Sevan é competente em seu trabalho. Não restou nada.

Nem mesmo noto que Kaelen parou de andar, até que sinto um forte puxão no braço e de súbito sou virada. Ele me esmaga em seu peito enquanto captura com urgência minha boca na sua. Seu beijo é ávido. Desesperadamente redentor. Pelo que, não sei. Mas, como sempre, perco tudo que antes montava guarda em minha mente. Meus joelhos ficam bambos.

Kaelen sabe me consumir com seus beijos. Ele sabe me deixar inútil. Rouba tudo de mim. Quase com a mesma eficácia do Codificador de Memória.

Quando ele se afasta, estou trôpega, encostada nele para me equilibrar.

– Posso ir a seu quarto esta noite? – sussurra ele na pele atrás da minha orelha.

Só o que consigo fazer é assentir contra seus lábios persistentes.

Corremos. De mãos dadas. Pelo caminho bem-cuidado da casa. Sem nada a nossas costas além do vento do deserto e as memórias perdidas. Estes somos nós. Sempre fomos assim. Uma atração inegável um pelo outro. Um campo de força invisível que pulsa nos espaços entre nós dois, unindo-nos, ligando-nos com a mesma batida do coração.

Um arrepio de energia nervosa abastece minhas pernas enquanto disparamos escada acima na varanda. Um desejo intenso de ficar perto dele pulsa em mim quando ele para diante da porta de entrada, passando os braços fortes e cinzelados por minha cintura e me puxando para ele.

Seu cheiro é inebriante.

Sua boca me enfraquece.

Seu toque me faz esquecer.

Ele me olha, os olhos delirantes e desfocados.

– Você me enlouquece completamente.

Abro um sorriso tímido e rápido para ele.

– Você tem que dizer isso. Está em seu DNA.

– E que DNA danado de bom ele é.

Isso me faz rir. Kaelen abre a porta e parte escada acima, com a mão ainda segurando firmemente a minha. Fico perto dele, na esperança de que a angústia do dia desapareça a cada passo.

Porém, quando chegamos ao segundo andar, começo a perceber, com uma profunda decepção, que será preciso mais do que um lance de escada para apagar os demônios dentro de mim. Eu podia subir à Lua e ainda sentiria meus temores me seguindo de perto, feito uma sombra escura.

Um passageiro indesejado que nunca foi convidado. E nunca vai embora.

11
LIBERTADA

Naquela noite, perco a conta de quantas vezes sonho com Rio. Vejo sem parar seu crânio aberto por uma serra. Estou presa atrás de um grosso SintetiVidro, elevado, acima da sala de cirurgia branca e estéril. Estou inativa e imóvel enquanto talham seu cérebro, que ficou preto e podre, e o trocam por um substituto artificial lustroso e cintilante.

No último sonho, finalmente consigo revidar. Bato no vidro, mas ninguém nem ao menos se dá ao trabalho de olhar. Trabalham incansavelmente, recolocando o topo do crânio, selando a pele em torno da incisão com nanossuturas cor de carne.

Grito, berro e bato com mais força.

"Eles não podem te ouvir", diz uma voz atrás de mim. Eu me viro rapidamente e ele está ali. O garoto de minhas memórias. Aquele que tanto me esforcei para esquecer. Seus olhos escuros são frios e desconfiados.

"Zen." Digo seu nome em voz baixa, com suavidade. Assim ninguém mais pode ouvir.

"Eles nunca conseguirão te ouvir."

Acordo gritando.

Um corpo está ali para me acalmar. Lábios que sussurram palavras tranquilizadoras em meu ouvido. A mão colocando meu cabelo molhado para trás. A única ocasião em que transpiro é quando estou presa em um pesadelo.

Pisco para me livrar do escuro e das imagens que perduram em minha mente.

– Shhh, foi só um sonho. – Crest está sentada na beira da cama, ainda acariciando meu cabelo.

Sua presença me acalma. Sempre me acalma.

Não faz parte de seu trabalho enxotar pesadelos. Mas Crest sabe que tenho dificuldades para dormir. E seu quarto, para sua infelicidade, fica ao lado do meu, então ela ouve os gritos.

Minha respiração entrecortada se acalma aos poucos. Viro a cabeça para ver o espaço vazio a meu lado. Kaelen saiu algum tempo atrás. Pouco depois de entrarmos em meu quarto, ele me beijou como quem quer mais, porém eu disse a ele que não aconteceria nada. Não aquela noite. Disse que estava ansiosa com nossa partida esta manhã e precisava ficar sozinha. Ele tentou esconder a decepção, mas eu a vi em seus lábios ligeiramente virados para baixo, os ombros um tanto caídos quando ele saiu.

– Pronto, minha pérola. – Crest me encoraja. – Está tudo bem. Foi só um sonho.

Afundo embaixo das cobertas enquanto ela abre a primeira gaveta da mesinha de cabeceira. Crest revira ali até encontrar o injetor que guarda na gaveta.

– Só uma dose. – Ela encaixa um frasco de fluido azul-claro. – Para te ajudar a voltar a dormir. Você precisa de seu sono da beleza.

Sorrio da piada. Minha aparência seria a mesma, não importaria quanto tempo eu conseguisse dormir. Mas Crest gosta de dizer que é por isso que ela vem aqui. Por que ela se importa tanto se estou dormindo ou não? No fundo, acho que Crest gosta de cuidar de mim. Acho que essa rotina noturna mais ou menos constante é uma das formas com que ela combate a solidão.

Crest coloca a ponta do injetor em meu braço. Sinto um leve beliscão enquanto o Liberador entra em meu corpo. A droga costuma fazer efeito rapidamente e rezo para que esta noite não seja uma exceção.

Ela puxa o cobertor até meu queixo.

– Já te contei dos cílios de Jin?

Faço que não com a cabeça.

É uma mentira e nós duas sabemos disso. Ela me contou sobre cada parte do corpo dele tantas vezes que até *eu* perdi a conta. Mas se falar nele a faz feliz, eu deixo. Esta noite, pelo visto, são os cílios que monopolizam os pensamentos de Crest. Duas noites atrás, eram os punhos.

– Têm o tom de verde-escuro mais quente do mundo – começa ela, sonhadora. Seu olhar vaga para o lugar na parede pouco acima da cama. Sempre o mesmo lugar. Como se a imagem dele fosse reproduzida em loop constante na tela de parede atrás de mim. – Nunca deixe que ele te olhe de trás daqueles cílios. Se olhar? Nossa, está tudo acabado. Quebrei promessas por causa deles. Eles podem transformar uma boa garota em má em três segundos.

Rio enquanto meus olhos começam a fechar.

Crest se abaixa e me dá um beijo na testa.

– Não deixe que aqueles pesadelos te assustem, minha pérola. Você é mais forte do que acredita.

O sono vem rapidamente. Ouço a gaveta da mesinha de cabeceira abrir e fechar quando Crest guarda o injetor. Ela se levanta e parte em silêncio para a porta.

– E se um dia você notar quanto é forte – sussurra ela no escuro –, vamos todos nos meter numa bela enrascada.

12
DESENTERRADO

O efeito do Liberador passa em algumas horas, como sempre. Meu corpo é forte demais para a dose máxima do injetor. Quando acordo na manhã seguinte, o sol ainda não nasceu. O relógio em minha tela de parede diz 5:07 da manhã.

O escudo noturno em minhas janelas está ativo. Dou o comando para transparência, para que possa enxergar do lado de fora. O verdadeiro lado de fora. Não a fazenda simulada que o dr. A programou como padrão.

A fachada escura se ergue e vejo os fundos dos hangares do Setor de Transporte, onde fazem protótipos para a próxima geração de hovers e consertam todos os veículos que circulam pelo complexo. Admito que não é uma vista das mais bonitas. Não me admira que o dr. A tenha escolhido o verniz digital que escolheu. Mas a vista dele me castiga.

Tantos aspectos de nossa vida são artificiais. Hologramas são projetados em nossas telas. Histórias fictícias são transmitidas em nosso Feed. Nossas DigiLentes transformam o mundo que nos cerca com programas virtuais e aplicativos. De vez em quando, é bom ter um vislumbre fugaz do mundo real.

Daqui, mal consigo enxergar a beira do vasto campo que separa o restante do complexo do que antigamente era o Setor Restrito, e de imediato sou lembrada de minha corrida com Kaelen ontem à noite.

Algo aconteceu naquele campo, sei disso.

Algo que eles não querem que eu lembre.

Saio da cama e me visto em silêncio, com o cuidado de não acordar o restante da casa.

Corro pelo caminho ladeado de árvores. Minha velocidade fica em algum ponto entre a humana e a ExGen. Não é bem um borrão, mas sem dúvida um ritmo que chamaria a atenção. Ainda bem que não tem ninguém por perto para perceber.

Só quando estou na metade da passagem pelos prédios curvos e elegantes do Setor Aeroespacial é que percebo aonde estou indo. É quase como se eu nem tivesse capacidade de decisão sobre isso. Como se alguma força invisível me puxasse de volta àquele lugar o tempo todo.

O chalé branco e pequeno está idêntico a quando o deixei na noite de ontem.

Como posso ter uma sensação tão diferente quando nada mudou? Quando a grama ainda precisa de corte? Quando o portão ainda está destrancado? Quando este setor, que antes era restrito – que antigamente guardava uma menina tola e desobediente –, ainda está abandonado?

Logo o sol vai nascer. O complexo despertará. Os hovercópteros chegarão para nos levar do complexo. Amanhã Kaelen e eu seremos apresentados ao mundo pela primeira vez. Estaremos à mostra, como uma mercadoria. Exibiremos às pessoas o que elas querem.

– Assim que virem você e tudo que pode fazer – disse o dr. A certa vez –, eles farão fila nas portas para pagar por qualquer coisa que você tenha. Vão implorar para ser mais parecidos com você. É *assim* que você salva uma espécie.

Nos últimos meses, Dane esteve nos preparando exaustivamente para nossas entrevistas e aparecimentos públicos. Recebemos incontáveis uploads sobre estratégias eficazes de mídia, linguagem corporal, a arte da conversação e etiqueta social.

Sem mencionar um pod inteiro de entrevistas à imprensa, arquivadas, dadas por pessoas importantes.

Agora posso ser eloquente, falar com equilíbrio e fazer piadas espirituosas por horas sem fim. Mas não quer dizer que não me sinta uma fraude ao fazer isso. E não quer dizer que esteja verdadeiramente *pronta* para o mundo todo conhecer meu rosto.

Meus pés estão pesados e não cooperam quando ando pelo perímetro do chalé desocupado. Meus olhos não querem acompanhar a volta que eu dava pela casa. Eles vagam. São atraídos a um só lugar.

Ao trecho de terra onde antes ficava o banco.

Onde o garoto e eu costumávamos deixar mensagens um para o outro.

Em apenas uma noite, um novo dente-de-leão conseguira brotar no lugar daquele que destruí. É uma erva daninha forte. Uma combatente rebelde. Apesar de todos os progressos da Diotech na horticultura – apesar de todas as tentativas do dr. A de eliminar sua existência –, ele ainda cresce.

Uma memória brota instantaneamente em meu íntimo, forte demais para ser contida, poderosa demais para ser controlada. A culpa angustiada que a acompanha quase me recurva. Não resta nada a fazer, a não ser fechar os olhos e deixar que a memória me domine.

"Eu já lhe contei sobre nosso banco?", diz Lyzender, tentando apertar minha mão. A doença em suas veias reduz seus esforços a um mísero espasmo muscular. "Era de mármore branco. Em seu jardim."

Seu corpo é abalado por uma tosse que deixa uma mancha de sangue na boca. Pego um lenço de papel e limpo as gotas carmim.

"Toda manhã, quando você acordava, devia enterrar algo embaixo do banco. Era o seu sinal para mim de que você se lembrava."

"Me lembrava de quê?", perguntei.

"De mim."

Aperto os lábios, reprimindo um estremecimento. "Como você encontrou forças para fazer isso tantas vezes?", pergunto. "Por que continuou voltando, quando sabia que eu o olhava como se fosse um estranho?"

Ele fecha os olhos e sussurra: "Você nunca me olhou como se eu fosse um estranho. Era assim que eu sabia que eles nunca venceriam."

Meus olhos se abrem num estalo e vejo o portão aberto. Eu deveria ir embora. Deveria me afastar e nunca olhar para trás.

Afinal, este é o verdadeiro motivo para eu ter voltado aqui, não é? Porque tinha esperanças de que as paredes de minha antiga prisão – a lembrança de meus crimes do passado – me motivassem a agir da maneira certa. A *ser* a pessoa certa.

Mas, agora que estou aqui, cada canto escuro de minha mente é iluminado pela curiosidade. Cada parte do meu corpo é atraída ao local no deserto que representa meus atos traiçoeiros. Como se meu antigo ser me chamasse, convidando a voltar.

Eu luto, mas não com força suficiente. O *querer* é poderoso demais. Ele domina o *dever*. Hoje, o defeito enterrado bem no fundo do meu ser está forte. Mais forte do que jamais senti.

Preciso saber.

Não posso sair daqui sem saber.

Meus pés encontram seu próprio caminho. Minha determinação decrescente me põe de joelhos. E, antes que eu possa dar à mente a oportunidade de discordar, eu cavo.

Cavo.

Cavo.

A terra é dura e resistente, e adere dolorosamente embaixo das unhas enquanto arranho e raspo o chão. A terra está tão compactada que tenho dificuldade para acreditar que alguém tenha enterrado alguma coisa aqui recentemente.

Então, por que está cavando?, pergunta uma voz em algum lugar dentro de mim.

Mas não tenho uma resposta.

Algo simplesmente me compele a cavar.

O dr. A não acredita em pressentimentos. Diz que são para as pessoas não científicas, que preferem confiar em absurdos a aprender como o mundo funciona.

Porém, não sei mais como explicar a sensação que corre por mim. A certeza me supera como a programação supera um drone.

Tem alguma coisa aqui. Sei disso.

Entretanto, agora o buraco tem mais de 30 centímetros de profundidade e não encontrei nada. Vejo o sol nascendo. Logo virão procurar por mim.

O que será que o dr. A pensará se me encontrar aqui, literalmente cavando um passado que eu deveria esquecer?

Mas agora não posso parar.

Não quando essa convicção pulsa em mim como um fogo doce. Não quando jamais me senti tão viva.

A ponta dos dedos sangra, mas continuo. Quaisquer feridas que infligir a mim mesma estarão curadas quando eu voltar à Residência Presidencial. Eu me sinto como um daqueles cães selvagens que às vezes vejo zanzando do lado de fora dos muros do complexo, rasgando a terra na esperança de encontrar comida.

E então minhas mãos batem em alguma coisa. Algo sólido.

Cavo mais rápido até desenterrar completamente o objeto. É uma caixinha de madeira. Espano às pressas a terra restante e fico boquiaberta quando noto um entalhe na tampa.

Como uma memória gravada na madeira.

O símbolo.

Nosso símbolo.

"Significa eternidade. Significa para sempre."

Eu me lembro de quanto gostava dele. A volta infinita do nó eterno. Lembro que quase pareciam dois corações invertidos, cruzando-se no meio.

Meus dedos entorpecidos estão grossos quando apalpo, à procura de um fecho, e abro a caixa.

Há um único objeto dentro dela. Eu o reconheço imediatamente. As laterais lisas, as bordas limpas e precisas do metal, o brilho verde quando passo a ponta do dedo por ele, ativando o que tem em seu interior.

É um drive cúbico. Idêntico àquele em que Lyzender armazenou minhas memórias roubadas quando fugimos.

Idêntico àquele que Kaelen tinha quando foi me buscar.

Mas como veio parar aqui? Enterrado mais de 30 centímetros no chão?

Normalmente, os drives não são usados no complexo. Não quando a rede da Diotech nos permite a transferência sem fio de dados entre dispositivos e pods de servidores.

Eu me lembro da última vez em que vi um desses. Foi em 2032. Eu o tirei de Kaelen. Tinha usado para mostrar a meu irmão adotivo, Cody, todas as minhas memórias. Assim ele pôde ver com os próprios olhos como fora meu passado.

Isso foi quando eu ainda acreditava que a Diotech era minha inimiga. Quando ainda estava firmemente sob os feitiços de Lyzender.

E depois?

O que aconteceu com o drive depois que Cody teve acesso a minhas memórias? Não me lembro de vê-lo outra vez. Kaelen e eu partimos. Será que levamos o drive? Certamente eu não levei. E não me lembro de tê-lo devolvido a Kaelen.

Deve ter ficado na casa de Cody. No quarto de hóspedes, onde Lyzender ficou prostrado na cama, doente e moribundo. Onde Kaelen administrou o Repressor que desativou o gene da transessão de Lyzender, curou sua doença e o aprisionou para sempre no tempo.

Isso já faz mais de oitenta anos.

O que significa...

Um ping faísca em minha visão, perturbando meu raciocínio. É uma mensagem de Kaelen, perguntando onde estou.

Devolvo a caixa agora vazia ao buraco e empurro o monte de terra por cima. Faço o máximo para alisar o montinho redondo que formei, tentando até ressuscitar o frágil dente-de-leão que foi jogado de lado durante minha escavação. Quando termino, ele parece torto e triste.

Fico de pé e guardo o drive no bolso.

Parto numa corrida, saltando sem esforço o muro de concreto que costumava me conter. Que costumava me proteger de meu espírito rebelde.

Durante toda a corrida, penso no pequeno cubo que bate delicadamente em meu quadril. Um hard drive que antes continha todas as minhas memórias.

Será que ainda estão ali? Ou há algo novo armazenado dentro de suas fortes paredes de metal?

Algo que alguém queria que eu encontrasse?

Algo que ficou enterrado por quase um século.

13
PARTIDA

Sigo em disparada pelo campo vazio e atravesso o Setor Agrícola. Normalmente, tento passar longe do horripilante álamo do canto, por medo de que seus galhos nodosos e retorcidos se estendam e me agarrem. Mas hoje não tenho tempo para descrever o arco habitual e amplo em torno da árvore. Ainda baixo a cabeça e viro o rosto ao passar por ela, mas justo quando estou prestes a me livrar de seu último galho estendido, ouço o grito distante de uma garotinha.

Reduzo o ritmo e me viro, e o barulho penetrante cessa assim que faço isso. E é quando vejo o homem parado embaixo da árvore, a tesoura de poda de alças vermelhas pendurada em sua mão flácida, como se estivesse no processo de podar a árvore, mas simplesmente interrompesse o movimento no meio do corte. Minha caixa torácica se estreita em torno do coração, ameaçando esmagá-lo como a um inseto.

É Rio.

Meus olhos disparam para o lado em que eu corria. Eu podia continuar. Fingir que não o vi. Mas ele já me encara com aqueles olhos vidrados. Como se esperasse que eu dissesse alguma coisa. Penso em mandar um ping a Kaelen e pedir que venha me ajudar. Ele sempre sabe lidar com Rio. É muito controlado. Ao contrário de mim, que me transformo em uma inútil em sua presença. Porém, sei que Kaelen só ficaria decepcionado se eu o convocasse. Em sua opinião, eu deveria ser capaz de cuidar disso. E ele tem razão. Eu deveria. Mas agora minhas mãos tremem e minha boca ficou seca feito osso, e Rio ainda está parado ali, a boca aberta e os braços largados ao lado do corpo.

Eu me preparo e dou alguns passos na direção dele e da árvore perturbadora, prendendo a respiração enquanto caminho, mexendo os dedos. Faço exatamente o que Kaelen faria. Abro um sorriso forçado que torço para parecer sincero e digo:

– Bom dia, Rio.

Mas tem algo errado. Ele não responde. Ele sempre responde a Kaelen. Sempre retribui a saudação e resmunga algo sobre as muitas cercas-vivas que existem pelo complexo. Hoje, não. Na verdade, ele nem mesmo se mexe. Seus olhos ainda estão fixos à frente. Não mais em mim, mas em algo distante, atrás de mim. Olho rapidamente por cima do ombro, mas não vejo nada que interesse. Quando volto a atenção a ele, a tesoura de poda cai de sua mão, batendo com um ruído no chão.

– Rio? – Ouço o tremor em minha voz.

Como ele ainda não responde, aceno na frente de seu rosto.

Nada. Nem mesmo um estremecimento.

Será que está vivo?

Não fosse pelo fato de estar de pé, eu suporia com segurança que não está vivo. Ele parece um bot que simplesmente ficou sem energia entre dois locais, à espera de alguém que apareça e o reanime.

Eu me coloco a sua frente e respiro fundo enquanto arrisco um olhar em cheio em seus olhos. Ele não registra minha existência, nem pisca. Sinto o estômago revirar enquanto procuro por algo. Qualquer coisa. Uma faísca de reconhecimento. Uma centelha do homem que antes existia ali. Que arriscou tudo para me ajudar a fugir com Lyzender. Que foi me procurar no passado. Que traiu o dr. A ao custo de seu cérebro. De suas faculdades mentais. De sua vida.

Mas não vejo nada disso. Vejo apenas a casca de uma pessoa. Um homem que foi substituído por um vazio oco.

Estremeço e dou um passo para trás, baixando a cabeça ainda mais e voltando ao caminho. Mas a mão em meu braço me provoca um grito estridente. Aperta tanto que o fluxo sanguíneo é estancado.

Apavorada, olho e vejo o rosto de Rio a centímetros do meu. O vazio em seus olhos se foi, substituído por algo intenso. Algo ensandecido. Um desvario determinado que revela demais o branco em volta da íris.

– Sariana – diz ele, a voz tensa, cheia de aviso.

Sariana?

Olho em volta. Com quem ele está falando? Sou a única pessoa ali.

Tento me afastar, mas seu aperto é forte. Eu poderia me livrar dele e quebrar sua mão, mas a boca de Rio volta a se mexer, detendo-me. Seus lábios palpitam sem produzir nenhum som.

Levo algum tempo para entender o que está acontecendo.

Ele está tentando me dizer alguma coisa.

– V-v-v-v-v... – Sai mais saliva do que som. Pinga de seu maxilar.

– Rio?

– V-v-v-v-v... – Quase posso ver a luta em seu rosto. Quase posso escutar sua mente gritando, frustrada.

Com delicadeza, retiro seus dedos de meu braço, agitando-o para restaurar o fluxo de sangue.

Eu me afasto, mas ele estende o braço e me segura de novo. Desta vez pelo punho. Meu olhar se ergue e encontra o dele justo quando as palavras se derramam de sua boca.

– Vá embora.

14
SEQUENCIADA

Quando chego em casa, dois hovercópteros estão estaciona-dos na frente da Residência Presidencial. Crest dá ordens a uma equipe amuada de empregados, homens e mulheres que carregam a bagagem e as caixas para nossa turnê.

Ela para a fim de acenar para mim, depois nota minhas mãos. Estão cobertas de terra.

– Mas que diabos você andou fazendo?

– Cavando. – Sei que não posso mentir para Crest. Nem adianta tentar.

Receio que ela pergunte por que e eu não tenha uma resposta a lhe dar, mas felizmente um dos empregados tropeça em uma hovermala flutuante, que se abre e espalha roupas pela grama. Crest geme e olha para o céu, como se pedisse socorro.

Uso essa distração como minha chance de dar o fora, subindo aos saltos a escada da varanda.

– Vá se limpar! – grita Crest para mim, sem nem se dar ao trabalho de se virar. – E vista as roupas de viagem que separei para você.

Solto um suspiro e resmungo meu assentimento. Até minhas roupas de viagem são coordenadas. Crest diz que, depois que eu sair do complexo, ficarei aos olhos do público. Aonde quer que eu vá, preciso ter uma aparência de tirar o fôlego, ter o meu melhor comportamento e nunca aparentar tédio.

– Os ExGens são a síntese de uma vida cintilante e encantadora. Você deve parecer vivaz o tempo todo.

Fiquei tentada a brincar que acho que o dr. A omitiu o gene da "vivacidade" quando me criou, mas não creio que alguém, além de mim, vá gostar da piada.

Como prometido, quando chego a meu quarto encontro um bodysuit cintilante esperando por mim na cama.

Retiro o drive do bolso e o coloco na mesinha de cabeceira. Não tenho tempo para tomar um banho, seja qual for, de chuveiro ou banheira, então simplesmente lavo a terra das mãos e dos braços, com o cuidado de deixar escorrer tudo pelo ralo em um redemoinho castanho-claro de bolhas de sabonete e lama. Percebo que torço para que o detergente extraforte da Diotech lave mais do que apenas a terra em minha pele. Talvez parte da sujeira na minha consciência também.

Tiro as roupas comuns, jogo no cesto de roupa suja em meu closet e visto o bodysuit. O tecido é macio e elástico, mas o corte é muito mais apertado do que eu gostaria.

Mostre esse corpo de um trilhão de dólares, diria Crest. *Senão, o que vamos invejar?*

Paro na frente do ReflexiVidro, tentando encontrar algum indício de reconhecimento em meus próprios olhos púrpura. Quem é essa pessoa que me olha com sua pele caramelo e os cabelos dourado-escuros? Uma garota que cava buracos no chão e esconde o que encontra? Uma garota que parece não conseguir escapar do passado, por mais veloz que tenha sido planejada para correr?

As duas palavras de Rio ecoam em minha mente como um alerta fantasma.

"*Vá embora.*"

É claro que foi apenas a divagação de um louco. Alguma reação negativa ao seu procedimento.

Esse é o homem que traiu o Objetivo. Que traiu o dr. A.

Mesmo que seja a sombra incomum do homem que já foi, não merece confiança. Ele é um inimigo.

Como eu?

Ou como eu *já fui?*

E quem é Sariana? Ele olhava para mim quando disse isso. Como se acreditasse que fosse meu nome. Imagino que seja apenas mais uma confirmação de que seu cérebro está destruído e é irrecuperável. Incapaz de racionalização.

O brilho do cubo de metal cintila no vidro e me viro para pegá-lo. Eu me sento na beira da cama e giro o pequeno objeto sem parar na palma da mão, examinando a superfície lisa e brilhante, imaginando o que pode estar armazenado ali. Alguma mensagem deixada para ser encontrada por mim?

– Sincronizar com o dispositivo – ordeno a minhas Lentes. No mesmo instante, em minha visão, vejo uma lista de todos os dispositivos a meu alcance. Minha tela de parede, minha tela de teto, o ReflexiVidro, o Slate jogado na cama.

E, finalmente, o último item da lista: o drive.

Ele cintila, verde, esperando que eu acesse seu conteúdo. Quase parece gritar para que eu o selecione. Que dê permissão para ele se infiltrar em meu cérebro. Azedar meus pensamentos. Despedaçar minhas certezas.

Nada que eu corra em minhas Lentes é privado. Tudo pode ser rastreado.

Embora eu saiba que a equipe de segurança deve estar preocupada demais com os preparativos de nossa turnê para monitorar streaming em Lentes neste momento, a história ficará armazenada em algum lugar. Acessível sempre que surgir a suspeita.

Não posso correr esse risco.

E se foi mesmo Lyzender que o deixou lá? O que ele armazenaria para eu descobrir?

Nada que possa fazer algum bem.

Uma batida na porta me dá um susto. Meu bodysuit não tem bolsos, então jogo o cubo na ponta do sapato e meto meu pé atrás dele. O metal frio provoca um arrepio até a ponta do crânio.

– Abra – ordeno à porta, e um segundo depois Kaelen entra no quarto. Seu rosto está brilhante e ardente como o sol ao fazer o primeiro aparecimento pela manhã. Ao que parece, *ele* recebeu o gene da vivacidade.

– Está tudo bem? – pergunta. – Você parece, sei lá, debilitada.

Sei que devia contar a ele. Contar tudo. Sobre o chalé. Sobre o drive. Sobre os olhos desvairados e apavorantes de Rio quando me chamou por um nome diferente e me disse para ir embora. Não sei o que me impede de abrir a boca e revelar tudo. Mas, neste momento, algo fez minha língua refém.

– Sim – digo a ele. – Estou ótima.

Fico agradecida quando Kaelen se inclina para me beijar. Significa que ele acredita em minha resposta. Estou ansiosa para que seu beijo apague as últimas horas. Como sempre consegue fazer. Mas quando ele começa a se afastar, um instante depois, sinto a inquietação perdurar em mim como uma poeira que se assenta.

Seguro seu rosto com as duas mãos e o puxo para mim, apanhando sua boca na minha, tentando retirar de seus lábios o mágico poder do desaparecimento que ele parece ter.

– Está pronta? – pergunta quando nos separamos. – O hiperloop parte em uma hora.

Não estou pronta. Não sei se um dia estarei pronta, mas não digo isso a ele. Não direi a ninguém.

Sou uma ExGen. Esse é meu propósito. Minha parte no Objetivo. O diretor Raze tem a tarefa de garantir nossa segurança. Crest tem a tarefa de garantir o respeito a nossos horários. Todos têm um papel a cumprir. Só preciso não aparentar tédio. Era de se esperar que eu pudesse lidar com uma responsabilidade tão pequena. Era de se esperar que eu pudesse acolher meu papel – talvez até gostar dele – como Kaelen parece fazer com tanta tranquilidade.

Pinto meu melhor sorriso, aquele que estive ensaiando no último ano, esperando pelo dia em que não parecesse ensaiado. Pelo visto, hoje não é o dia. Com o drive espetando os dedos de meus pés, eu me sinto, mais do que nunca, uma fraude.

– Sim. Vou descer logo. Pode me dar só um minuto?

– Claro. – Ele sai pela porta e ela se tranca.

Enrolo meu Slate e o coloco em uma bolsinha de viagem que Crest pendurou na guarda da cama. Está cheia de lanches de superalimentos para a estrada. Passo a alça pelo ombro, dou uma última olhada no quarto e vou até a porta.

No corredor, paro na DigiPlaca dourada na parede e a vejo completar uma rotação pela história do Projeto Gênese.

Sequência: D / Recombinação: W – 25 de outubro de 2113
Sequência: D / Recombinação: X – 19 de dezembro de 2113
Sequência: D / Recombinação: Y – 19 de março de 2114
Sequência: D / Recombinação: Z – 23 de abril de 2114

Cento e quatro sequências de DNA falharam até que a minha fosse um sucesso.

Sequência: E / Recombinação: A – 27 de junho de 2114

O dia em que "nasci".

Até onde sei, o útero artificial gigante em que fui gestada permanece intocado, acumulando poeira no antigo laboratório de Rio no Setor Médico. Ninguém mais entra lá. A porta ficou trancada por mais de um ano. Depois que retornei ao complexo, houve algumas ocasiões em que fiquei intrigada com a ideia de voltar ao laboratório no qual Rio passou tantas noites longas e insones tentando me trazer à vida, mas minhas digitais e retinas jamais abririam a porta. Acabei desistindo.

Em geral, fico parada aqui, neste corredor, vendo as voltas do texto da DigiPlaca e me perguntando o que aconteceu com todas as tentativas fracassadas. Por que não deram certo? O que havia de tão especial em S:E/R:A?

Por que *eu*?

Depois me pergunto se alguma sequência, entre as outras, teria sido mais adequada para esse papel. Quem sabe se S:D/R:E seria uma traidora também, como eu? Se S:A/R:U teria sido uma grande decepção para o Objetivo? Ou teria sido corajosa e obediente, como queria o dr. A?

A DigiPlaca sustenta a última data por 30 segundos antes de recomeçar com a Sequência: A / Recombinação: A. Eu me afasto e desço a escada, onde Crest e Kaelen me aguardam.

Crest me olha de cima a baixo e espero que ela me diga para voltar ao segundo andar e tentar de novo. Certamente fiz alguma coisa errada. Calcei os sapatos trocados. Confundi o colarinho com uma manga. Mas ela faz beicinho e diz: "Perfeito."

Kaelen me dá um beijo na têmpora, bem perto da linha do cabelo, e de repente entro em pânico, pensando que ele vai ficar com terra na boca.

– Perfeito – repete ele suavemente em meu ouvido.

Neste momento, esta parece a palavra mais imprecisa de nossa língua.

Kaelen, Crest e eu embarcamos no primeiro hovercóptero. O dr. A já está sentado na fila da frente. Ele assente para mim, aprovando. Ao que parece, o bodysuit está indo muito bem. Kaelen se senta ao lado dele e fico na fila de trás com Crest. O diretor Raze está no banco da frente, ao lado do piloto. O papel do piloto é bastante obsoleto. Os hovercópteros podem voar sozinhos, mas alguém precisa estar presente para garantir que nada saia errado.

Acho engraçado que ainda precisemos de gente na supervisão, com toda essa tecnologia desenvolvida pela Diotech.

Do outro lado da minha janela, as pessoas se reuniram para se despedir de nós. Cientistas, assistentes de laboratório e crianças. Eles acenam e aplaudem enquanto o hovercóptero sai do chão. Um cabelo azul chama minha atenção. Klo Raze – o garoto que vi ontem no Campo Recreativo – me olha fixamente, com uma intensidade inquietante.

Ele é o único que não acena.

Nossa subida ao céu é suave e rápida. Por minha janela, vejo o complexo diminuir cada vez mais, tornando-se cada vez menos reconhecível, até que não passa de uma cidadezinha de brinquedo feita de plástico descartável e gente do tamanho de bonecos. Agora a massa de repórteres e espectadores fora dos muros não passa de sardas irregulares na terra.

Os muros existem para minha segurança. Foi isso que me disseram.

Mas, à medida que flutuamos alto no céu, deixando meu mundinho protetor para trás em um jato de vapor invisível, eu me pergunto quem me manterá a salvo aqui fora. Daqueles que não me entendem. Daqueles que querem me ferir.

De mim mesma.

PARTE 2

A REVELAÇÃO

15
ENCAPSULADA

A pele de minhas bochechas repuxa e ondula depois de Crest ministrar a injeção. Solto um grito agudo enquanto a droga em minhas veias faz efeito, recodificando meu DNA, remodelando meu rosto. Meus lábios formigam, incham e perdem a cor, e passo os dedos neles. Crest puxa minha mão.

– Eu não faria isso. Só vai deformar você ainda mais.

Em seguida, ela injeta a droga em Kaelen e observo sua cabeça baixar enquanto ele suporta a dor em um silêncio estoico. Ele não se vira, por isso não consigo ver quão diferente ele está. Mas sei que não importa a aparência que tenha agora, ainda o amo e ele ainda me ama.

Esta é a beleza de ser Parceiro Duplicado. Não há dúvida. Não existe insegurança. Só existem certezas.

Fecho os olhos para suportar o aguilhão da testa se esticando.

– É só uma precaução, minha pérola – diz Crest, com um carinho em minhas costas. – Os efeitos passarão amanhã de manhã, e você estará de volta a seu ser deslumbrante.

Os disfarces genéticos já existem há mais de meia década. Mas não é muita gente que tem acesso a eles, ou que sabe de sua existência. São usados principalmente para trabalhos do governo. Operações sob disfarce e coisas assim.

Ouvi falar deles pela primeira vez quando estava aprisionada no submarino da dra. Maxxer, em 2032. Quando ela tentou me encher de mentiras sobre o Objetivo e seu verdadeiro propósito. Um dos homens com quem ela trabalhava, Trestin, havia sido geneticamente disfarçado quando o conheci. Foi feito de modo que parecesse mais velho e mais corpulento.

A dra. Rylan Maxxer foi a mulher que inventou o gene da transessão que me permitiu viajar no tempo. Desde então, ele foi descontinuado e banido, quando descobriram que tem efeitos colaterais negativos em Normatas. O mais calamitoso deles é a morte.

Mesmo que o gene não tenha afetado Kaelen e eu da mesma forma, como precaução, os nossos também foram desativados.

Depois que descobri o Repressor que a dra. Maxxer produzira como antídoto para o gene da transessão, o dr. A fez sua engenharia reversa e sintetizou um grande volume para curar todos os doentes do complexo que haviam recebido o implante do gene no passado.

Isto é, aqueles que já não estavam mortos.

O dr. A diz que Maxxer era uma cientista excelente. Uma das melhores do complexo. Mas era muito impetuosa para seu próprio bem. Testava as experiências nela mesma, inclusive o gene da transessão, e acabou sofrendo as consequências prejudiciais. Ela se tornou excessivamente paranoica. Delirante. No fim das contas, o dr. A teve que dispensá-la do serviço à Diotech. Ela não era mais mentalmente apta para a pesquisa.

Isso a deixou colérica, e ela passou a espalhar boatos falsos e maldosos sobre a Diotech, o dr. A e até mesmo sobre o Objetivo em si. Boatos sobre uma organização secreta de nome Providência, que tentava controlar o mundo.

– Se isso não é um delírio paranoico – disse o dr. A –, então não sei o que é.

Ela chegou a tentar me recrutar. Tentou me inculcar suas mentiras cruéis. Felizmente, tive a inteligência de rejeitar.

O único ato redentor de meu passado.

Quando o dr. A me explicou tudo isso, perguntei se Maxxer era uma ameaça ao Objetivo.

– Ela é louca demais para ser uma ameaça – garantiu. – Além do mais, nem é de grande perigo para nós, está presa em 2032.

Foi onde a deixei. A essa altura, muito provavelmente ela está morta.

A estação de hiperloop mais próxima do complexo fica em Las Vegas. Está deserta quando chegamos. Dane disse que todas as cápsulas de chegada e partida foram canceladas hoje, para nos permitir viajar sem sermos vistos. Parece que o custo tão alto desse empreendimento foi coberto pela AFC Streamwork, que transmite o programa de Mosima, assim como o custo de nossos disfarces genéticos – para proteger a revelação exclusiva pela qual eles pagaram. Se uma única pessoa conseguir fazer uma foto nossa, subiria no Feed em questão de segundos e a exclusiva do canal de streaming estaria arruinada.

Somos escoltados na estação pelos seguranças do diretor Raze – vinte guardas vestidos de preto com laser de mutação preso no cinto.

Somos posicionados em um mar de estalos de sapatos, bloqueados de cada lado, caso algum expectador consiga dar uma espiada pelo SintetiVidro escurecido das janelas da estação. Uma precaução tomada acima de todas as outras.

A data e a hora de nossa partida não foram divulgadas ao público, assim não deve haver ninguém de emboscada, mas o diretor Raze diz que todo cuidado é pouco. Qualquer empresa pode ter um espião.

Crest também nos fez usar óculos escuros grandes e antiquados e bonés de magnetobol. Noto que o logo que brilha no boné com nanopespontos de Kaelen pertence ao time de Denver, atualmente na primeira colocação, enquanto o meu é do time de Detroit, hoje em último lugar. Mesmo que tenha sido coincidência, considero tremendamente adequado.

Enquanto passamos pela imensa estação de hiperloop com seus tetos abobadados e as instalações elétricas modernas, vejo que as lojas que vendem lanches e remédios para enjoo de movimento a passageiros que não conseguem lidar com a pressão do vácuo estão fechadas. Algumas até anunciam variedades de álcool para aqueles que só querem fazer tudo desaparecer em segundo plano.

– Não se preocupe – diz Killy, uma agente de segurança, claramente vendo a apreensão em meu rosto. – Só parece ruim na primeira vez. Você vai se acostumar.

Aponto com a cabeça uma das lojas escurecidas. Um anúncio de remédios passa na tela-vitrine, apesar de a loja estar fechada.

– Já precisou de um desses?

Killy acompanha meu olhar.

– Nunca. – Ela dá um tapinha na barriga. – Estômago de aço.

Viro a cabeça de lado com curiosidade, o que parece fazê-la rir.

– É uma expressão antiga. Significa que nada me deixa enjoada. Meio parecida com você.

Quero dizer a ela que está enganada. Muita coisa me deixa enjoada.

A lembrança do rosto de Lyzender.

O pequeno drive cúbico esfolando os dedos do meu pé na ponta do sapato.

O vazio nos olhos de Rio.

O jeito que o dr. A me olha, como se eu realmente *fosse* doente. Mentalmente doente.

Mas não digo nada disso. Continuo andando com a cabeça erguida e o olhar voltado para a frente. Chegamos a uma série de elevadores e nos separamos em grupos para tomá-los ao quinto andar da estação. A voz no elevador me diz que este é o andar de embarque.

Não sei o que estará esperando por mim quando a porta se abrir. Já vi hiperloops no Feed e, é claro, em meus uploads, mas soube que as coisas tendem a parecer muito diferentes quando você está parada bem na frente delas.

A primeira coisa que noto quando saímos dos elevadores e vejo as cápsulas abertas a nossa espera é o cheiro. Deve ser dos gases que usam para lacrar os tubos a vácuo no final do trilho de embarque. Ou talvez eu sinta o cheiro do meu próprio medo. Um mix de metal e ar chamuscado. Parece alguma coisa queimando.

Queimando.

Paro, de repente dominada pela recordação do cheiro.

Queimando.

Queimando o quê? Madeira?

Não. *Carne.*

O pensamento revira meu estômago. Por que eu pensaria em carne queimando?

A memória sobre o julgamento das bruxas em 1609 me vem rapidamente, mas não confere. Parece mais imediato que isso. Mais recente.

– Está tudo bem? – Killy se coloca a meu lado. Pisco rapidamente e me obrigo a sorrir.

– Sim. Foi só... o cheiro. Me pegou desprevenida.

Ela assente, compreensiva.

– Sempre acontece comigo também. Não é nada parecido com ver no Feed, não é mesmo?

Os canais de streaming tentaram imitar o quarto sentido. Às vezes, as telas emitem o aroma detectável de pão no forno, quando uma personagem está na cozinha, ou o perfume de flores, quando alguém corre por uma campina, mas nunca é muito real. Os cheiros doces são açucarados demais, o cheiro de chuva é penetrante demais. Não importa o que eles façam, não conseguem parear com a realidade.

Em cada cápsula cabem seis pessoas, então nosso grupo é dividido em cinco subgrupos. Kaelen e eu ficamos separados. O dr. A, Dane, o diretor Raze e outros dois agentes são designados à primeira cápsula com Kaelen, e sou designada à última junto com Crest, Killy e o agente Thatch, o adjunto de Raze.

Antes de embarcar na cápsula, Kaelen para diante de mim, examinando meu rosto disfarçado. Pela primeira vez, levo um tempo para examiná-lo também. Seu nariz reto agora está meio torto, os vibrantes olhos verde-azulados arrefeceram a um verde opaco de Normata. Há camadas de rugas sob seus olhos, com se ele não dormisse há dias. As maçãs altas do rosto afundaram nas faces, e o queixo forte e quadrado agora é cônico e virado para cima. Até o cabelo louro-escuro e brilhante parece ter sido lavado com água suja.

Mas ainda posso vê-lo por trás do disfarce.

Ele ainda está ali. Meu lindo Kaelen.

Ele passa a ponta do dedo por minha face temporária, como se tentasse memorizá-la.

– Agora não está tão perfeita – brinco.

Os lábios de Kaelen se abrem em um sorriso.

– Então é assim que você fica como Normata.

Faço uma pose semelhante àquela que vi tantas vezes nos streams de moda.

– O que você acha?

Apesar da resposta de Kaelen, sei exatamente o que ele acha. Embora eu não tenha visto meu reflexo, finalmente minha aparência corresponde ao que sinto.

Defeituosa. Torta. Estragada.

Sem dizer nada, ele se abaixa e me beija. Sua boca disforme é estranha na minha. Somos dois estranhos nos beijando pela milésima vez. Mas o formigamento de calor que ele deixa em meus lábios é cem por cento Kaelen.

– Vejo você em menos de trinta minutos – diz ele em voz baixa. Depois entra na cápsula, assumindo o terceiro banco na fileira para seis passageiros. Assim que seu peso é registrado no banco, as contenções triplas e cruzadas de metal prendem a parte superior de seu corpo, impedindo qualquer movimento, até mesmo um aceno de despedida para mim.

Vejo a porta ser lacrada e a superfície escurecer. É pela segurança dos próprios passageiros. E pela sanidade mental deles. Evidentemente, se você conseguisse ver a velocidade com que viaja, poderia enlouquecer e tentar se soltar, o que certamente o mataria.

Mexer-se demais enquanto está no loop, em particular durante os giros, também pode ser perigoso. As contenções existem não só para impedir que a pessoa seja ejetada, mas também para que não se machuque tentando virar o corpo.

Entendo por que algumas pessoas optam pelo álcool.

Observo a cápsula de Kaelen deslizar lentamente para a entrada do tubo, parando para aguardar a janela de partida.

A parte seguinte acontece com uma velocidade quase excessiva até para meu registro.

O lacre da abertura do tubo se desfaz, o vácuo toma o poder e a cápsula explode para dentro, disparando como um projétil antes que o tubo seja fechado, deixando uma névoa em um turbilhão de gás.

Se você piscar, certamente perderá isso.

Vejo em um torpor de pânico outras três cápsulas dispararem para dentro do loop antes que um tapinha no ombro me sobressalte e me puxe de volta ao presente. Eu me viro e vejo Killy apontando a cápsula seguinte, que acaba de aparecer no trilho de embarque.

– Nossa vez.

Respiro fundo como preparação e entro no veículo, pegando a terceira fila, como fez Kaelen. Crest salta no banco a meu lado.

– Isso não é demais? Tenho o melhor emprego do mundo!

As contenções se estendem dos dois lados, prendendo-me ao banco. Sei que a essa altura eu deveria estar acostumada com o confinamento, mas a ideia de ficar presa dentro desta cápsula pelos próximos 27,2 minutos me deixa ofegante.

Começo a recitar a raiz quadrada de pi.

1,77245385091...

– Como se sente, Sera? – Killy me chama.

– Bem – digo, depois rapidamente corrijo minha resposta. – Ótima.

Mas acho impossível conferir algum entusiasmo à palavra.

A porta é lacrada e observo a estação desaparecer enquanto o vidro escurece até ficar preto. Sinto o trilho de embarque vibrar sob meu banco quando avançamos para a entrada do tubo. Logo não haverá nada abaixo de nós senão o ar.

Só 28 paradas na turnê, penso enquanto a cápsula reduz até parar pelo intervalo de uma batida do coração.

E então sou arremessada para o encosto do banco com a força da queda de um planeta.

16

REATIVA

Menos de trinta minutos depois, fico agradecida quando nossa cápsula começa a desacelerar e se conecta com o trilho de embarque que nos leva à estação de hiperloop de Los Angeles. É bom ter algo sólido e de metal embaixo de mim outra vez, e não mais o influxo duvidoso de ar.

Paramos na plataforma de desembarque. O tom escuro do SintetiVidro se dissolve e me permite enxergar o interior da estação. Enquanto me esforço para virar a cabeça e espiar, espero ver Kaelen me aguardando na plataforma, seu rosto geneticamente disfarçado me cumprimentando com um sorriso torto. Mas me deparo com uma realidade muito mais perturbadora.

Um homem que nunca vi está inconsciente no chão, seu corpo contorcido de um jeito nada natural. Ele não se mexe. Creio que nem mesmo esteja respirando. Pedaços de DigiCams estão ao lado de sua cabeça.

Cinco pessoas – outros rostos que não reconheço – estão reunidas em volta dele. Alguém se ajoelha para verificar a pulsação. Outra pessoa – um homem atarracado de cabelo comprido – grita algo que não consigo escutar pelo vidro espesso da cápsula. Acompanho seu olhar febril pela plataforma e prendo a respiração quando vejo que o grito furioso é dirigido a Kaelen.

Pelo menos acho que é Kaelen. Ele ainda está disfarçado pela injeção, e seu rosto está contorcido com tanta fúria que nem parece humano. Ele é contido por quatro seguranças parrudos de Raze e logo entendo o motivo. Parece que ele quer matar alguém. Meu olhar dispara na direção do homem prostrado e imóvel na plataforma.

Ou talvez ele *já tenha* matado.

Será que Kaelen fez isso?

No minuto em que a pergunta surge em minha mente, tenho a resposta. Kaelen se desvencilha das mãos dos seguranças e avança com tamanha velocidade que duvido que alguém, além de mim, consiga acompanhar a trajetória de seu movimento.

Ele espanca o homem que estava gritando, acertando-o com um forte golpe nas costas. A cabeça do homem bate na superfície impiedosa da plataforma. Kaelen esmurra a cara dele. O sangue respinga nas faces desfiguradas de Kaelen e no chão em volta.

– Ah, droga – ouço Crest praguejar a meu lado. – Isso é péssimo.

Minha mente enfim reage ao que vejo, e luto contra minhas contenções, metendo as mãos entre meu corpo e as barras de metal que me prendem ao banco, mas é inútil. Não consigo forçá-los a ceder nem um centímetro.

SintetiAço.

Viro a cabeça de novo, num esforço para ver o que acontece na plataforma. Meu coração bate violentamente quando vejo que Kaelen ainda esmurra a cara do homem, que já não revida. Seus braços caíram, flácidos, de lado.

Tenho um vislumbre dos quatro agentes que estiveram contendo Kaelen. Todos se coçam para pegar os lasers de mutação, mas um meneio definitivo de Raze os faz mudar de ideia. Em vez disso, partem para Kaelen, tentando afastá-lo do homem. A boca de Kaelen se estica no que só posso supor que seja um rugido, e rapidamente ele os empurra para trás, fazendo-os voar. Um deles bate em nossa cápsula. Seu rosto petrificado e apavorado pressiona a lateral do vidro e escorrega lentamente até o chão.

Solto um grito desesperado e, mais uma vez, debato-me sob as contenções.

– Crest! – grito. – Me solte!

Não importa o que houve no hiato de três minutos entre a chegada de Kaelen e a minha, só eu posso acabar com isso.

– Eu sei, minha pérola – Crest tenta me acalmar. – Eu sei. – Mas a infelicidade em sua voz me diz que ela não tem a menor ideia do que fazer, nem de como nos soltar.

– Temos que esperar que a cápsula se conecte com os sensores – diz Killy.

Com as costas ainda presas ao banco, tento ao máximo bater no vidro da cápsula, na esperança de que se parta, mas nesse ângulo desajeitado meu punho só consegue produzir uma leve marca na superfície sintética.

– Quem são eles? – pergunto a Crest, olhando os estranhos que se dispersaram às extremidades opostas da plataforma, numa tentativa de escapar da ira de Kaelen.

– Provavelmente paparazzi.

– Como sabiam que estaríamos aqui?

Só o silêncio me responde, e sei que Crest meneia a cabeça em uma incredulidade perplexa, as palavras lhe fugindo.

Quando olho para Kaelen de novo, seu cabelo está despenteado, a roupa ligeiramente torta no corpo largo e musculoso, mas, de tudo, é o rosto que menos reconheço. Esticado em uma cólera desenfreada. Seus olhos estão desvairados, revelando branco demais enquanto procuram por outros desafiantes. Mas não encontram ninguém. Os outros – inclusive os agentes de Raze – recuaram, espremendo-se no perímetro da plataforma.

Sei, pela avidez nos olhos de Kaelen, que ele quer mais. Ele é um monstro à procura de uma presa. Seus olhos encontram um dos paparazzi encolhidos no canto, e meu peito começa a se apertar.

Não, peço em silêncio. *Não faça isso.*

Mas a telepatia nunca foi uma das linguagens em que eu e Kaelen temos fluência. Ele avança para a próxima vítima. Lenta e decididamente. Bato no vidro.

– Não!

Desta vez, grito. Mas não adianta. Não consigo ouvi-lo e ele não me escuta. Mas minha voz de nada serviria para impedi-lo. Ele foi longe demais. Posso ver isso.

Finalmente, um silvo ecoa feito música em meus ouvidos e sinto as contenções se afrouxarem. Eu as afasto de mim e disparo pela porta da cápsula no instante em que ela se abre. Estou na frente de Kaelen em um nanossegundo e me posiciono entre ele e o homem que ele quer destruir. Bloqueando seu caminho, coloco a palma da mão em seu peito. Para minha surpresa, ele para a meu toque. Mas não me olha. Seus olhos estão fixos em seu destino.

O caráter familiar de seu olhar intenso me choca e percebo que já vi essa reação. Em uma estação do metrô de Nova York, no ano de 2032. Kaelen atacou um homem que ele acreditava ser uma ameaça a mim. Em um minuto ele estava muito bem; no seguinte, já não estava mais. Ele simplesmente... *surtou.*

Na época, eu não sabia o que fazer com isso. Agora, felizmente, sei.

Pressiono sua camisa com o polegar, o dedo anular e o dedo mínimo, como um pianista que toca um acorde.

Depois, levanto os cinco dedos e baixo só o polegar.

Em seguida, pressiono os dedos um, dois, quatro e cinco em seu peito, seguidos pelos dedos dois, quatro e cinco, finalizando a última letra com o dedo um.

Em menos de alguns segundos, toquei uma palavra de cinco letras.

CALMA.

Ele pisca, a respiração pesada voltando aos poucos ao normal, mas a fúria em seu rosto não se apaga. Os olhos disparam loucamente pela estação, as narinas infladas, as pupilas dilatadas, os dentes cerrados.

Continuo. Meus dedos se mexem rápida e metodicamente, as letras fluindo de mim, uma batida de cada vez.

Polegar, indicador, dedo médio = O.

Polegar, indicador, quarto dedo, mínimo = L.

Polegar, dedo médio, dedo mínimo = H.

Indicador = E.

Paro, indicando uma nova palavra.

P.

A.

R.

A.

Paro. Nova palavra.

M.

I.

M.

Kaelen obedece e vira os olhos famintos em minha direção. Ele entende o que faço. É um código que inventamos para manter a mente afiada e nos comunicarmos sem falar. Cada combinação de dedos corresponde a uma letra do alfabeto. Como um concerto de palavras para piano.

As línguas estrangeiras são divertidas, mas qualquer um que tenha um Slate pode passar nossas frases por um tradutor e entender. Esta é uma linguagem só nossa.

Basta a energia de meus dedos se movendo por seu peito para distraí-lo e arrancá-lo desse estado. Sorrio para ele, mas Kaelen ainda está agitado demais para retribuir o gesto.

O silêncio na plataforma é palpável. Ninguém nem mesmo se atreve a respirar. Todos os olhos estão em nós.

Delicadamente, passo minha mão pela de Kaelen e a puxo um pouco, levando-o para trás de uma VersoTela programada para exibir a lista de chegadas e partidas. Isso nos dá um pouco de privacidade.

Ouço passos se aproximando, giro o corpo e vejo Raze mais perto de nós. Levanto a mão, avisando que não se aproxime.

– O que houve? – pergunto a Raze.

Ele meneia a cabeça, visivelmente aturdido.

– E-e-eu não sei bem. – Acho que nunca tinha ouvido Raze gaguejar. – Desembarcamos e eles pularam em cima de nós com suas câmeras, e Kaelen simplesmente enlouqueceu.

Assinto.

– Nos dê um minuto.

Raze me atende, volta e ordena aos agentes que iniciem o controle de danos. Algo precisa ser feito para acobertar isso.

Depois que ficamos a sós e o restante da equipe está ocupada limpando a bagunça criada por Kaelen, meu cérebro finalmente tem a chance de entender o que aconteceu.

Kaelen atacou alguém. *Vários* alguéns. Cada um deles claramente incapaz de competir com Kaelen em força, velocidade e reflexos.

Penso em seu rosto antes – os olhos impulsivos, sem enxergar; a boca aberta; a pele irritada e vermelha. É como se ele se transformasse em outra pessoa. Em outra *coisa*. E agora que acabou e consigo ordenar meus pensamentos, finalmente posso identificar como me sinto com isso.

Apavorada.

A percepção me tira o ar.

Onde ele aprendeu isso?

Nunca teria reagido dessa maneira. Se somos feitos a partir de projetos genéticos complementares, não devíamos ter reações semelhantes aos problemas?

Penso no olhar orgulhoso do dr. A ao ver a reação de Kaelen.

É *isso* que ele quer de nós?

É *isso* que faz de Kaelen um ExGen superior? Um soldado melhor para o Objetivo?

– Normalmente, sei interpretar você muito bem. – A voz de Kaelen interrompe meus pensamentos. – Mas, agora, estou perdido.

Olho para ele, aliviada ao perceber que suas feições perderam aquela rigidez assustadora e, tirando o disfarce genético, Kaelen está quase de volta ao normal.

– O que está pensando? – pergunta ele.

Quero dizer a verdade sobre o que sinto, sobre os pensamentos perturbadores que passam por minha mente. Mas não sei como ele reagirá. Assim, invento alguma coisa.

– Eu estava pensando em um upload que recebi sobre peixes.

Ele dá uma gargalhada. O som é bonito.

– Alguém já te disse alguma vez que você mente muito mal?

Abro um sorriso.

– Na verdade, já.

– Preciso ativar meus nanoscanners e roubar os pensamentos diretamente de seu cérebro?

Sorrio. Sei que ele está brincando. Kaelen não usou os nanoscanners em mim desde minha fuga, quando precisou ter acesso a minhas memórias para cumprir sua missão. Na época, minhas lealdades estavam distorcidas demais, e eu tentava esconder coisas dele. Coisas que ajudariam o Objetivo.

Felizmente, agora não sou mais idiota.

– Estava pensando no que aconteceu – admito. – Aqui, agora há pouco.

– Sei. Mas *o que* está pensando sobre isso?

Olho bem em seus olhos. Preciso ver a reação quando eu lhe disser.

– Estou pensando que não entendo. Isso me assusta. Eu me pergunto por que você sentiu a necessidade de atacar aquelas pessoas.

Os ombros de Kaelen sobem dramaticamente quando ele puxa o ar. Ele desvia os olhos de mim e olha fixamente minha cápsula de hiperloop, que ainda está vazia e aberta no trilho de embarque.

– Eu não sei – diz ele, por fim, com um suspiro.

– Não sabe?

Ele meneia a cabeça.

– Eu... simplesmente... me dominou. Não consegui controlar. A coisa me controlou. Como se fosse... parte de mim ou algo parecido.

– Acha que foi um sistema de estímulo-resposta? – pergunto, em referência à tecnologia que a Diotech usou para tentar fazer com que eu matasse a dra. Maxxer em 2032.

– Não – admite Kaelen. – Parece mais profundo do que isso. Não consigo explicar. Eu simplesmente sabia que eles eram uma ameaça, então reagi.

– Não me pareceu que eles fossem uma ameaça a você – digo depois de um momento. – *Você* era uma ameaça para *eles*.

Kaelen se retrai.

– Eu sei. Desculpe-me. Pode me perdoar?

– Vai tentar entender o que é isso? Para tentar controlar?

– Sim. Você vai me perdoar?

– Estou falando sério.

– Eu também. Por favor, me perdoe.

– Perdoarei. Depois.

– Não. *Agora*. Perdoe-me agora. – Ele sorri. Depois, põe a mão em meu braço e passa a repetir o pedido em nosso código secreto. O mesmo que usei para distraí-lo de seu transe monstruoso.

Ele bate todos os dedos de uma vez, fazendo o P.

Depois, apenas o indicador, fazendo a letra E.

Dedo médio, anular, mínimo = R.

Abro o mais leve sorriso e afasto meu braço.

– Tudo bem.

– Tudo bem o quê?

Cruzo os braços.

– Eu perdoo você.

– Você tem que dizer isso, sabia? Está em seu DNA. – Percebo a malícia em sua voz.

– Amar você? Sim. Pensar que você não é capaz de falhar totalmente? Não até onde eu sei.

17

RECEPÇÃO

Nosso hotel no centro de Los Angeles está completamente vazio, assim como as estações de hiperloop. A emissora de streaming pagou por cada quarto. Só permanecem alguns funcionários essenciais. O bastante para nos acomodarem e prepararem nossas refeições. Todos os outros foram dispensados.

Ao caminhar pelo saguão bem equipado, sinto como se andasse por um sonho fantasmagórico. Os balcões de registro foram fechados. A loja de presentes está às escuras e fechada por uma barreira de SintetiVidro. Todas as mesas do restaurante estão arrumadas para clientes que não aparecerão.

– Depois que revelarmos vocês amanhã, no programa de Mosima, não teremos que tomar tantas precauções – garante Crest.

Mas, depois do que acabou de acontecer na plataforma de hiperloop, quase me pergunto se teríamos tomado precauções *suficientes*. E a parte mais inquietante é que ninguém parece particularmente abalado, só eu. A julgar pelo comportamento de todos durante o curto percurso de hovercóptero até aqui, é de se pensar que a coisa toda nem mesmo aconteceu.

– Por que viemos hoje, em vez de partirmos amanhã direto para o programa? – pergunto a Crest.

– Dane considerou o efeito do hiperloop. É famoso por desorientar as pessoas. Assim vocês terão a noite de hoje para um bom descanso e estarão completamente renovados e preparados para a entrevista de amanhã.

Será preciso mais do que apenas uma noite de sono para me preparar para a entrevista de amanhã.

– E – acrescenta Crest com um floreio efervescente das duas mãos – soube que a vista de seu quarto é espetacular. Dá para ver praticamente toda Los Angeles.

Quero dizer a ela que não me importa ver Los Angeles. Na realidade, gostaria de esquecer que estivemos nesta cidade. Foi em Los Angeles que tudo começou. Onde pousei sem memória nenhuma depois de fugir com o garoto. Ele me encontrou, jurou que éramos apaixonados e me seduziu a partir com ele de novo. Às vezes, gosto de pensar em como as coisas se desenrolariam se eu não tivesse confiado nele. Se eu tivesse deixado a Diotech me apreender e me levar de volta prontamente, em vez de levá-los a uma perseguição frenética pelo tempo.

Será que o dr. A ainda me olharia com aqueles olhos acusadores?

O Objetivo já estaria concluído?

Todo o último andar do hotel é nosso. Kaelen e eu temos nossas próprias suítes vizinhas. Naturalmente, o dr. A tem a Suíte Presidencial, enquanto Dane e Crest ficam a algumas portas de nós. O diretor Raze estacionou seus seguranças – aqueles que não se feriram na confusão mais cedo – em vários postos pelo corredor e pelo saguão.

Crest me leva até meu quarto para descansar antes do jantar. A primeira coisa que faço quando a porta é trancada é tirar o pequeno cubo de dentro do sapato, onde escavou meus dedos nas últimas horas. Eu o viro na palma da mão, examinando a superfície metálica e lustrosa, e me pergunto se um dia saberei o que contém.

Como posso ter acesso ao drive, quando sou constantemente vigiada? Quando minhas DigiLentes e meu Slate são rastreados e minhas memórias têm varredura semanal? Como posso explicar uma curiosidade dessas ao dr. A? Seria visto como fraqueza. Seria visto como uma imperfeição.

Serei obrigada a viver sem jamais saber o que está armazenado ali?

Crest me envia um ping algumas horas depois e diz que devo me juntar a todos na Suíte de Recepção. Coloco o drive na gaveta da mesinha de cabeceira, corro ao banheiro, jogo uma água fria no rosto e olho no espelho meu reflexo geneticamente desfigurado.

Apesar de eu mal reconhecer o rosto que me olha de volta, apesar de ela ser praticamente uma estranha, vejo algo dolorosamente familiar. Até reconfortante. Como se ela estivesse ali o tempo todo, escondida abaixo da superfície. Escondida atrás de uma camada de pele dourada impecável, olhos de um tom púrpura que não é natural, um nariz e uma boca perfeitos demais para existirem fora de um laboratório. Esperando pacientemente para fazer seu aparecimento. Esperando para se revelar a mim.

Estou na metade do corredor quando noto que ainda não mudei de roupa. Mas, assim que entro no espaçoso ambiente comum com a placa SUÍTE DE RECEPÇÃO, fica evidente que ninguém está interessado no que visto. Em particular o dr. A, que agora está de pé atrás de sua cadeira, rugindo furiosamente por alguma coisa.

– O que quer dizer com *não consegue* encontrá-la? – berra ele ao diretor Raze, ignorando inteiramente minha entrada.

Deslizo para uma cadeira vaga à mesa, ao lado de Crest, que me lança um olhar de alerta e dá uma leve cotovelada.

Fique de boca fechada, parece dizer.

Seu aviso é desnecessário. Eu, mais do que todos os outros, sei como me comportar quando o Dr. A está em uma de suas crises de mau humor.

– Quero dizer – Raze se esforça para manter a compostura – que ela está completamente offline. Desligou todos os dispositivos. Não há como localizá-la, só se ela ligar alguma coisa. Um Slate. Uma Lente. Até a porcaria de um forno.

– Então, está me dizendo que *não há jeito* de rastreá-la? – pergunta o dr. A com impaciência. – Ela pode estar levantando um maldito exército neste exato momento e nós não saberíamos.

Olho rapidamente para Dane, que se retrai um pouco atrás de um gole de vinho.

– Ela não está levantando um exército – Raze o apazigua. – Ela não tem esse alcance. Nem influência. Acredite em mim, não é com Jenza Paddok que precisamos nos preocupar. O foco deve estar em Peder.

Jenza Paddok.

Esse nome deveria parecer familiar para mim?

Não parece.

O dr. A começa a andar atrás de sua cadeira. Passa os dedos no cabelo louro e sedoso, que noto que está bem desgrenhado e começa a ficar ralo. Ele não faz um tratamento de espessamento há algum tempo. Eu me pergunto quando foi a última vez que ele dormiu.

– Quantos ela tinha antes de você a perder?

– Senhor, eu não a *perdi*. Ela se desconectou.

O dr. A claramente não está interessado em debater semântica.

– Quantos?

Raze pisca várias vezes, acessando dados com suas Lentes.

– No máximo vinte.

O dr. A debocha.

– Brincadeira de criança.

Dane assente com fervor, concordando.

– Nada com que devamos nos preocupar.

– Exatamente. – Raze volta a falar. – Recomendo continuarmos a concentrar nossos recursos em Peder. Seus números aumentam a cada dia. Ele tem cada vez mais tempo de transmissão no Feed. E estará em toda parte durante a Revelação, amanhã de manhã.

Há um silêncio tenso enquanto aguardamos a resposta do dr. A. Durante esse longo e denso momento, ninguém nem mesmo mastiga.

– Muito bem – concorda, enfim, o dr. A, sentando-se em sua cadeira e pegando o garfo. Sinto a sala murchar em um alívio simultâneo.

– E também – acrescenta o diretor Raze, e meus músculos se retesam mais uma vez enquanto dou uma dentada hesitante na comida no prato – já cuidei da outra questão.

O dr. A troca um olhar sagaz com Kaelen.

– Muito bem.

Sei que perdi alguma coisa nas últimas horas e, embora meu bom senso me diga para pisar de leve nessa fina camada de gelo que o dr. A formou a nossa volta, detesto ficar sem saber.

– Que outra questão? – pergunto.

Não espero receber uma resposta, por isso fico surpresa quando o dr. A fala.

– A questão dos paparazzi que nos descobriram na estação de hiperloop.

Meu coração agora martela.

– O que aconteceu com eles?

– Os quatro que sobreviveram para contar não têm nada a dizer.

As palavras do dr. A parecem insetos rastejando por minha coluna.

"Os quatro que sobreviveram para contar..."

Isso significa que dois deles morreram. Os dois que Kaelen atacou. E os outros quatro tiveram a memória alterada.

Dane captura meu olhar e me abre um sorriso triste.

– Não podíamos deixar que eles vendessem aquelas memórias aos tabloides – explica.

Sua resposta me dá vontade de gritar. Ele não entende? Não são as quatro memórias alteradas que me dão vontade de vomitar. São as duas pessoas que nunca mais terão memória nenhuma. E todos estão sentados aqui, agindo como se isso não importasse.

Há um silêncio desagradável, e sinto que o dr. A me examina. Quando ergo os olhos, suas sobrancelhas estão unidas e a cabeça, virada de lado.

– Tem algum problema com o jeito como isso foi resolvido, Sera?

Percebo que minha expressão facial me traiu. Expôs o horror por trás da máscara. Queria que ela voltasse à subserviência.

– Não. Claro que não.

Ora, o que mais posso responder? Qualquer coisa que eu diga que contrarie o dr. A ou o diretor Raze será como contrariar o Objetivo. E isso só vai piorar muito as coisas.

Vejo que a língua do dr. A cutuca a face interna da bochecha.

– Hmmmm. – É só o que ele diz. Ele limpa a boca com o guardanapo e o coloca na mesa. – Agora, gostaria de discutir uma questão muito importante.

Minha respiração acelera um pouquinho. Será que ele sabe do drive? Como pode saber?

Olho para Crest em busca de algum sinal do que se trata. Ela meneia a cabeça sutilmente.

– Sim? – digo, mas minha garganta está seca. Tomo um bom gole de água do copo diante de mim. Ela desce queimando.

– Sua primeira entrevista amanhã de manhã – começa o dr. A, calmamente.

Nem me lembre disso.

– É importante que vocês dois – ele assente para Kaelen, depois para mim – pareçam ligados ao máximo quando se apresentarem ao público. Os espectadores podem enxergar através de fachadas românticas. Eles veem isso todo dia nos reality shows.

Por que o dr. A nos compara a um casal de um reality show idiota? Não somos nada parecidos com eles.

– Então por quê, se posso perguntar – continua ele –, estão se recusando a completar o ato de intimidade definitiva?

Minhas bochechas esquentam na mesma hora. Olho para Dane, depois para o diretor Raze. Ambos têm os olhos fixos e sem graça nos pratos. Lanço um olhar de lado a Kaelen, mas ele me abre um sorriso discreto. Ele não acha essa pergunta inadequada?

Em particular depois da conversa que tivemos?

– Eu... eu... – gaguejo, porque o dr. A me encara, esperando uma resposta. – Eu não sei.

– Esse ato, como já expliquei, é o que ligará os dois em um nível mais profundo e os tornará mais íntimos.

– Já me sinto íntima de Kaelen – digo em voz baixa, as palavras parecendo disformes e inchadas em minha língua.

– Não tanto quanto poderia – argumenta o dr. A. – Kaelen me disse que você o rejeita continuamente na cama. Gostaria de saber o motivo. Não pode ser por falta de conhecimento. Eu a abasteci com muitos uploads informativos sobre o assunto.

– Dr. Alixter – intervém Crest –, não sei se esta é uma conversa apropriada para se ter no jantar.

– Isso não é da sua conta – retruca ele. Crest assente timidamente e pega uma pilha de comida no garfo. Mas noto que não coloca na boca.

Dou um pigarro, ganhando algum tempo enquanto penso em uma resposta que não o irrite de novo.

E isso existe?

Espremo o cérebro e uma memória me volta numa enxurrada. Eu me esforço para mantê-la distante. Sei, pelo jeito como revira meu estômago, que não é da variedade boa. É daquela que vem com dor no peito, náusea e a sensação devoradora de fracasso lamentável.

"Estive esperando por isso há muito tempo", diz Lyzender.

Estreito os olhos para ele.

"Pelo quê?"

"Você sentir..." Ele parece constrangido. Seu rosto até ruboriza. "B-b-bem", gagueja. "Por você se sentir pronta, eu acho."

– Não estou pronta – solto, afugentando a memória antes que ela me faça perder o pouco que consumi de minha refeição.

– Não está pronta? – repete o dr. A com algo que parece repulsa. – Como é possível que não esteja *pronta*? Construí vocês dois para que sejam compatíveis de todo jeito. Não existe ninguém mais adequado para você do que Kaelen.

– Sei disso... – tento explicar, mas sou interrompida.

– Talvez exista algo que você ainda esteja escondendo. Ou *alguém*?

Aos poucos, o silêncio na sala me sufoca. Quero correr para a janela, abri-la, meter a cabeça para fora e beber o ar cálido.

Forço minha boca paralisada a se mexer.

– Não – eu praticamente guincho. – Não existe mais ninguém.

– Então, não entendo o problema.

– Talvez – diz Dane, lançando um olhar a Crest – esta de fato *seja* uma conversa mais adequada a um ambiente mais privativo.

– Não há nada de privativo na vida deles – argumenta o dr. A, perdendo a paciência. – Eles estão a ponto de se tornar o casal mais público do mundo. Não os criei para ter uma vida privada atrás de portas fechadas. Eu os criei para que sejam os rostos da Diotech. Privacidade não entra na equação.

Dane coloca a mão carinhosa no braço do dr. A. Parece que ele é o único que pode tocá-lo desse jeito.

– Sim, entendo. Só quis dizer...

O dr. A puxa o braço num rompante e se levanta da mesa.

– Isso não é um debate. Nem uma democracia. Criei os dois para que fossem terrivelmente apaixonados. Agora, comecem a agir de acordo.

Ele segue até a porta.

– Raze – chama ele. – Como está a configuração da rede?

O diretor se endireita antes de responder.

– Meu pessoal da tecnologia está trabalhando nisso. As telas nas suítes ainda estão conectadas ao SkyServer público. Eles me disseram que precisarão de mais ou menos uma hora para que nossa rede interna segura esteja operacional. – Raze olha a sala. – Assim, tenham prudência no que transmitirem por suas Lentes e Slates.

Parece que o dr. A não fica satisfeito com a notícia do atraso, mas felizmente não diz nada. Só sai da sala.

Minha mente de imediato entra em alvoroço.

"As telas nas suítes ainda estão conectadas ao SkyServer público..."

O que significa que o que eu acessar por elas não pode ser rastreado pela Diotech. Ao menos por mais uma hora.

Minha pulsação dispara quando entendo a situação.

Agora pode ser minha única chance de descobrir o que existe naquele drive.

18
RUÍNAS

Ninguém duvida de minha alegação de que o hiperloop me deixou fatigada, e posso me retirar para minha suíte sem muita agitação. Crest me lembra que partiremos para o canal de streaming às seis da manhã em ponto.

– Quer que eu a acompanhe até sua suíte? – pergunta Kaelen.

Vou às costas da cadeira e dou um beijo no alto de sua cabeça. O cabelo áspero do longo disfarce genético é estranho em meus lábios.

– Não. Não suporto olhar você nem mais um segundo com essa cara.

Todos riem da piada. Eu me sinto enojada por ela.

– Voltarei a ser lindo amanhã de manhã. – Kaelen entra na brincadeira.

– Ótimo, aí então vou admirar você.

Ele sorri.

– Estou ansioso por isso.

Depois que a porta da suíte se tranca, não perco tempo e pego o cubo na gaveta, ativo o drive e a tela de parede. O drive aparece de imediato na lista de dispositivos ativos.

Sei que tenho um tempo limitado. A rede estará operacional em breve, e então minha janela de oportunidade estará fechada. Mas ainda olho fixamente o drive na tela por uns bons dois minutos, tentando criar coragem para me conectar com ele.

Com a rede inativa, o que quer que eu veja no drive não poderá ser rastreado pela Diotech. Mas ainda existe a questão das memórias. Nossas varreduras semanais evidentemente estão suspensas até o final da turnê, mas e depois?

O que acontecerá quando voltarmos ao complexo, daqui a um mês, e eles descobrirem isso?

Porque vão descobrir. Eles descobrem tudo.

Lembro a mim mesma que só será um problema se eles considerarem que tentei esconder alguma coisa. Se eu acessar o drive, vir o que tem nele e contar ao dr. A antes que eles tenham uma oportunidade de varrer minhas memórias, então devo ficar bem.

Respirando fundo, inicio o link.

A tela de sincronização parece durar uma eternidade. É como se o tempo ficasse mais lento quanto mais os dispositivos tentavam alcançar um ao outro. Tenho uma palpitação de pânico no peito.

E se o drive foi danificado?

Quanto tempo ficou sepultado naquela terra dura e implacável?

Finalmente, a sincronização está concluída e um inventário de arquivos armazenados no drive é exibido.

Só existe um arquivo.

Todo o resto foi apagado.

E, se ainda havia alguma dúvida de que o drive foi deixado para mim, já não resta mais, assim que leio o nome do arquivo.

S + Z = 1609

Estremeço quando a memória apunhala meu coração e minha consciência como um guerreiro vingativo. Como uma antiga maldição.

"É lindo." Viro o colar na palma da mão. Ofego quando vejo a gravação no verso. Passo a ponta do dedo no texto gravado no pingente preto de coração.

"S + Z = 1609", sussurro, com medo de que as nuvens possam ouvir. "Uma equação que só você sabe resolver", diz ele.

S + Z = 1609 era nosso código secreto. Junto com o símbolo do nó eterno. Na época em que eu o chamava de Zen, em vez de seu nome completo, Lyzender.

A equação era um plano para nossa fuga. Viveríamos no ano de 1609. Fugiríamos a uma época anterior à Diotech. Anterior à ciência. Anterior ao Objetivo.

E fugimos. Nós conseguimos. Ele me seduziu para lá com todas as palavras românticas e promessas comoventes.

Mas não foi o que deveria ser. Era uma época perigosa, com pessoas desconfiadas que não se entenderam bem com minha singularidade.

O dr. A tinha razão a respeito de Lyzender o tempo todo. As promessas dele eram falsas. As palavras eram inventadas. Ele me seduziu para que entrasse em um inferno que não me aceitou. Não era *melhor* no século XVII. Era pior.

Às vezes eu queria que o dr. A simplesmente o tivesse apagado da minha cabeça. Aquele garoto e as promessas que fiz a ele são minha fonte mais potente de vergonha.

Mas entendo por que o dr. A não fez isso.

Ele queria que eu me lembrasse. Queria que eu sentisse essa desgraça que me dobra em duas. Ele sabia que era o único jeito de me impedir de repetir o ato.

E ele estava certo.

Eu me lembro de que posso usar essa horrível sensação para a cura. Para ficar mais forte. É parecido com as sessões de treinamento que Kaelen e eu tivemos no complexo. Não se pode melhorar quando não se enfrentam obstáculos diariamente.

Hoje, este é meu obstáculo.

Com as mãos trêmulas, seleciono o arquivo.

A tela se enche de escuridão e vejo um medidor de tempo aparecer na base, indicando que não é uma memória, mas um arquivo de mídia.

E, de repente, ele está ali. Enchendo toda a minha parede. Seus olhos escuros e perscrutadores estão fixos nos meus, como se ele pudesse me ver através de nossos 84 anos de separação.

Por instinto, eu me afasto da tela, o que é tolo e ingênuo. Será que realmente tenho medo de que ele atravesse a parede e me agarre? Eu me preparo, cerro os dentes e avanço um passo.

Reconheço o ambiente em que ele está. É o quarto de hóspedes na casa de Cody, no Brooklyn. Uma marca d'água com a data aparece na base do quadro: 23 de setembro de 2032. Aproximadamente sete meses depois de eu partir com Kaelen e nunca mais voltar.

Ele parece mais velho do que da última vez em que o vi, o rosto cansado e marcado por sombras roxas. O cabelo está embaraçado e oleoso, como se não o lavasse há dias. As bochechas e o queixo, normalmente lisos e limpos, estão cobertos por uma barba castanha por fazer.

Lembro que ele costumava brilhar quando eu o olhava. Ele brilhava embaixo de qualquer luz. Seus olhos escuros cor de bordo sempre cintilavam. Agora estão opacos e desbotados. Como se alguém tivesse desligado a fonte de energia.

Ele parece...

Minha garganta fica seca como osso quando a resposta me vem.

Destruído.

Como uma cidade que foi bombardeada até ficar irreconhecível. Uma pintura inestimável que deixaram na chuva.

– Seraphina – diz ele, com a voz densa de pesar.

É demais. A voz. Os olhos perdidos. A boca formando um nome que só ele e Rio usavam comigo.

– Pausar – eu praticamente grito para a tela. Ele fica paralisado. Seguramente preso em minha parede. Se não pode falar, não pode me ferir. Se não pode se mexer, não pode fazer com que eu sinta nada.

Mas o fato de que sinto *alguma coisa* significa que ainda sou suscetível.

Ainda estou fracassando.

Corro até o banheiro e ativo a água fria. Jogo água no rosto sem parar, de novo, até tremer. Até que minhas faces fiquem dormentes.

Volto à sala e reativo o arquivo.

"Faz 223 dias desde que acordei e descobri que você foi embora", começa Lyzender. Eu me sento ao pé da cama e levo os joelhos ao peito. É só o que tenho para me proteger.

"Cody disse que você foi embora com um agente da Diotech para encontrar a cura e salvar minha vida. O fato de estar vivo significa que você conseguiu. Mas o fato de estar aqui sem você significa que eles conseguiram também. A Diotech pegou você. Talvez tenham destruído seu gene da transessão. Talvez tenham apagado suas memórias de novo. Não sei bem. Só posso especular. E, acredite em mim, essas são as melhores especulações possíveis que fiz. Minha mente pensa em coisa muito pior. É incrível como a mente pode te levar a lugares sombrios se você deixar."

Por mais que eu deteste admitir, sei o que ele está vivendo.

Quando eu ainda estava sob seu feitiço, fechada em uma cela de prisão em 1609, pensei que ele tivesse morrido. Minha imaginação levou a melhor. Ela me mostrou horrores que nunca pensei que eu poderia criar.

"Mas, se estiver vendo isto", continua ele, "então você encontrou o drive. E significa que parte de você ainda se lembra. No momento, esta é a única coisa que me dá esperanças. Saber que você talvez nunca possa me esquecer realmente. Porque você nunca esqueceu."

Minha garganta arde quando tento – sem sucesso – engolir.

São palavras, Sera. Apenas palavras.

Ele tenta atrair você de novo.

Ele é um inimigo do Objetivo. Seu único propósito é destruir a Diotech. Ele não se importa com você. Não ama você.

Tudo é um ardil para partir seu coração de novo e fazer você sangrar.

"Quantas vezes eles me apagaram de suas memórias?", pergunta ele. "Quantas vezes você foi transformada em uma tela em branco? E, ainda assim, algumas partes suas nunca se esqueceram. Se estiver assistindo a isto, então, por favor, tente se lembrar de mim. Tente se lembrar de nós. Eles não são mais fortes do que você. Nunca foram. O único propósito da Diotech era *esconder* sua força. Levar você a acreditar que é mais fraca do que eles. É mentira. Tudo é mentira, Sera. Não confie neles. Não desista de nós. Eu não desisti. Que para a união de almas sinceras eu não admita impedimentos, lembra?"

Eu lembro. Queria não lembrar, mas lembro.

Ele está recitando o início de nosso poema. O Soneto 116 de William Shakespeare. Ele alegou ser o meu preferido. Alegou que nos uniria. Porque fala de um amor constante e imutável que resiste ao teste do tempo. Foi o motivo para escolhermos o ano de 1609, quando o poema foi publicado pela primeira vez.

Antes de perceber o que estou fazendo, meus lábios sussurram em silêncio as palavras do verso seguinte. "Se ao enfrentar alteração se altera, ou se curva a qualquer pôr e dispor..."

Na tela, as lágrimas transbordam dos olhos de Lyzender. Quero virar o rosto, mas me obrigo a continuar assistindo.

Lágrimas falsas.

Emoções falsas.

Promessas falsas.

"Ainda podemos conseguir", diz ele, a voz trêmula. "Ficar juntos. O Amor não é o bufão do Tempo."

Agora estou tremendo. Combato o martelar do coração.

"Encontrarei um jeito de voltar a você, Seraphina?" Ele se inclina para a frente, olha através do drive, atravessa a parede, o tempo.

Seu olhar me atravessa.

"Sim... sempre *sim*."

A tela escurece e o ar que estava preso em meus pulmões sai, entrecortado. Fico sentada, imóvel, em algum lugar entre o pranto e um grito. A luz do drive cúbico na mesa de cabeceira confere um brilho verde e sufocante a todo meu mundo.

Pego o drive, corro até a janela e me atrapalho com o painel operacional, golpeando-o, desajeitada, com os dedos úmidos. Por fim, a janela se abre, deslizando, e o ar frio da noite bate em meu rosto. Recuo o braço, pronta para jogar o drive o mais longe possível. Por todo o oceano Pacífico. Onde esse pesadelo começou.

Faça!

Meu braço treme.

Agora!

Meus músculos latejam.

Jogue Lyzender fora!

Tremendo incontrolavelmente, eu desabo na cama. Puxo os joelhos para o queixo, enrosco meu corpo trêmulo em volta do minúsculo cubo.

Talvez, se eu apertar bem forte, a luz verde se apague para sempre.

Talvez, se ficar de olhos fechados por bastante tempo, eu esqueça.

19
SILENCIADA

Não durmo. Fico horas deitada na cama, ouvindo os ruídos desconhecidos desse lugar desconhecido. Um lava-louças ligado dez andares abaixo. Um cachorro latindo ao longe. Alguém digitando furiosamente em seu Slate.

A certa altura, juro que até posso ouvir as ondas do mar quebrando na praia 15 quilômetros a oeste daqui. Apesar de saber que é improvável.

Quando você escuta tudo, é impossível se concentrar em uma coisa só. Cada barulhinho exige ser ouvido.

Suponho que seja melhor do que a alternativa. Ficar sozinha com meus pensamentos.

Especialmente por conta do estado em que meus pensamentos se encontram agora.

Ligo minha tela de teto e vagueio pelos streams. A primeira coisa que vejo é um boletim de notícias.

Os corpos de dois paparazzi foram encontrados hoje cedo no leste de Los Angeles. A polícia suspeita de integrantes de uma gangue.

Sei, sem precisar clicar para ter mais informações, que os rostos dos *paparazzi* combinarão com os das duas pessoas que Kaelen matou hoje na estação de hiperloop. Foi assim que a Diotech os descartou. Desovou seus corpos em um bairro ruim, infestado de crimes, enquanto as memórias dos outros quatro foram apagadas e recodificadas para preencher os hiatos.

Uma solução muito mais fácil para algo que não devia ser de conserto fácil.

Passo ao próximo stream.

O programa preferido de Crest, *The Rifters*, está online. Tento assistir por alguns minutos, na esperança de que me distraia dos barulhos que competem por minha atenção, mas sou incapaz de acompanhar a trama. Sinto que é o tipo de programa que não dá para começar a ver pelo meio. Troco de novo de canal de streaming e, de repente, o pastor Peder está no quarto comigo. Seu rosto largo e redondo se projeta pelo ar como se ele pairasse acima de mim, como se falasse comigo. Como se me julgasse por trás daquelas lentes azuis.

"O que exatamente está dizendo?", pergunta um entrevistador em off.

"Estou dizendo", responde ele, olhando diretamente para a câmera, para mim, "que a Diotech está usando essas monstruosidades que chamam de ExGens como tentativa de nos controlar."

"A posição da Diotech é de que a Coleção ExGen pretende melhorar nossa vida", argumenta o entrevistador. "Para nos melhorar. Para nos deixar mais fortes."

O pastor Peder bufa e quase sinto o impulso de checar se tem gotas de seu muco em minha cara.

"Melhorar nossa vida? Deus nos criou a sua imagem. Nenhum homem... ou corporação, a propósito... pode melhorar o que já foi feito com perfeição. Esses ExGens não são espécimes ideais da humanidade. São uma zombaria da vontade de Deus. Eles zombam de todos nós."

Desconcertada, desativo a tela, pego um travesseiro e cubro a cabeça.

Procuro me lembrar das garantias que o dr. A me deu. Que esse homem não é uma ameaça para nós. Seria muito mais fácil acreditar se ele não estivesse *em toda parte*. Se cada canal de streaming do país não estivesse transmitindo seu rosto no Feed 24 horas por dia.

– Aqueles que buscam mudar o mundo farão mais inimigos que amigos – sempre diz o dr. A. – Se dedicarmos nossa energia a cada um que queira nos impedir, não nos sobrará energia para fazer o que tentamos fazer.

Através do travesseiro sintético, ouço música do lado de fora, um táxi MagnetoCarro na rua perguntando a um passageiro aonde ele quer ir, a respiração baixa de Crest a alguns dormitórios do meu.

Jogo o travesseiro pelo quarto e me levanto, remando até o banheiro da suíte. Abro a água da banheira, programando os ajustes desejados no painel de controle.

Temperatura: 42 graus.

Aroma: lavanda e mel.

Cor da água: verde-azulada.

Bolhas: saturação de 10%.

Tiro a roupa e entro na banheira gigantesca. A água está maravilhosa. Quente e acetinado. Afundo, permitindo-me ser cada vez mais atraída a seu abraço convidativo.

A última coisa que ouço antes de minha cabeça submergir é um casal discutindo no prédio vizinho.

Depois... silêncio.

Um glorioso e abençoado silêncio.

Eu poderia permanecer aqui para sempre. Ou até ficar sem ar. O que levaria exatos 72 minutos.

O dr. A nos testou uma vez.

Embaixo da água é um dos poucos lugares do mundo em que posso desfrutar do silêncio absoluto. É como se a água fosse nosso único ponto fraco. A única coisa que eles não cobriram. Posso enxergar bem por ela, mas meus ouvidos são praticamente inúteis.

Não me importo nem um pouco.

Fecho os olhos e saboreio esse lindo nada.

Quando volto à tona, 71 minutos depois, ouço a voz do dr. A. No início, penso que ele está em minha suíte e dou um salto, jogando água a minha volta enquanto esfrego os olhos. Mas logo percebo que o som não vem deste quarto, mas do corredor. Mais provavelmente da Suíte Presidencial.

Olho o relógio no ReflexiVidro: 4:18 da manhã.

Ao que parece, não sou a única que não consegue dormir.

– Sim, tudo está progredindo segundo os planos – afirma o dr. A. – A primeira entrevista da turnê será hoje. Mosima Chan tem uma exclusiva.

O silêncio vazio que se segue indica que ele conversa com alguém por meio de um implante auricular. Sua voz está tensa e nervosa. Certamente não é uma conversa agradável. Mas que conversa às quatro da madrugada pode ser agradável?

– Sim, sei que estamos atrasados e peço desculpas. Tivemos alguns contratempos, mas já cuidei deles.

Começo a sair da banheira para pegar uma toalha, mas fico petrificada.

Contratempos.

Será que ele fala de mim?

E desde quando o dr. A pede desculpas a *alguém?*

– Não. Não há necessidade de mandar ninguém. Você me deu essa responsabilidade e estou cuidando de tudo. Só demoramos um pouco mais do que o esperado para ajustar a garota ao procedimento de Reassociação de Memória, mas agora ela é plenamente funcional. Está inteiramente do nosso lado. Não voltará a nos trair.

Reassociação de Memória?

O que é isso? Por que nunca ouvi essa expressão na vida? Pensei que meus uploads anteriores incluíssem informações sobre *todos* os procedimentos da Diotech.

Rapidamente faço uma busca por "Reassociação de Memória" em minhas Lentes, mas não obtenho nenhum resultado.

– Se quiser ajudar – continua o dr. A –, posso sugerir que faça algo a respeito do pastor Peder? – Ele praticamente cospe esse nome. – Sei que ele é popular – diz ele depois de uma longa pausa. – É esse o problema.

Ele espera. Eu espero. Nós dois ouvimos. E então o dr. A solta uma gargalhada sarcástica.

– Rylan Maxxer? Posso lhe garantir que *ela* não é problema. Essa questão já foi resolvida.

Resolvida?

O que ele quer dizer com isso?

Será que se refere ao fato de que a última vez em que a vi foi em 2032 e seu gene da transessão tinha sido reprimido? Isto é, ela não pode causar mais problemas no presente porque está presa no passado?

Mas tem algo no jeito como ele diz isso – com uma firmeza arrepiante – que me dá a sensação de não conhecer a história toda.

O dr. A suspira enquanto ouve o outro lado da transmissão. Quando volta a falar, sei dizer que seus dentes estão cerrados. Cortam as palavras em pedaços irregulares e mínimos.

– Sim, é claro que entendo o que está em jogo. Não precisa ficar me lembrando.

Ele solta um rosnado e um palavrão que é imediatamente acompanhado pelo barulho de algo se quebrando.

A conversa acabou.

20

PRODUZIDA

Na manhã seguinte, em meu camarim, é travado um debate épico entre o dr. A e a stylist da emissora de streaming sobre se vão colocar ou não realçadores cosméticos em meu rosto. A stylist é a favor. O dr. A é intransigentemente contra.

– Posso dar a ela um look de muita classe com tingimento nos olhos – diz a stylist. – Tenho uma paleta de cores que realçaria de verdade o púrpura nos...

– Toda a questão gira em torno de o mundo poder ver que ela é linda *sem* aprimoramento externo – argumenta o dr. A, e inevitavelmente ele vence. Seja porque tem um argumento válido ou porque, como o restante de nós, a stylist rapidamente percebe que o dr. A pode ficar apavorante quando está irritado, não sei bem. Seja como for, decidem que só meu cabelo precisa de ajuda.

Fico um pouco agradecida por ter uma profissional aqui, assim não preciso fazer eu mesma. Nem depender dos esforços bem-intencionados de Crest. E Crest nem teria tempo esta manhã. Está ocupada demais refazendo o café do dr. A pela quinta vez depois de ele ter jurado que as últimas quatro xícaras tinham gosto de serragem.

A stylist é muito competente. Depois de cerca de uma hora, meu cabelo foi lavado, seco, ondulado e preso em uma pilha extraordinária de camadas ondulantes no alto da cabeça. Parece cada penteado que Crest já tentou. Só que este não fica torto.

Quando o dr. A volta para ver nosso progresso, a stylist gesticula para meu cabelo com um floreio, aparentemente orgulhosa de seu trabalho. Ela parece uma daquelas modelos de reality shows competitivos, quando uma concorrente tenta ganhar um hoveraspirador novo.

– O cabelo dela deveria estar para baixo. Não no alto – grita o dr. A, e volta a sair da sala.

A stylist parece uma flor que murcha, baixando os braços lentamente. Viro o rosto e finjo não notar quando as lágrimas brilham em seus olhos.

Trinta minutos depois, Crest entra às pressas e esbaforida no camarim, trazendo uma roupa em um saco. Pendura no suporte e abre o zíper, revelando um deslumbrante vestido A-line na altura dos joelhos. A parte superior é de um lindo verde-azulado iridescente que me faz lembrar os olhos de Kaelen, e a parte inferior é inteiramente coberta de nanopespontos programados para refletir. Quando olho a saia, vejo meu próprio rosto hipnotizado refletido mil vezes.

– Nossa! – exclamo. É mesmo demais.

– Gostou?

Faço que sim com a cabeça.

– Gostei.

Os olhos de Crest se iluminam com minha resposta, provavelmente porque, pela primeira vez, não é uma mentira mal velada.

– O Dr. A queria algo que representasse o Objetivo – explica ela. – A cor é para combinar com os olhos de Kaelen, naturalmente, mas a saia deve simbolizar o reflexo do que este mundo pode ser com a ajuda da Diotech. Todos que olharem para você farão parte de você. Ficarão como você.

Meu coração se enche com a tocante descrição e com o quanto ela se dedicou a pensar em algo que eu achava ser apenas um vestido bobo. Crest se importa de verdade com o Objetivo. Ela leva seu papel a sério.

Eu deveria aprender umas coisinhas com ela.

Depois que me visto, vou furtivamente ao corredor que leva ao palco. Kaelen espera por mim. Está vestindo um terno cinza imaculado com realces púrpura nas bainhas e no colarinho. Uma clara referência à cor de meus olhos.

Quando me vê, Kaelen fica mortalmente parado, os olhos meio desfocados e errantes. Por um momento, estou convencida de que ele vê algo em suas Lentes, até que pisca e sorri para mim.

– Você está radiante – diz, numa voz rouca e grave.

– Não. É o vestido.

– Não. É você.

Fico sem graça, sem saber o que dizer.

– Obrigada. – Crest mete a cabeça entre nós e sorri.

Tenho que rir dessa.

– Foi tudo obra de Crest. Eu só fiquei ali enquanto ela me enfiava nesse vestido.

– Não se preocupe – diz Crest, dando uma piscadela a Kaelen. – Tirar não é tão complicado quanto colocar.

Sinto meu rosto ruborizar. Felizmente, sou salva de outros constrangimentos quando Dane aparece no final do corredor.

– Estamos prontos? – cantarola ele com sua voz de falsete.

Kaelen segura minha mão. Deslizo os dedos para sua mão firme e tranquilizadora. Por um momento, a imagem daquelas mesmas mãos esmurrando a cara do homem passa por minha memória, mas me livro dela rapidamente. Não posso pensar nisso. Não posso me permitir pensar em nada além de minha obrigação neste lugar. Neste momento.

Crest mexe em meu cabelo, jogando-o elegantemente por um dos ombros. Depois, assente para mim.

Está na hora de sermos revelados para o mundo.

21
ENTRADA

– Ora, ora, deixe-me dar uma olhada em você. Caramba, você é mesmo divina. Os dois. Ainda mais do que prometeram. E eles fizeram promessas? *Sempre* fizeram! Sem parar, falavam de sua beleza, os rostos impecáveis. Não estão mesmo usando nenhum realçador? Incrível. A pele parece mármore polido. Quase podia me convencer de ver uma projeção modificada. Esta será uma entrevista que os espectadores não esquecerão tão cedo.

A mulher na minha frente fala com tanta velocidade que me vejo num esforço para acompanhá-la. Seu sotaque forte e cortado é idêntico ao que aparece no Feed.

– Ai, meu Deus. Onde estão meus modos? Meu nome é Mosima Chan. É um prazer conhecer vocês.

Ela estende a mão e aperta a nossa, um de cada vez.

Sempre gostei de assistir a Mosima no Feed, mas pessoalmente ela é um completo deslumbramento. Cada aspecto dela. Até o jeito com que a ponta dos pés bate levemente no chão quando ela fala, como se marcasse o ritmo das palavras.

– É um grande prazer conhecê-la, srta. Chan – diz Kaelen. – Sera e eu somos muito fãs de seu programa.

Ainda estou impressionada demais para dizer algo de original ou criativo, então ecoo os sentimentos bem articulados de Kaelen.

– Sim. Somos muito fãs.

Ela põe a mão no coração.

– Bem, ouvir isso de vocês derrete meu coração. Assim eu viro uma poça. Obrigada. E, por favor, me chamem de Mosi. É como sou chamada pelos amigos. – Ela dá uma piscadela. Acho que pretendia ser dirigida a nós dois, mas noto como seus olhos se demoram um pouquinho mais em Kaelen.

– Mas então – continua ela, batendo palmas uma vez. – Não temos muito tempo para ficar de papo. Vamos guardar tudo que tem de bom para os espectadores, está bem? Assim, vamos instalar os microfones em vocês e sincronizar. Seres, o produtor do meu segmento, os ajudará com isso. Tenho certeza de que contaram a vocês, mas estarei entrevistando o dr. Alixter, seu humilde criador, primeiro. Rá! É engraçado dizer isso. *Criador!* Depois convidarei os dois a fazer algum comentário sobre sua vida, seus propósitos etc. etc. Parece bom?

Ela encosta a mão na orelha e suponho que alguém fale com ela por um implante auricular.

– Já vou, já vou. Preciso correr. – Ela aperta rapidamente o braço de cada um de nós e vai embora, zunindo para o palco, onde toma seu lugar na grande poltrona vermelha que reconheço de todas as entrevistas a que assisti.

Um homem alto e esbelto aparece um segundo depois. Sua cabeça é raspada e coberta de nanotatuagens vertiginosas. Pelo jeito, é um grande fã de programas animados. Do tipo que eu achava que eram produzidos principalmente para crianças.

– Meu nome é Seres – diz o homem com um forte sotaque que, de imediato, reconheço como croata. – Sou o produtor do segmento.

– *Drago mi je* – digo com um sorriso.

Ele pisca e fica paralisado por um momento.

– Você fala croata?

– *Govorimo svaki jezik* – responde Kaelen de pronto, informando a Seres que nós, na verdade, falamos todas as línguas.

O homem fica impressionado. Mesmo assim, continua a falar conosco em nossa língua.

– Agora, lembrem-se. Não olhem para as câmeras, mesmo quando estiverem bem na frente de vocês, está bem? Mosi falará com os espectadores. Vocês falarão com Mosi. Se receberam algum roteiro pré-escrito para memorizar, joguem fora agora. Os espectadores sabem quando estão recitando alguma frase. É melhor que seja natural e orgânico, certo?

Ele prende um pontinho laranja na frente do meu vestido. Observo, intrigada, enquanto a cor viva aos poucos desaparece e se mistura ao tecido por baixo.

Tecnologia de nanocamuflagem.

– Seu microfone – explica Seres, enquanto prende outro igual na camisa de Kaelen. – Assim os espectadores podem ouvir vocês. E isto – ele entrega um disco a cada um de nós e faz a mímica de posicioná-lo do lado de fora do ouvido –, assim vocês podem ouvir Mosi e a equipe de produção.

Observo Kaelen prender o dele no lugar e faço o mesmo. Como os microfones, o disco de alto-falante se adapta à cor de nossa pele.

– Larn, na cabine, deve estar sincronizando suas Lentes – continua ele. – Me avisem quando conseguirem ver a mídia de teste, sim?

Um segundo depois, uma criatura peluda e gorda, listrada de marrom e preto, lambendo as patas, aparece no canto de minha visão.

– Eu... – começo a falar, sem saber o que estou vendo.

– É o gato de Mosi – diz Seres, revirando os olhos. – Acredite, a escolha não foi minha.

– Não, se fosse *sua* escolha, todos estariam vendo homens tirando as calças enquanto esperamos pela sincronização – emenda Mosima de sua poltrona, evidentemente tendo ouvido todo nosso diálogo. Seres se vira e mostra a língua. Ela responde com um largo sorriso.

– Três minutos – gorjeia Seres. – Tudo bem, Larn disse que vocês estão todos sincronizados com nossa rede. Se precisarmos mandar alguma informação ou alguma deixa, elas chegarão às Lentes e aos alto-falantes, está bem?

– Onde vamos ficar antes de entrarmos? – pergunta Kaelen.

Seres olha para Mosima.

– Não contou a eles sobre a entrada?

Ela solta uma risadinha boba e vem a nós.

– Quase me esqueci. Pedi a Dane para não estragar a surpresa. Queria contar a vocês eu mesma, porque foi ideia minha.

Tenho o pressentimento de que não vou gostar do que vem pela frente.

– Achamos que seria divertido... e apropriado... vocês terem uma entrada *grandiosa*. Vocês sabem, com pompa e esplendor! Para causar uma impressão verdadeira nos espectadores.

Kaelen e eu trocamos um olhar nervoso.

– E queríamos algo que representasse a origem singular de vocês.

Definitivamente não vou gostar disso.

Com um clarão inconstante de dentes brancos e cintilantes, ela aponta o teto. Kaelen e eu olhamos juntos e vemos duas gigantescas esferas transparentes flutuando acima do palco principal.

– Não será memorável quando vocês dois chegarem ao mundo... *descendo* do firmamento... *nisto?*

Memorável? Talvez.

Ridículo? Com toda certeza.

Olho para Kaelen, que assente com educação, mas sei que ele rejeita a ideia tanto quanto eu.

– Quando Dane me mandou as imagens daquele fascinante útero sintético em que vocês cresceram, me veio a ideia. – Mosima ainda tagarela, embora o relógio projetado na janela da cabine de controle acima de nós diga que entraremos ao vivo em 91 segundos. Ela faz um gesto amplo. – Esta é sua Revelação.

Seu *nascimento* para a raça humana. Quando vocês saírem dos ovos de vidro, será como se surgissem do útero!

– Bem... – começa Kaelen, mas, se pretendia verbalizar seu protesto, não teve essa chance.

Mosima solta um gritinho.

– Ai! Oitenta segundos! Seres vai ajudá-los a entrar nos ovos. – Ela sopra beijos para cada um de nós enquanto corre de volta ao palco. – Vejo vocês em breve, meus tesouros!

Olho a cabine de controle, onde Dane, Crest e o diretor Raze estão assistindo. Dane captura meu olhar e me abre um sorriso de estímulo. Ele realmente aprova isto?

– Por aqui – indica Seres, e logo Kaelen e eu estamos atrás dele em uma escada em caracol a uma plataforma acima do palco. Abaixo de nós, Mosima se coloca à vontade na poltrona vermelha enquanto o dr. A está sentado a seu lado, parecendo inteiramente relaxado e tranquilo. Como se fosse algo que ele fizesse todo dia.

– Depois que Mosi terminar a entrevista com o dr. Alixter, vamos iniciar a descida dos ovos. Vocês sairão deles... com elegância, é claro... e se sentarão no sofá à direita dela, está bem?

Concordamos com a cabeça.

As portas dos "ovos" já estão abertas e Seres gesticula para que entremos. Espio Kaelen, que dá de ombros para mim, rendendo-se, em resposta.

– *¿Qué vas a hacer?* – pergunta ele em espanhol.

– *Nada.* – Eu me rendo com um suspiro.

Passo pela abertura e posiciono os pés na prancha estreita que foi instalada na base. Seres passa a mão em um painel próximo e os ovos são fechados, trancando-nos dentro deles. Passo delicadamente a ponta dos dedos pela superfície lisa e transparente onde antes estava a porta. Nem mesmo uma saliência ou emenda. Deve ser SintetiVidro. Hermeticamente fechado, à prova de som e quase impenetrável.

O que significa que ficaremos presos aqui até que alguém decida nos soltar.

Um pequeno cilindro de metal está afixado ao teto da esfera. Suponho que produza oxigênio, porque o ar aqui tem um cheiro fresco.

O relógio na janela da cabine de controle faz a contagem regressiva a vinte segundos.

Vinte segundos?

Já?

Meu estômago se revira e de repente tenho uma aguda consciência de quão importante isto realmente é. Até agora, ser mantida em segredo era uma parte imensa da minha identidade. Por muito tempo, fui a garota que nunca podia ser vista. Que o mundo não podia conhecer. Mas tudo isso acabará em menos de vinte segundos.

Desde que voltei ao complexo e o dr. A me contou sobre o Objetivo, eu sabia que este dia chegaria. Mas, antes, era só uma ideia. Uma fantasia futurista. Agora, o futuro está em cima de nós.

Não há como voltar depois disso, há? Não se pode apagar uma memória de vinte bilhões de mentes.

– Ele descobriu como funciona o distribuidor. – A voz efervescente de Mosima vaga para meu ouvido. Olho para baixo e vejo um stylist dando retoques em seu cabelo. Ela deve estar falando com ele. – Então ele só fica sentado, bebendo leite o dia inteiro. Não sei como impedir. Por isso ele é tão gordo. – Levo um momento para entender que ela ainda fala de seu gato. Mosima fecha os olhos para que o stylist possa colocar mais pó nas pálpebras. – Estão prontos para isso?

Agora não sei a quem ela se dirige. Pode ser a mim e a Kaelen. Pode ser aos técnicos na cabine. Pode ser ao dr. A, sentado ao lado dela. Talvez a todos nós.

Se dependesse de mim, eu diria não. *Não* estou pronta. Nunca estarei preparada para isso. Não fui construída para transmissões no Feed, aparecimentos públicos nem para mudar o mundo com minha mera existência.

Mas nunca dependeu de mim. E, de todo modo, é tarde demais.

O palco fica às escuras e ouço Seres anunciar: "Entraremos ao vivo em dez, nove, oito, sete, seis..."

Hoverlâmpadas e câmeras mínimas se movem abaixo de mim em um zigue-zague gracioso pelo ar numa dança bem ensaiada, sem errar nem um passo, sem jamais se chocar. Uma lâmpada em particular baixa e se vira, parando a uma curta distância da cabeça de Mosima.

A ameaçadora contagem de Seres ainda ecoa em meu crânio. "Cinco, quatro, três..."

Três segundos até meu anonimato acabar para sempre.

Três segundos até Kaelen e eu nos tornarmos os rostos mais inesquecíveis do mundo.

Em três segundos, nada mais será o mesmo.

Há um silêncio forçado, de expectativa. Não ouvi Seres dizer dois ou um. Talvez esteja implícito. Talvez ninguém sinta falta deles.

Mas sinto que esses últimos dois segundos foram roubados de mim.

22

MANIPULAÇÃO

Toca música.

É a conhecida música de abertura de cada segmento da AFC. Um carrilhão eletrônico de cinco notas com um tambor suave e sincopado. Uma hoverlâmpada ilumina o rosto cortês de Mosima. Por minhas Lentes, vejo-a como os espectadores em casa. Estou acostumada a vê-la quando assisto ao Feed no complexo. Suponho que eu deveria estar habituada à ilusão que as Lentes projetam, dando a impressão de que ela está bem na minha frente, falando apenas comigo. Mas agora que posso ver a realidade abaixo, é de dar nos nervos.

Sua expressão é séria, quase grave quando começa o programa.

– Bem-vindos ao *The Morning Beat* na AFC Streamwork, sua fonte número um de plantão jornalístico e atualizações mundiais em tempo real. Eu sou Mosima Chan.

Há uma pausa. As câmeras disparam a sua volta e se reposicionam.

– Três semanas atrás, a AFC relatou uma das notícias científicas mais chocantes e inovadoras já reveladas na história humana. A Diotech Corporation, a maior empresa de pesquisa e desenvolvimento científico do planeta, soltou uma declaração oficial alegando ter criado sinteticamente dois seres humanos aprimorados em laboratório. Referindo-se a eles como "Ex-

Gens" ou "Humanos da Próxima Geração", a Diotech afirma que esses dois espécimes geneticamente aperfeiçoados representam a próxima fase da evolução super-humana, liderada inteiramente pela ciência.

Meus olhos disparam para a cabine de controle. Crest chama minha atenção e me abre um sorriso.

– Hoje, no estúdio – continua Mosima –, temos o distinto prazer não só de receber o presidente da Diotech Corporation e o homem por trás dessa inovação científica histórica, mas também, neste mesmo segmento, *revelaremos* os próprios ExGens pela *primeiríssima* vez e falaremos diretamente com eles. Assim, espectadores em casa, preparem suas perguntas! Tive o privilégio de conhecê-los brevemente antes de entrarmos ao vivo e posso lhes garantir, são de fato extraordinários. Mas primeiro, ajudem-me a dar as boas-vindas ao fundador e presidente da Diotech Corporation, o dr. Jans Alixter.

Uma hoverlâmpada desliza na frente do dr. A, iluminando seu rosto. A luz é tão forte que espero que ele se retraia, ou, no mínimo, se encolha, mas ele é a encarnação do equilíbrio. Sorri e até dá um leve aceno para a câmera flutuante que descreve um arco diante dele.

Neste momento, quase não o reconheço.

Ele não é o dr. A de pavio curto e ressentido que encontro diariamente. Este homem parece acessível, até encantador enquanto agradece a Mosima por convidá-lo à entrevista.

– Estou muito empolgada por conversar com o senhor hoje – Mosima se desmancha. – E ansiosa para mostrar aos espectadores exatamente o que o senhor criou. Mas, primeiro, vamos falar um pouco da história desse projeto. – Ela pisca duas vezes, acessando algo em suas Lentes. – Minhas anotações me dizem que vocês o batizaram de Projeto Gênese. É bastante bíblico para uma empresa de pesquisa científica.

Estremeço, esperando pela reação do dr. A. Menções a religião sempre o irritam. Tudo que o homem faz é um tapa intencional na cara da Igreja. Ele até deu à empresa o nome de Diotech porque significa *ciência de Deus*, sabendo que irritaria todos os líderes religiosos que já verbalizaram oposição ao seu trabalho.

Mas seu comportamento impassível não tem nem um lapso, nem por um segundo. Na verdade, ele ri. Parece sincero. Eu me pergunto se Dane o esteve treinando também ou se simplesmente é natural nele.

– Tem razão, srta. Chan. É bem bíblico. E por bons motivos. Quando começamos a engenharia do primeiro ser humano a ser criado inteiramente pela ciência, queríamos um título que servisse para ilustrar como ainda nos sentimos ligados a um poder superior. Não estamos tentando *substituir* Deus com os projetos que iniciamos na Diotech. Tentamos trabalhar em conjunção com Ele. Deus criou Adão e Eva de um jeito parecido com o que criamos Sera e Kaelen.

Nem acredito no que estou ouvindo.

Quantas vezes ouvimos o dr. A acusar a Igreja, alegando que Deus é uma fantasia? Uma entidade inventada para explicar coisas que antes eram inexplicáveis? Ele até me disse que a ciência é o "novo Deus". Só que mais inteligente e sem a natureza ciumenta.

O que significa que...

Ele está mentindo.

De repente, fica claro para mim. Ele está mentindo bem na cara de Mosima. E de todos os espectadores que assistem.

Quer dizer, então, que posso mentir também?

Dane nos instruiu a falar a verdade. Para falar de coração. Mostrar aos espectadores como podemos ser reais.

Parece que o dr. A está fazendo exatamente o contrário.

– Sera e Kaelen – repete Mosima. – São nomes incomuns. Têm algum significado específico?

– Claro – diz o dr. A. – Não fazemos nada na Diotech que não seja *significativo*. É nossa missão tornar o mundo um lugar melhor. E, para tanto, é preciso começar por metas bem-intencionadas. Sera é uma grafia alternativa do nome bíblico Sara. Queríamos dar um toque moderno ao nome. Sera foi criada primeiro. Ela foi nosso milagre científico. A vida criada bem diante de nossos olhos. Foi uma visão e tanto.

Outra mentira.

Sera nem mesmo era meu nome original. Era a sequência de código genético que levou a uma forma de vida bem-sucedida. Sequência: E / Recombinação: A.

S:E/R:A.

Sou lembrada disso sempre que passo por aquela DigiPlaca no corredor do meu quarto.

– Kaelen foi criado um ano e meio depois – continua o dr. A –, usando um projeto genético semelhante ao de Sera, mas com alguns ajustes importantes para lhe conferir sua própria personalidade e espírito singular. Dei a ele o nome de minha mãe. Seu nome era Gaelen. Ela morreu no parto.

Nunca soube da origem do nome de Kaelen. Nem mesmo sei se Kaelen sabia.

E a mãe do dr. A realmente morreu dando à luz a ele?

Depois das duas últimas mentiras, como posso saber que qualquer coisa que ele diga é a verdade?

Eu me viro para examinar Kaelen. As luzes do palco brilham abaixo de seu lindo rosto. Sua boca está petrificada em um sorriso frouxo, e seus olhos verde-azulados cintilam voltados para o palco com admiração.

Simplesmente não existe outro jeito de descrever a expressão dele.

Já vi isso no rosto de Kaelen, quase sempre que olha para o dr. A. Mas nunca vi com tanta intensidade. Como se o mundo pudesse explodir fora do estúdio e Kaelen nem mesmo piscaria.

– Lamento saber disso – Mosima se compadece. – Parece que o parto natural é muito arriscado hoje em dia. Suponho que por isso muitos pais optem por métodos alternativos de trazer vida ao mundo. Métodos que sei que vocês, da Diotech, foram pioneiros há anos.

O dr. A assente, enxugando apressadamente os olhos.

Ele está *chorando?*

– Era importante para mim que nenhuma criança tivesse a perda desnecessária de sua mãe, como eu tive. Os úteros artificiais que liberamos no mercado têm sido extremamente populares. Muito mais do que as barrigas de aluguel eram em seu auge. Os pais agora podem viajar, trabalhar, ficar fora até tarde, comer e beber o que quiserem, enquanto o feto fica a salvo em casa, recebendo todos os nutrientes necessários e os cuidados de que precisa para crescer um bebê saudável.

Mosima toca a mão do dr. A.

– Vejo que esse assunto é delicado para o senhor.

Ele concorda com a cabeça.

– Meus relatos me dizem que Sera e Kaelen foram *crescidos*, na falta de uma palavra melhor, em úteros não muito diferentes dos que estão hoje no mercado.

– É verdade – diz o dr. A. – Mas como Sera foi gestada até a plena maturidade aos 16 anos, e Kaelen aos 17, a tecnologia de sua câmara de gestação é significativamente mais avançada. Os úteros artificiais estão disponíveis aos consumidores para gestar um recém-nascido nas mesmas quarenta semanas que a mãe tem para levar o bebê a termo. Por outro lado, o útero mais avançado usado no Projeto Gênese é capaz de dar à luz um adolescente plenamente desenvolvido, ou um adulto, em apenas 37 dias.

Mosima solta um assobio baixo.

– Trinta e sete dias. Isso é muito impressionante. Nossa equipe avançada tirou algumas fotografias espetaculares desse útero, que vamos exibir a vocês agora. Vejam só.

Por um momento, fico realmente animada. Eles vão mesmo mostrar o laboratório do dr. Rio? Aquele que ficou trancado por mais de um ano? Mas, enquanto a imagem em minhas Lentes muda, percebo que, na verdade, mostram o útero em que *Kaelen* cresceu. Não o meu. Está abrigado em um laboratório mais novo e mais moderno no Edifício 1, dedicado ao Projeto Gênese depois que o dr. Rio traiu o Objetivo.

As câmeras dão um zoom na grande cápsula esférica posicionada no alto de um pedestal de aço no meio da sala. Elas contornam graciosamente a estrutura arrebatadora para dar ao público uma visão em 360 graus dos variados tubos e mecanismos que a fazem funcionar.

Tenho vagas lembranças do útero em que fui criada – principalmente das minhas primeiras semanas de vida, quando ainda não tinham certeza se eu sobreviveria e eu precisava ser monitorada 24 horas por dia no laboratório de Rio. Posso dizer com certeza que a engenhoca que vejo em minhas Lentes definitivamente é uma versão melhorada da minha, o que quase me faz rir. Kaelen teve até um *útero* melhor do que o meu.

É claro que a câmara em si agora está vazia. Quando ele foi criado ali dentro, era cheia de uma substância laranja e gelatinosa que servia como seu fluido amniótico.

Confesso que isso me lembra o globo gigante em que agora estou.

– É verdadeiramente espantoso – Mosima o interrompe, trazendo os espectadores de volta ao estúdio. – Agora, esse útero que acabamos de ver é usado apenas para ExGens ou pode, quem sabe, ser usado para o crescimento de um adolescente ou adulto normal?

– Embora só tivéssemos usado esse útero avançado para trazer ao mundo nossos lindos ExGens – responde o dr. A –, teoricamente ele pode gestar um ser humano plenamente desenvolvido em 37 dias. Só é preciso um pedaço de DNA, e nossos sistemas fariam o resto.

– Fascinante – diz Mosima. – Agora, o senhor falou que Kaelen e Sera foram criados de projetos genéticos semelhantes. Isso os torna parecidos com – ela roda a mão enquanto pensa – irmãos?

O dr. A solta uma risada cordial.

– De maneira nenhuma! O DNA deles não é relacionado, assim como o seu e o meu não são. Eles não são familiares de jeito nenhum. Todos os seres humanos, na verdade, compartilham 99,9% do DNA. O que Sera e Kaelen têm em comum é sua sequência genética aperfeiçoada e os fortes aprimoramentos. Essencialmente, eles são feitos do mesmo molde genético, mas têm muitos materiais diferentes. Porém, em seu âmago, são muito ligados. E é provavelmente por isso que se apaixonaram com tanta rapidez.

Mosima reage como se fosse a primeira vez que ouvisse essa parte da história. Mas eu sei que não.

– O senhor disse apaixonados?

A expressão do dr. A fica volúvel. Eu nem sabia que ele era capaz disso.

– Sim. Muito. Na verdade, criamos Kaelen e Sera para que fossem parceiros. Na vida e no amor. Eles são o que gosto de chamar de "Parceiros Duplicados".

– Como almas gêmeas?

– Exatamente. Uma alma gêmea científica, se preferir. Literalmente feitos um para o outro.

Mosima põe a mão no coração.

– Que lindo. Posso dizer que no fundo o senhor é um romântico, dr. Alixter.

Ele solta um suspiro.

– Culpado.

– E então. – Mosima fica séria de novo. – É seguro dizer que *o senhor* é o cérebro por trás do projeto?

O dr. A faz uma pausa para refletir.

Sinto que me inclino para a frente na expectativa da resposta dele. Ele mencionará Rio? O homem que ele destruiu? Que agora fica distraidamente aparando cercas-vivas no complexo, sem nenhuma consciência do brilhantismo perdido?

Ele dará a Rio *algum* reconhecimento que merece?

– Para mim, é impossível levar todo o crédito – diz o dr. A, esfregando o queixo. – Em especial quando tantos cientistas talentosos na sede da Diotech contribuíram para o sucesso desse projeto. Mas, se estivermos falando exclusivamente de quem fez o verdadeiro "trabalho pesado" científico, por assim dizer, de trazer essas lindas almas ao mundo, então, sim, suponho que seria eu.

Algo quente começa a borbulhar e explodir em meu peito.

Pop, pop, pop, pop, pop.

Sinto Kaelen me olhando da esfera vizinha, mas não me viro. Desta vez, sou eu que olho fixamente à frente. Não é o fascínio que sustenta meu olhar. Não é admiração. Não é veneração.

É uma emoção que só reconheço depois que me toma plenamente, fazendo meu sangue ferver e amargando minha língua.

Nojo.

De repente, parece que não consigo respirar. As paredes curvas desse ovo se fecham sobre mim. Passo as mãos na superfície, procurando por uma alavanca, um botão, um fecho. Qualquer coisa!

Não posso fazer isso.

Não posso fazer isso.

Empurro o vidro, verificando a integridade da construção. Mas já sei que é SintetiVidro, e isso quer dizer que nunca conseguirei rompê-lo.

E, mesmo que você pudesse, exige saber uma voz em minha cabeça, *aonde você iria?*

Eles a encontrariam.

Passo de leve a ponta dos dedos pelo implante genético – o dispositivo de rastreamento – por dentro do meu punho direito. A voz tem razão. Os satélites me localizariam em segundos.

Mas não estou tentando fugir. Não estou tentando escapar novamente.

Estou tentando chegar *em casa*. De volta ao complexo, que é meu lugar. De volta ao interior de suas paredes seguras e ao anonimato de seu isolamento.

Você está bem?

Um ping aparece em minha Lente direita. É de Kaelen.

Olho rapidamente para sua esfera e vejo que ele ainda me encara, a preocupação gravada em seu rosto. Ele deve sentir meu pânico. Quero alcançá-lo, jogar-me nele, deixar que ele me pegue naqueles braços fortes. Ele faria tudo melhorar. Se ele estivesse a meu lado agora. Se eu pudesse tocar nele.

Estou prestes a mandar uma resposta quando a entrevista abaixo de nós de repente volta a entrar em foco.

Mosima está falando.

– Bem, o senhor deve ter visto a quantidade de manifestantes na frente do estúdio esta manhã, quando voou para cá.

O dr. A suspira.

– Sim, de fato vi.

– Nunca vi uma oposição tão forte em toda minha vida. Pode-se dizer que o senhor tem alguns inimigos lá fora?

O dr. A sorri com ironia.

– Sim. Isso me entristece muito. Mas que figura importante na história, que procurou fazer as coisas de um jeito diferente, não encontrou resistência? Cristóvão Colombo levou sete anos para encontrar um país disposto a financiar seu novo caminho para as Índias. Todos o consideravam louco. Martin Luther King Jr. foi assassinado tentando mudar a maneira como pensamos. Se eu adoraria que todos estivessem do meu lado? Certamente. Se pararia de avançar porque não estão? É claro que não.

– Bem colocado, doutor – Mosima o aprova. – Penso que a questão na mente de todos, porém, é... *por quê*? Por que criar esses dois ExGens super-humanos? Está dizendo que os humanos normais não bastam?

– De modo algum – o dr. A é rápido em responder. – Simplesmente sou da opinião de que se *podemos* melhorar, por que não melhoramos?

– Pode explicar melhor?

O dr. A cruza as pernas e se recosta na cadeira. Ele está preparado para essa pergunta. Esteve se preparando para ela desde o começo.

– Olhe a sua volta, srta. Chan – diz ele em um tom relaxado, mas formal. – O mundo está em guerra. *Nós*, como seres humanos, estamos em guerra. Com as doenças, as mudanças climáticas, com desastres naturais. No ano passado, o vírus da POK varreu dois milhões de pessoas em todo o mundo. Dois meses atrás, o furacão 981 criou um caos na Costa Leste. A Mãe Natureza tenta nos destruir. Precisamos evoluir. E rapidamente. Não temos tempo para que a evolução natural siga seu curso e nos torne mais fortes e mais resistentes. Não duraremos tanto! O próximo passo na evolução humana será por intermédio da *ciência*. Precisamos lutar. E o único jeito de fazer isso é que *nós mesmos* fiquemos mais fortes e mais resistentes. Que nos tornemos mais como Sera e Kaelen, que vocês logo conhecerão e poderão admirar. Eu os criei para mostrar à humanidade qual é nosso verdadeiro potencial. Para nos mostrar que não precisamos perder essas batalhas. Podemos nos adaptar. *Podemos* lutar. E, mais importante, nós podemos *vencer*.

O dr. A conseguiu afetar cada pessoa no estúdio e, eu me arrisco a dizer, no mundo também. Mosima se recosta na poltrona, olhando-o fixamente e boquiaberta. A atividade na cabine de controle diminuiu. Parece que os técnicos foram levados a um semitranse. Até Crest e Dane – que já ouviram isso, que trabalham para chegar a isso todos os dias – estão visivelmente comovidos com a convicção do dr. A.

E eu.

Sinto cada músculo do meu corpo se soltar. A amargura em minha boca se dissolve. O calor em meu sangue, aos poucos, chia e esfria.

As palavras apaixonadas do dr. A me recordam do motivo para eu estar aqui. Por que *todos* nós estamos aqui.

O Objetivo.

Não acho que ele o tenha descrito com tanta eloquência antes disso. De maneira tão convincente.

É a isto que tudo se resume. Salvar a raça humana da extinção. Se são necessárias algumas mentiras leves para nos levar lá, quem sou eu para reclamar?

Quem sou eu para julgar o dr. A por uma pequena manipulação necessária? Se isso nos salva no fim, terá valido a pena.

Esta esfera de vidro não é uma prisão. É uma vitrine.

E nós somos a chave para tudo.

O Objetivo é a única resposta.

Quem quer que se oponha a ele, que fique em seu caminho – o dr. Rio, Lyzender, o pastor Peder, todos os manifestantes lá fora –, não é digno de confiança.

Assim, quando ouço Mosima dizer, "Bem, depois desse discurso inspirador, acho que está na hora de trazer nossos convidados especiais", não estou mais ofendida.

Estou decidida a ser a face poderosa da próxima geração que o dr. A me criou para ser.

Quando sinto a chapa sob meus pés começar a roncar enquanto a esfera se prepara para descer – para me entregar ao mundo –, não estou mais hesitante.

Estou preparada.

Estou destemida.

23
RENASCIMENTO

O estúdio fica às escuras quando começamos nossa descida do céu. A fanfarra tem início no momento em que saímos das vigas. Há uma dança de luzes multicoloridas, fumaça artificial soprada no ar, a música berra. É um espetáculo que nunca vi no programa de Mosima.

E Kaelen e eu estamos bem no meio de tudo isso.

Fico imóvel, tentando manter a compostura. Pelo canto do olho, procuro dicas de Kaelen. Ele parece estoico em sua postura, com as pernas separadas e os braços junto ao corpo. Imito sua posição, lembrando a mim mesma que isso é uma segunda natureza. Não pense, apenas reaja por instinto. Tudo de que precisarei para sobreviver à próxima meia hora já foi carregado no meu cérebro, conectado em minha pele, programado em meu sangue.

Quando as esferas estão a poucos centímetros do chão, as portas se abrem e saímos para o palco. A mão de Kaelen encontra a minha quase instantaneamente. Mosima se levanta para fazer gestos grandiosos e amplos para nós.

– Olhem para eles! – Ela grita mais alto do que a batida de tambor. – Olhem só para eles!

Como nos instruíram, tomamos nossos lugares em um sofá para duas pessoas enquanto a música diminui e as luzes voltam a um branco simples e diurno.

– Mais juntos – a voz de Seres explode em meu ouvido, e levo um susto.

Kaelen deve ter recebido a mesma ordem, porque nos aproximamos simultaneamente até que praticamente estou no colo dele. Ele passa um braço por meu ombro e coloco a mão em sua perna.

Verifico minhas Lentes para saber como estamos perante o público, mas ao que parece eles desativaram esse visual. Talvez seja inquietante demais ver sua própria imagem exibida enquanto você está sentado ali.

Não importa o que fazemos, está dando certo, porque Mosima está exultante.

– Eles não são divinos, gente? – Ela fala com uma das incontáveis DigiCams que zumbem em volta de nossa cabeça feito um enxame de abelhas. Preciso me esforçar para não as enxotar.

Ela se vira para o dr. A, sentado à sua esquerda.

– O senhor não estava exagerando, dr. Alixter. Esses dois são mesmo especiais.

O dr. A abre um sorriso radiante.

– Não são?

– Inacreditável. Sinceramente, é inacreditável. – Ela volta a se concentrar em nós. – Então, me digam. Isso é terrivelmente avassalador para vocês? Soube que nunca saíram da sede da Diotech, até ontem.

As palavras de Dane correm por minha mente. Um aviso que foi repetido sem parar nos dias que levaram a este momento.

"Faça o que fizer, não fale em sua fuga frustrada."

– Certamente é diferente – diz Kaelen.

– Até agora, qual foi a parte mais louca de sua jornada ao mundo?

– O hiperloop – digo, minha voz fria, com um toque de ironia. – Fiquei muito bolada.

Olho rapidamente para a cabine de controle e vejo Dane assentindo. Eu sabia que ele ia gostar de meu uso da gíria moderna. E pelo visto Mosima também gosta. Ela parece positivamente cativada por minha resposta quando diz:

– Concordo. Jamais gostei de viajar desse jeito. Simplesmente engulo um Relaxer e apago. Mas vocês não devem ter enjoo de movimento, têm?

– Não que eu saiba – diz Kaelen.

– Não ficamos enjoados – acrescento com confiança.

Meu tom, meus olhos, minha postura. Estão exatamente como ensaiamos tantas vezes com Dane e, na verdade, estou surpresa com a facilidade com que este autocontrole me vem agora. Mesmo que pareça que visto uma roupa três números menor.

– É verdade – entoa Mosima. – É o que dizem minhas anotações. Fascinante. Simplesmente fascinante. Então, nunca tiveram nem mesmo um resfriado comum?

– Não – responde Kaelen.

– Bem, então isso significa que vocês nunca viveram o êxtase de um Liberador de resfriado noturno! – Ela ri da própria piada, assim como o dr. A.

– Sera e Kaelen foram criados com imunidade a todas as doenças – intromete-se o dr. A. – Um luxo que esperamos poder oferecer ao público em geral muito em breve.

– Não seria ótimo? E soube que um simples corte em seu dedo se cura em menos de dez minutos, isso é verdade?

– É verdade – confirma Kaelen.

Mosima olha a câmera que paira diante dela.

– *Dez minutos*. Dá para imaginar? Não é muito divertido para vocês, aí fora, que gostam de se cortar, né? – Ela parece achar muita graça nisso e seu riso agudo arranha meus tímpanos. – Mas então – continua Mosima, séria novamente –, imunidade a doenças, aparência extremamente boa... pelo que podemos ver. Também soube que vocês têm força e velocidade sobre-humanas.

– É verdade – o dr. A responde por nós. – Não quer transmitir o vídeo que fizemos durante as sessões de treinamento deles na semana passada?

Surpresa, eu pisco e me viro para Kaelen. Não sabia que tinham capturado nossa sessão de treinamento na semana anterior. Ele sabia?

Mosima assente como se fosse a melhor ideia que ela ouviu o ano todo.

– Sim. Vamos fazer isso. Larn, pode entrar com esse trecho?

Minhas Lentes cintilam, e uma visão de nosso mais recente desafio entra em foco. Vejo Kaelen e eu, vestidos com trajes de treinamento vermelhos, tomando posição na linha de largada. Kaelen faz a contagem em russo.

"Odin, dva, tri."

É sempre russo no domo de treinamento. Nunca perguntei o motivo, mas acho que a sensação do russo em sua língua, por alguma razão, coloca-o em modo de corrida.

Assisto a nós dois correndo para o campo, abordando cada elemento com velocidade e precisão. A filmagem contém uma sobreposição digital dos obstáculos virtuais, assim o público pode vê-los como Kaelen e eu vimos por nossas Lentes durante o desafio.

No intervalo de três minutos, ultrapassamos um trem de alta velocidade, saltamos abismos de 150 metros entre telhados de arranha-céus, desviamo-nos de MagnetoCarros na via expressa e depois, no final da pista, tivemos que levantar um pequeno hovercóptero do chão para resgatar uma criança moribunda presa embaixo dele. Eu me vejo estremecer contra a pressão reversa dos eletromagnetos usados para simular o peso do veículo. Meus joelhos vergam e tremem enquanto levanto o objeto virtual do chão, agachando-me embaixo dele e, com a força de minhas pernas e costas, mantenho o veículo no alto para que a criança seja resgatada.

Eu me lembro nitidamente desta pista específica. Afinal, foi só na semana passada. Mas é estranho estar assistindo de fora. Não acho que um dia eu tenha me visto em ação. Eu sou rápida *mesmo*.

Claro que não tão rápida quanto Kaelen. Ele me derrota na linha de chegada por 22 segundos. Seu DNA superior sempre lhe deu uma vantagem no domo de treinamento.

– Impressionante – comenta Mosima e, rindo, acrescenta: – Queria ficar bem assim de bodysuit.

Há uma pausa que, suponho, seja para permitir que a piada que ela fez tenha ressonância nos espectadores. Em seguida, ela se vira para nós.

– E foi russo que ouvi naquele vídeo? Que outras línguas vocês falam?

– Todas – responde Kaelen.

– *Todas?*

– Falamos todas as línguas.

Mosima olha a câmera flutuante diante dela. Seus olhos estão tão arregalados que tenho medo de que saltem das órbitas.

– Estupendo! – vibra ela. – Que talento para se ter! E tão novos! Os dois têm 18 anos, não é isso?

Concordamos com a cabeça.

– Kaelen, você foi criado com 17 anos, mas, Sera, você tinha 16 quando nasceu, então está por aqui há mais um tempinho.

– Sim, sem dúvida sou mais velha e mais sábia – digo com um sorriso malicioso.

Kaelen faz cócegas em meu punho, o que leva Mosima a rir ainda mais do que eu.

– Ele não é de tirar o fôlego, senhoras?

Kaelen sorri, revelando duas fileiras de dentes perfeitos.

– Simplesmente ah-dorável. – Ela recupera a compostura. – Mas então, como é ter todas essas habilidades?

– Não sei dizer, sinceramente – respondo. – Não conhecemos nada diferente disso.

– *Touché!* – responde Mosima com outra risada. Sei, por suas reações, que Kaelen e eu estamos fazendo precisamente o que devíamos. Precisamente para o que fomos criados. Estamos encantando Mosima. Encantamos a todos.

Mas, se é assim, por que me sinto tão terrivelmente deslocada neste lugar?

Se foi para isso que fui feita, eu não deveria gostar? Como Kaelen parece genuinamente adorar?

– Dr. Alixter – murmura Mosima –, de onde eles tiraram essa personalidade deslumbrante? Isso também foi engendrado em laboratório?

O dr. A abre um sorriso tímido.

– Ora, ora, Mosima, não podemos revelar *todos* os nossos segredos, não é mesmo?

– A situação de vocês não os incomoda nem um pouco? – ela nos pergunta. – Ter nascido em um complexo de pesquisa, sem nenhuma chance de ter uma vida normal?

Ouço a pergunta, mas minha mente ainda está presa na questão anterior.

Nós *temos* personalidade própria?

Kaelen e eu somos muito diferentes. Ele é ambicioso, carismático e otimista. E, pelo visto, muito possivelmente tem um traço violento perturbador. Enquanto eu... não sei mais o que sou. Fui muitas pessoas diferentes para poder acompanhar. A prisioneira obediente. A foragida criminosa. A supermodelo amnésica. A cética que procura a verdade. A amante fiel. A salvadora heroica.

E agora, a traidora defeituosa que tenta se redimir.

No fundo de todas essas personas, existe algo que possa me dizer quem realmente sou?

Existe algum denominador comum a que eu possa me agarrar?

– Não – responde Kaelen à pergunta de Mosima, trazendo-me de volta à entrevista. – Não nos importamos com o que somos. Somos afortunados por ter esses dons. Nossa vida é enriquecedora e satisfatória. Temos tudo que poderíamos querer.

– Inclusive amor – acrescenta Mosima com uma piscadela aos espectadores. – Antes de vocês entrarem, o dr. A me dizia que os dois foram geneticamente programados para serem uma combinação perfeita.

– Isso é verdade – responde Kaelen, estreitando o braço em meu ombro. – Sou totalmente apaixonado por ela.

Mosima praticamente desfalece na poltrona.

– E você sente o mesmo? – pergunta a mim. – Pelo menos, espero que sim. Caso contrário, vamos entrar em uma entrevista muito estranha.

Eu rio, sabendo ser a coisa apropriada a fazer.

– Sim. Ele é a pessoa perfeita para mim.

Mosima suspira para a câmera.

– Isso não derrete vocês? Vamos ver algumas perguntas dos espectadores. Larn, tem algumas boas separadas para nós? – Ela para a fim de ver algo em suas Lentes. – A usuária Jennz122, de Portland, no Maine, postou uma pergunta na barra de comentários. Ela pergunta: "Se não der certo entre vocês dois, Kaelen, você pensaria em participar de um reality show para encontrar uma esposa?"

Kaelen e o dr. A riem juntos. Não vejo nada de particularmente engraçado na pergunta.

– Bem – diz Kaelen com jovialidade –, felizmente não preciso me preocupar com isso. Sera e eu temos um vínculo para a vida toda.

– Sim, eles têm! Obrigada por sua pergunta, Jennz122. Quem é o próximo? – Outra pausa. – Ah, essa é uma boa pergunta. Temos uma do usuário SZ1609.

A respiração fica presa em meus pulmões, e por um segundo o mundo perde a cor. Perde a forma.

É uma coincidência. Só pode ser.

Existem muitas combinações de números e letras por aí.

Olho rapidamente o dr. A e Kaelen para avaliar a reação deles. Nenhum dos dois parece ter apreendido o significado.

Mas eu também não esperava isso deles.

S + Z = 1609 era o *nosso* código secreto. Meu e de Lyzender. Mesmo que o dr. Alixter o visse em uma varredura de memória, duvido que o reconhecesse aqui. Está muito fora de contexto.

Mas não para mim. Apesar de meus esforços, parece que nunca pude tirar de contexto o garoto de cabelos pretos. Ele sempre está presente, persiste por trás de meu subconsciente, como os sapatos de alguém aparecendo atrás de uma cortina.

– Esta pergunta é para Sera – continua Mosima. – Nosso espectador quer saber: "Se você nunca saiu da sede da Diotech, como pode ter certeza de que Kaelen é a pessoa perfeita para você? E se outra pessoa no mundo for um combinação melhor?"

Meu sangue vira gelo.

É ele. Tem que ser ele.

Mas *como*? Como isso é possível? Ele deveria estar preso no passado. Não *aqui*.

Sei que Seres me disse para não olhar diretamente para as câmeras, mas não consigo evitar. Minha cabeça se vira lentamente – como se agisse por vontade própria – e olho fixo o objeto que paira diante de meu rosto.

Um estremecimento me atravessa. É quase como se eu pudesse *senti-lo* me olhando. Como se seus olhos cor de chocolate líquido estivessem refletidos na lente dessa câmera mínima.

– O espectador fez uma boa pergunta – continua Mosima, sem perceber minha reação. – Como vocês podem ter certeza de que são perfeitos um para o outro, quando sua exposição ao mundo foi tão limitada?

Não há como responder. Não consigo nem mexer a boca, quanto mais formar sons coerentes.

Felizmente, o dr. A mergulha em meu resgate, roubando o público com sua compostura ímpar e seu discurso articulado.

– Deixe-me fazer uma pergunta a você, srta. Chan – começa ele. – Quantas vezes *você* esteve apaixonada?

Ela fica perplexa e seu rosto cora ligeiramente.

– Bem, essa é uma pergunta muito pessoal, dr. Alixter.

Ele vira a cabeça de lado, inclinando-se para a frente em sua cadeira.

– Muito bem. Colocarei de outra maneira. Quantas vezes a média das pessoas se apaixona?

Ela reflete.

– Duas, talvez três vezes.

– E quantas vezes a média das pessoas tem o coração partido?

– Incontáveis, infelizmente. Ou talvez seja só eu. – Ela se vira para os espectadores e ri.

– E se você pudesse se apaixonar sem o risco de ser magoada? – continua o dr. A. – E se pudesse se apaixonar com uma certeza absoluta de que seu amor é correspondido? Sem ciúmes. Sem inseguranças. Sem dúvidas. O amor de Sera e Kaelen foi aperfeiçoado pela ciência. Eles nunca magoarão um ao outro. São incapazes disso. Assim como você é incapaz de voar. – Ele se recosta. – Não sei sobre todos vocês em casa, mas acho que isso supera conhecer alguém ao acaso no SkyServer todo dia.

Mosima balança a cabeça de um lado a outro.

– Seu argumento foi excelente, dr. Alixter. Sei, pelo influxo de comentários que recebemos agora, que existem muitos espectadores que concordam com o senhor. E alguns que discordam. Mas vamos continuar, sim? – Ela volta a se concentrar em nós. – E então, seus pombinhos de sorte. Vocês são fisicamente impecáveis, constituídos como super-heróis e têm um cérebro que rivaliza com os computadores atuais... *e* encontraram sua alma gêmea aos 18 anos!

– Parceiros Duplicados – corrige o dr. A.

– Claro. Parceiros Duplicados. Preciso melhorar meu jargão da Diotech. – Ela ri. – Vocês claramente são, neste exato momento, o motivo de inveja de cada pessoa neste planeta. Podemos ter um beijinho dos dois?

O pedido me sobressalta, mas não tenho tempo para processar. Kaelen já está virando a boca para encontrar a minha. Os olhos dele já estão se fechando. De repente só consigo pensar em Lyzender. Será que ele realmente está lá fora? Ele nos assiste pelo Feed agora?

– O que está esperando? – grita Seres no meu ouvido. – Beije Kaelen já!

Ele tem razão.

O que *estou* esperando?

Mesmo que Lyzender esteja lá fora – e ainda estou convencida de que é impossível –, ele não deveria importar para mim. Ele *não importa* para mim.

Só o que importa está aqui, na minha frente. Curvando-se para me beijar neste exato momento.

Respiro fundo e fecho os olhos. Posso sentir seus lábios antes mesmo que me toquem. Como se tivessem energia própria. Sua própria atmosfera. Quando nossas bocas se encontram, de repente sou transportada a outro mundo. Onde Kaelen e eu estamos sozinhos e não existem bilhões de pessoas vendo esse momento de intimidade entre nós.

Onde SZ1609 é apenas uma infeliz coincidência de letras e números.

Tudo em nosso passado é apagado. Nossos defeitos são esquecidos.

Mas o "aaaiiii" de Mosima atravessa minha barreira mental e sinto Kaelen sorrir, encostado em mim. A mão dele roça meu rosto antes de ele se afastar.

– Nossa barra de comentários está explodindo! – diz Mosima. – Isso foi muito especial. Tenho certeza de que os dois aqueceram cada coração da América. Inclusive o meu. Podemos reprisar isso, Larn?

Minhas Lentes lampejam e vejo o que o mundo acaba de assistir. Kaelen e eu nos unindo como fomos programados para fazer.

Eles passam o vídeo em câmera lenta. Leva uma eternidade para os lábios dele encontrarem os meus. Mas, quando encontram, sinto o beijo todo de novo. Sinto nos dedos de meus pés. No estômago. Em meus fios de cabelo cuidadosamente penteados.

Eu nunca tinha me visto beijando Kaelen. Agora é fácil entender o efeito que tem em mim. Como meus olhos de bom grado se fecham, como se não se importassem se vão se abrir novamente. Como minha boca procura a dele, ao mesmo tempo sempre ávida e sempre saciada.

Tudo isso passa diante de mim como uma música silenciosa. Uma sinfonia perfeita.

– É fácil ver, por essa reprise, que o dr. A tem razão – observa Mosima. – Vocês dois positivamente são feitos um para o outro.

– Sim – digo em voz baixa, sabendo que o mundo inteiro me ouve. – Sim, nós somos.

24

CONVITE

O estouro do champanhe ecoa em toda a Suíte de Recepção enquanto Dane tenta pegar o líquido transbordante em taças altas e estreitas.

Flûtes de champanhe. Acesso a terminologia correta.

Ele me oferece meia taça e tomo um gole, hesitante. A bebida efervescente me faz cócegas na língua e na garganta ao descer. Mas, no geral, gosto do sabor. Até Kaelen bebe uns goles. Nunca o vi tomar uma bebida alcoólica.

Dane ergue a taça em nossa direção.

– Hoje, vocês dois foram espetaculares. O público *amou* vocês. A AFC contou que foi um dos segmentos mais assistidos de todos os tempos.

Na mesma hora, noto a discrepância em sua declaração. O segmento mais *assistido*. Não o de melhor classificação, nem o de reações mais positivas dos espectadores. Ainda não pude ver a reprise em meu Slate, mas tenho a sensação de que descobrirei, se tiver coragem de assistir, mais do que uma parcela justa de comentários negativos na barra lateral. Principalmente se o grupo de manifestantes que esperava por nós na frente do estúdio servir de indicação de quanto o público nos "amou".

A massa de corpos parece ter quadruplicado desde que chegamos. Felizmente, não temos que manobrar *entre* eles. Partimos da plataforma de hovercóptero no terraço do prédio e podemos sobrevoá-los. Mas notei que o piloto desviou sutilmente de alguns projéteis não identificados que foram lançados em nossa direção.

Kaelen me diz para não olhar, mas não consigo evitar. Encaro-os da janela do hovercóptero, sentindo o profundo ódio que me lançam.

Como alguém pode sentir uma emoção tão forte por quem nunca conheceu?

– Eles não odeiam você. – Crest me tranquiliza depois que voltamos ao hotel. – Eles odeiam o que você representa. O que a Diotech representa. É como o dr. Alixter disse na entrevista: não se pode mudar o mundo sem fazer inimigos.

Enquanto olhava seus rostos irados e as mensagens de ódio que exibiam nas telas portáteis, eu me obriguei a ser mais forte. Rezei para ter a resistência e a casca grossa que o dr. A prometeu que eu teria.

Que eles em breve também poderão ter.

Mas a visão abaixo de mim e as emoções que elas agitaram me afetaram.

De repente, eu estava de novo em 1609, amarrada a uma estaca de madeira enquanto as chamas impiedosas da incompreensão e do medo arranhavam minhas pernas, queimavam minhas roupas e chamuscavam de preto a minha pele.

Eles me odiaram naquela época. E me odeiam agora.

Este é que deveria ser meu lugar de direito. Esta deveria ser a época em que finalmente eu seria aceita como sou. Em que não precisaria me esconder. Agora, só o que quero é enterrar a cabeça embaixo dos cobertores e fazer apenas isto.

Esconder-me.

– Ao Objetivo! – Crest se intromete e todos levantam as taças, batendo umas nas outras suavemente. Faço o mesmo. Kaelen captura meu olhar enquanto ergue a *flûte* para bater na minha.

– Você estava maravilhosa hoje. – O italiano cadenciado escapa de sua língua, uma música melodiosa aos meus ouvidos.

Bato a taça na dele e bebo um gole.

– Você tem que dizer isso – provoco, prendendo-me à língua que ele escolheu. – Está em seu DNA.

Ele sorri com malícia e eu me inclino para beijá-lo. O champanhe tem um gosto melhor nos lábios dele do que na minha *flûte*. Quando me afasto, Kaelen está sorrindo para mim. Bebo outro gole, esvaziando a taça.

Gosto de como as bolhas me aquecem. Me soltam. Têm a rara capacidade de aguçar alguns sentidos, enquanto entorpecem outros. Noto que, quanto mais eu bebo, mais fácil é esquecer as coisas de que não quero lembrar. Bloquear perguntas que não quero ver respondidas. Por exemplo:

Quem é SZ1609?

De repente, percebo por que tantas pessoas bebem álcool. É uma modificação de memória autoadministrada. Entorpece as partes de você que não lhe agradam. As partes que você queria que fossem diferentes. Por um breve momento, transforma alguém na pessoa que ela quer ser. E na pessoa que todos os outros já pensam que você é.

Mas tenho a sensação de que isso não vai durar.

Tenho a sensação, com meu sangue de ExGen, que essas várias horas de abençoado esquecimento serão roubadas de mim.

Kaelen segura minha mão e me puxa para o corredor.

– Vem – sussurra ele.

Meus pés estão lentos e pesados quando o acompanho.

– Aonde vamos? – Tento replicar seu sussurro, mas acabo rindo.

Ele não responde. Nem precisa. Assim que chegamos à porta de sua suíte, eu entendo.

– Você vai entrar? – pergunta ele, inclinando-se para roçar os lábios na curva do meu pescoço, provocando arrepios em meus braços.

– Está me perguntando porque *precisa* perguntar? Porque está codificado em seu...?

Kaelen interrompe minha pergunta colocando o dedo em meus lábios.

– Estou perguntando porque *quero*.

Sem se virar, ele passa a mão no painel da parede. A porta se destranca e ele entra de costas, sustentando o olhar ardente em mim o tempo todo. Sua mão puxa a minha. Seus olhos me pedem para ir com ele.

Seu sorriso me impossibilita de dizer não.

25
INDESEJÁVEL

A suíte de Kaelen é idêntica à minha, só que invertida. O quarto fica na posição da minha sala, a porta do banheiro fica na parede oposta. Mas tudo fica diferente depois que entramos nela. E tenho a sensação de que tudo será diferente para sempre depois que sairmos dali.

Kaelen segura minhas mãos e me beija gentilmente no nariz. Depois nas bochechas. Depois na boca. Meus lábios se abrem e eu o respiro. Respiro a promessa de ficar com ele. De voltar a me ligar a ele. Como era no nosso início. Duas pessoas criadas a partir do mesmo começo.

Suas mãos deslizam para baixo e encontram a bainha do meu vestido. Levanto os braços para ajudar a retirá-lo, mas ele me surpreende rasgando o tecido. Rio enquanto o vestido esfarrapado escorrega a meus pés.

– Crest não vai ficar feliz com você.

– Neste momento, não ligo para Crest.

– Pensei que você gostasse desse vestido – provoco, com um sorriso malicioso. O champanhe me deixa atrevida. Melhora minha capacidade de fazer piada com coisas que só entendo graças a uma série de uploads.

– Gosto mais dele agora. – Ele olha todo o meu corpo. Não se esforça para esconder o fascínio com minha pele despida e a parca roupa íntima que Crest me fez vestir.

– É justo. – Estendo a mão e facilmente dou a sua camisa o mesmo destino do vestido. Os farrapos caem de seu tronco magro e musculoso, revelando ombros belamente esculpidos, músculos peitorais definidos e a pele mais macia que qualquer coisa que eu tenha tocado. Passo a palma da mão por sua clavícula, explorando.

E então ele está me devorando. Seus lábios amassam meu pescoço. Meu ombro. Sua língua traça linhas nos sulcos entre osso e músculo. Tombamos na cama, o tecido macio do edredom absorvendo nossa queda. Kaelen está por cima de mim, e seu peso me prende. Dois corpos se tocando, criando fogo. Sua boca alcança a minha. Quando nossos lábios se encontram, uma onda de eletricidade corre por mim, acendendo cada célula cutânea e cada nervo que tenho.

– Sabe o que vem agora? – sussurro, de repente me sentindo boba e ingênua. Ver dois estranhos em um upload é uma coisa. Outra é pensar você mesma na logística.

– Sei o que vem agora.

De repente, a mão de Kaelen está na parte interna da minha coxa. Arquejo de surpresa. De prazer. Começo a pensar que os uploads de Kaelen eram um pouco mais minuciosos que os meus. Meu corpo reage imediatamente a seu toque.

Feitos um para o outro.

Seus lábios voltam a alcançar os meus e sua mão passa a se mexer. Minha respiração fica trêmula. Fecho os olhos.

E vejo o rosto dele.

Não o de Kaelen.

O *dele*.

De Lyzender.

"Estive esperando por isso há muito tempo", diz ele, olhando-me com ternura.

"Pelo quê?"

"Você sentir... bem... por você se sentir pronta, eu acho."

Fecho bem os olhos e tento afugentá-lo, mas a imagem é forte demais. Ou o champanhe é fraco demais. É uma batalha, e a memória está vencendo. A culpa está ativa, pronta para me consumir e me rachar de dentro para fora.

"Uma coisa que nos deixará mais unidos. Mais unidos do que podemos ser... não é algo que eu possa explicar. Quer dizer, eu poderia... mas acho que prefiro mostrar a você. Seria mais significativo desse jeito."

Quero gritar. Quero gritar para ele ir embora. Sair da minha mente. Sair dos meus pensamentos. Você não é mais bem-vindo aqui.

Mas existe algo naqueles olhos intensos que não consigo afugentar. Por mais que eu tente. Por mais que eu queira.

A náusea brota dentro de mim. A vergonha implacável que sempre acompanha sua memória se espalha como um vírus letal. Vai me consumir. Vai me recurvar em uma agonia miserável.

– Pare! – grito. Kaelen se ergue num sobressalto e me olha com preocupação.

– Qual é o problema? – pergunta ele. – Eu te machuquei?

Nego com a cabeça. Quero dizer que não era com *ele* que eu gritava. Era com Lyzender. Era a imagem de seu rosto vindo à tona sempre que quer. Independentemente de onde estou, com quem estou, o que eu faça.

Só quero ficar em paz!

Empurro Kaelen para longe de mim.

– Me desculpe. – Minha voz treme tanto que mal a reconheço. – Não posso fazer isso.

Eu me jogo para fora da cama e estou no meio da suíte em um nanossegundo. Sou rápida, mas Kaelen é mais rápido. Sempre foi.

Ele está diante de mim antes que eu consiga piscar. Suas mãos fortes seguram meus braços. Os olhos estão tomados de perguntas.

– O que está havendo? É pelo que aconteceu na plataforma ontem?

As lágrimas estão vindo. Crescem contra minha vontade. Apenas outra parte de mim sobre a qual não tenho controle. Fecho os olhos, tentando aprisionar o choro, mas as lágrimas saem mesmo assim, traçando riscos irregulares e insolentes em meu rosto.

– Sim – começo, depois mudo de ideia. – Não. Não de todo. Eu... não posso fazer isso. – As palavras são tão quebradas.

– Está tudo bem. – Kaelen me puxa para ele, envolvendo meu corpo com os braços. – Não precisamos fazer. Podemos só ficar aqui. Juntos.

Não posso fazer isso também. Não quando o rosto de Lyzender monopoliza à força meus pensamentos. Não quando ele está lá fora, me enviando mensagens, enterrando memórias no chão, me fazendo perguntas ao vivo no Feed.

Empurro Kaelen. Admito que com força demais. Rude demais. Mas isso não o machuca. Pelo menos, não por fora. No entanto, é o bastante para impedir que venha atrás de mim. E, agora, é só isso que importa.

– Me desculpe – repito, sem querer olhar para ele, por medo de que sua expressão me destrua.

Visto o que resta do vestido arruinado, seguro o alto dele com uma das mãos para não voltar a cair no chão. Arremeto para a porta, abrindo-a com um golpe de meu dedo, e passo às pressas por ela.

Enquanto ando pelo corredor enxugando as lágrimas, as palavras do dr. A, da entrevista de hoje, assombram minha mente.

"Eles nunca magoarão um ao outro. São incapazes disso. Assim como você é incapaz de voar."

Começo a me perguntar em quantas outras coisas o dr. A esteve enganado.

26
CONVICÇÃO

O segurança estacionado na frente da porta de Kaelen não presta atenção em mim enquanto cambaleio pelo corredor, embriagada de emoção e culpa e do que resta do champanhe.

Não vou a meu quarto. Fica perto demais. Eu conseguiria ouvir Kaelen respirando pela parede vizinha. À distância de uma batida do coração e da porta.

Não temos permissão para sair deste andar. Raze deu instruções específicas aos seguranças para nos conter aqui. Graças a isso, só me resta um lugar aonde ir.

Quando entro explosivamente pela porta da Suíte de Recepção, fico surpresa ao ver que não está vazia. Eu imaginava que a essa altura todos já teriam voltado a seus quartos. Em particular, em vista do hiperloop que teremos que pegar para San Francisco pela manhã.

O dr. A está no meio da sala. Dane está perigosamente perto dele. Conversam aos sussurros ásperos. Dane tem as mãos nas faces do dr. A, como se literalmente segurasse seu rosto. Evitando que ele caia. Mas o dr. A não olha para Dane. Seu olhar está focado um pouco à esquerda dele. Olhos distantes, os lábios cerrados, enquanto Dane pede sua atenção.

Minha entrada não é elegante. Por acidente, bato o quadril em uma mesa, derrubando no chão *flûtes* vazias que ainda não tinham sido recolhidas. A colisão quase me faz abrir a mão que segura o vestido. Prendo os cotovelos firmemente nas costelas para manter o tecido rasgado junto de mim.

Eles se viram ao mesmo tempo e as mãos de Dane de imediato caem ao lado do corpo.

– Sera – diz o dr. A, com a voz tensa. Como se tentasse parecer mais feliz por me ver do que realmente estava.

– Me desculpe – digo pela terceira vez nos últimos cinco minutos. – Vou sair.

– Não seja boba – diz o dr. A. – Dane já estava de saída.

Não me escapa o olhar incisivo que o dr. A lança a Dane naquela hora e a expressão magoada que recebe em troca. Mas também sei que não devo comentar isso.

– Não estava? – instiga o dr. A.

Dane trinca os dentes.

– Sim. – Ele sai rapidamente da sala, sem olhar para trás nem uma vez. Não dá boa-noite. A nenhum de nós dois. O que não é do estilo de Dane.

O dr. A baixa o corpo em um sofá e ordena à tela de parede a sair do modo pause.

– Sente-se. – O dr. A dá um tapinha no espaço ao seu lado.

Na verdade, a última coisa que quero é a companhia do dr. A, mas me sento mesmo assim. Porque é o que faço. Eu obedeço.

Rezo para que ele não me pergunte onde estive, por que não estou com Kaelen e por que meu vestido está quase rasgado ao meio. Felizmente, ele parece cansado e preocupado demais com o que quer que tenha acontecido há pouco para juntar as peças. De fato, seus olhos mal abandonam a tela enquanto afundo no sofá.

Volto o olhar para a parede, surpresa ao ver o pastor Peder no Feed. Está com o mesmo chapéu de aba larga e os óculos de lentes azuis, fazendo outro discurso passional e prolixo a uma plateia de milhares de pessoas. Hoje, reconheço os monumentos familiares da capital da nação atrás dele.

"Aquelas abominações", diz Peder à multidão, "aqueles *ExGens*", ele cospe a palavra, "não são obra de Deus. São obra de uma força muito mais sinistra, muito mais sombria. São monstros sem alma que o dr. Jans Alixter tenta fazer passar por seres humanos."

A multidão grita sua concordância.

Por que o dr. A está vendo isso? Por que se submete a essa tortura?

Pelo canto do olho, vejo que ele pega um copo na mesa a seu lado. Não é champanhe, é algo mais forte. Sinto o odor nocivo quando ele toma um gole longo e firme. Como se tentasse engolir a força para continuar assistindo.

"Já perceberam", continua Peder, "que *Diotech* e *Diabo* começam com a sílaba *Di*?"

A multidão adora essa. As câmeras dão uma panorâmica por fileiras e mais fileiras de gente espremida no local ao ar livre. Seus rostos são imagens especulares e distorcidas uns dos outros, partilhando o mesmo ódio horrendo que lhes serve de combustível.

– Olhe para eles – murmura o dr. A. O líder encantador e carismático da entrevista de hoje sumiu. O homem sentado a meu lado está em equilíbrio precário à beira da derrota. Uma rajada de vento forte, e ele desaparecerá. – Numa fé tão cega. Muita... *lavagem cerebral*.

O caráter lânguido e quase perplexo de sua voz me faz pensar que na verdade ele não fala comigo, mas consigo.

– É isso que acontece quando você acredita em coisas que não pode provar. Isso deixa a pessoa louca. – Ele aponta a tela com o copo, como se brindasse ao sucesso de Peder. – Se ele lhes pedir que se atirem na frente de um MagnetoCarro em alta velocidade, eles o farão. Se lhes pedir para atearem fogo ao próprio corpo, eles o farão. Sem questionar.

Fogo.

A palavra provoca um tremor de medo em mim. Salta ao redor do cérebro, tentando encontrar um lugar conhecido onde parar – uma sinapse à qual se ligar –, mas, por fim, desiste e desaparece no ruído de fundo da minha mente.

Emudeço. Algo me diz que ele se esqueceu de que estou aqui. Até ele voltar a falar.

– Sabe de uma coisa, Sera, chegamos muito longe com a tecnologia. Realizamos muito. – Ele se interrompe, fechando os olhos. – *Muito*. Entretanto, ficamos empacados quando se trata de nossa visão do mundo.

Suas palavras são arrastadas, cada uma delas vazando na seguinte. É quando percebo que ele está embriagado. A ideia me assombra. Só vi gente embriagada no Feed. Nunca na vida real. E nunca alguém como o dr. A.

– Eu podia jurar que essa porcaria religiosa enfim teria se acabado quando eu ficasse adulto. Quantas vezes temos que provar a eles que estão errados? Quantas descobertas científicas devemos fazer antes que esses idiotas finalmente entendam a verdade? Não existe Deus. *Nós* somos Deus.

Ele ainda encara a tela, mas não ouve mais o sermão de Peder. Olho rapidamente para ele e noto que seus olhos estão injetados. A pele parece flácida. Devem ter colocado realçadores nele para a entrevista de hoje. Realçadores que agora perdem o efeito.

– A fé é uma coisa poderosa, Sera. – Ele fica mais calmo, mais introspectivo. – Uma coisa tolamente poderosa. Mantém as pessoas estúpidas.

"O dr. Alixter quer debater ciência", berra Peder da tela. "Ótimo. Vamos debater ciência! Vocês sabiam que existe *prova* científica da existência da alma?"

A multidão se aquieta, esperando pelas palavras seguintes com uma avidez intensa.

"É verdade", continua Peder. "Foi provado que, quando um corpo humano morre, perde uma quantidade infinitesimal de massa. A que isso pode ser atribuído? A um acidente fisiológico aberrante? Ou à partida de um espírito celestial? Uma alma voltando a seu criador?"

Gritos da plateia. As pessoas gritam: "Sim! Deus vive!"

"Aposto", continua Peder, olhando diretamente para a câmera, diretamente em meus olhos, "que se vocês abrirem aqueles dois *ExGens*, se descascarem seu exterior lustroso e espremerem seu derradeiro fôlego, não encontrarão *nada* dentro deles."

Os aplausos sobem a um nível ensurdecedor. Fico grata quando o dr. A finalmente interrompe a reprise, passando a mão trêmula na testa molhada.

Vendo a imagem congelada e sinistra do pastor Peder na parede – a aba do chapéu lança uma sombra em suas feições agudas, os olhos visivelmente ardem atrás dos óculos –, não posso deixar de me perguntar se ele tem razão. Será que é disso que sinto falta a minha vida toda? De uma alma? De alguma essência invisível que diferencia os Normatas dos ExGens? Será esse o buraco cada vez maior que parece me seguir aonde quer que eu vá?

O dr. A baixa o copo vazio com um tinido e se levanta. Ele estica os braços para cima.

– É melhor ir dormir. Temos que começar cedo amanhã.

– Por que Peder nos odeia tanto? – pergunto. Percebo que é a primeira vez que uso a primeira pessoa do plural na presença do dr. A.

– Porque ele tem medo de nós.

Essa não é a resposta que eu previa. Tenho dificuldade para compreender – ou aceitar – uma explicação tão simplista.

– Então, por que *você o odeia* tanto? – pergunto, esperando desafiá-lo. Esperando aturdi-lo.

O dr. A simplesmente me olha, como se examinasse dados em um Slate. Segura meu queixo, vira-o para a esquerda, depois para a direita.

– Sabe – diz ele de maneira pensativa –, às vezes, quando olho para você, só vejo ela.

Franzo o cenho.

– Quem?

Mas ele também não responde a essa pergunta. Ele me deixa e se vira para o corredor, soltando um suspiro longo e rançoso ao sair.

– Boa noite, Sera.

27

RUPTURA

Estou deitada em minha cama e encaro o teto do quarto de hotel. Neste momento, ele está programado para a noite, para dar a impressão de que não existe nada entre mim e o céu repleto de estrelas. Mas sei que existe muito mais do que o nada.

Um upload histórico certa vez me disse que os povos antigos acreditavam que seres superiores viviam lá em cima. Em algo chamado "firmamento". Referiam-se a eles como "deuses" e os reverenciavam. Eles os respeitavam acima de todas as pessoas. Porque não eram gente. Eram algo mais.

Mais poderosos.

Mais sábios.

Mais resistentes.

Segundo o dr. A, existem alguns Normatas que ainda acreditam nesse raciocínio arcaico. Que ainda pensam que alguém olha por nós. Ele diz que essas pessoas são as inimigas da ciência. As inimigas do Objetivo.

– A ciência respondeu a todas as perguntas feitas quando os deuses foram inventados – o dr. A me contou certa vez. – Em nossa época, aqueles seres míticos ficaram obsoletos. Contos de fadas. Qualquer um que diga outra coisa só está enganando a si mesmo.

Quando fugi com Lyzender, viajamos a uma época em que os deuses míticos ainda eram reverenciados como os guardiães dos segredos.

Isso ficou evidente seis meses depois de termos chegado e minhas capacidades especiais me jogarem em um julgamento por bruxaria. Eu teria sido queimada naquela estaca, não fosse por Kaelen. Não fosse pela Diotech. Eles me resgataram. Então, o dr. A compartilhou a verdade comigo e me convidou a conhecer seus segredos. Ele me consertou.

Agora, quando olho o céu, vejo o céu.

Vejo moléculas de oxigênio, gases vaporosos e os feixes de hélio do sol. Não vejo fantasias, nem poesia, nem sonhos de lugares remotos.

É assim que deve ser.

Contudo, algo dentro de mim se agita, querendo mais. Mais informações. Mais discernimento. Mais respostas que não podem ser encontradas em um upload. Meu cérebro anseia por isso como a pele seca e rachada anseia por umidade.

– Ativar Feed – ordeno ao teto, e a imagem muda de imediato. Uma transmissão ao vivo de um jogo profissional de magnetobol está no streaming. Mas agora não estou interessada em esportes. – Função de busca.

A partida de magnetobol é reduzida a um quadradinho que dispara ao canto do teto, e uma caixa de busca aparece no meio da tela. Dou meus parâmetros.

– Dr. Jans Alixter.

Já pesquisei seu nome muitas vezes. Examinei horas de filmagens arquivadas de sua vida, tentando desvendar os segredos do homem misterioso que controla meu destino. Que decide minha sorte. Não sei bem o que procuro agora. Não sei o que espero encontrar que já não tenha devorado durante minhas incontáveis pesquisas no ano passado, mas algo ainda me motiva a correr os olhos pelos resultados que enchem a tela.

Filtro a lista por formato, optando por ver primeiro todas as gravações do Feed. Não há muita coisa disponível anterior a 28 de março de 2091, data da criação da Diotech. O dr. A claramente era uma pessoa muito reservada antes de cofundar o que viria a ser uma das corporações mais poderosas da história. É quase como se sua vida tivesse começado quando a empresa foi criada.

Localizo uma gravação do Feed arquivada de uma coletiva à imprensa datada de 5 de maio de 2110 e ordeno a reprodução. Já vi isso durante uma de minhas várias pesquisas. É o primeiro anúncio público da carne sintética produzida pela Diotech. O dr. A está em um pódio, falando com eloquência para a câmera, enquanto Rio está de pé num canto, mexendo no que reconheço como um modelo anterior do DigiSlate.

O dr. A termina seu curto discurso e volta a atenção para o colega. Fascinada, vejo o homem que me criou, que me ajudou a fugir, subindo trêmulo a escada até o pódio e lendo no Slate um discurso já redigido sobre a ciência por trás da comida sintética. Sua voz treme. Suas costas estão ligeiramente recurvadas. Seus olhos jamais deixam a tela. É nítido que ele está extremamente nervoso e constrangido no pódio.

De súbito, percebo que é exatamente assim que eu ficaria em entrevistas pelo Feed, não fossem os incontáveis uploads e a programação genética que recebi para me deixar articulada e encantadora.

Meus olhos vão rapidamente ao dr. A, agora parado ao lado. Ele se esforça muito para esconder a irritação que sente com o medo de palco do sócio.

O dr. Rio termina seu discurso e desce com pressa. O dr. A volta à sua posição no pódio para responder a perguntas dos repórteres.

Estou prestes a retornar a meus resultados de busca porque já vi essa gravação, quando noto algo na extremidade da tela. Não sei por que não vi isso antes. Provavelmente porque estava concentrada demais nas perguntas e respostas do dr. A para dar atenção ao que acontecia fora do palco.

O visual é ligeiramente cortado devido ao enquadramento da câmera. Mas consigo distinguir Rio – que literalmente correu do pódio – abaixando-se para pegar alguma coisa. Um instante depois, ele apanha nos braços uma criança pequena – uma garotinha. Sua ansiedade anterior desaparece no mesmo instante. Ele agora está sorridente, beijando o rosto da menina.

Ordeno à tela que abra para a esquerda e dê um zoom. Posso ver a maior parte do corpo de Rio, mas ainda só metade do rosto da menina. Ela aparenta ter uns quatro anos. Tem cabelo cor de mel escuro, a pele dourada, e vejo uma pequena marca de nascença rosada pouco abaixo do lado direito de seu maxilar, enquanto Rio a balança levemente nos braços, fazendo-a sorrir. Aumento o zoom e vejo que a marca se assemelha vagamente a uma folha de bordo.

A familiaridade pressiona meu subconsciente.

Reconheço a menina. Já a vi. Em uma memória. Na memória de *Rio*. Foi há pouco mais de um ano, quando eu voltava ao complexo com Kaelen em busca do Repressor para Lyzender. Rio se encontrava em estado vegetativo no Setor Médico, antes de substituírem seu cérebro por um computador. Suas memórias estavam embaralhadas e caóticas, mas consegui enxergar uma delas.

Ou, talvez, ele tenha conseguido *me mostrar* uma delas. Aquela que importava.

Uma memória dela.

A menina tinha o mesmo rosto meigo em formato de coração, os mesmos olhos castanhos cor de mogno, claros e curiosos. O mesmo efeito animador milagroso no homem que a segura nesta gravação.

Um homem que agora – para todos os fins – estava morto.

Mas e ela? Onde está? Por que nunca a conheci, nem ouvi uma única palavra a seu respeito?

Minha mente volta numa lembrança repentina ao dia em que saímos do complexo. Ao rosto rígido e distorcido de Rio, imóvel sob um álamo horripilante.

Sariana.

Foi assim que ele me chamou.

Com o raciocínio em disparada, volto à página de busca e ordeno novos termos.

– Sariana Ri...

Mas minha voz falha quando vejo um resultado de minha última busca mais abaixo na tela. É um link para uma gravação arquivada com o rótulo DIOTECH x JENZA PADDOK.

Jenza Paddok. O dr. A e o diretor Raze não discutiram sobre alguém com esse nome durante o jantar, outra noite mesmo?

Seleciono o link, e o teto reproduz uma imagem do que parece ser o exterior de um tribunal. Uma pequena multidão se reuniu e uma mulher alta e magra, de pele morena e rosto comprido, desce a escada de uma grande construção de pedra.

Repórteres do Feed cercam a mulher enquanto hovercâmeras zumbem em volta de sua cabeça.

"Srta. Paddok", pergunta um dos repórteres, "qual é sua resposta à anulação inesperada desse processo contra a Diotech Corporation?"

Procuro em meu cérebro por uma definição jurídica de *anulação*. Chega uma imediatamente de um upload que recebi meses atrás sobre o sistema judiciário americano: a decisão de um juiz de que todo ou parte de um processo seja encerrado ou arquivado, momento em que nenhuma outra prova ou testemunha poderá ser apresentada.

Uma mulher bem-vestida, presumivelmente a advogada de Paddok, impede que o repórter chegue mais perto. "Esse contratempo é uma infelicidade, mas a srta. Paddok não terminou sua busca pela justiça, para que a Diotech pague pelos crimes que cometeu contra a humanidade. Encontraremos outro jeito de travar essa batalha."

Um segundo repórter tenta esclarecer com outra pergunta, mas Paddok o impede com a mão erguida. É aí que noto a pequena marca na palma de sua mão. Não gira, nem é animada como uma nanotatuagem. Parece uma tatuagem *real*. Do tipo que costumavam pintar diretamente na pele, antes da invenção da versão nano, menos invasiva.

Volto a gravação e paro na imagem de sua mão lançada para a câmera. Ordeno à tela que dê um zoom na tatuagem, examinando o curioso desenho.

É um crescente lunar vermelho.

Mas, enquanto a gravação se expande em meu teto, aproximando-se cada vez mais do símbolo peculiar, não é a lua vermelha que prende minha atenção. É o rosto borrado que espia de trás da mão estendida da mulher.

Alguém bem enterrado na multidão de espectadores e de equipes de noticiários.

Uma camada de cabelo grosso e escuro. Um par de olhos de chocolate líquido. Lábios que pareceriam familiares demais contra os meus.

– Reduzir zoom – grito freneticamente para a tela.

Ela obedece. E, de repente, ele está ali. Quase invisível em meio ao mar de espectadores. Seu sorriso tranquilo de sempre se foi, substituído por uma expressão determinada e séria.

– Transferir às Lentes!

Eu me sento ereta e vejo a mesma imagem congelada encher minha visão periférica. Meus olhos disparam para baixo, em busca dos metadados. Essa imagem foi feita dois anos atrás. Quase exatamente dois anos.

– Não – digo em voz alta ao quarto vazio.

Não pode ser ele.

Não é possível. Não é possível. Não é possível.

Mas agora, de repente, só consigo pensar em seu rosto naquele drive. A mídia comovente que ele enterrou para que eu encontrasse.

"*Sim... sempre* sim."

Em um sussurro, seu nome sai de meus lábios antes que eu consiga impedir. Antes que reprima o maremoto de emoções que desaba com ele.

– Zen.

28

EVOCAÇÃO

Volto a gravação e repasso vezes sem conta. Ele só fica ali por um instante. Enquanto Paddok levanta a mão para bloquear as hovercâmeras. Depois, o braço dela volta a ficar junto do corpo, e o rosto dele é escondido outra vez. As câmeras a acompanham a um MagnetoCarro que a aguarda, e ele não é visto de novo.

Bom senso.

Seria o que o dr. A me diria agora. Metade da competência de um cientista reside em saber quando usar o bom senso. E o bom senso me diz que não pode ser ele.

Lyzender Luman está no ano de 2032. No Brooklyn, em Nova York. Eu o deixei lá sem gene da transessão e sem ter como voltar para cá. O que significa que agora, 85 anos depois, ele muito provavelmente está morto. Ou incrivelmente velho.

Deve ser alguém parecido com ele.

Extraordinariamente parecido com ele.

Mas minha mente volta de imediato a nossa entrevista no Feed de hoje. Ao espectador que fez a pergunta. Que se chamava SZ1609.

Eu finalmente havia conseguido me convencer de que não era ele. Que foi só uma coincidência estranha e perturbadora.

Mas agora...

Não sei.

Paro a gravação novamente e dou um zoom em seus olhos escuros e infindáveis.

Eu costumava fitar aqueles olhos por horas.

Eu costumava vê-lo dormir.

Eu costumava contar os minutos até ele acordar.

Isso foi na época em que eu era fraca e suscetível à tentação. Quando estava partida. E agora, o que sinto?

Não me permito responder. Porque é uma pergunta irrelevante. Não é ele. Não é possível que seja.

Lyzender Luman se foi. Aquele não é seu rosto. Aqueles não são seus olhos. Aquela não é sua boca.

Sua boca...

"Você precisa vir comigo." A urgência em sua voz me cala tão fundo que não consigo olhar para ele. Lanço meu olhar para o chão.

"Se eu for com você", digo, o medo quase sufocando minhas palavras, "vai me beijar de novo?"

De repente ele está ao meu lado. Coloca a palma da mão quente e macia em meu rosto. Fecho os olhos, memorizando a sensação de sua pele na minha.

"Todo dia."

A náusea brota dentro de mim. O desespero contorcido de escapar de meu próprio corpo.

De maneira apressada, pisco a imagem do Feed das Lentes, vendo seu rosto congelado desaparecer de minha visão.

Mas, mesmo depois que a imagem se dissolve, aqueles olhos parecem ficar. Eles se agarram como as estrelas que dançam por trás das pálpebras quando você adormece.

Pisco de novo com força, desejando que eles saiam daqui. Ainda posso ver o preto de sua íris. A curva delicada dos cílios longos.

Corro ao banheiro, ativo a pia e jogo água nos olhos, acompanhando meu reflexo borrado e ondulado antes de voltar ao normal.

Seu rosto ainda está ali. Seus lábios ainda procuram os meus.

Retiro as Lentes, jogo-as na pia e abro completamente a água. Observo os pequenos domos inúteis lutando para se grudar nas laterais da pia, mas a corrente é forte demais e, por fim, elas sucumbem a seu destino, tragadas pelo turbilhão. Desaparecem ralo abaixo.

Olho fixamente a pia se esvaziar por um bom tempo. Muito mais tempo do que sei que o dr. A aprovaria.

Já ensaio a história que contarei ao diretor Raze amanhã de manhã, quando pedir a ele outro par de Lentes. Direi que, por acidente, elas saíram quando eu lavava o rosto. Direi que tentei ao máximo pegá-las antes que fossem levadas pela água.

As Lentes claramente estavam com defeito. E coisas defeituosas devem ser substituídas.

29
CONVOCADA

No dia seguinte, embarcamos em um hiperloop para San Francisco. Depois virão Portland e Seattle. Daremos uma entrevista no Feed em cada cidade, seguida por um aparecimento em público em um grande anfiteatro ou uma arena. As viagens de hiperloop começam a ficar mais fáceis, exatamente como Killy prometeu. O estômago se adapta, o cérebro aprende a se desligar.

Os protestos estão piorando. Parece que, em toda cidade que paramos, a fúria que nos aguarda é maior e mais temível que a anterior. Nossos hotéis estão sempre vazios, inteiramente comprados pela Diotech ou por um patrocinador local. O diretor Raze leva seguranças a mais – profissionais autônomos contratados que o ajudam a salvaguardar o perímetro e garantir nossa segurança.

Ainda assim, nunca me sinto segura.

Eu me pergunto se alguém se sente.

Por outro lado, o número de nossos fãs e defensores também aumentou. Todos os aparecimentos públicos têm ingressos esgotados. Cada transmissão local no Feed tem milhões de espectadores ao vivo. Quando saímos das estações de hiperloop, junto com os manifestantes há também admiradores. Eles gritam nossos nomes, tiram fotos nossas, seguram placas proclamando sua adoração.

Às vezes é difícil lembrar que realmente existe mais gente neste país que nos ama do que aqueles que nos odeiam. Dane diz que os manifestantes são uma porcentagem ínfima da população total.

– Nem um pontinho no radar no grande esquema das coisas.

Talvez seja porque o ódio tende a ressoar muito mais alto do que o amor. E aqueles que nos abominam sempre encontram, de algum jeito, uma maneira de se colocar na frente, à força. Para tornar ouvida sua porcentagem ínfima.

Depois de Seattle, viajamos para o leste, parando em Salt Lake City e Denver antes de seguirmos para o sul a Albuquerque, El Paso, Dallas, Nova Orleans, Nashville, Birmingham e Atlanta.

Kaelen e eu ainda precisamos conversar sobre o incidente no quarto de hotel em Los Angeles. Até agora, nós dois conseguimos evitar inteiramente o assunto. E isso não afetou nosso desempenho no palco. Eu ainda o amo e ainda não tenho problemas em mostrar esse amor ao mundo pelo Feed. Mas ele não voltou a me convidar ao seu quarto, embora Dane tenha reservado para nós suítes vizinhas em cada hotel, e eu também não o convidei ao meu.

Durante o dia, somos inseparáveis. Ficamos de mãos dadas, nos beijamos, conversamos em um italiano romântico. À noite, ficamos sozinhos. Eu me deito na cama e penso em Kaelen no quarto ao lado. Escuto sua respiração e tento combinar com o ritmo da minha. É um jeito de me manter ligada a ele, mesmo quando estamos separados.

Sei que posso pedir a Kaelen para dormir comigo. Apenas ficar deitado a meu lado e me abraçar até que a noite seja afugentada. Mas tenho medo disso. Não sei por quê. Medo das lembranças que servirão de gatilho para memórias de outro garoto que me abraçava em outra escuridão? Ou medo das emoções que sempre parecem acompanhar essas memórias?

Seja como for, aquela noite em Los Angeles ergueu uma barreira entre nós. Uma barreira que não sei como remover sem a possibilidade de aumentá-la ainda mais.

Felizmente, a turnê vai tão bem que o restante do grupo não parece perceber. Nem mesmo o dr. A. As ações da Diotech ainda voam alto. Os anúncios da Coleção ExGen passam constantemente no Feed. Nossos rostos estão na capa de cada revista e jornal digitais do país. E Dane conta que os pedidos de pré-venda das modificações genéticas já chovem aos milhões. De acordo com ele, será o lançamento de produto de maior sucesso na história da Diotech.

Quando voltamos ao hotel em Atlanta, resmungo um boa-noite a todos e vou direto para o quarto. Fisicamente, estou bem – como sempre –, mas, no lado emocional, estou esgotada. A cada dia fico mais cansada do teatro que esperam que eu faça. O espetáculo que Kaelen e eu damos para incontáveis pessoas que vão nos ver. Para mim, pelo menos, é um espetáculo. Para Kaelen, ainda parece vir naturalmente. Como se ele tivesse nascido para o palco. Nascido para ficar na frente de uma plateia. Seus sorrisos para as câmeras parecem tão espontâneos. As interações com os fãs ruidosos parecem tão sinceras.

Eu, por outro lado, preciso fingir. Embora minha linguagem corporal e meu discurso sempre sejam impecáveis (segundo Dane), nunca fico à vontade na frente de todas aquelas pessoas, de tantas câmeras. Ainda me pergunto como Kaelen e eu podemos ser tão diferentes, quando supostamente fomos talhados do mesmo corte científico.

Adquiri o hábito de me retirar para o quarto no momento em que retornamos ao hotel e só voltar à tona na manhã seguinte. A ideia de ficar à mostra depois de ter terminado de ficar à mostra é demais para eu entender.

Mas, esta noite, estou em meu quarto há cinco minutos quando Dane bate na porta.

– Jans me mandou te buscar – diz ele, e juro que vejo um rápido pedido de desculpas em seus olhos. Dane é o único que chama o dr. A por seu nome de batismo. Na verdade, é o único que tem permissão para isso.

– Me buscar? Para quê?

Dane parece cogitar responder à pergunta, mas decide pelo contrário.

– Ele me disse para levar você ao quarto 702.

Concordo, indicando com a cabeça, e saio relutante da cama, onde desabei no minuto em que me fechei no quarto. De nada adianta enrolar ou tentar negociar mais tempo. Dane e eu sabemos que quando o dr. A convoca alguém, é para ir.

Calço os sapatos e o acompanho ao corredor.

O quarto 702 fica a apenas algumas portas do meu. Dane faz menção de passar o dedo pelo painel, mas interrompe o movimento e se vira para mim.

– Sera – começa, cauteloso. – O que você viu na outra noite, entre mim e o dr. Alixter...

Balanço a cabeça.

– Não é da minha conta. Me desculpe pela intromissão.

Dane levanta a mão, como quem quer me calar.

– Não. Quero explicar. O dr. Alixter e eu... tivemos uma... bem, ele é um homem complicado – termina ele, por fim, depois de muito tropeçar.

Concordo com a cabeça e espero que Dane continue.

Seus olhos disparam para mim, depois para o chão.

– Ele foi criado em uma família que não o aceitava. Seus pais e seu irmão eram muito religiosos. Acreditavam que a ciência era inimiga. Quando Alixter lhes contou que queria ser cientista, eles essencialmente o deserdaram. Ele fugiu e não fala com a família desde então.

Eu me pergunto por que Dane está me contando isso.

– É por esse motivo que ele odeia tanto religião?

Dane morde o lábio inferior.

– Na maior parte das vezes, sim.

Como ele dá a impressão de que não vai se explicar, eu pergunto:

– O que isso tem a ver com a outra noite?

Dane pisca os olhos, como se acabasse de lembrar por que começou essa conversa.

– Ah. Acho que o que eu queria dizer é que... ver o pastor Peder no Feed sempre o deixa com um humor azedo. Porque o afeta de um modo mais íntimo, entende? Você não deve levar isso para o lado pessoal. Ele ama você. Você e Kaelen. Ambos são como os filhos que ele nunca teve.

Bem, Kaelen, pelo menos, é.

Mais uma vez, fico em silêncio, pensando que ele vai acrescentar alguma coisa. Porém, ele não diz mais nada.

– Como sabe de tudo isso? – pergunto.

Dane sorri. É um sorriso reservado que mal arranha a superfície.

– Acho que quando você trabalha com alguém por muito tempo, acaba pegando algumas coisas.

– E *há quanto tempo* você trabalha para a Diotech?

Ele ri e esfrega o queixo.

– Nossa, nem sei. Fui contratado para administrar o anúncio da linha de carne sintética. E isso foi em... – Ele se interrompe para pensar.

– Em 5 de maio de 2110 – digo, lembrando-me da gravação arquivada do anúncio que vi outra noite.

Ele sorri.

– Tem razão. Então, isso quer dizer... droga... mais de sete anos já.

Penso naquela gravação. Como o dr. A estava cativante e equilibrado. Como Rio estava infeliz e desajeitado. Isto é, até pegar a garotinha nos braços.

De repente, fico empacada em um pensamento. Sei que é perigoso fazer perguntas sobre Rio, mas talvez, se estiver no contexto certo... se der a impressão de ter vindo naturalmente...

– Você disse que o dr. A teve uma infância difícil?

– É isso mesmo.

– E é por isso que ele nunca teve filhos?

Dane dá um pigarro, pouco à vontade.

– Provavelmente.

– E Rio? Ele teve filhos?

– Uma filha. – A tristeza inesperadamente turva seus olhos. – Uma menina. Sariana.

Um tremor passa por mim ao ouvir de novo esse nome.

Sariana.

Parece muito mais do que um simples nome. Parece o céu inteiro.

Engulo em seco.

– O que houve com ela?

– Morreu há cerca de três anos. Foi um horror. Rio ficou arrasado. A menina tinha só oito anos.

– De que maneira? – Consigo espremer essa pergunta.

Dane suspira, piscando a fim de espantar a tristeza.

– Quebrou o pescoço. Caiu de uma árvore no Setor Agrícola.

Meu sangue congela. Não preciso perguntar. Assim que as palavras saem de sua boca, sei de que árvore se trata.

O álamo. Aquele pelo qual não suporto passar. Aquele que grita comigo quando me viro. Só de pensar naqueles galhos nodosos e naquele tronco torcido, estremeço.

– E não conseguiram salvá-la? – pergunto, a voz trêmula.

Ele nega com a cabeça.

– Quando chegaram a ela, já era tarde.

Quero saber mais. Muito mais. Porém, preciso ter cuidado. Muitas perguntas sobre a filha de um inimigo podem levantar suspeitas.

– Mas então – diz Dane, efetivamente encerrando a conversa –, é melhor não o deixar esperando.

Ele se vira e passa os dedos no painel da porta do quarto 702. A porta se abre e todos os resquícios dolorosos de nossa conversa anterior desaparecem quando vejo o que me espera ali dentro.

Ou melhor, *quem* me espera ali dentro.

Preciso me esforçar muito para reter o arquejo que ameaça escapar de mim.

– Oi, Sera – diz o homem em uma voz simpática.

Mas não é sua cordialidade que me confunde. Ele sempre foi gentil comigo. Na verdade, ele deve ser a pessoa mais agradável do complexo. Acontece que eu nunca esperaria vê-lo em nosso hotel. A 1.500 *quilômetros* de distância.

– Sevan. – Com dificuldade, consigo espremer seu nome por minha garganta apertada. – O que está fazendo aqui?

Não sei por que me dou ao trabalho de perguntar. Só existe um motivo para Sevan Sidler, diretor do Codificador de Memória da Diotech, estar aqui. Mas sua resposta ainda me provoca um tremor apavorante.

Ele sorri de um jeito inofensivo.

– O dr. A me pediu para varrer suas memórias.

30

ANORMAL

O dr. A esteve ordenando varreduras de memória aleatórias em mim e em Kaelen no último ano. Diz que é seu jeito de se certificar de que permanecemos fiéis ao Objetivo e, no meu caso, ver se minhas tendências desleais não reaparecem. Antes, as varreduras nunca me incomodaram. Eram desnecessárias.

Eu nunca tive nada a esconder.

Agora, enquanto Dane se despede em voz baixa e Sevan me leva para sua suíte, penso em todas as coisas que escondi nos últimos dias. Tudo o que, sem dúvida, aparecerá nessa varredura.

O drive cúbico que estava enterrado e que fui estúpida o bastante para levar comigo em cada parada desta turnê. A mensagem desesperada e desolada de Lyzender, jurando me encontrar. Ver o rosto dele na gravação do Feed. Minha incapacidade de tirar aquele rosto da cabeça.

Essas são coisas que deveriam ser notificadas. Coisas que ameaçam o Objetivo. Ainda assim, eu deliberadamente as guardei para mim. Eu *escolhi* desobedecer.

Minhas pernas tremem quando adentro o quarto 702. Sevan montou um laboratório temporário de memória na sala de jantar da suíte. Nem chega perto de ser tão ameaçador quanto o laboratório real. Ainda assim, só de ver aqueles instrumentos – o terminal de computador com o teclado de codificação especial na mesa, o injetor colocado ao lado dele, a cadeira com os grampos de SintetiAço – sinto um suor frio escorrer pela nuca.

Também me pergunto *por que* o dr. A ordenou essa varredura no meio da turnê. Será que ele planejava desde o início, ou suspeitou de alguma coisa? Kaelen passou por uma varredura também? Ou apenas eu?

Talvez Kaelen tenha contado ao dr. A sobre meu comportamento louco naquela noite em Los Angeles.

Minha respiração fica curta.

Devo me recusar?

Devo pedir para falar com o dr. A primeiro?

Talvez, se eu correr até ele agora e confessar tudo, ele acabe entendendo. Talvez me perdoe.

Eu me repreendo por ser tão tola e ingênua. É claro que ele não vai entender. É claro que não vai me perdoar. Escondi segredos dele deliberadamente. Eu o enganei deliberadamente. Aos seus olhos, isso é imperdoável.

– Como você está? – pergunta Sevan, aparentemente sem perceber o terror que me dilacera. – Como tem sido a turnê?

Conversa fiada.

Ele está jogando conversa fora, como sempre faz. Não tem ideia do que vai descobrir. O que terá que reportar.

– Tudo ótimo – consigo declarar enquanto tento impedir o tremor em meus lábios.

Ele espera que eu diga mais alguma coisa, e solta uma gargalhada curta quando fico calada.

– Bem, não foi isso que eu soube.

– E do que você soube? – pergunto, o pânico crescendo.

Ele me olha de um jeito estranho.

– Soube que foi muito mais do que *ótima*. Dane não transmitiu nada além de relatórios incandescentes ao complexo. Pelo visto, o mundo ama vocês dois.

Relaxo um pouco, mas o alívio tem vida breve.

– Vamos começar? – Sevan gesticula para a cadeira. Com um suspiro fundo de rendição, eu me sento nela e coloco os braços nos apoios para ativar as contenções. O SintetiAço grosso imediatamente se fecha em meus punhos, prendendo-me ali.

Como nunca fico consciente durante as varreduras, não sei se os grampos existem como medida preventiva ou se as pessoas realmente lutam quando suas memórias são avaliadas.

– Conectando a seus sinais vitais agora – anuncia Sevan.

Sempre gostei dele. Apesar da natureza de seu trabalho – invadir a mente dos outros –, Sevan é gentil comigo. Narra o que está fazendo. Depois de todo esse tempo, não preciso que me expliquem cada passo do processo. Sei que seu computador está ligado ao sinal transmitido pelos nanossensores que vivem em minha corrente sanguínea, enviando dados e informações ao sistema sobre minha condição física.

Mesmo assim, é tranquilizador ouvi-lo.

Eu me recosto e espero que ele injete o soro que me provocará um sono sem sonhos e roubará horas da minha vida. Para mim, parecem apenas alguns segundos. Despertarei nesta cadeira, grogue e desorientada. E sempre há a possibilidade de alguma de minhas memórias ter desaparecido quando eu acordar.

Como na noite antes de sairmos do complexo. Quando despertei no laboratório de Sevan depois de perder uma hora do dia. Eu sabia que tinha visto alguma coisa. Algo que não deveria ter visto. E agora nunca saberei o que foi.

O mesmo pode muito bem acontecer esta noite.

É impossível que cada memória em nosso cérebro seja revisada por um ser humano, então as varreduras são programadas para buscar anormalidades. Pensamentos e memórias que destoem da rotina de nossa vida cotidiana. Em geral, são acompanhados pelas informações dadas por nanossensores de temperatura corporal elevada, batimento cardíaco aumentado, respiração tensa.

Tudo o que certamente vai me expor como a anormal que ainda sou.

– Tudo bem, parece que estamos prontos. – Sevan olha a tela pela última vez e pega o injetor. Ele abre um sorriso para mim antes de colocá-lo em meu pescoço. Embora eu saiba que ele não pretende que seja assim, é o gesto mais ameaçador que já vi. – Vejo você daqui a algumas horas.

Sinto a pressão do injetor na pele e, um instante depois, tudo fica pesado, enquanto meu cérebro se desliga e uma onda conhecida de escuridão consome minha consciência.

A essa altura, estou acostumada com a sensação de ser levada. De cair nas sombras.

Hoje, no entanto, estou apavorada. Não com a cortina escura em si. Mas com o que encontrarei à minha espera quando ela finalmente for erguida.

31
PARADOXO

Quando desperto, a luz já rompe do lado de fora da janela. Deve ser de manhã cedo. Fiquei apagada a noite inteira – mais de oito horas. Muito mais tempo do que as varreduras habituais. Isso não pode ser um bom sinal.

Sonolenta, espio a sala. Sevan está junto ao monitor, digitando furiosamente códigos no teclado. Um leve sinal sonoro o alerta para minha consciência; ele se vira e sorri.

– Bem-vinda de volta.

Pisco, tentando afastar o torpor, mas não quer passar.

Faço o de sempre quando desperto de uma varredura: eu me esforço para conjurar a última coisa de que me lembro antes de perder a consciência. Hoje me vem facilmente. Eu me lembro do medo.

Meus olhos disparam para Sevan, que voltou a digitar, os olhos focados, a boca entreaberta. É estranho. Ele não parece ter acabado de testemunhar uma infração importante. As algemas em meus punhos se soltam e flexiono os dedos.

Tenho medo de me mexer. De me levantar. Morro de medo de que o pior ainda não tenha chegado e quero estar sentada quando isso acontecer. Depois de um momento, porém, Sevan tira os olhos da tela e se vira para mim com a expressão curiosa.

– Está livre para sair – ele me lembra. Como se eu não tivesse feito isso inúmeras vezes no ano passado.

Tento falar, mas só sai ar.

– Está se sentindo bem? – Ele franze o cenho para a tela. – Seus níveis de estresse estão meio altos, mas deve ser só ansiedade da turnê. Nada com que se alarmar.

– Estou bem – consigo dizer.

Ele me abre um sorriso bobo.

– Que bom. – Depois, como ainda não me mexo, ele pergunta: – Tinha mais alguma coisa?

– A varredura – começo, cautelosa. – Correu... tranquilamente?

Ele gira para seu teclado codificador.

– Sim. Tudo limpo. A gente se vê da próxima vez.

Tudo limpo?

Isso não pode estar certo. Não havia nada nos últimos dias que garantisse esse status.

Tem alguma coisa errada com o equipamento dele? Foi danificado durante a viagem? Sevan não leu corretamente o resultado?

A memória do drive cúbico deve ter saltado para ele feito um peixe no deserto. Assim como o rosto do garoto na gravação do Feed. De jeito nenhum esses padrões de recordação parecem algo de minha rotina normal e cotidiana.

Talvez ele esteja mentindo. Talvez a infração seja tão grande que Sevan recebeu a ordem de não discutir comigo. O que significaria que a qualquer minuto receberei um ping do dr. A pedindo para me ver. Ou, pior, um dos lacaios do diretor Raze estará esperando do outro lado da porta para me "escoltar" pessoalmente à suíte do dr. A.

Fico de pé, instável.

– Obrigada, Sevan.

Ele ergue os olhos por tempo suficiente para acenar para mim. É um movimento lento e incomum. Como se descrevesse o arco do sol com a ponta dos dedos. Na palma de sua mão, noto uma nanotatuagem. Acho estranho, porque não me lembro de tê-la visto antes. Além disso, Sevan não parece o tipo de pessoa que teria uma. Normalmente as nanotatuagens são impressas por gente artística. Sevan sempre me pareceu mais racional e científico.

Mas o design combina com ele. É a rolagem de uma linha de código. Deve ser Revisual+, a linguagem das memórias, porque não consigo entender. Nunca recebi um upload de uma linguagem de computador. Para mim, parece apenas uma sequência indecifrável e sem sentido.

– Adeus – digo, imitando seu aceno estranho e lento. Talvez seja alguma saudação de codificador.

Ele repete o gesto e me questiono se devo repetir também, e é quando noto que a nanotatuagem de sua mão mudou. Só pelo lapso de um instante. Não o suficiente para ser captada pelo olho de um Normata, mas posso ver a mudança. Se Kaelen estivesse aqui, veria também.

Por uma fração de segundo, a palma de sua mão não é mais decorada com um fluxo de linhas de código, mas por uma imagem simples.

Um crescente lunar vermelho.

Mas, quando pisco, já sumiu. Foi substituído pela mesma progressão repetitiva de números e símbolos. Hipnotizada, dou um passo à frente, o olhar fixo em sua mão. Espero que o desenho mude outra vez, mas não acontece. Ele não demora a baixá-la no colo.

– Gostei da nanotatuagem – aponto, sentindo-me inesperadamente corajosa. – É nova?

Ele vira a palma da mão e passa a ponta dos dedos no texto animado.

– É. Achei que devia experimentar. Ver o motivo de todo o falatório com isso.

– O que quer dizer? – Encontro seu olhar, sondando-o com os olhos para saber a verdade. – O código?

– Na verdade, é uma bobagem. Um paradoxo do codificador. É a memória de um codificador programando a própria memória. Basicamente, uma referência circular. Fica girando em torno de si mesma para sempre. É como olhar em um espelho dentro de um espelho.

– Um ciclo infinito.

– Exatamente. – Ele me abre um sorriso rápido e despretensioso, e juro que vejo o reflexo de mil segredos dançando em seus olhos. – Bem, acho que a gente se vê mais tarde.

Concordo com a cabeça e saio da suíte. No corredor, pressiono as costas na parede e puxo grandes golfadas de ar, ordenando meu coração a parar de galopar antes que sua atividade frenética apareça no Slate de alguém.

Não sei o que aconteceu ali dentro. Não sei por que minhas memórias pérfidas não dispararam alarmes daqui até o complexo.

Mas sei que, seja o que for, Sevan está metido nisso.

32
DIVIDIDA

Quando o hovercóptero chega à emissora de Feed local em Miami na manhã seguinte, o diretor Raze recebe ordens de pousar na grama na frente da estação, e não no terraço, onde costumamos fazer o pouso.

– De jeito nenhum – diz Raze em seu implante auricular, encarando pela janela a multidão abaixo de nós. – Me passe para o gestor da emissora.

Kaelen e eu estávamos sentados na fileira de bancos atrás de Raze, nossas mãos entrelaçadas, olhando por janelas opostas. Desvio o olhar para Raze enquanto ele espera por uma conexão.

– Aqui é o diretor Raze, chefe de segurança da Diotech. Sem chance de pousarmos no meio desse caos.

Ele para de falar e escuta. Um momento depois, esmurra a janela.

– O que está acontecendo? – pergunta Crest. Ela está sentada na última fila do hover, atrás de mim e de Kaelen.

– A plataforma no terraço deles está em obras. Dizem que é impossível pousar lá.

Olho o enxame de corpos e minha garganta se aperta.

– Agente Thatch. – Raze inicia contato com o adjunto, que está no hover atrás de nós, com Dane e o dr. A. – Somos obrigados a pousar na frente da emissora. Entre em contato com o destacamento de segurança particular. Diga a eles que queremos um caminho liberado e protegido do gramado da frente até a entrada. Barricadas de SintetiVidro. Ninguém pode passar. Entendido? – Raze se recosta no apoio para a cabeça e suspira. – Que porcaria de confusão.

Somos obrigados a circular por meia hora até aquele mar de gente ser dividido por um grupo de guardas uniformizados, e grandes placas de SintetiVidro serem instaladas, criando uma via segura para nós.

Enquanto esperamos, Crest mexe em meu cabelo, tirando grampos de minha franja penteada para trás e os reinserindo. Não creio que meu cabelo *precise* ser retocado, mas é seu jeito de gastar a energia nervosa. Nenhum de nós fica animado por ter que atravessar o caos que vemos embaixo do hovercóptero.

Depois que ela prende o último grampo e se recosta no banco, sinto um leve tapinha na mão. Noto a ponta dos dedos de Kaelen movendo-se rapidamente, digitando nosso código secreto em minha palma.

PODEMOS CONVERSAR?

Então é agora. Finalmente vamos abordar o que aconteceu em Los Angeles. Bem aqui, pairando 150 metros acima de uma emissora de Feed de Miami tomada por um enxame de gente.

Puxo o ar e tamborilo uma resposta.

SIM.

Ele se vira para mim e sussurra em hindi. Quase tenho vontade de rir, porque seus sussurros são desnecessários. Não há ninguém no hover que entenda hindi.

– Desculpe-me. Eu não devia ter pressionado você.

– *Nahīṁ* – digo, acessando a língua densa e melodiosa. – Eu lidei com tudo aquilo de um jeito terrível.

Kaelen meneia a cabeça, parecendo frustrado. Ele passa os dedos no cabelo sedoso.

– Às vezes, eu me esqueço de que estou competindo com outro.

Isso me pega de surpresa.

– O quê? Não. Você não está competindo com ninguém.

– Estou competindo com seu passado.

Nós dois sabemos a quem ele se refere. Não precisamos dizer seu nome. Mas ele quica por meu cérebro como um eco na eternidade.

Lyzender.

Lyzender.

Lyzender.

– Meu passado já era – garanto a ele. – Está literalmente no passado.

– Então, por que tem tanto medo de ficar comigo?

Mordo o lábio.

– Não tenho medo.

– O que é, então?

Quero gritar que não sei. Que não consigo colocar em palavras. Que tentei explicar a mim mesma, mas a coisa se recusa a fazer sentido.

Fico agradecida quando Raze nos interrompe, gritando ordens sobre o que acontecerá quando chegarmos ao solo. Sinto o estômago dar um nó quando o hover começa a descida.

– Podemos terminar isso depois? – sussurro em inglês.

Kaelen assente, mas não me olha nos olhos.

Pousamos no meio do caminho aberto, e meu coração se aperta quando piso no primeiro degrau da escada do hover. A multidão está bloqueada atrás de muros altos de vidro à prova de som, mas suas vozes chegam por cima, infiltrando-se em meu espaço. Algumas pessoas gritam para chamar nossa atenção, querendo que nos viremos para que elas possam ter uma boa imagem. Outras gritam para voltarmos ao lugar de onde saímos ou, pior, para irmos ao inferno, que é nosso lugar.

Guardas uniformizados enfileiram-se pelo bloqueio para proteger as junções entre os painéis de vidro. Kaelen segura minha mão quando começamos a terrível jornada pela multidão dividida. O diretor Raze caminha ao lado de Kaelen, Crest e eu, enquanto o agente Thatch escolta o dr. A e Dane, que acabaram de sair do hover.

Estamos perto da porta da emissora quando ouço um estalo. Meu olhar vai rapidamente ao barulho e vejo, apavorada, um MagnetoTrator industrial dar a ré, acelerar o motor e arremeter em um espaço entre dois painéis de SintetiVidro.

Kaelen me empurra de lado, para longe do caminho, e o diretor Raze faz o mesmo com ele. Um homem – um lavrador, a julgar por suas vestimentas – salta do trator. Ele grita insultos a nós enquanto caminha na minha direção. Fico imóvel, nauseada e paralisada de medo.

Tudo o que vem em seguida parece acontecer em câmera lenta. Vejo a alteração drástica no rosto de Kaelen. Quase posso ouvi-la. O *estalo*. A criatura se libertando dos grilhões.

Em uma fração de segundo, o lavrador está de costas, encolhido, Kaelen montado nele, batendo em seu rosto com os punhos fechados. Suas mãos são tão rápidas que parecem um borrão no ar. A única visão que reconheço plenamente é o respingo de sangue que sai a cada murro.

A fúria esvazia seus olhos. Nesse momento, ele parece exatamente como nos descreveu o pastor Peder: um monstro sem alma.

Cinco seguranças são necessários para afastar Kaelen do homem. Os dois primeiros são imediatamente jogados para trás, voam e batem com um triturar nauseante no SintetiVidro de cada lado.

Quando finalmente conseguem desvencilhá-lo da cara pulverizada do homem, Kaelen está coberto pelo sangue do lavrador.

Somos conduzidos para o prédio. Kaelen tem a respiração pesada. Não do esforço da briga, mas da fúria tempestuosa dentro de si. Ele ainda se debate e rosna ao ser levado às pressas para dentro da emissora de Feed pelo diretor Raze e seus homens.

Paro pouco antes da porta, o suficiente para ver o pandemônio que explodiu atrás de nós. Os guardas têm dificuldade para conter a todos. As pessoas pressionam para chegar mais perto, para dar uma espiada.

Da última vez, apagaram memórias para esconder a verdade sobre Kaelen.

Desta vez, não conseguirão fazer isso.

É gente demais. Slates demais. Testemunhas demais.

Através da malha de corpos, consigo ter um vislumbre do homem que nos atacou – que nem mesmo chegou perto o bastante para soprar seu hálito na minha direção antes de Kaelen o interceptar. Seu rosto está inteiramente desfigurado. Os olhos estão inchados e não se abrem. O nariz está salpicado de sangue e torto, acima dos lábios estourados. A pele da face descascou, está quase solta.

Meu coração para quando noto que ele não se mexe.

Alguma coisa guincha e arranha em meus ouvidos. Um pânico tão alto que bloqueia todos os outros sons.

Eu me afasto, devagar, da crescente inquietação. Tropeço em meus próprios pés. Bato numa superfície dura. Quando me viro, noto que é a porta da emissora. Foi fechada na minha cara. Com todo esse tumulto, nem perceberam que fiquei do lado de fora.

De repente, uma respiração morna faz cócegas em minha nuca. Uma grande mão envolve minha barriga, puxando-me com força para trás. Eu grito, mas ninguém pode me ouvir naquela agitação.

Meus reflexos estão lentos, amortecidos pela espiral de choque em que estou girando. Quando enfim consigo pensar em lutar, minha pele arde com o chiado de um Modificador e desfaleço nos braços de um estranho.

PARTE 3

O ESCLARECIMENTO

33

PURIFICADA

Na escuridão da mente, eu me lembro do meu nascimento. Surgindo do fluido grosso e gelatinoso do útero. Abrindo os olhos para o mundo.

O rosto que vi diante de mim foi o de Rio.

Não a casca vazia em forma de gente que agora vaga pelo complexo. Um homem forte e vibrante, com olhos luminosos e um sorriso que fez com que eu me sentisse em casa. Mesmo antes de eu entender o conceito de lar.

Ele me deu um tapa nas costas e me disse para respirar.

Eu me lembro do oxigênio. A primeira golfada de ar. Foi um mel doce em meus pulmões.

Um bot médico veio me limpar. Retirou o fluido do nariz. Lavou o resíduo da pele. Penteou meu cabelo comprido, molhado e embaraçado.

Depois vieram os exames, muitos exames. Injetores pressionados contra a pele. Sangue retirado das veias. "Perfeita", era a palavra que eu ouvia sem parar. "Absolutamente perfeita."

Eu estava muito cansada. De algum jeito, Rio sabia. Ele me colocou na cama e me disse para dormir.

Adormeci ao som de seu choro baixinho.

– Você chegou – dizia ele sem parar, e de novo, e de novo. – Finalmente, você chegou.

* * *

Desperto com vozes.

Movimentos frenéticos em toda minha volta.

Dois pares de olhos flutuam no alto, como estrelas em um céu negro.

A escuridão vem e vai. Injetam em mim algo que faz com que meus braços e pernas fiquem vagarosos, depois meus olhos pesados demais para que voltem a se abrir.

Não consigo me mexer. Não consigo falar.

Mesmo que conseguisse, o único nome que chamaria seria o de Kaelen. E agora, o que vai acontecer com ele? Agora que o mundo viu o que ele pode fazer? Antigamente, eu pensava que eu era a defeituosa. Fui eu que fugi. Mas começo a me perguntar se nós dois temos algum defeito inerente.

– Precisa ser rápido – diz uma mulher. – Não vai demorar muito para perceberem que ela sumiu.

Ouço o barulho de uma respiração tensa. Um homem. Sua voz é vagamente conhecida, mas estou desorientada demais para situá-la.

– Ele o matou. Isso não deveria ter acontecido. Não pensei que ele poderia...

A mulher grita uma resposta, áspera e impaciente.

– Graw estava preparado para morrer pela causa. Ele conhecia os riscos.

Eles falam do lavrador? Aquele que Kaelen deixou inconsciente de tanto apanhar?

Ele morreu mesmo?

Minha mente volta num instante àqueles dois *paparazzi* indefesos na plataforma de hiperloop, e meu estômago começa a ceder. Quero vomitar, mas até os reflexos de vômito estão paralisados.

O ar se move a minha volta. A agitação de mãos que trabalham.

Sinto um beliscão na coxa, pouco acima do joelho. Minha pele pega fogo. Por dentro, as veias ardem como o inferno. Mas não consigo gritar. Tenho a boca paralisada. Minha língua está tão dormente que pode muito bem ter sido cortada.

Algo apita perto da minha cabeça. Começa alto e cacofônico. Feito um coro trinado de insetos. Mas, à medida que a dor insuportável viaja por meu corpo e se espalha como um incêndio descontrolado, a música começa a diminuir. Um por um, os insetos que apitam são exterminados.

– Conseguiu pegá-los? – pergunta a mulher.

– Só faltam alguns – diz o homem. Outra injeção de lava líquida e lancinante explode por mim, e meu cérebro grita. Sou relembrada de ser queimada viva na estaca. A dor é tão intensa que, por fim, me faz desmaiar, roubando-me a consciência. Meu corpo teve misericórdia suficiente para se desligar.

Só posso rezar para que a coisa faça o mesmo.

O último inseto apita o último suspiro de moribundo.

– Pronto – diz o homem.

– Ótimo. Agora isso.

Outro beliscão perto do punho esquerdo. Reconheço essa angústia. A maneira como torce os ossos e arranha os músculos. Reorganiza células. Reprograma meu sangue. É a mesma tortura de que me lembro dos disfarces genéticos que fomos obrigados a suportar quando saímos pela primeira vez do complexo.

Desta vez, não se concentra no rosto. Está concentrado no punho. Onde fica meu implante. O dispositivo de rastreamento. A parte permanente de mim que me liga a minha casa. A Kaelen.

A dor ainda explode no braço. Como detonações mínimas, uma depois da outra. Quero gritar para eles pararem, mas minha voz sumiu. Tudo sumiu, menos essa nuvem ofuscante de tormento que assentou a minha volta.

Uma de cada vez, minhas pálpebras são abertas à força. Tenho esperanças de reconhecer quem faz isso comigo, combinar a voz com um rosto, mas só o que vejo é a mão gigantesca descendo. Seus dedos gordos arrancam as Lentes de meus globos oculares. Depois, minhas pálpebras voltam a se fechar.

– Destrua – ordena a mulher.

– É para já.

Ouço um farfalhar de movimento.

– Nosso tempo está se esgotando. Já estamos liberados?

Alguém segura meu punho, levantando-o da superfície dura em que estou deitada.

– Acho que sim.

– Você não pode *achar* – repreende a mulher. – Precisa *saber*. Se Alixter a localizar no acampamento, estaremos todos mortos.

Há um silêncio longo e apreensivo. Uma guerra sem palavras é travada em algum lugar acima da minha cabeça.

O homem engole em seco. Quase posso ouvir o bolo descer em sua garganta, arranhando.

– Estamos liberados – diz ele por fim, mas a incerteza abala suas palavras.

– Vamos subir! – Uma ordem aos gritos. Mas é obedecida. Sinto um ronco grave abaixo de mim, a sensação de queda do estômago de um hovercóptero que sai do chão.

Mais uma vez, tento gritar por Kaelen. Mais uma vez, uma voz me é negada.

– É melhor que o plano dele dê certo – resmunga a mulher enquanto dispara mais alto, para o céu. – Senão, tudo isso terá sido em vão.

34

ESTRANHOS

Acordo em uma tundra do Ártico. Um frio intenso que gruda nos ossos. Que satura meu sangue, transformando-o em um rio de gelo flutuante.

Tremo intensamente, as contrações enrijecem meus músculos doloridos e apáticos. O frio me surpreende. Nunca senti nada parecido. Meu corpo é projetado para se estabilizar em temperaturas extremas, mantendo-me aquecida quando está frio demais e me resfriando quando o calor é demasiado.

Mas isto é algo inteiramente diferente.

Meus olhos se abrem, palpitando. Pisco e tento entender o que está ao meu redor. Estou ao ar livre. Não, estou dentro de uma construção.

Não...

Estou ao ar livre, mas protegida por paredes de lona. Alguma casa improvisada?

A resposta se arrasta para meu cérebro um instante depois, muito devagar. Como se minha mente lutasse para ter acesso a definições cotidianas. Palavras e significados que deveriam vir instantaneamente, mas não vêm.

Barraca.

É uma barraca. Estou deitada em uma cama de metal vacilante, sem cobertores. Nada para me proteger desse frio insuportável.

É quase impossível me movimentar, como se meus braços e pernas estivessem literalmente congelados. É uma luta mexer os dedos. Virar a cabeça requer toda minha força. Mas, por fim, consigo lançar os olhos ao braço esquerdo, estendido, jogado pela beira da cama. Acompanho o braço, passo pelo cotovelo, até que vejo a palma de minha mão virada para cima.

Meu punho.

Tem algo errado com ele. Está inteiramente liso. Nem uma cicatriz, nem uma mancha, nem uma linha preta e fina.

Meu implante genético desapareceu.

Eu me sento de repente e seguro o punho com a outra mão. O movimento repentino faz tudo girar e se distorcer. Como se eu visse esse ambiente através de um daqueles apps cômicos de distorção que é possível usar em um ReflexiVidro.

O que está acontecendo comigo?

Passo a ponta do dedo na pele, onde antes ficava o implante.

Eu me esforço para acessar as memórias mais recentes. Lembro-me do lavrador que investiu contra as barreiras com o trator. Lembro-me de Kaelen atacando o homem. Voltei ali para avaliar os danos e foi quando aconteceu.

Fui apanhada.

Por quem?

O que fizeram comigo? Para onde me trouxeram? Seja onde for, preciso sair daqui. Preciso encontrar um jeito de falar com o diretor Raze.

Tenho que me esforçar muito para ficar de pé. Quando consigo, o quarto dá outra rotação completa, pulsando como um coração humano. Eu me agarro em algo para me equilibrar. É um poste, presumivelmente sustentando essa estrutura arcaica.

Toda a barraca se sacode sob meu peso.

Espero outro tremor, que me faz bater os dentes, passar antes de continuar para uma nesga de luz que vem de uma pequena fenda na lona da barraca.

– Eu não sairia daqui – diz uma voz de algum lugar atrás de mim. Tomo um susto e me viro. Minha visão se turva, distorcendo a silhueta escura de uma pessoa sentada no canto. Alguém que, aparentemente, estava aqui o tempo todo.

Como foi que não ouvi a respiração dele?

Minha visão se readapta um instante depois, e finalmente um rosto entra em foco.

O rosto *dele*.

O garoto que arruinou minha vida. Que assombra meus sonhos e alimenta minha consciência culpada. O garoto que não consigo esquecer, por mais que eu tente.

Seu nome ecoa no fundo do meu cérebro, estremecendo por mim como um soluço.

Lyzender.

Ele está sentado em uma cadeira, as pernas apoiadas em uma mesinha dobrável. A sola dos sapatos está coberta de poeira vermelha escura. Estreito os olhos para distinguir o objeto em sua mão.

Um livro.

Um livro de verdade, feito de cartonado e papel. Como aqueles que o dr. Rio colecionava.

Sei que ver Lyzender aqui na minha frente – nesta época – deveria me desequilibrar de novo. Deveria ser difícil ficar de pé, falar, respirar. Eu deveria duvidar da sua existência. Duvidar da minha sanidade mental. Usar a razão.

Mas não faço nenhuma dessas coisas.

Porque, na verdade, faz todo sentido. Todas as peças se encaixam. Sua promessa de me encontrar. A pergunta feita durante a entrevista ao vivo no Feed. Seu rosto indistinto na gravação do processo de Jenza Paddok.

Tentei me convencer de que nada daquilo era real. Um truque maldoso da imaginação. Mas, de algum modo, nunca consegui. Não importava o que eu me dissesse, não importava o que o dr. A me garantisse, de um jeito ou de outro, a volta de Lyzender parecia inevitável. Como eu esperava, subconscientemente.

O que *não faz* sentido – o que me vejo observando ansiosamente – é a severidade incomum de suas feições. A linha rígida do maxilar. A sombra nos olhos.

– A barraca tem guardas – continua ele, voltando a olhar o livro aberto, como se não desse a mínima para minha presença. – Eles não confiam em você.

Esse não é o garoto de minhas memórias. O garoto que me conquistou com mentiras contadas suavemente e com promessas rebuscadas. Parece mais velho e há certa escuridão nele. Um sol que não sabe mais como brilhar.

Mas isso não importa em nada para mim.

Só o que importa é que eu encontre um jeito de sair daqui.

– Sou o único motivo para você não estar acorrentada neste exato momento – ele me diz, virando a página.

– Onde estou? – pergunto.

– Em uma barraca.

Sou abalada por outro arrepio.

– Onde? Na Antártida?

Ele ergue uma sobrancelha e me vê tremer. Seu rosto se contorce ligeiramente – o lampejo de alguma coisa, mas acaba antes que eu possa identificar o que era.

– Não exatamente.

– Veja bem – digo incisivamente, tentando ignorar o raio de eletricidade que passa por mim quando eu o encaro. – Não sei por que você está trabalhando para um louco como o pastor Peder, mas...

– Não estou.

Sua confissão me sobressalta.

Ele não trabalha para o pastor Peder?

Quem mais ia querer me sequestrar?

– Bem, seja como for, a Diotech vai me encontrar aqui. Eles têm métodos para me localizar onde quer que eu esteja. E vão punir vocês quando me acharem. De um jeito que você nem vai querer saber.

– Estou bem familiarizado com os métodos de punição da Diotech – declara ele, sem qualquer preocupação, e vira outra página. – Como a maioria das pessoas daqui. Mas, com relação a eles localizarem você, eu não contaria com isso.

Esfrego a ponta do dedo em meu punho limpo, onde antes ficava o implante genético. Lyzender percebe.

– Quem dera eu pudesse ter feito isso antes, hein? Esta história teria um rumo bem diferente.

Paro de esfregar o dedo.

Ele fecha o livro e o coloca na mesa.

– De qualquer modo – continua, espreguiçando os braços no alto –, tudo acabou. Seu implante, suas Lentes, seu Slate, até seus nanossensores. – Ele me imobiliza com um olhar que sinto no fundo das entranhas. – Acredite em mim, ninguém vai encontrar você aqui.

Então foi isso o que fizeram no hover. Era isso o fogo ardendo por meu corpo. Estavam destruindo meus sensores – os robôs microscópicos programados para transmitir informações sobre meus sinais vitais à rede da Diotech. Foi assim que o dr. A soube que eu tinha voltado furtivamente ao complexo com Kaelen um ano atrás. Quando eu procurava pelo Repressor genético para salvar a vida de Lyzender.

Era como eu contava que eles me encontrariam agora.

Mas, se Lyzender estiver dizendo a verdade e os sensores desapareceram, é inútil.

– Quem fez isso comigo? – exijo saber.

Ele não responde. Recosta-se na cadeira, balançando-se nas pernas traseiras dela.

– Lyzender – rosno.

– Ah, então você *se lembra* de mim?

– É claro que eu me lembro de você.

Ele assente, como se esperasse que eu dissesse isso.

– Sevan disse que se lembraria.

Sevan.

Eu tinha razão. Ele está envolvido nisto, seja o que for. E agora, onde ele está? Está *aqui*? Era dele a voz que ouvi no hovercóptero? Foi ele que me agarrou na multidão?

Tento reduzir todas as minhas perguntas a uma só.

– Qual é o papel dele nisso tudo?

Mais uma vez, recusam-me uma resposta. A única que tenho é:

– Ele me avisou sobre o que fizeram com você desta vez.

– O que *eles* fizeram comigo? – rosno. – *Eles* me consertaram! Eles garantiram que eu não cairia de novo em suas mentiras. Eles me *salvaram*. De *você*.

– De *mim*? – Lyzender bate a mão no peito com tanta força que o som me dá um susto.

– Sim.

Ele joga a cabeça para trás e solta uma gargalhada falsa e grave. Não há um grama que seja de alegria nela.

– Nossa. Estou lisonjeado. De verdade. Que minha posição na lista de Alixter seja tão alta a ponto de ser considerado uma ameaça tão *perigosa*. – Ele passa a mão no queixo, pensativo. – Mas isso não diz muita coisa a respeito *deles*, diz? Que um sujeito inofensivo como eu possa intimidar tanto uma corporação poderosa como a Diotech?

Seu falatório me deixa muda. Nunca ouvi tanto rancor sair de sua boca. O garoto de minhas memórias era meigo, gentil e terno. Contava histórias às crianças da fazenda do século XVII, onde vivemos. Conquistou o cavalo que me detestava. Falava comigo com muito carinho.

Agora, algo feio e venenoso vive dentro dele. Contamina sua voz, distorce seu riso, aperta meu peito.

– Então é assim, hein? – Ele agora me olha feio, não é o mesmo par de olhos voltados para mim na tela de parede do hotel de Los Angeles. Aqueles olhos estavam cansados e angustiados, mas não havia nenhum ódio visível.

Não como agora. Não como isto.

– Eu saio e ele entra? Sem mais nem menos?

Lyzender não pronuncia o nome de Kaelen, mas só posso supor que é a ele que se refere. Se foi mesmo Lyzender quem fez aquela pergunta durante a entrevista no Feed, então ele nos viu juntos. Viu nosso beijo.

– Tudo porque o dr. *Alixter* – desprezo como diz o nome dele, como se fosse uma palavra inventada – convenceu você de que eu era o inimigo?

– Você *é* o inimigo – sussurro.

Porque é assim que o dr. A ia querer que eu respondesse.

Porque é como Kaelen responderia.

Porque é a verdade.

Ele se levanta, jogando a cadeira para trás.

– Por quê? – ruge, o rubor subindo a seu rosto. – Porque eu te amava? Porque teria feito *qualquer coisa* por você?

Percebo o uso flagrante que ele faz do verbo no pretérito. Mas isso não me afeta. Eu não o amo mais. Por que me importaria se ele ainda me ama?

Até porque nem mesmo foi verdadeiro.

O que Lyzender e eu tivemos foi uma ilusão.

– Porque – eu o corrijo – você está trabalhando com sua mãe, a dra. Maxxer, para destruir a Diotech.

Ele solta outra daquelas gargalhadas escarnecedoras e perturbadoras. Parece que uma faca esfola sua garganta por dentro.

– Foi o que ele disse a você? O seu precioso dr. *Alixter*?

Faço que sim com a cabeça, mas fico em silêncio. O estado errático de Lyzender começa a me assustar. É claro que eu poderia lutar com ele e vencer. Não é disso que tenho medo.

Tenho medo de precisar fazer isso.

– Bem, pelo menos Alixter entendeu direito metade da questão – afirma. – *Estou mesmo* tentando destruir a Diotech. E não sou o único. Mas minha mãe morreu.

Morreu?

A palavra afunda em meu estômago e começa a apodrecer.

– Você quer dizer – começo, hesitante – que ela acabou morrendo? De velhice?

Nunca supus que a dra. Maxxer ainda estivesse viva. A última vez que a vi foi no ano de 2032, depois que seu gene da transessão foi reprimido. Na época, ela devia ter pelo menos cinquenta anos. O que significa que hoje, em 2117, se estivesse viva, teria mais de 130. Sabe-se que os Normatas podem viver até os 120. Mas 130? É forçado demais.

– Não – responde Lyzender sombriamente –, porque o dr. Alixter mandou alguém matá-la. Em 14 de julho de 2032.

– Um dia depois de eu tê-la deixado – digo em voz alta.

– Cody e eu vimos no noticiário. Um misterioso bombardeio submarino no mar de Kara, na costa da Rússia. Cody reconheceu de imediato a localização. Disse que você foi lá encontrar minha mãe.

"Rylan Maxxer? Posso lhe garantir que ela não é problema. Essa questão já foi resolvida."

O dr. A jurou que ela era louca demais para ser uma ameaça. Que seus discursos sobre uma organização secreta chamada a Providência eram apenas sinais de seus delírios.

Mas, se isso era verdade, então por que matá-la?

– C-c-como? – gaguejo. – Como ele chegou a ela? Ele proibiu a transessão um ano antes. O gene não foi reproduzido desde então.

– Talvez ele tenha mandado alguém antes de proibir o gene. Talvez até o seu namorado. Ou... – Lyzender torce a boca para o lado, fingindo uma profunda reflexão. – Talvez ele tenha *mentido* para você. – Sua boca se abre, estupefata. – Mas, não! Impossível. O dr. Alixter *nunca* mentiria para ninguém.

Meneio a cabeça, perplexa. Esse tom mordaz. Esse sarcasmo amargurado. Quem é essa pessoa? De onde ela saiu?

Será que Lyzender realmente mudou tanto assim em apenas um ano?

– A Diotech quer ajudar as pessoas – digo a ele, destemida.

– A Diotech quer *controlar* as pessoas.

Não!, grita uma voz em minha cabeça. *Não dê ouvidos a ele. Está tentando seduzi-la de volta. Ele quer enganá-la de novo.*

– *Isso* é mentira – afirmo, mantendo a voz severa.

– Como todas as outras mentiras que eu te contei? – Ele sorri com malícia, o sarcasmo ainda intenso em sua voz.

– Sim.

Ele dá um passo na minha direção. Por instinto, recuo um passo.

– Foi assim quando eu disse que te amava? – pergunta ele.

Sinto que minhas pernas começam a tremer.

– Mentira.

Ele dá outro passo. De novo, eu me retraio. Agora a parede da barraca está às minhas costas. Não posso recuar mais do que isso.

– E quando eu te disse que sempre protegeria você?

Ele está perto demais. Seu cheiro me alcançou. É mascarado por uma camada de suor e terra, mas meu nariz ainda consegue identificá-lo. Minha mente ainda consegue combiná-lo com as memórias.

Memórias que deveriam *me afastar* dele.

Não me atrair.

– Mentira – repito.

Mais um passo e Lyzender está em cima de mim. Seu nariz a centímetros do meu. O ar que sai de sua boca é o mesmo que eu respiro.

– E quando eu disse que nunca deixaria de procurar por você?

Tenho a garganta seca. Tento umedecê-la, mas não há nada para engolir.

De algum modo, não sinto mais frio. E eu o odeio por isso. Quero que meu corpo volte a tremer.

– Mentira – consigo, por fim, espremer de minha boca. Mas até eu posso ouvir a vacilação em minha voz.

Ele sorri. Não por achar graça. Nem por malícia. É outra coisa.

– Ainda assim, aqui estamos nós.

Seus olhos viajam até minha boca. Ele vê meus lábios tremerem. Eu os aperto com força.

– Não – aviso, na esperança de que isso me faça parecer mais forte. Decidida. Não mais a garota que era tão facilmente tentada por aqueles lábios.

Sua boca fica ali perto. O nariz roça a ponta do meu.

– Não o quê? – pergunta, fingindo inocência.

Ouço meu coração martelar.

Será que ele ouve também?

Depois de tudo por que passamos juntos, será que ele *sabe* que meu coração está disparado?

– Tem medo que eu a beije? – pergunta ele. – É isso que você pensa?

Puxo todo o oxigênio do mundo para os pulmões e prendo.

Vou empurrá-lo para longe de mim. *Vou* reunir toda a deplorável força que me resta para impor a maior distância entre nós que esta barraca minúscula me permitir.

– Quero falar com a pessoa responsável – afirmo, depois fecho os olhos. É mais fácil assim. Não ter que olhar para ele.

Sinto uma onda de frio me invadir de novo, como se um vento ártico tivesse passado. Quando abro os olhos, ele já está com metade do corpo para fora da barraca.

– Venha – diz ele em voz baixa. – Vou levar você.

35

HEROÍSMO

Acompanho Lyzender na saída da barraca e entro em um mundo diferente de tudo que já vi. O lugar é tão assustador e espantoso que involuntariamente paro de andar. Não é nada parecido com o complexo da Diotech, com suas arestas metálicas lustrosas, paredes sintéticas e VersoTelas que lhe mostrarão o que você quiser. Não é nada parecido com as cidades que visitamos na turnê, com seus arranha-céus e vias expressas fervilhando de MagnetoCarros.

Isso aqui nem é uma cidade.

É um acampamento.

No meio do deserto. Um deserto que não é muito diferente da paisagem que cerca o complexo.

Mais ou menos uma dezena de pessoas se agita pelo labirinto de barracas e mesas dobráveis. Algumas param a fim de me encarar, como se eu fosse uma alienígena em visita a outro planeta. A maioria está ocupada demais para notar minha presença.

Certa vez, recebi um upload sobre as culturas antigas de nosso mundo. Selvagens, como o upload os chamava. Muito antes da tecnologia, da ciência e das comodidades modernas, existiram pessoas que viviam assim. Em barracas. Sem climatização. Sem energia elétrica. Sem paredes sólidas para impedir a entrada de invasores.

Sinto como o ar é quente. Vejo isso no tecido molhado de quem passa por mim, no brilho de suor de suas testas e pescoços. Mas, por dentro, meu corpo ainda está congelado. Como posso sentir esse frio todo no meio do deserto?

Tantas perguntas se infiltram ao mesmo tempo em minha mente.

Que lugar é esse?

Quem são essas pessoas?

Antes que eu consiga dar outro passo para sua aldeia estranha e primitiva, o cano de uma espingarda é metido em minha têmpora direita. Pelo canto do olho, só consigo divisar o dono da arma: um homem alto de olhos verdes e um rosto cansado e emaciado.

– Aonde você pensa que vai? – grita ele comigo.

– Jase – diz Lyzender, afastando a arma. – Está tudo bem. Ela está comigo. Vou levá-la à barraca de guerra.

– Por que não está algemada?

Lyzender ri.

– Ela não vai a lugar nenhum.

Quase rio de sua ignorância. De sua confiança cega. O dr. A tinha razão. A fé emburrece as pessoas. Se Lyzender acredita que tenho *alguma* lealdade para com ele – que não fugirei deste lugar no momento em que encontrar a oportunidade certa –, então ele está depositando sua fé na pessoa errada.

Parece que Jase não se convenceu. Homem inteligente.

– Vou levá-la até lá e escoltá-la de volta. – A paciência de Lyzender diminui. – Ela não vai sair de vista.

Será que ele perdeu completamente o juízo? Não se lembra da velocidade com que posso correr? De quanto sou forte? O que o faz pensar que pode me impedir se eu quiser ir embora? O único motivo para eu ainda estar parada aqui é que decidi ficar.

O homem permanece firme, balançando a cabeça.

– Não posso permitir. Ordens da chefia. A garota tem que ficar *nesta* barraca.

– Não recebo ordens de *sua* chefia. – Lyzender zomba dele.

– E eu não recebo ordens de *você*.

Olho o acampamento, procurando por torres da guarda ou fronteiras, mas por algum motivo parece que não consigo enxergar além da fileira seguinte de barracas. Quando tento me concentrar no horizonte, minha visão oscila e fica borrada. Como se eu olhasse por uma janela suja.

Pisco com força. Qual é o problema com meus olhos?

Posso ouvir a voz de Kaelen em minha cabeça dizendo o que devo fazer.

Não espere.

Fuja, Sera. Consiga ajuda. Conte seus passos, lembre-se de pontos de referência e nos leve de volta a este lugar.

Ele tem razão. Não sei quem está no comando deste acampamento, mas não posso esperar para descobrir. Preciso voltar ao complexo. Esta é minha chance de ser uma heroína para o dr. A. De provar minha redenção de uma vez por todas.

Depois disso, ele nunca mais poderá duvidar de minha devoção ao Objetivo. Nunca mais poderá me olhar como uma traidora. Ele me verá como vê Kaelen. Uma confidente. Uma amiga. Uma filha.

Lyzender ainda discute com Jase. Será que esse homem atiraria em mim se eu corresse? Ele seria capaz de me atingir?

Depende da qualidade de sua pontaria. Da rapidez de seus reflexos.

Mas eu me curaria, se ele se mostrasse um bom atirador.

Avalio minha melhor rota, determinando rapidamente que fica atrás de mim, pela parte de trás desta barraca, que parece estar posicionada na margem do acampamento. Pisco de novo, frustrada, mas algo ainda parece defeituoso em minha visão.

Digo a mim mesma que não importa. Depois que voltar ao complexo, os cientistas poderão corrigir o que houver de errado comigo.

Primeiro, preciso pensar numa distração. Algo que desvie a atenção de Lyzender e Jase, e me dê uma dianteira. Só por precaução, se aquele hover em que me transportaram ainda estiver em algum lugar do acampamento. Mas não deve fazer diferença nenhuma. Com minha velocidade, quando eles conseguirem chegar ao hover e ligar o motor, serei uma miragem no horizonte ondulante do deserto.

Mas ter uma dianteira não faz mal a ninguém.

Olho a mesinha frágil a meu lado, junto de uma cadeira que suponho ter sido ocupada por Jase antes de nossa saída. Na mesa, há um jarro de água, um prato do que parece carne queimada e um antigo dispositivo de comunicação que meu cérebro lento me diz se chamar walkie-talkie.

Respiro fundo, preparando-me para o desafio.

Retenho os olhos verde-azulados de Kaelen em minha mente. É isso que ele ia querer que eu fizesse. Tenho certeza.

Sua voz retorna à minha mente, contando em russo, como ele sempre faz quando começamos um desafio no domo de treinamento.

O domo de treinamento.

O complexo.

Minha casa.

Chegarei lá em breve.

Odin, dva, tri!

Dou um pontapé, derrubando a mesa com um *estardalhaço*. Como esperado, Lyzender e Jase se assustam e olham para a minha esquerda. Mergulho para a direita, contornando a parte de trás da barraca, e sigo.

Para o deserto.

Para o desconhecido.

Para a redenção.

36
LÍDER

Só consigo dar alguns passos até meus pulmões começarem a arder. Tusso o ar quente e feroz. As pernas tremem e sei, pela paisagem que passa, que não sou muito rápida. Quero que meu corpo acelere. Que corra como só Kaelen e eu sabemos fazer.

Mas ele se recusa a colaborar.

Ainda estou tremendo, mas agora também transpiro. Transpiro do esforço. Do calor. Da frustração.

O que está acontecendo comigo?

Paro, querendo recuperar o fôlego – algo que só vi as pessoas fazerem em programas do Feed. Parece que meu peito arde em chamas. Luta para ter oxigênio. Eu me apoio nos joelhos, ofegando loucamente. Viro-me e olho para trás, para ver se alguém me segue. Acho que vejo silhuetas ao longe, mas minha visão se turva novamente. Tudo se funde até que estreito os olhos para nada além de uma tela de cores borradas.

Continue!, ouço a voz de Kaelen em minha cabeça. *Continue correndo!*

Ele tem razão. Não sei o que há com meu corpo, mas não posso parar.

Dou as costas ao acampamento e desejo que minhas pernas voltem a se mexer. Elas obedecem com relutância. Meus pulmões gritam a cada passo. Meu coração, aos saltos, protesta no peito.

Meus pés ficam lentos e pesados, até que mal me arrasto pela terra do deserto.

E então eu desabo.

Bato no chão duro.

Sinto o choque em todo o corpo.

Quando desperto, estou tonta e minha cabeça lateja. Voltei ao interior de uma barraca. Uma barraca diferente. Muito maior e com acessórios melhores. Da cama em que estou deitada, vejo uma grande mesa no meio, tomada por vários mapas e documentos impressos em papel de verdade.

Se eu não soubesse, pensaria que tinha transedido para duzentos anos atrás. Mas meu gene da transessão acabou. O dr. A se certificou disso.

Todo meu corpo dói quando tento me sentar, e rapidamente descubro que tenho as mãos presas à guarda da cama por duas algemas pesadas que parecem feitas de metal verdadeiro, e não do sintético leve.

Pisco para colocar o quarto em foco e vejo Lyzender parado perto da entrada. Ele coloca a cabeça para fora e grita: "Ela acordou."

Um instante depois, uma mulher entra na barraca. É alta e magra, tem a pele um pouco mais morena do que a minha e cabelos bastos e pretos que foram trançados às costas. Veste uma calça verde simples e uma camiseta cinza suja. As mangas foram rasgadas, expondo braços musculosos e ombros bronzeados. Sua pele está coberta de marcas. Não são nanotatuagens, mas tatuagens antigas, feitas com tinta. Do tipo que fica gravado na pele para sempre.

Mesmo sem localizar o pequeno crescente lunar na palma de sua mão direita, reconheço essa mulher da gravação no Feed que vi no quarto de hotel.

Jenza Paddok.

Aquela que o diretor Raze me garantiu não ser uma ameaça.

Imagino o que ele diria se soubesse que ela conseguiu me sequestrar bem debaixo de seu nariz.

Ela é menos elegante do que a mulher que vi em minha tela de parede. Uma camada de sujeira e suor quase recobre sua pele. Não consigo deixar de pensar que seria bonita, não fosse pela animosidade que faz pesar suas feições.

– Olá, Seraphina. – Situo prontamente sua voz. Ela estava comigo no hovercóptero quando injetaram o fogo líquido em minhas veias.

– É apenas Sera – digo em voz baixa.

Ela troca um olhar rápido com Lyzender antes de pegar uma cadeira da mesa e montar nela.

– Como quiser, Sera.

– Não acho que alguma coisa aqui seja como eu quero – rosno.

Paddok se vira para Lyzender.

– Pode nos deixar a sós por um momento?

Ele enrijece, seus olhos disparando entre nós duas.

– Serei rápida – garante ela.

Com relutância, ele sai da barraca, mas tenho certeza de que não vai muito longe. Meu corpo arqueja com a saraivada da desagradável tosse. Lembra o barulho horrível que Lyzender fez quando o gene da transessão o matava lentamente.

– É, a respeito disso... – Paddok me estende um lenço de pano, mas recuso e uso o ombro para limpar a saliva da boca. – Tivemos que tomar precauções para evitar – ela se interrompe e sorri –, bem, o que aconteceu há pouco.

Precauções?

– O que vocês fizeram comigo?

– Não se preocupe. É temporário. Um pequeno preparado, criado por um membro de minha equipe para enfraquecer seus aperfeiçoamentos. Uma espécie de inibidor. Essencialmente, mantém você doente e bloqueia a capacidade natural de seu corpo de se curar. – Ela solta uma leve risada. – Bem-vinda ao mundo real. É uma porcaria, não é?

– Você me transformou em uma Normata? – pergunto isso com tanto nojo que até eu me surpreendo.

Paddock solta uma gargalhada vazia.

– É assim que Alixter nos chama? Sem dúvida soa bem.

Aí está. Só por uma fração de momento, enxergo por trás da fachada. Vejo seu ódio pelo homem que me criou.

– De todo modo, deveria ficar agradecida por *tudo* que fizemos a você. Jase queria te matar e fazer uma live no Feed.

Reprimo um estremecimento. Se tivesse que ver minha morte em uma tela de parede, Kaelen perderia a cabeça.

– Ele pode ser meio dramático – acrescenta Paddok. – Eu, por outro lado, sinto que você pode ser muito mais útil de outras maneiras. Isto é, colocando-nos dentro do complexo da Diotech.

– Bem, está enganada. É uma fortaleza. Nem eu sei como entrar lá.

Ela sorri.

– É o que veremos. Imagino que Alixter estará muito ansioso para conseguir sua preciosa experiência científica de volta.

– Então, este é seu grande plano? – zombo dela. – Me usar para ter acesso ao complexo? E depois? Algumas espingardas não serão páreo para a força de segurança de Raze.

Ela prefere não responder a isto.

– Então, Lyzender me disse que vocês dois tiveram alguma coisa no passado. É verdade?

Volto os olhos para o teto. Se ela não respondeu à minha pergunta, não há motivos para que eu responda à dela.

– Foi por isso que ele me convenceu a não acorrentar você. – Ela aponta minhas contenções com a cabeça. – Espero que me perdoe por mudar de ideia.

Como não digo nada, ela continua.

– Ele também parece pensar que você, depois de algum tempo conosco, pode realmente mudar de ideia. Vir para o nosso lado.

– Eu nunca me juntarei a vocês – cuspo, rompendo meu voto de silêncio.

Ela suspira.

– Foi exatamente o que eu disse a ele. Mas Lyzender tem a ideia louca de que, em algum lugar no seu íntimo, existe uma pessoa *de verdade*. Com ética, consciência e todas essas coisas chiques.

Se ela espera ter alguma reação minha, vai ficar decepcionada.

– Mas avisei a ele – continua Paddok – que você é um produto da Diotech. Que o mal e a corrupção correm em suas veias. Literalmente. Ele se recusa a acreditar em mim. Ainda acredita que tem algo em você que pode ser redimido.

Sem minha permissão, meus olhos vagam para a entrada da barraca.

– Preciso dizer – prossegue Paddok – que admiro a fé que ele tem. Mesmo que não concorde com ela. Acho que todos nós precisamos acreditar em alguma coisa, não é verdade? Isso nos dá uma razão para sair da cama de manhã. Algo pelo que lutar.

Como eu continuo calada, ela se levanta e devolve a cadeira à mesa. Depois, mete a cabeça para fora da barraca e acena para Lyzender entrar.

– Leve-a de volta à barraca médica. Nossa reunião estratégica começará em uma hora.

37

OFFLINE

A última vez que minhas mãos foram presas foi no ano de 1609, quando o povo de Londres acreditava que eu era uma bruxa e me capturou. Eu tinha mostrado minhas capacidades especiais em público. Meus movimentos foram mais velozes do que os olhos deles podiam acompanhar.

Fiz isso para salvar Lyzender.

E esse ato me colocou na prisão. Em um julgamento sob pena de morte e, por fim, em uma estaca, para ser queimada viva.

Essa deveria ter sido minha primeira pista. Isso deveria ter me alertado para o fato de que estar com ele não é seguro. Que não é esse meu verdadeiro propósito.

Mas não foi o bastante.

Eu havia passado demais dos limites para reconhecer os perigos de amá-lo.

Não cometerei esse erro duas vezes.

Ele não segura minhas algemas enquanto me conduz pelo acampamento. Deve saber que não tentarei fugir novamente. Não quando a verdade me foi revelada e esse veneno debilitante corre em meu sangue e me mantém fraca.

A conclusão é que preciso de outro plano.

– E então – digo a ele, correndo um pouco para andar a seu lado. O mínimo esforço me deixa sem fôlego. – Não vai me contar como chegou aqui?

Ele me olha de lado rapidamente.

– O que quer dizer com isso? – Seu tom ácido é mesclado de ironia.

– A última vez que te vi foi em 2032. Você estava morrendo em uma cama na casa de Cody.

Ele solta uma gargalhada azeda.

– Aposto que aquilo te agradou, não é?

– O quê? Claro que não. – As palavras saem de minha boca antes que eu consiga impedir. Antes que possa analisar de onde vieram.

Mas agora fica evidente para mim que vieram do passado. Da garota que ficou junto à cama dele, chorando sobre seu corpo frágil, perguntando-se se um dia o veria vivo outra vez.

Não a garota que sou agora.

Ele chuta uma pedra com o bico do sapato.

– Sei. – Seu sarcasmo paira no ar, girando na poeira levantada por nossos passos.

Abro a boca para protestar, mas, francamente, não sei lidar com esse sujeito amuado e rancoroso que nunca conheci. O romântico desesperado jorrando devoção e poesia? Eu estava preparada para este. Passei o último ano desenvolvendo tolerância a ele.

Mas isso?

Simplesmente não sei o que dizer.

Então, eu me conformo com a verdade.

– Não era o que eu sentia na época – admito com brandura.

Ele para e olha para mim.

– E agora?

Tento me virar, mas Lyzender segura meu queixo e me obriga a encará-lo.

– Não – afirma ele –, você não pode fazer isso. Você não pode me evitar. Não mais.

Estremeço ao seu toque. Ele aquece minha pele glacial. Por um momento, os tremores cessam e sinto meu corpo quente de novo. Depois, sua mão se afasta e a frente fria volta.

– Como seria agora? – pergunta ele. – Você pisotearia meu cadáver e continuaria andando?

Nego com a cabeça. Torço para que baste. Mas sei que não vai bastar.

– O quê? – ele insiste.

– Eu...

Ele se curva para me olhar nos olhos abatidos.

– Você?

– Eu... não quero você morto.

Ele joga a cabeça para trás e ri.

– Não me quer morto? Sério? Mas que meigo. Isso é comovente.

Fecho bem os olhos, censurando a mim mesma.

Mas que resposta foi essa?

É claro que é verdadeira. Mas não é a resposta completa. Não quero vê-lo morrer. Não quero ver *ninguém* morrer. Simplesmente não quero ele *aqui*. Comigo. Tocando-me com essas mãos. Desafiando-me com esses olhos.

Quero Lyzender no passado, que é seu lugar.

Ele continua a andar. Suponho que devo segui-lo, então é o que faço. O dia está quase acabando. O sol começa a se pôr. Ao atravessarmos o acampamento, as pessoas param o que fazem para nos olhar. Para olhar *para mim*.

Sou a anomalia. Aquela que não se encaixa. A prisioneira de alto valor cujo rosto esteve em cada canal de streaming. Na capa de cada revista digital.

Ninguém fala comigo. Eu me pergunto se foi por alguma ordem que lhes deram.

Em silêncio, conto quantos são enquanto passamos. Pelo que posso ver, são 22.

A conversa entre o dr. A e o diretor Raze se infiltra em minha mente.

"*Brincadeira de criança*", foi a reação do dr. A para o tamanho do exército inexistente de Jenza.

Eu me pergunto o que ele pensaria de Paddok, agora que ela conseguiu me fazer prisioneira.

Chegamos à barraca do outro lado do acampamento. Aquela em que despertei. Agora vejo a pequena cruz branca na frente, marcando o local como instalação médica. Mas a palavra *instalação* é forçada. As únicas coisas ali dentro são uma cama, uma mesa e alguns suprimentos médicos ultrapassados que de algum modo não notei quando estive ali antes. Tenho uma vaga lembrança desses suprimentos de minha curta estada no hospital, em 2013. Meu cérebro se esforça para ter acesso aos nomes corretos de cada instrumento: estetoscópio, esfigmomanômetro, termômetro. Dispositivos que ficaram obsoletos desde a invenção dos nanossensores.

Eu me lembro da enfermeira, Kiyana, encaixando o estetoscópio nas orelhas, pressionando a chapa fria em meu peito. Esperando. Ouvindo.

A lembrança de Kiyana me provoca certa dor. Ela foi a primeira pessoa a me tratar como um ser humano. Não um milagre. Nem uma aberração.

De repente, me ocorre que todos esses instrumentos são manuais. Nada que exija eletricidade ou um sincronizador no SkyServer.

"*Ela está completamente offline. Desligou todos os dispositivos. Não há como localizá-la, só se ela ligar alguma coisa.*"

Paddok está fora do radar da Diotech.

Uma estratégia de que me lembro muito bem.

Eu me sento na cama e Lyzender vem prender a ponta de uma das algemas na guarda de metal. Agora, se eu quiser ir a algum lugar, terei que levar toda essa engenhoca enferrujada comigo.

Quando termina, ele se afasta rapidamente. Como se fosse perigoso ficar perto de mim.

Não sei o que fazer. Esperar? Pelo quê? Para que me usem como isca?

Lyzender fica de pé, desajeitado, no meio da barraca, igualmente sem saber o que virá. Nossos olhos se encontram por um momento de tensão, depois ele se vira e sai.

Exatamente o que eu quero. Quero que ele vá embora.

Antigamente, eu rezava para ter silêncio de verdade. Costumava saborear cada pedacinho dele que conseguia encontrar.

Mas este silêncio é uma novidade. Do tipo que vem da imperfeição. E, de repente, a ideia de ficar sozinha nele me apavora.

– Cody – diz Lyzender em voz baixa.

Levo algum tempo para notar que ele fala comigo. Não saiu. Está parado diante da abertura e olha para mim.

– Como é?

– Cody é o motivo de eu estar aqui. Ele descobriu como fazer a engenharia reversa do gene da transessão a partir do sangue que colheu quando eu estava doente. Antes que o gene fosse desativado por seu namorado. – O desdém que ele coloca na palavra *namorado* é palpável, mas não é nessa parte que me concentro.

– Cody reconstruiu o gene? – Ainda tenho dificuldade para acreditar nisso.

– Ele levou três anos.

Três anos.

O número quica em meu cérebro como uma magnetobol flutuante apanhada entre duas traves de gol.

Foi só um ano para mim, mas, para Lyzender, foram três. O que significa que ele agora tem 21 anos.

Ele esperou esse tempo todo para voltar para cá? Só para poder impedir o Objetivo? Só para ver a Diotech destruída?

Por quê?

Assim que me faço essa pergunta, percebo que não sei a resposta. É a primeira vez que preciso imaginar os motivos dele.

O dr. A me contou que a mãe de Lyzender, a dra. Maxxer, queria destruir a Diotech porque tinha raiva. Porque o dr. A a exilou do complexo.

Será que Lyzender tem as mesmas motivações?

Será que está tentando vingar a morte de sua mãe?

Mas ele jamais gostou da mãe. Sempre falou dela com muito desprezo. Então, tudo também era uma farsa?

De repente, me parece inacreditável demais que ele tenha guardado rancor por alguém durante tanto tempo.

Será possível que ele voltou por outro motivo?

– O que você fez nesses três anos em que Cody trabalhou no gene?

– Esperei. – Ele baixa os olhos para os sapatos sujos de terra. – Por você.

– Por mim? Que eu fizesse o quê? – pergunto, embora já saiba o que ele dirá.

– Que você voltasse. Que você me mandasse um sinal de que estava bem. Como não fez nada disso, entendi que eles a haviam apanhado de novo.

Em algum lugar em meu íntimo, eu grito.

Não dê ouvidos. Não acredite. Não caia nessa.

Ele debocha.

– Mas era tudo mentira, não é? Eu nunca amei você *de verdade*.

– É isso mesmo – sussurro. Se ele me ouviu ou não, é irrelevante.

Eu ouvi.

A convicção está alojada em minhas memórias.

Lyzender leva algum tempo para voltar a falar. Parece que cada combinação possível de palavras dispara por minha mente ao mesmo tempo. Nenhuma delas é a correta.

– Bem – prossegue ele depois de um tempo, dando um pigarro. – Boa noite.

A porta de lona se fecha às suas costas e, como eu suspeitava, o silêncio é ensurdecedor.

38
COMPONENTES

A noite se instala. Um por um, vejo lampiões que iluminam e lançam sombras disformes nas paredes de lona. De vez em quando, alguém passa com um andar pesado, mas ninguém se dá ao trabalho de entrar. Conto quanto tempo leva para desaparecerem e o silêncio retornar.

O inibidor em meu sangue me mantém com frio no calor do anoitecer no deserto. Encontro um cobertor embaixo da cama e luto com a mão livre para me cobrir com ele. É fino e feito de um tecido áspero. De nada adianta para acabar com a tremedeira.

Quase uma hora depois, uma garota mete a cabeça pela porta. É bonita e pequena, tem a pele morena e mechas lisas e sedosas que emolduram seu rosto fino. Parece ter a minha idade e me pergunto como alguém tão jovem pode estar envolvida em algo assim.

Ela fica ao lado da porta, de costas para mim. Ouço o riscar de um fósforo e em seguida o lampião da mesa é aceso. A luz quente é um complemento bem-vindo a esse lugar sombrio.

Antes eu conseguia enxergar no escuro. Agora que minhas capacidades foram bloqueadas, entendo o que significa ter medo dele.

Ela coloca um prato de comida no chão ao lado da cama, quase ao meu alcance. Estreito os olhos para os nacos marrons e barrentos, mas não consigo identificar.

– Obrigada – agradeço, batendo os dentes.

Ela se vira para mim e vejo um rosto sem nenhuma solidariedade.

– Paddok me mandou fazer isso.

A mensagem é clara. Ela não está fazendo isso por mim e, portanto, não aceitará minha gratidão.

A garota para, olhando meu corpo coberto de cima a baixo. Não consigo evitar; noto a repulsa que distorce suas feições. Em seguida, ela vai embora. E fico sozinha de novo.

Conto três minutos de absoluta quietude depois que seus passos desaparecem.

É o bastante para eu deduzir que ninguém mais vem para cá. Esticando o braço algemado o máximo possível, engancho a base do prato com a ponta do sapato e arrasto para mim. Uma farejada me informa que é carne. E não da variedade sintética. O cheiro de carne cozida revira meu estômago e afasto o prato, embora esteja faminta. Não como desde a refeição no hotel, antes de sairmos para a emissora de Feed.

Parece que faz um século, mas foi só hoje de manhã.

Eu me pergunto o que Kaelen estará fazendo agora. Quanto tempo eles levaram para notar que sumi. Eles devem ter enlouquecido, tentando localizar meus sinais. Fazendo buscas por satélite atrás de meu implante genético.

Será que voltaram ao complexo? Cancelaram o restante da turnê? Não consigo imaginar que tenham continuado sem mim. Como explicariam isso ao público? Sem dúvida, qualquer história que Dane tenha inventado para encobrir o que realmente aconteceu pela manhã está por todo o Feed neste momento.

Quem dera eu encontrasse um jeito de fazer uma mensagem chegar até eles.

Assim que esse pensamento entra em minha cabeça, tenho uma ideia. Lyzender sabe a respeito de Kaelen. Foi ele que fez aquela pergunta durante a primeira entrevista ao vivo. O que significa que deve haver um dispositivo em algum lugar por aqui – uma tela, um Slate, alguma coisa! – que possa se conectar com o SkyServer. Talvez simplesmente esteja desligado. Ou talvez seu sinal tenha sido embaralhado para impedir o rastreamento.

Puxo a mão algemada, encolhendo-me com o barulho alto do metal batendo na guarda da cama. Tento espremer a mão dali, mas o buraco é estreito demais. Certamente eu arrancaria várias camadas de pele fazendo isso. E, em minhas atuais condições, quem sabe quanto tempo levaria para me curar.

Eu me inclino para a frente e examino a algema. A fechadura é pequena e redonda. Vi Lyzender colocar a chave no bolso depois de me prender, mas talvez exista outra coisa que eu possa enfiar ali para ativar o mecanismo da tranca. Algo muito reto e fino.

Algo parecido com...

Apalpo meu cabelo. Embora o meio-coque que Crest tentou fazer esteja uma bagunça completa, ainda tenho alguns nanogrampos intactos.

Tiro um deles da cabeça e insiro na fechadura, manipulando-o até que a ponta pegue em alguma coisa. Dou um cutucão firme e a algema se abre.

– Obrigada, Crest – sussurro e recoloco o grampo no cabelo, para o caso de precisar dele mais tarde.

O acampamento está vazio quando saio furtivamente da barraca. Suponho que todos estejam na reunião estratégica mencionada por Paddok, mas como não sei onde acontece, terei que andar no maior silêncio possível.

Equilibrada na ponta dos pés, costuro pelas barracas e paro atrás de cada uma delas, procurando por vozes, antes de entrar. Tenho dificuldade de andar no escuro. Tropeço em muitos objetos invisíveis e por pouco não levo um tombo.

É assim para todos os outros?

Ficam cegos no escuro? Vulneráveis à noite?

Reviro caixas e bolsas e procuro embaixo das camas, mas não encontro nada capaz de transmitir um sinal.

A maioria das barracas é organizada para dormir, exceto uma particularmente grande que sem dúvida serve como despensa de comida. O fedor de morte enche minhas narinas no mesmo instante e me deixa nauseada. Em uma mesa grande, no meio, há um sortimento de animais mortos em variados estágios de preparação. Vários coelhos esfolados, uma criatura não identificada que foi partida em pedaços e um cervo inteiro e intacto, os olhos abertos e petrificados de pavor.

Reprimo a bile que sobe pela garganta e saio dali rapidamente.

Consigo verificar outras quatro barracas antes de ouvir o ruído baixo de vozes. Sigo o ruído, que me guia para uma espécie de área de refeições ao ar livre. Mesas e bancos de madeira estão arrumados em volta de uma fogueira quase apagada. Cada lugar está ocupado. Conto 22 pessoas no total, incluindo Paddok, que está de pé no meio. Passo os olhos pelo grupo, mas está escuro demais para distinguir o rosto de alguém.

Parece que estão no meio de algum debate. Eles se atropelam nas falas, brigam para ser ouvidos. Paddok acaba silenciando o debate com a mão erguida.

– Não haverá mais discussões sobre a garota. – Sua voz é firme e decidida. Seus olhos vêm rapidamente em minha direção, então eu me abaixo atrás de uma barraca antes que ela consiga me localizar e me esforço para ouvir o que é dito. – Nós a usaremos para ter acesso ao complexo e plantar o dispositivo no bunker subterrâneo do servidor, como planejamos originalmente.

Sinto que prendo a respiração. Ninguém deveria saber do bunker do servidor. É ali que estão armazenados *todos* os dados da Diotech. Arquivos de projetos, downloads de memórias, registros pessoais, backups de sistemas. Tudo. O dr. A não confiava em nenhuma empresa de segurança de dados fora do complexo para proteger as informações, então construiu um bunker impenetrável em algum lugar no subsolo do complexo e não contou a ninguém a respeito disso. Exceto o homem com a tarefa de guardar esse segredo.

Só tenho ciência de sua existência porque uma vez entreouvi o dr. A e o diretor Raze falando nisso altas horas da noite.

Todos os outros funcionários da Diotech acreditam que os dados são guardados em um servidor no Centro de Comando de Inteligência, mas isso é só fachada. Uma sala com uma porção de servidores de processamento e estúpidos pods de dados. Ouro de tolo. O verdadeiro coração da Diotech fica sepultado bem fundo na terra.

E, de algum modo, alguém aqui sabe disso.

Tento garantir a mim mesma que não importa. Mesmo que saibam sobre o bunker, eles nunca conseguirão fazer com que esse "dispositivo" misterioso, de que fala Paddok, passe pelo diretor Raze. Cada veículo que entra no complexo é totalmente inspecionado. Há um campo de força protegendo o espaço aéreo que não pode ser ultrapassado por hovers não autorizados. Sem contar os agentes no CCI, sempre assumindo o controle de qualquer aeronave de visita, como protocolo de segurança.

É praticamente impossível entrar furtivamente em *qualquer coisa* naquele lugar.

– Até agora, tudo tem progredido tranquilamente – diz Paddok. – Graças a Sevan, a garota não é mais rastreável por nenhuma tecnologia da Diotech.

Eu tinha razão. Era Sevan naquele hovercóptero enchendo minhas veias de lava. Aposto que também foi ele na frente da emissora de Feed. Ele usou o Modificador em mim e carregou meu corpo dali. Sevan pode saber do bunker pelas varreduras de minhas memórias, mas não saberia *onde* se localiza.

– Ainda há muito a ser feito antes de podermos lançar essa ofensiva – continua Paddok. – Todos temos nossos papéis, e certamente todos temos nossos motivos.

Uma rodada de murmúrios permeia o grupo.

– O mais importante a lembrar, porém, é que trabalhamos juntos. Se quisermos que isto se realize, não pode haver espaço para erro, nem desavenças. Precisamos cooperar como uma só unidade. Este é o *único* jeito de conseguirmos levar essa empresa à justiça.

Eu me esforço para entender o que ouço, mas meus pensamentos são vagos e caóticos, e não consigo reter nenhum deles por tempo suficiente. Meu coração está tão disparado que juro que devo estar transmitindo minha localização ao acampamento inteiro.

– A Diotech emitiu um comunicado oficial hoje – continua Paddok. – Como suspeitamos, não dizem nada ao público a respeito do sequestro. Aqui está a gravação do Feed, de hoje, mais cedo.

Minhas esperanças se elevam quando ouço um arrastar de pés e depois a voz inconfundível e animada de Dane. Espio pelo lado da barraca e vejo Paddok segurando uma tela retangular para que o grupo veja.

Um *Slate*!

Eu sabia que deviam ter um por aqui. O que confirma a primeira ideia que tive. O sinal deve estar mascarado ou embaralhado.

Estreito os olhos para a tela mínima e ouço o discurso de Dane, de um pódio para a imprensa, com o logotipo da Diotech. "É com tristeza que somos obrigados a adiar o restante de nossa turnê publicitária dos ExGens devido a uma enfermidade súbita que acometeu o dr. Jans Alixter, presidente da Diotech Corporation. Garanto a vocês que ele recebe o melhor tratamento possível e esperamos uma recuperação rápida e completa, quando voltaremos à turnê e prosseguiremos às cidades designadas em nosso itinerário."

Então foi assim que acobertaram minha ausência. Inventaram uma doença para o dr. A. Evidentemente, não podiam alegar que *eu* estivesse doente.

"O dr. Alixter me pediu para expressar suas desculpas por esse adiamento e transmitir esta mensagem pessoal a vocês." Dane dá um pigarro e pisca duas vezes, acessando algo em suas Lentes. "Anseio pelo dia em que nossa linha de produtos ExGen finalmente estará disponível para o público e nem eu, nem ninguém mais sofrerá o fardo da inconveniência de uma doença." Dane abre um sorriso rápido. "Alguma pergunta?"

As câmeras dão uma panorâmica na plateia, onde centenas de mãos se levantam ao mesmo tempo.

"Pode comentar o ataque de hoje? Teve algum impacto no programa da turnê?"

Dane transfere o peso do corpo de um pé a outro. "O ataque foi uma infelicidade. Por motivos que nem conseguimos entender, aquele louco, que atende pelo nome de Graw Levens, sentiu a necessidade de infligir danos a nossos ExGens."

Ouço alguém no acampamento bufar.

– *Vocês* é que são loucos.

"Felizmente", prossegue Dane, "temos os reflexos e a força de Kaelen para nos proteger da ira dessa alma claramente perturbada. Mas não, o episódio de hoje e o momento do adiamento de nossa turnê são mera coincidência."

Paddok baixa a tela. É evidente que não está interessada em ouvir a pergunta seguinte, e deslizo outra vez para trás do abrigo da barraca.

Preciso pegar aquele Slate.

– Como era esperado – diz ela ao grupo –, eles mentem para encobrir o que realmente aconteceu. Mas estarão usando todos os recursos que têm para chegar ao fundo disso. Assim, precisamos nos concentrar na tarefa e avançar com a maior rapidez possível. Como está o dispositivo?

– Está quase terminado – responde alguém. Uma voz masculina. – Amanhã, Lyzender pegará a última peça necessária. Levarei um ou dois dias para sua instalação e para torná-lo compatível com os outros componentes, mas devemos estar prontos para partir em alguns dias.

– Obrigada, Klo – diz Paddok. – Você tem sido um recurso inestimável para esta equipe.

Klo?

Klo *Raze?*

O filho do diretor Raze?

Mais uma vez, dou uma espiada pela beira da barraca e reprimo um arquejo quando distingo as pontas azuis de seu cabelo, confirmando que é, de fato, o garoto do complexo. Aquele que ficou me olhando com tanta curiosidade do Campo Recreativo um dia antes de partirmos para a turnê.

As peças se encaixam com mais rapidez do que consigo processar. Se Klo tem acesso a alguma autorização de segurança do pai, não existe fim para o que ele pode realizar.

Repasso mentalmente as últimas 12 horas. A transmissão ao diretor Raze no hovercóptero, alertando-nos de que não poderíamos pousar no terraço. As barreiras improvisadas erguidas no chão. Graw Levens rompendo os espaços no SintetiVidro com seu MagnetoTrator. Paddok disse que ele morreu pela causa.

Não havia obra nenhuma no terraço.

Foi tudo armação. A transmissão. O lavrador. O trator.

Uma distração necessária.

Eles sabiam que isso provocaria tumulto suficiente para desviar a atenção e, assim, poderiam me desativar com um Modificador e me levar dali sem que ninguém percebesse. Só não contavam com o ataque violento de Kaelen.

Eles não contavam que alguém morreria pelo caminho.

Klo ajudou a viabilizar tudo isso. Ele sabia aonde iríamos. Teria tido acesso ao programa da turnê, ao implante auricular de Raze, a tudo. Imagino que seja ele quem mascara o sinal do Slate. Assim, podem ligá-lo sem o risco de serem localizados pela Diotech.

E, o pior de tudo, deve ter sido ele quem contou a Paddok sobre o bunker.

Como é possível que um traidor estivesse vivendo dentro dos muros do complexo, no mesmo *apartamento* do diretor de segurança, e ninguém soubesse?

É evidente que o dr. A tem mais inimigos do que imagina.

Minha mente é puxada de volta à reunião, quando Paddok faz outra pergunta a Klo.

– E tem certeza de que eles não conseguirão detectar o dispositivo depois que estiver concluído?

– De jeito nenhum. As peças têm origens muito diversas. Nunca serão registradas em uma varredura por satélite da Diotech. Meu pai construiu esses sistemas. São programados para pegar frequências de dispositivos criados nos últimos cinquenta anos. Lyzender não nos trouxe nada do século passado. Conseguiremos passar bem debaixo do nariz deles. Eles nem mesmo saberão o que os atingiu, só quando for tarde demais.

– Ótimo. – Paddok o elogia. – Muito bem, pessoal. Até agora, excelente trabalho. Só mais alguns dias e esse pesadelo terá acabado. Existe algum outro ponto de discussão antes de encerrarmos por esta noite?

Sei que eu deveria me mexer. Deveria voltar à barraca antes que a reunião seja encerrada e alguém me encontre aqui, mas o choque com tudo que ouvi inutilizou minhas pernas.

"Lyzender não trouxe nada do século passado."

Não sei como não juntei as peças antes. Suponho que estava ocupada demais lidando com a presença dele aqui para analisar plenamente seu envolvimento no plano.

As espingardas. Os walkie-talkies. Os instrumentos médicos manuais. Os livros.

Equipamento velho e ultrapassado que sumiu do mercado há mais de cinquenta anos. E tudo com tamanho suficiente para ser portátil.

Lyzender vem usando seu gene da transessão para transportar suprimentos do passado. E, amanhã, ele pegará a última peça para algum dispositivo explosivo indetectável.

Ele não voltou por minha causa.

O dr. A tinha razão o tempo todo. Lyzender está aqui por um motivo, e um só motivo: destruir a Diotech.

E cabe a mim impedi-lo.

39
PRETEXTOS

De algum jeito, consigo voltar de mansinho à barraca mé-dica, coloco as algemas e me enfio debaixo do cobertor antes que alguém pareça notar que desapareci. Quando ouço os primeiros passos do lado de fora, finjo dormir. Não quero falar com ninguém. Tenho muito em que pensar.

Esse grupo de loucos – esses terroristas – vão me usar para destruir a Diotech.

Não era com o pastor Peder que o dr. A precisava se preocupar. Era com este exército minúsculo e aparentemente insignificante escondido no deserto. Era com *seu próprio* pessoal. Pessoas em quem ele confiava. Pessoas em quem *Raze* confiava.

Deitada no escuro e ouvindo o acampamento cair no silêncio, tomo uma decisão. Faço meu próprio juramento de vingança.

Eles nos traíram e agora eu os trairei. Encontrarei um jeito de alertar o complexo a respeito do plano deles. Cuidarei para que nunca tenham sucesso. Porém, antes que possa fazer isso, tenho muitas lacunas a preencher. Ainda há muito que desconheço.

Primeiramente, o plano deles para conseguir passar pela segurança de Raze e colocar o dispositivo dentro do complexo.

Paddok disse que me usarão para ter acesso, mas como? Mesmo que eu seja enviada para lá sozinha, a Diotech ainda fará as inspeções habituais em qualquer veículo em que eu viaje. Esse dispositivo que Lyzender ajuda a construir pode não ser registrado pelos satélites da Diotech, mas certamente será detectado durante uma inspeção interna.

Preciso de mais informações.

Vários outros pares de pés passam do lado de fora da barraca antes de eu ouvir alguém parar. A silhueta alta e magra de um homem surge na parede de lona. Parece se perguntar se deve ou não entrar.

Prendo a respiração e aguardo. Torço para que seja ele e ao mesmo tempo rezo para que não seja.

Um instante depois, a abertura é afastada e Lyzender aparece. Suas feições alcançam a luz do lampião na mesa. Ele não sorri quando nossos olhares se encontram. A mudança nele ainda me desorienta. Lyzender sempre sorria ao me ver. Independentemente do que acontecesse, de qualquer perigo que estivesse à espreita, fora de nosso alcance, ele sempre tinha tempo para sorrir. Para me prometer que ficaria tudo bem.

Agora, parece que essas garantias ocupam uma posição muito baixa em sua lista de prioridades.

– Gostou do passeio noturno pelo acampamento? – pergunta ele com a sobrancelha arqueada.

Lá se foi o passar despercebida.

Seu olhar vai à minha mão algemada, ainda presa à estrutura da cama.

– Como conseguiu tirar a algema?

Finjo inocência.

– Não sei do que está falando. Fiquei aqui o tempo todo.

Sua expressão me diz que não vale a pena perder tempo com esse jogo.

– Você arrombou o fecho? – Ele olha o espaço pequeno. – Com o quê?

– Talvez eu tenha transedido dela? – Mantenho o tom de voz leve, quase jocoso. – Talvez tenha viajado ao passado e roubado a chave. Ah, espere aí, esqueci... roubar coisas do passado é uma tarefa *sua*.

Vejo seu maxilar enrijecer.

– Paddok me mandou aqui para descobrir o que você ouviu. Acho que isso responde à pergunta. Mas isso é o de menos. O plano avança, não importa o que você saiba. Até porque, em sua condição, duvido que consiga fazer muita coisa para impedir.

– O que o faz pensar que *quero* impedir o plano? Talvez eu queira ajudar.

Ele ri.

– Não sei por que duvido disso.

– Você não sabe o que eu quero.

– Sei *exatamente* o que você quer.

Imito sua sobrancelha arqueada.

– Então, me conte.

Ele anda com um passo decidido até a cama. Preciso combater o instinto de me empurrar para a guarda. Quando me alcança, Lyzender coloca as mãos de cada lado de minhas pernas cobertas e se abaixa, para ficarmos olhos nos olhos. Assim não posso ver mais nada, só ele.

– Você quer voltar para seu reluzente namorado ExGen. Quer se pavonear por aí com vestidos cintilantes e ser a porta-voz boazinha para a qual foi feita. Você quer provar a seu precioso dr. Alixter que não é a traidora que ele pensa que é. Mas o que você não sabe... o que talvez um dia você realmente vá perceber, se acordar... é que você nunca vai conseguir. Porque nunca será capaz de provar algo que não é verdade. Conheço você melhor do que você mesma, Seraphina. Mas isso é fácil, quando só o que você faz é mentir para si mesma.

Por um momento tenso, o único som é o chocalhar de minha algema na guarda da cama enquanto tento evitar o tremor nas mãos. A respiração de Lyzender é quente em minha boca. Seu olhar penetrante é quase assustador.

– E você? – revido.

Ele se põe de pé com uma risadinha e cruza os braços.

– O que tem eu?

– O que você ganha sendo o mensageiro com transessão de Paddok?

Ele não entende a pergunta.

– O que ela lhe ofereceu em troca de confiscar bens do passado? – Reformulo a pergunta.

– O que a faz pensar que ela precisa me oferecer alguma coisa? Nossos planos estão perfeitamente alinhados.

– Destruir a Diotech? – procuro confirmar.

Ele faz que sim com a cabeça.

– Na mosca.

Mas há algo insincero em sua voz que ativa um alarme em meu cérebro.

– Você parece decepcionada – observa ele. – Estava esperando que eu dissesse que faço isso em troca de você?

– De mim?

– Eu a ajudo e fico com você no fim.

– Não sou um produto que você possa negociar – argumento.

Ele vira a cabeça de lado, refletindo.

– Tecnicamente, não é verdade. É claro que você é um produto da Diotech.

A irritação ferve em meu peito.

– Bem, não era o que eu esperava que você dissesse, de qualquer modo.

Ele se diverte com minha reação.

– Que bom. Porque não estou fazendo isso por você. Pela primeira vez em toda a porcaria da minha vida, não faço algo por *você*.

– Ótimo.

– Ótimo – ele repete.

O silêncio cai na barraca. Nenhum dos dois se atreve a falar ou se mexer.

Começo a tremer. Desprezo minha fraqueza nesse momento. Desprezo quanto ela me torna vulnerável. Ordeno a meus dentes que parem de bater. Minha pele a parar de formigar com arrepios mínimos e abomináveis.

De nada adianta.

Lyzender solta um suspiro exasperado, como se todo esse diálogo fosse tremendamente inconveniente para ele. Sai da barraca sem dizer mais nada.

Rolo de lado e fico de frente para a parede, o rosto desconfortavelmente encostado no braço algemado.

Para minha surpresa, Lyzender volta menos de um minuto depois. Eu me viro e vejo que ele traz um cobertor. Parece bem mais grosso e mais quente que o outro. Ele o joga de qualquer jeito em cima de mim, como se não desse a mínima para onde o cobertor vai cair.

Nós dois sabemos que agora ele pode ir embora. Pode sair e não olhar para trás. E, por um momento, parece ser exatamente o que vai fazer.

Mas, depois de outro suspiro alto, ele se aproxima da cama e se demora, prendendo a beira do cobertor embaixo do meu corpo trêmulo, retendo o calor maravilhoso dentro dele.

Uma memória começa a se formar em minha mente. Uma memória que sei que trará sua justa parcela de dor e remorsos. Como todas fazem. Tento tudo em que consigo pensar para afastar a lembrança – contar, multiplicar, dividir –, mas ela invade minhas barreiras mentais.

Lyzender enrolando-me em um cobertor.
Lyzender apanhando-me nos braços enquanto caio.
Lyzender carregando-me a uma cama improvisada no chão.

Foi em 2013. Em uma sala de aula desocupada do jardim de infância. O garoto misterioso tinha acabado de me contar sua versão da verdade sobre quem eu era. É claro que eram principalmente invencionices. Enfeitadas para que eu sentisse raiva dos cientistas e da corporação que me deu a vida.

Mas é da sensação que me lembro com mais clareza. Como foi ficar tão perto dele. Envolvida por sua compaixão constante.

Por uma centelha de momento, sinto vestígios dessa mesma compaixão enquanto ele estende o braço por cima de mim e prende o último canto do cobertor embaixo do meu ombro. Enquanto sua mão se demora um segundo a mais em meu braço. Seu olhar, um segundo a mais em meu rosto.

Depois, como uma rajada de ar frio, o momento passa.

A compaixão se foi.

Porque ele se vai.

40
ALIMENTADA

Durmo muito mal. Não sei se é um efeito colateral da toxina que bombearam em minhas veias, se é o fato de eu estar o mais distante que já estive de Kaelen em mais de um ano ou a lembrança de minha conversa com Lyzender passando sem parar por minha cabeça, mas as oito horas seguintes são atormentadas com pesadelos, agitação e suor úmido que congela em minha pele feito uma camada de geada.

Fico agradecida quando abro os olhos e vejo que a luz do dia enfim rompeu lá fora. Conto o tempo até os passos começarem – 22 minutos – e até que alguém entre em minha barraca – mais 17 minutos.

É a mesma garota que veio me trazer o jantar e acender o lampião na noite anterior. Ela segura outro prato de comida. Sem me dizer uma palavra sequer, coloca-o ao lado do prato intocado de ontem e se vira para sair.

Estremeço quando vejo mais carne animal cozida. Quase tenho fome suficiente para experimentar, mas penso no pobre cervo morto e jogado naquela mesa, e meu apetite desaparece.

– Tem alguma coisa para comer que não seja carne? – pergunto, fazendo-a parar na saída.

– Se não quiser usar seus superpoderes para brotar legumes das orelhas magicamente, então, não.

Não posso deixar de me perguntar se todos aqui ficam tão enojados com minha presença quanto essa garota. Como podem me odiar tanto, quando nem me conhecem? O motivo é o lugar de onde vim? Porque fui criada pela Diotech? Que motivos eles têm para desprezar uma empresa que curou incontáveis doenças? Evitou uma desastrosa crise energética? Melhorou o padrão de vida do mundo todo?

Por que eles querem destruir uma entidade que tenta ajudar as pessoas?

– Qual é seu nome? – pergunto à garota, na esperança de tirar alguma informação dela. Começar um diálogo. Talvez, se puder entender melhor os motivos deles, eu tenha mais facilidade para detê-los.

– Por quê? Para você me denunciar ao dr. Alixter e eu ter meu rosto mutilado ou meu cérebro transformado em polpa?

Pisco, chocada.

– O quê? Não. Ele não faria isso.

Enquanto respondo, vejo um segundo dos olhos opacos e fixos de Rio naquele início de manhã no Setor Agrícola. Quando ele me chamou de Sariana. O nome de sua filha.

"Temos que punir nossos inimigos. Caso contrário, como vamos impedir que outras pessoas nos traiam?"

A garota ri. É um som duro e abrasivo que arranha o ar.

– É evidente que você não o conhece tão bem quanto eu – diz ela.

– Eu... – Eu me atrapalho para formar uma frase. – Como você parece vir aqui com frequência, achei que deveria saber seu nome.

Ela me lança um olhar severo que me provoca um arrepio ainda maior do que aquele que já tenho.

– Não venho aqui por escolha. Acredite em mim, te trazer carne de cervo não é o que sonhei em fazer com a minha vida.

Meu estômago se revira. Então *é* cervo em meu prato.

– Mas você está *aqui* por escolha sua, não é? Neste acampamento? Com estas pessoas?

Ela não responde. Mas dá a impressão de que quer responder.

– Ou Paddok a está retendo contra sua vontade? – pressiono, vendo que causo algum efeito nela.

– Paddok faz o que precisa ser feito. Já estava na hora de alguém fazer.

Concordo com ela, acenando com a cabeça, como se entendesse seu argumento.

– Ninguém pode negar sua paixão. Certamente é inspiradora. Só estou imaginando de onde ela vem.

– De onde vem o quê? – pergunta, bruscamente.

– Toda essa energia. Esse ímpeto. Quer dizer, o que a Diotech pode ter feito a ela para justificar uma reação tão excessiva?

No instante em que essas palavras saem da minha boca, sei que foi a coisa errada a dizer.

– Você não tem nem a mais remota ideia do que está falando! – ruge a menina. – Então, sugiro que fique de boca fechada.

– Nossa, nossa, o que está havendo aqui? – A barraca se abre e nela entra o alto e desengonçado Sevan Sidler.

Em circunstâncias normais, eu ficaria feliz por vê-lo. Ele sempre fez de tudo para ser gentil comigo. Sempre me pareceu digno de confiança. Agora sei a verdade a seu respeito. Como ele nos traiu. Sei que me sequestrou. Injetou um veneno poderoso em minhas veias.

Seus olhos disparam apreensivamente para a garota.

– Xaria, sua mãe procura por você.

Ela me lança mais um olhar maligno antes de se virar para sair. Ao fazer isso, raspa o chão com a ponta do sapato. Pega a lateral do prato que acabou de baixar, entornando a carne na terra.

Sevan se abaixa para pegar a comida derramada no chão.

– Não ligue para ela. Tem estado rabugenta desde que você chegou. – Ele limpa a carne e a devolve ao prato, estendendo-o a mim. Faço que não com a cabeça. – Você precisa comer alguma coisa.

– Não posso comer isso.

– Pode acreditar, é muito melhor do que a porcaria sintética que servem no complexo.

– A porcaria sintética nunca esteve viva.

– Não posso questionar isso. – Ele espia a porta da barraca por cima do ombro, depois põe a mão no bolso da calça, retirando duas cápsulas pequenas. – Tome. Você não recebeu isso de mim.

Cautelosa, pego os comprimidos.

– O que são?

– NutriCaps. Todos os nutrientes e a hidratação de que seu corpo precisa. Além disso, moderam a fome. São fabricados pela Diotech. Por isso não são muito populares por aqui. Mas, se você não comer, vai morrer.

Acho que esse seria um jeito de frustrar o plano deles.

Olho fixamente as duas cápsulas claras em minha mão. Depois do que Sevan me fez ontem, será que posso confiar que é o que ele diz?

– Não se preocupe – afirma ele, vendo minha hesitação. – Não estou tentando envenená-la.

– É, porque você já fez isso.

Ele ri.

– *Touché*. E peço desculpas, mas precisava ser feito. – Ele aponta as cápsulas com a cabeça. – Elas também vão te ajudar com o frio.

Jogo as cápsulas na boca e engulo. Sinto o vazio em meu estômago se dispersar quase instantaneamente.

– Obrigada.

– Não precisa agradecer. Tenho todo um suprimento em minha barraca. Não sabia se meu corpo poderia lidar com carne verdadeira. – Ele pega um naco da carne suja de terra em meu prato, rasga um pedaço e come. – Por acaso, é muito bom.

– Quem é aquela garota?

Sevan olha para trás rapidamente.

– Quem? Xaria? É a filha de uma ex-funcionária da Diotech. A mãe dela, a dra. Solara, chefiava os laboratórios de memória. Na verdade, era minha chefe, mas foi demitida depois que roubaram uma porção de arquivos debaixo do nariz dela.

– Que arquivos?

Ele dá outra dentada, mastigando furiosamente.

– Os seus arquivos.

Isso me surpreende.

– Alguém roubou meus arquivos de memó...? – Mas a resposta me vem antes que eu termine a pergunta. – Lyzender – murmuro.

Ele voltou ao complexo depois que fugimos, e eu despertei em 2013 sem memória nenhuma. Ele as roubou para mim e transportou no drive cúbico, assim poderia me mostrar a verdade sobre meu passado.

Ou melhor, sua versão distorcida e defeituosa da verdade.

– É por isso que ela me odeia? – pergunto. – Porque a mãe dela foi demitida depois que ele roubou arquivos de memória para mim?

Sevan vira a cabeça de um lado a outro.

– Entre outras coisas.

– Que outras coisas?

Ele coloca o último pedaço de carne na boca e limpa a mão gordurosa na calça.

– Vamos dar uma volta.

– Aonde?

– Pensei em te mostrar o acampamento.

Estremeço ao pensar em sair desta cama e do calor de meu novo cobertor grosso.

– Não, obrigada.

– Ah, vamos – ele me incentiva. – Vai ser divertido. Bem, talvez não divertido *divertido*, mas vai te fazer bem sair desta barraca, esticar as pernas, respirar algum ar fresco. Vou apresentá-la a umas pessoas interessantes.

A ideia de possivelmente coletar informações sobre o plano de ataque de Paddok é o que acaba por me convencer a resmungar minha concordância.

Sevan tem um estalo.

– Ah, sim. – Ele pega uma chave no bolso, mas não me solta completamente. Tira a algema da cama e a fecha rapidamente no próprio punho.

– Agora você não vai a lugar nenhum sem me levar – brinca.

Olho feio para ele.

– Sabe, não é por mim – explica, assentindo para o lado de fora. – É por eles.

Sevan dá um puxão em meu punho. Eu me preparo para o frio e tiro o cobertor do corpo com a mão livre. Ele me ajuda a sair da cama, oferecendo o ombro para que eu me apoie enquanto nos arrastamos para a porta.

– É uma droga, não é? – pergunta.

– O quê?

– Ser uma Normata.

– Vocês todos são assim, indefesos?

Ele ri.

– Nem todos.

– É isso que o dr. A quer evitar, entende? Esse tipo de fraqueza – digo.

Sevan empurra a abertura da barraca e me guia por ela.

– O dr. Alixter quer evitar muita coisa, Sera, mas a fraqueza humana não é uma delas.

41
INCENTIVOS

– Há quanto tempo você participa disso? – pergunto a Sevan enquanto mancamos no meio do acampamento. Eu me apoio muito em seu braço, mas parece que ele não se importa. Até agora, ele foi mais gentil do que qualquer outra pessoa desde que cheguei aqui. Só estamos do lado de fora há alguns minutos e já recebi meia dúzia de olhares de repulsa.

– Já faz algum tempo.

– O dr. A nunca soube?

– As únicas pessoas que sabem são as que estão aqui.

Penso na última vez em que vi Sevan. Em nosso hotel em Atlanta.

– Você destruiu meus arquivos de memória, não foi? Depois daquela última varredura? Por isso fiquei tanto tempo inconsciente.

Ele ergue uma sobrancelha.

– Estávamos muito perto de extrair você. Se o dr. Alixter soubesse que havia algo errado, não teríamos conseguido cumprir o plano.

– Por quê? – pergunto, pouco fazendo para esconder minha reprovação. – Por que você o enganou desse jeito?

Sevan sorri.

– Você e eu somos familiarizados com duas versões muito diferentes de Jans Alixter.

Fecho a cara.

– E *com que* versão você é familiarizado?

Ele não responde. Em vez disso, aponta para o homem que meteu o cano de espingarda na minha cara ontem. Está sentado a uma das mesas de madeira na área de refeições, mastigando com ferocidade um naco de carne de cervo. Quando ele me nota, seus olhos se dirigem para a espingarda encostada na beira da mesa.

– Aquele é Jase Plummer. Ele é de Nova Orleans. Três anos atrás, sua filha bebê morreu durante o parto. Não teve nem um minuto de vida.

Eu me retraio.

– Que coisa horrível. Por que não usaram um útero artificial?

– Eles usaram. Fabricado pela Diotech. O médico deles os convenceu de que era a opção mais segura. Eles não sabiam, mas o útero que usaram fazia parte de um lote defeituoso que não deveria ter sido lançado no mercado. A Diotech não o testou corretamente. Cerca de três mil bebês morreram naquele mês. A esposa de Jase se matou pouco tempo depois. Injetou Cv9 nas veias.

Cv9. Um sedativo forte. Dez vezes mais potente do que um Relaxer.

Também fabricado pela Diotech.

– Não se pode ter certeza de que a Diotech foi responsável pelos úteros com defeito – argumento. – É possível que muitos outros fatores tenham contribuído.

Sevan dá uma risadinha sombria.

– Você parece os advogados da Diotech. O dr. Alixter conseguiu colocar a culpa em um dos distribuidores, alegando que os úteros foram danificados durante o transporte.

Ele aponta para o outro lado, para um homem que trabalha no motor de um hovercóptero, presumivelmente o mesmo que usaram para me transportar para cá.

– Aquele ali é Davish Swick, antigo proprietário da Swick Worldwide, a transportadora que lidava com o grosso da distribuição da Diotech. A empresa foi destruída depois que a Diotech alegou que a Swick fora a responsável pela morte de três mil bebês. O caso foi a julgamento. A Diotech venceu. Não foi surpresa nenhuma. Alguns podem argumentar que aconteceu porque a Swick *foi mesmo* responsável pelos úteros defeituosos. Outros... digamos, como um Codificador de Memória encarregado de alterar as memórias dos técnicos que testaram os úteros... provavelmente teriam argumentos diferentes.

Ao passarmos, Davish Swick me observa com olhos desconfiados.

Em seguida, Sevan aponta uma mulher baixa, de cabelo preto, que carrega um cesto de vime cheio de roupas.

– Leylia Wong. Ela era uma cientista prestes a fazer uma inovação milagrosa que teria nos permitido usar nossos dejetos como combustível. Isso teria resolvido a crise energética e a de poluição, mas de repente seu laboratório foi fechado. Do nada. Seu financiamento foi cortado. Quando ela tentou transferir a pesquisa para a garagem da própria casa, descobriu que todos os arquivos haviam desaparecido misteriosamente do SkyServer. Talvez seja só uma coincidência que a Diotech esteja prestes a anunciar a implementação, ao custo de 4 trilhões de dólares, das MagnetoLinhas em todo território nacional, um projeto que teria se tornado inteiramente irrelevante se a pesquisa de Leylia tivesse visto a luz do dia. – Ele dá de ombros. – Ou talvez não.

Ele gesticula para um homem corpulento e desgrenhado que sai da barraca de comida em que encontrei os animais mortos na noite passada.

– E aquele é Nem Rouser. Sua família era dona de uma pequena fazenda de criação de gado em Montana havia quase duzentos anos. Até a Diotech lançar uma nova linha de carnes sintéticas e todas as fazendas de gado serem fechadas.

Meneio a cabeça.

– Agora você está forçando a verdade para fazer valer seu argumento. A Diotech *teve* que criar a carne sintética porque o gado morria de doença hepática bovina. Soube disso em um upload que *você* me deu.

Sevan dá de ombros.

– O ovo ou a galinha, suponho.

Franzo a testa.

– O que isso significa?

– Quer dizer que é um pouco suspeito que a Diotech tivesse a carne sintética pronta para o lançamento no mercado *justo* quando estourou a crise da DHB.

– Está alegando que a Diotech disseminou propositalmente a doença hepática no gado?

Ele ergue uma sobrancelha, zombando de mim.

– Não seria um escândalo?

Depois, aponta um homem forte e musculoso que anda até a barraca de Paddok. Mas *andar* é um jeito gentil de colocar a questão. Mais parece uma claudicação vacilante. Seus ombros são curvados para a frente e um dos pés se arrasta, pesado e sem vida, atrás do outro.

– Você não deve ter conhecido Olin Vas enquanto esteve no complexo.

– Tudo bem, tudo bem. – Eu o interrompo, sem querer ouvir outra história arrasadora. – Já entendi. Vocês todos têm um motivo para odiar a Diotech. Ainda não quer dizer que...

Mas perco o ar quando Olin, depois de ouvir seu nome, vira-se para nós. Tenho que reprimir um grito que borbulha na garganta ao ver seu rosto. É a coisa mais horrenda que já vi. O lado esquerdo é completamente deformado. Como se alguém tivesse esticado a pele e reorganizado as feições. O olho cai abaixo da ponta do nariz. A orelha esquerda desapareceu, e o cabelo daquele lado cresce em pequenos tufos, deixando enormes carecas unidas por feridas vermelhas e feias.

Sem me surpreender em nada, ele me faz uma carranca e vai para a barraca de Paddok. Fico agradecida por seu desaparecimento. Não sei quanto tempo mais conseguiria olhar para ele.

– É assim que a Diotech trata os ex-funcionários – diz Sevan. Se eu não o conhecesse bem, teria pensado que ele está *gostando* da minha reação a tudo isso.

– Ele trabalhava para a Diotech? – pergunto, sem acreditar.

– O agente Vas era da força de segurança do diretor Raze. Até que foi incriminado por um dos erros do diretor.

O diretor Raze comete erros?

Bem, subestimar Jenza Paddok certamente foi um deles.

– E qual foi? O erro? – insisto.

– Você – responde ele, sem qualquer preocupação.

– Eu?

– A primeira vez que você e Lyzender tentaram fugir.

O fundo de minha garganta arde com um toque ácido.

Sei a respeito disso. Uma das memórias apagadas que foi restaurada depois de minha volta ao complexo, no ano passado.

Lyzender me convenceu a fugir com ele. Mostrou-me imagens de montanhas com cumes nevados e cidades estrangeiras empolgantes. Ele me fez promessas absurdas de ficarmos juntos para sempre. E, como a tola que eu era, acreditei. Eu fui, cegamente.

Isso foi antes de Lyzender ter descoberto a existência do gene da transessão. Tentamos fugir, embarcando em um furgão de entrega que saía pelo portão noroeste. Fomos localizados a alguns quilômetros do complexo, depois que eles fizeram uma varredura por satélite em busca de meu implante.

Sempre me perguntei como conseguimos escapulir sob a vigilância atenta de Raze.

Foi por descuido dele?

Raze realmente colocou a culpa por seu erro nesse pobre homem?

– Seu castigo foi a mutilação genética – explica Sevan. – Não é um dos produtos que a Diotech anuncia ao público.

Penso nos disfarces genéticos que Kaelen e eu recebemos quando partimos para a turnê. Mas aquilo foi diferente. Algumas distorções, algumas imperfeições *temporárias*. O rosto desse homem está arruinado para sempre.

Minha voz treme.

– Quer dizer que eles...

– Mandaram um sinal embaralhador ao DNA dele? Sim. Da mesma maneira que conseguiram programar seu DNA com o implante genético que contém seu código de rastreamento. O DNA dele foi programado para deixá-lo desse jeito. É um processo muito doloroso. Ter seu rosto refeito com você ainda consciente.

Estendo a mão e toco a pele lisa e impecável de meu punho, onde antes ficava a linha preta.

– Você mudou o meu. Por que não pode dar um jeito nele?

– É extremo demais – diz uma voz atrás de mim. Eu me viro e vejo Paddok parada ali. Ela ainda está com a calça verde e a camiseta cinza sem mangas, mas sua pele parece ter sido limpa recentemente, o que me faz imaginar que existe alguma fonte de água por perto. – Pode acreditar, nós tentamos. Não temos a tecnologia, e simplesmente seria doloroso demais.

Eu me lembro da agonia insuportável que torceu meus ossos e agarrou meu braço por dentro quando retiraram meu implante. E era apenas uma pequena linha preta.

– A Diotech não se limita a demitir as pessoas – afirma Sevan. – Ela as mutila, as destrói. Para você não esquecer jamais.

– O que ela está fazendo aqui? – pergunta Paddok.

– Achei que ver o acampamento seria bom para ela. Entender por que estamos aqui.

– Está perdendo seu tempo – diz Paddok a Sevan, os olhos desconfiados demorando-se em mim quando fala isso. – Ela já era. A lavagem cerebral de Alixter foi muito fundo.

Quero argumentar, mas de repente fico sem palavras. Além do mais, o que posso dizer em resposta a isso?

Que não sofri lavagem cerebral?

Que o dr. A não é o monstro que ela pensa que seja?

Que todas essas pessoas estão inventando? Tramando histórias sobre perdas, mágoas e dor só para ter um motivo válido para acabar com a Diotech?

Paddok me abre um sorriso de lábios rígidos antes de desaparecer em sua barraca.

Penso na imagem que vi, de Paddock saindo do tribunal. Aquela em que Lyzender se esconde na multidão. A pauta digital anunciou que seu caso fora anulado.

Que caso?

Por que ela brigava com eles?

Estou prestes a fazer a Sevan essa exata pergunta quando alcanço algo pelo canto do olho. Ou melhor, *alguém*.

Ele é alto e magro, está de costas para mim, falando com o homem que Sevan identificou como Davish Swick. Não é o corpo dele, porém, que chama minha atenção, mas seu cabelo. Louro e rebelde, uma porção de cachos embaraçados. Ele vira a cabeça ligeiramente para o lado e consigo ver o perfil de seu rosto estreito. Seu rosto dolorosamente *conhecido*.

Sinto um aperto no peito. Minha mente está me pregando peças. É a única explicação lógica.

Porque estamos em 2117. Se ele ainda estivesse vivo, teria 117 anos. Mas esse garoto – esse *jovem* – não pode ter mais de 25 anos. Ainda assim, é ele. Sei que é ele. O nariz, as maçãs do rosto, o cabelo são idênticos aos do garoto que conheci. O garoto que costumava ruborizar quando eu o olhava.

Ao chamar seu nome, minha voz fina e fraca quase desaparece no ar.

– Cody?

Ele se vira. E é quando minhas pernas finalmente me abandonam.

42

LEGADO

O impacto de minha queda repentina desequilibra Sevan e, com o punho ainda algemado ao meu, ele quase cai a meu lado. Ele consegue se equilibrar pouco antes de bater no chão e se abaixa, ajudando-me a levantar.

Agora estou desconexa, e o que digo não faz sentido nenhum. As palavras são caoticamente despejadas de minha boca.

– Como ele está aqui? Ele não pode estar aqui! Ele usou o gene nele mesmo? Por que faria isso? Está procurando por mim? Ele veio com Lyzender?

Mas é impossível.

O Cody que fez a engenharia reversa do gene da transessão para Lyzender tinha 32 anos. Esse homem é bem mais novo que isso.

Será que Lyzender transedeu no tempo para dar o gene ao Cody jovem?

Enquanto esses pensamentos se atropelam em minha mente, o homem me olha em total estupefação. Como se nem me reconhecesse.

– Por que ele me olha desse jeito? Ele não se lembra de mim? – Meto um dedo acusador no peito de Sevan. – Você recodificou as memórias dele?

– Sera – diz Sevan com seriedade, segurando meu rosto e me obrigando a olhar para ele. – Não é ele. Este não é Cody.

– É ele, sim! – grito. – É ele! Cody Carlson. Meu irmão adotivo. Só está mais velho. Ou mais novo. Ou, sei lá, mas é ele! – Tento virar a cabeça para olhar de novo o homem, mas Sevan me mantém ali.

– Preste atenção ao que estou dizendo, Sera. *Não* é ele.

Tiro suas mãos de meu rosto e ando a passos firmes até o homem, arrastando Sevan comigo. Minhas emoções estão inteiramente confusas. Não sei se sinto raiva, se estou feliz ou com medo, ou se sinto uma mistura nociva dos três.

– Cody! – grito. – O que está fazendo aqui?

O homem recua, parecendo ter medo de mim.

Por que ele teria medo de mim? Paddok o pegou também? Será que foi manipulado para ter nojo de mim, como todos os outros neste lugar?

– Sera! – Sevan me chama, ainda preso a meu punho. Tento ignorar. – Este é *Niko*. Ele trabalha para Paddok.

Niko?

Encaro o homem de cabelo louro e encaracolado, tentando olhar em seus olhos, mas ele baixa a cabeça. É aí que começo a ver pequenas diferenças. Um queixo mais quadrado. Maçãs do rosto mais salientes. A testa mais pronunciada.

– Quem é você? – Meu tom passa do contundente ao inquisitivo.

– Sou Niko. – Ele repete o nome desconhecido. – Niko Carlson.

Meus braços ficam arrepiados.

Carlson.

Quando volto a falar, a voz está trêmula.

– Por que você é parecido com ele?

O homem finalmente encontra coragem para me olhar e encaro seus olhos azuis.

Exatamente os mesmos olhos azuis.

– Porque ele é meu bisavô.

43

CONTAMINADA

Bebo a água lentamente, como Sevan me instruiu. O líquido morno parece viscoso ao descer pela garganta. Não tem o gosto da água que bebíamos no complexo. É mais denso, quero dizer, é orgânico, e não sintetizado para melhorar o sabor e a pureza.

Tem um sabor metálico que me faz pensar em bilhões de pequenos micróbios nadando em cada gota, esperando para contaminar meu corpo enfraquecido.

Estamos sentados a uma das mesas de madeira para piquenique na área de refeições do acampamento. As pessoas se agitam a nossa volta, fazendo o que fazem aqui. Sevan está sentado a meu lado, o punho algemado na mesa, ao lado do meu. Ele não diz nada. Também não digo nada.

Ainda tento processar o que aconteceu.

O bisneto de Cody está *aqui*. Trabalhando para derrubar a Diotech. A empresa que me criou. Que também criou um gene que me enviou ao passado. Ao ano de 2013, quando conheci um menino de 13 anos desengonçado e desajeitado chamado Cody Carlson.

É demais para ser uma coincidência.

Existe alguma história maior aqui. Infelizmente, Niko se afastou antes que eu pudesse dizer mais alguma coisa. Depois, Sevan me trouxe para cá e me entregou um copo de água orgânica repulsiva e infestada de bactérias.

Bebo outro gole.

Não pensei muito em Cody desde que voltei ao complexo. Nem tinha motivos para isso. Ele pertence àquela *outra* parte da minha vida. À parte que não me trouxe nada além de vergonha.

Mas, ultimamente, tem sido cada vez mais difícil esquecê-la.

Este acampamento está repleto de lembretes.

– Melhorou? – Sevan gesticula para meu copo.

Faço que sim com a cabeça.

– Talvez eu deva te levar de volta à barraca. Acho que você já viu o bastante por um dia.

Ele começa a se levantar, mas eu não me mexo.

– E você?

– Como disse?

– Nunca me contou por que *você* odeia a Diotech.

Sevan se senta lentamente.

– Não sei se você está preparada para ouvir essa história.

Fixo um olhar feio nele.

– Só porque viu minhas memórias não quer dizer que seja um especialista em minha mente.

Ele ri.

– Muito bem.

Ele não fala prontamente, no entanto. Olha a distância, como se algo lá fora tivesse prendido sua atenção por um momento.

– Quando comecei a trabalhar na Diotech, eu era um programador tímido e solitário. Um pária, sem amigos nem familiares com quem conversar. Só queria me encaixar em algum lugar. Trabalhei muito. Fui promovido rapidamente. Quando enfim fui designado aos laboratórios de memória como codificador, pensei, é agora. Eu consegui. Era um cargo de prestígio na empresa. Os laboratórios de memória têm status de elite no complexo. Depois que a dra. Solara, mãe de Xaria, foi demitida e me colocaram no comando, achei que vivia um sonho, sabe?

Não sei se entendi. Existe um mesmo sonho partilhado por todas as pessoas?

Por que nunca sonhei esse sonho?

Mas concordo com a cabeça e ele continua.

– Depois soube de você e de Kaelen. Eu sabia que níveis mais elevados de permissão significavam acesso a algumas informações perturbadoras. Sabia que haveria ocasiões em que eu teria que desligar minha consciência e fingir que as coisas não me incomodavam. Só não esperava... – Sua voz falha um pouco e ele se interrompe, parecendo constrangido. – Ah, por favor. Seres humanos? Fabricados? Sofrendo lavagem cerebral?

– Não sofri lavagem cerebral. – Queria que todos parassem de usar essa expressão para me descrever.

– É exatamente o que diria uma pessoa que passou por lavagem cerebral.

– Mas...

– Quem você acha que recebeu a ordem de administrar as alterações em você? Quem acha que entrou em seu cérebro e distorceu cada memória, uma por uma?

Distorceu?

– Do que você está falando? – exijo saber, irritada com minha própria confusão. – O dr. A me deixou com minhas memórias. Ele até restaurou aquelas que havia retirado.

– Sim – admite Sevan. – Ele deixou que você ficasse com elas, mas ainda precisavam ser versões que ele aprovasse.

– Versões?

Ele suspira e passa a mão na sobrancelha.

– O dr. Alixter logo entendeu que apenas apagar as coisas de sua mente não dava certo. Não a mantinha longe *dele*.

Sevan não precisa dizer quem é *ele*. Nós dois sabemos.

– Então, decidiu experimentar outra coisa. Era um procedimento novo. Ainda não havia sido plenamente testado, mas o dr. Alixter insistiu em implementar em você. Chama-se Reassociação de Memória.

Suas palavras disparam um alarme em meu cérebro.

"Só demoramos um pouco mais do que o esperado para ajustar a garota ao procedimento de Reassociação de Memória."

Entreouvi o dr. A dizer isso a alguém do outro lado de uma transmissão na manhã da Revelação.

– O que isso faz? – pergunto, minha boca de repente seca feito osso.

– A ideia por trás disso é que seu cérebro pode ser programado para associar determinada memória com a emoção que escolhermos. Distorce as recordações de acontecimentos. Torce seu passado para algo que eles queiram que seja. Você quer que alguém sinta nostalgia por um pai abusivo? Feito. Quer que alguém se sinta traído, quando se lembra de uma infância feliz? Feito. Nós associamos a emoção desejada, e seu cérebro distorce a memória para que combine. É bem simples. Quer que alguém se sinta culpado por um amor que mudou sua vida para sempre? – Sua voz fica muito baixa. Como se seu combustível se esgotasse. Ele me olha nos olhos. – Feito.

O tremor se intensifica.

– É mentira. – Mal consigo impedir que meus dentes batam.

– Você foi programada para pensar assim, Sera. Seu cérebro *quer* que tudo faça sentido. Mesmo que não tenha lógica. Pense nisso. Por que outro motivo Lyzender estaria aqui?

– Pelo mesmo motivo de todos os outros! – Tento gritar, mas sai tenso. – Destruir a Diotech.

Sevan meneia a cabeça.

– Ele, não.

– Ele, sim. Ele mesmo me disse.

– Bem, *isso* foi uma mentira.

Minha cabeça martela. Os pensamentos estão embaralhados, atropelando-se. Como uma briga de bêbados em meu cérebro. Coloco a palma da mão na têmpora, pedindo que pare.

Apenas pare.

– O dr. Alixter queria que você sentisse lealdade à Diotech. Com o que eles tentam fazer. Só que, para chegar a isso, ele também precisou fazer você sentir a traição quando se lembrava do passado. Foi tudo feito sob medida. Eu mesmo codifiquei as emoções. Tudo que você sente... pelo dr. A, pela Diotech, por Lyzender... é fabricado. Sei disso porque fui *eu* que coloquei aí. E, depois, não pude conviver comigo mesmo. É por *isso* que estou aqui.

– Não acredito em você – sussurro.

– Nem deveria. Sou um bom codificador.

Em algum lugar dentro de mim, encontro força para gritar, mas é uma força minguante que só serve para uma palavra. Assim, escolhi com sensatez.

– Não!

Eu me levanto e tento me afastar, mas sou puxada de volta, ainda algemada a Sevan. Puxo com força, imaginando que minhas capacidades voltaram e que posso arrancar seu braço do ombro, mas parece que nem consigo deixar uma marca na pele.

– Me solte – imploro, murmurando.

Surpreendentemente, ele aquiesce. Sem discutir e sem hesitar. Pega a chave no bolso e abre sua algema. A algema vazia fica pendurada em meu punho.

Ele deve saber que eu não tentaria fugir.

Deve saber que nem mesmo tenho forças para atravessar o acampamento até minha barraca.

Todos aqui são mentirosos. Lyzender, Paddok, Sevan. Dirão o que for necessário para me quebrar. Para me fazer acreditar que estou do lado errado.

Estou do lado da humanidade. Do lado que quer fazer o bem ao mundo. Esse é o lado certo.

Mancando, parto para a barraca.

– Lembre-se do fogo – diz Sevan da mesa.

Meus passos ficam mais lentos, até que paro.

Fogo? Que fogo? Aquele que me queimou na estaca em 1609?

Mas, de imediato, sei que não é a isso que ele se refere. Suas palavras. Elas ativam alguma coisa. Uma imagem se agita em meu cérebro. Uma memória aprisionada que luta para se libertar. Um pesadelo inesquecível.

E, de repente, eu vejo. Eu me lembro.

Uma mulher vendada parada no deserto. Chamas rugindo dentro de uma jaula de vidro.

Ela anda negligentemente para o inferno.

Ela nem mesmo grita.

Mas eu, sim.

Pelo menos, eu tento. A mão de Kaelen abafa o som. As palavras de Kaelen tentam me tranquilizar. Seus braços me levam dali.

Através do complexo. Por baixo da arcada de metal cintilante. Pelas portas dos laboratórios de memória.

Eu me viro devagar. Sevan se levantou do banco. Ele me encara, em expectativa. Como se soubesse o que ocorre em meu cérebro neste exato momento.

– A memória que você apagou – digo, entorpecida. – A noite antes da partida.

– Eu a devolvi – confirma ele. – Durante sua última varredura. Só precisava de um gatilho.

Minha garganta está seca. Ressecada com a recordação das chamas.

– Por quê?

– Para você mesma enxergar a verdade.

– Que verdade? O que testemunhei naquela noite?

– O *verdadeiro* Objetivo – responde ele, calmamente.

– Queimar gente?

Ele dá um passo em minha direção.

– *Controlar* gente.

Nego com a cabeça.

Ele dá outro passo.

– Cada produto da coleção ExGen contém uma nanotecnologia indetectável.

Fecho bem os olhos. É loucura. É delírio. É exatamente o que alegava a dra. Maxxer, e *ela* era louca. Era delirante.

Outro passo.

– Um sistema de estímulo-resposta. Idêntico àquele que usaram em você em 2032. Vai se implantar no cérebro do consumidor e permanecer latente até o dia em que a Diotech decidir ativá-lo.

Tapo as orelhas.

– Pare! O fogo nunca aconteceu! Você codificou essa memória para confundir minha mente. *Você* é que sofreu lavagem cerebral! A Diotech quer *ajudar* as pessoas!

– Pense bem nisso, Sera. – Seu tom é mais afiado. – A Diotech não tem nada a ganhar deixando as pessoas mais fortes. O *mundo* não tem nada a ganhar deixando as pessoas mais fortes. Uma população controlada é uma população fraca e, portanto, uma população segura.

Não vou ficar parada aqui ouvindo isso. Não me deixarei ser manipulada por essas mentiras.

Eu me viro de novo e me afasto, decidida a me encolher embaixo dos cobertores até cair no sono.

Mas, assim que chego à barraca, vejo a garota de pele morena. Aquela que me trouxe a comida. Que Sevan chamou de Xaria.

Ela está na ponta dos pés, os lábios torcidos em um sorriso tímido, e sussurra no ouvido de alguém. Depois, passa os braços pelo pescoço dele e o puxa para ela, conduzindo a boca do homem à sua.

Só então consigo distinguir o rosto de Lyzender. Quando ele se vira para mim e acolhe o beijo de Xaria.

44

RESPOSTAS

Ele me vê assim que seus lábios tocam os dela. Sua boca se abre e seus olhos se arregalam. Quando ela nota que o beijo não é correspondido, afasta-se, resmungando algo inaudível no queixo dele.

Depois ela olha para meu lado e seu olhar é cortante.

Entro rapidamente na barraca e desabo na cama, de frente para a parede de lona. O ar sai áspero e entrecortado de meus pulmões. Tento respirar fundo algumas vezes, mas só resulta em um acesso de tosse.

Digo a mim mesma que não tem nada a ver com o que acabo de testemunhar. Minha respiração curta pode ser atribuída inteiramente à caminhada pelo acampamento. E às mentiras perturbadoras que Sevan tentou me fazer engolir.

Por que eu me importaria com o que Lyzender faz?

Quem Lyzender beija?

Não deveria. Não me importo. Ele pode beijar cada mulher em um raio de 50 quilômetros, se quiser. Não me afeta em nada. Pensando bem, isso não é verdade. É *melhor* para mim. Melhor que sua atenção esteja concentrada em outra parte. Melhor que ele não esteja mais tentando me manipular. Claramente ele achou outra cobaia mais agradável.

Uma preocupação a menos para mim.

Preciso me concentrar na missão de avisar o complexo sobre o ataque iminente.

Não há nada além disso.

Ouço a entrada da barraca sibilar um instante depois. Não preciso me virar para saber quem está parado ali. Reconheço sua respiração. Seu silêncio. Como o ar no ambiente se curva para ele.

– Seraphina... – ele começa.

– É Sera.

– Seraphina – repete, com uma persistência ainda maior. – Precisamos conversar. O que você viu agora há pouco...

– Não tem nada a ver comigo.

– Tem *tudo* a ver com você. – Sua voz é grossa e suplicante. Ouço seus pés se arrastando no interior da barraca. É o que ele faz quando procura o que dizer.

Eu me lembro.

E como queria não lembrar.

– Não precisa me explicar nada – digo a ele.

– Não! – Seu grito me dá um susto. Só o ouvi gritar uma vez no passado. Foi com Rio. Antes de descobrir que Rio tentava nos ajudar. – Não. – Desta vez ele fala num tom mais baixo. Mais controlado. Mas ainda tomado de intensidade. – Você não entende o que passei. Aqueles três anos preso no tempo sem você. Finalmente entendo o que todas as religiões querem dizer quando falam no inferno. Foram os anos mais torturantes da minha vida. Tive uma crise de identidade. Cody quase perdeu a família tentando me ajudar. Depois, ele fez uma descoberta e eu pensava que a agonia tinha acabado. Pensava que, assim que pudesse voltar para cá, todos aqueles anos longos e infernais ficariam para trás. – Ele se interrompe. Ainda não me viro para ele. – E então, vi você no Feed.

Um calafrio abala meu corpo. Um calafrio que nada tem a ver com o veneno em meu sangue.

– Foi você que fez aquela pergunta, não foi? SZ1609?

– Sim – sussurra ele.

Não sei por que essa resposta me esmaga. Só confirma o que eu já sabia. Talvez porque agora seja um fato. Não apenas uma teoria. Talvez porque de repente eu veja aquela entrevista de um jeito novo. Pelos olhos dele.

As mãos dadas.

A sedução.

Aquele beijo.

Eu me lembro que chegou aos dedos de meus pés. Como ficou na reprise em câmera lenta. Como duas pessoas sinceramente apaixonadas.

Como duas pessoas que nunca amaram mais ninguém.

Por um instante – do tamanho de uma contagem até três –, eu me permito sentir a tristeza que me domina. Eu me permito refletir sobre a mágoa que Lyzender alega ter sentido quando viu aquilo. E permito que isso me consuma.

Um, dois, três.

E acabou. Eu a reprimo. Empurro para dentro. Lembro a mim mesma que ele não me ama de verdade. Nunca amou.

Foi uma farsa.

Como esta, agora.

"Distorce as recordações de acontecimentos. Torce seu passado para algo que eles queiram que seja."

NÃO!

Eu me enrosco e tremo. Quero que tudo isso pare. O barulho. A tagarelice em minha mente. As vozes me dizendo o que querem que eu acredite.

Não posso acreditar em tudo. Preciso escolher. E escolho o Objetivo.

Escolho Kaelen.

– Eu vi você com ele – continua Lyzender depois de um silêncio penoso. – Vi como você o olhou. Como o beijou. Isso me destruiu de novo. Desci às trevas. Xaria estava presente. Ela vem tentando me tirar de lá.

– Que ótimo – resmungo apoiada em minhas rótulas. – Agora nós dois temos alguém. – As lágrimas estão chegando. Não consigo impedi-las. Elas vão ter que cair. Mas, desde que eu continue enroscada, desde que me recuse a olhá-lo, ele nunca terá que saber.

Em silêncio, desejo que Lyzender vá embora. Que se afaste. Que me deixe virar farelo sozinha.

– Sim – concorda ele. – Agora nós dois temos alguém.

Ouço seus passos se retirando. Ouço a porta da barraca sendo puxada para trás. E, depois, não escuto mais nada.

A primeira lágrima traça um caminho por meu nariz, caindo no travesseiro calombento. O soluço sobe dentro de mim, ameaçando colocar todo meu corpo em convulsão. Ameaçando derrubar esta barraca no chão.

– Posso te fazer uma pergunta?

É ele. Ele não saiu.

Não digo nada, por medo de revelar tudo. Meu abatimento. Meu medo. Meu alívio traiçoeiro por ele ainda estar aqui.

– Quando você nos viu agora há pouco – diz ele, baixinho. A tensão em sua voz sumiu completamente. Desapareceu sem deixar rastros. – Quando a viu me beijar, isso fez você sentir *alguma coisa?*

A resposta verdadeira está na ponta da língua. Pronta para implodir.

Fez com que eu sentisse tudo.

Mas não é uma resposta que eu possa dar.

Não é uma resposta que facilite as coisas. Que simplifique a vida. Que resolva os problemas.

Essa é uma resposta que apaga o progresso. Que volta no tempo.

Que destrói.

Consigo conter um tremor. É como se eu estivesse segurando uma onda.

– Não – respondo.

Conto os segundos até ele sair de novo. É só o que posso fazer para não gritar.

Desta vez ele deixa sua partida bem clara. Passos pesados no chão. Um barulho violento do lado de fora. Vozes sussurradas dizendo palavras tranquilizadoras.

Fico agradecida pelo tumulto. Abafa o som de meu despedaçamento.

45
NO PALCO

Naquela tarde, sou despertada de um sono profundo e levada para a área de refeições do acampamento. Todos já estão presentes para o que parece ser outra reunião. Eles me olham como se eu desfilasse – Sevan, Paddok, Klo Raze, Davish Swick, Olin Vas com seu rosto desfigurado, Nem Rouser que cozinha a carne, até Niko Carlson, o bisneto de Cody. Vinte e dois rostos. Vinte e dois olhares desconfiados. Todos dirigidos a mim.

Estou tossindo um pouco, mas procuro manter o corpo ereto. Não sei o que está acontecendo, nem por que fui trazida aqui para ser olhada, mas não vou deixar que essas pessoas me ameacem com seu ódio.

Sou uma ExGen – pelo menos eu era, antes de eles encherem minhas veias com a fraqueza líquida. Sou a face do futuro. Não acreditarei em suas mentiras, nem serei intimidada por sua vingança, nem aprisionada por suas manipulações.

Vou lutar. Continuarei lutando até que a Diotech tenha destruído a todos. Ou eles me matarão. O que vier primeiro.

De repente, Lyzender aparece na minha frente, o rosto angustiado, os olhos suplicantes.

– Por favor, faça exatamente o que ela mandar – ele me pede com urgência.

Antes que eu possa perguntar do que se trata, Jase me empurra para a frente com o cano da espingarda e me faz sentar a uma das mesas de madeira. Estou posicionada de modo que todo o acampamento fica de frente para mim. Todos se espremem em um grupo atrás de Paddok e Klo. De repente, eu me sinto no palco de novo. De volta aos refletores. Só que, desta vez, não sei o que esperam de mim.

– Vocês querem que eu dance? – experimento o sarcasmo, mas minha voz é frágil demais, enferma demais para ser levada a sério.

Ignorando minha piada, Paddok avança um passo.

– Vou dizer como isso vai funcionar. – Ela se dirige a mim com azedume. Nunca a vi com um jeito tão ansioso.

Mas que droga está acontecendo?

Paddok empurra uma folha de papel para mim. No papel, ela escreveu algo em uma letra confusa.

– É isto que você vai dizer. É *só isto* que você vai dizer. Se lhe fizerem perguntas, você vai ignorar. Se tentarem obter mais informações de você, vai ignorá-los. – Ela assente para Jase, que está a meu lado, a espingarda apontada para minha cabeça. – Se você não cumprir qualquer uma dessas diretrizes, seu precioso Parceiro Duplicado será obrigado a ver seus miolos respingarem por toda a tela de parede dele. Está claro?

Parceiro Duplicado?

Kaelen!

Ele está aqui?

Meu olhar dispara pelo acampamento, mas não vejo sinal dele. Depois, pelo canto do olho, noto que Klo tirou algo do bolso. Minha cabeça se vira rapidamente enquanto ele desenrola o objeto conhecido, e todo meu corpo começa a zumbir.

O Slate!

Uma conexão com o mundo.

Com a Diotech.

Meus braços tremem, querendo alcançá-lo. Quem dera eu tivesse toda a minha força, assim poderia jogar Klo no chão e confiscar o Slate. Mas se eu tivesse toda a minha força, acho que nem precisaria de Slate nenhum.

Olho com ansiedade enquanto a tela flexível pisca e ganha vida, emitindo um brilho suave no rosto de Klo. Algumas batidas leves depois, ele estende o Slate para mim.

Inspiro subitamente quando vejo a familiar sala de jantar da Residência Presidencial emoldurada entre suas mãos. Sentados à longa mesa de mármore polido, olhando-me como se estivessem em uma prisão de vidro, estão o diretor Raze, o dr. A e meu amado Kaelen.

Meu coração salta no peito como louco. Olho brevemente a folha de papel que tenho nas mãos, numa leitura rápida da letra pouco legível. Pego palavras-chave como *sequestradores, resgate, conta bancária.*

É quando o aviso de Paddok finalmente faz sentido.

É quando outra peça do plano deles se encaixa.

Estou aqui para negociar os termos de minha libertação.

46
SUBTEXTO

Não tenho dúvida do que devo fazer. Esta pode ser minha única chance de dar um recado ao diretor Raze. Avisá-lo do que está por vir.

– Eu perguntei – rosna Paddok, arrancando-me de meus pensamentos com um sobressalto –, está claro?

– Sim – respondo, olhando a arma de Jase posicionada a uma curta distância.

Está perfeitamente claro. Se eu desobedecer, Kaelen me verá morrer.

Paddok é inteligente. Sabe que só a ameaça de morte não basta para me fazer obedecer. Mas, se Kaelen tiver que testemunhar meu assassinato, isso o destruirá.

Olhando de novo para o Slate, agora percebo que, embora eu possa ver o dr. A, Kaelen e o diretor Raze, eles ainda não me veem. Nem me ouvem. Este lado da conexão ainda não foi ativado.

– Se tentar entregar nossa localização, Jase vai atirar em você – continua Paddok.

– Não conheço nossa localização – lembro a ela.

– Se tentar avisar a eles sobre qualquer coisa que tenha ouvido, Jase vai atirar em você. Se tentar...

– Eu entendi – repito, minha irritação começando a arder. – Ler o roteiro e não dizer mais nada.

Ela flexiona o maxilar.

– Ótimo.

Leio novamente o roteiro. Eles pedem à Diotech um resgate de 2 bilhões de dólares a serem transferidos para uma conta bancária. Depois disso, serei devolvida sã e salva.

Então, este é o plano deles. Querem que pareça um sequestro comum. Admito que é muito inteligente. Atualmente, Kaelen e eu somos as duas pessoas mais famosas do mundo. Não é difícil acreditar que alguém poderia querer nos trocar por um montante de dinheiro.

E depois disso? Como pretendem colocar o dispositivo dentro do bunker subterrâneo? Ainda existem pormenores demais de que não tenho conhecimento.

– Estamos prontos? – pergunta Paddok a Klo.

Ele assente.

– Pronto para transmitir a uma ordem sua, chefe.

Olho o mar de rostos agrupados atrás de Klo e Paddok. A julgar pelo fato de que todo o acampamento se reuniu para testemunhar isto, é um momento fundamental. O resto do plano deles depende do que está para acontecer agora.

A única pessoa deste lado do Slate comigo é Jase, parado fora do enquadramento da câmera.

Vejo Lyzender e sei, pelo jeito indócil com que olha entre mim e Jase, que ele não aprova o uso da arma de fogo. Ele rói uma das unhas até Xaria vir por trás e passar os braços por sua cintura. Tenho certeza de que a intenção dela é tranquilizá-lo, mas só parece deixar Lyzender mais nervoso.

Viro o rosto, dirigindo meu olhar ao Slate. O dr. A, Raze e Kaelen ainda estão sentados à mesa, esperando que a transmissão entre ao vivo. Kaelen tamborila os dedos apreensivamente na mesa.

– Lembre-se – avisa Paddok –, sem se desviar do roteiro.

– Eu me lembro – murmuro.

Ela dá o sinal a Klo. Ele corre a ponta do dedo pela tela e ativa a câmera. Kaelen, Raze e o dr. A sentam-se um pouco mais eretos ao ouvir o sinal sonoro que anuncia a conexão.

– Sera! – exclama Kaelen. Nunca ouvi tanto medo em sua voz. Tanta angústia. Sinto que o peso da Lua foi jogado no meu colo. – Você está bem? Eles a machucaram?

Mantenho a mão direita pousada na perna. Com a outra, levanto, trêmula, o roteiro e começo a ler. Eu me esforço para que as palavras saiam firmes e serenas.

– "Meus sequestradores estão enviando esta transmissão como demonstração de boa-fé e intenções inofensivas. E para provar a vocês que ainda estou viva e não estou ferida."

– Diga-nos onde você está! – grita Kaelen para a câmera. O dr. A coloca a mão em seu ombro, tentando fazê-lo relaxar.

Meus olhos disparam, nervosos, a Jase, que dá uma leve pancada na arma.

– Ela não pode – diz Raze a Kaelen. – Está sendo ameaçada. Vejo isso nos olhos dela.

O dr. A vira a cabeça e murmura algo que não consigo interpretar, provavelmente um palavrão.

Engulo em seco e continuo a leitura.

– "Se quiserem que eu volte viva, um resgate de 2 bilhões de dólares deverá ser transferido à seguinte conta bancária nas próximas 48 horas."

Faço uma pausa, posiciono a mão direita no meio da coxa e abro os dedos. Tento olhar nos olhos de Kaelen pela tela, instigando-o a prestar muita atenção.

Meu olhar dispara na direção de Paddok. Ela gesticula para que eu continue.

Enquanto começo a ler devagar o número da conta no papel, levanto os dedos da mão direita muito ligeiramente, deixando-os pouco acima da perna.

– Sete – anuncio.

Sutilmente, pressiono os dedos polegar, anular e mínimo na calça. Como se tocasse um acorde no piano.

– Nove. – Revelo o número seguinte com delicada precisão enquanto meus dedos se levantam de novo, e bato o dedo médio. Em seguida, os dedos um, dois, quatro e cinco, formando mais uma letra.

Procuro em Paddok algum sinal de suspeita, mas ela não está concentrada em minha mão. Concentra-se em meus lábios. Para ter certeza de que o que eu digo não seja nada além do que está escrito na folha de papel.

Prometi a ela que leria o roteiro e não falaria mais nada. Estou cumprindo minha promessa. Não estou *falando* mais nada.

– Quatro. – Anuncio o número seguinte da conta e meu polegar toca o teclado imaginário na perna.

– Um.

Descem os dedos um, dois, três e quatro, o sinal para a letra D. Em seguida, novamente o polegar. Agora soletrei a primeira palavra de minha mensagem.

Procuro uma reação no rosto de Kaelen. Até agora, não vi nenhuma. Ele entende o que faço? Será que chegou a olhar minha mão? Ou é inteligente o bastante para esconder isso?

Com os últimos números da conta bancária, consigo soletrar mais duas palavras.

– Zero.

Bato os dedos.

– Dois.

Bato os dedos.

– Dois.

Bato os dedos.

– Três.

Bato os dedos.

– Oito.

Bato os dedos.

Raze entra com o número da conta em seu Slate. O dr. A fervilha em silêncio na cadeira. E Kaelen continua impassível como uma estátua.

Paddok assente para o roteiro, pedindo para que eu termine.

Restam apenas mais algumas linhas para eu ler, e ainda tenho outras duas palavras para transmitir. Até agora, fui muito lenta e delicada com o movimento dos dedos, receosa de que algo mais intenso desse a dica a uma das 25 pessoas que me olham. Preciso acelerar o ritmo se quiser comunicar a última parte.

– "Depois que o dinheiro for transferido para a conta" – digo vagarosamente enquanto baixo o polegar e o indicador, seguido por apenas o indicador –, serei devolvida ao complexo por um hovercóptero."

Indicador, médio, anular e mínimo.

– "Vocês poderão assumir o controle de meu hover assim que ele estiver no espaço aéreo da Diotech."

Polegar, indicador e mínimo.

Mais uma linha até o final do roteiro. Os movimentos de meus dedos são rápidos, mas quase invisíveis. Praticamente um tique nervoso.

– "Qualquer erro no cumprimento dos termos deles..."

Polegar.

Todos os cinco dedos.

Polegar.

– "E serei morta..."

Polegar, indicador, médio, anular.

– "Em uma live no Feed."

Vejo Kaelen saltar da cadeira, investindo para mim. Ele bate o punho com força na tela de parede, abalando minha visão.

– Seus cretinos desgraçados! Vou matar vocês! Vou profanar vocês. Se a ferirem, eu juro, caçarei vocês e arrancarei seu coração do peito.

Raze sai da cadeira, tentando conter Kaelen, mas agora ele passou dos limites da restrição. Ele surtou. A fúria foi ativada.

Por um bom tempo, não haverá como controlá-lo. Exatamente a reação que me trouxe para cá.

Não o culpo por esse problema, mas neste momento preciso que ele nos ajude a sair dessa. Preciso dele calmo e olhando para mim. Preciso que *note* o que tento dizer a ele.

Paddok cutuca o braço de Klo, indicando o fim do roteiro.

Bato os dedos na perna, correndo para soletrar as últimas três letras da mensagem assim que Klo corta a transmissão.

– Liberado – diz ele.

As conversas recomeçam entre o grupo enquanto solto um suspiro fremente. Todo meu corpo treme de medo e alívio, e, pela primeira vez em dois dias, sente a mais ínfima centelha de esperança.

Consegui. Enviei um alerta à Diotech. Estava tudo ali. Tocado com meus dedos trêmulos.

CILADA.

BOMBA.

BUNKER.

JENZA PADDOK.

Não foi elegante. Não foi completa, mas foi a mensagem mais clara que pude transmitir.

Se Kaelen a recebeu ou não, é outra história.

47
INSULTOS

Com o passar das horas, os integrantes da equipe de Paddok ficam cada vez mais agitados. Deram dois dias ao dr. A para transferir o dinheiro, mas ninguém parece inteiramente convencido de que ele vá cumprir. Exceto Paddok. Eu a escuto sussurrar do lado de fora de minha barraca, tranquilizando-os sobre meu valor.

– Ele nunca permitirá que ela morra ao vivo no Feed. Nunca.

Estou convencida de que Paddok está blefando. Não creio que ela realmente levará a cabo um assassinato público. Prefiro pensar que tenho defensores suficientes aqui para evitar que isso aconteça. Lyzender nunca permitiria que eu fosse morta, não é? Mesmo que os sentimentos dele por mim tenham sido fictícios, será que ele realmente ia querer me ver morrer?

E Sevan? Ele não gosta de mim, em algum nível? Ou a gentileza dele foi uma farsa também?

E, por fim, temos Klo. Não sei muito a respeito dele, mas não parece me desprezar, como os outros. Ele não votaria por meu assassinato, votaria?

Quanto aos demais, tenho certeza de que estourariam champanhe e dariam uma festa sobre meu túmulo. Para eles, sou apenas uma extensão da predadora Diotech. Outro setor do complexo. Elimine-o e você terá muito menos animais para matar.

No fim das contas, 2 bilhões de dólares não são nada para a Diotech. Uma gota de chuva no cânion. Mas, se Kaelen conseguiu traduzir meu código, eles saberão que o pedido de resgate não passou de um ardil. Um esquema velado para colocar um dispositivo indetectável dentro do complexo.

Como pretendem fazer isso, ainda não sei.

O que sei é que se a mensagem *foi* transmitida, esse resgate talvez não seja pago. E pode muito bem ser que eu morra.

Se não, o dr. A fará a transferência do dinheiro, serei devolvida para casa e todos na Diotech poderão perecer.

A essa altura, só o tempo dirá.

E isso faz do tempo meu pior inimigo e meu único amigo.

Naquela noite, sou convidada por Paddok a me juntar ao grupo para o jantar. Ao que parece, meu bom comportamento durante a transmissão me garantiu o direito de me sentar com todos os outros, em vez de ficar entocada e sozinha na barraca.

Pelos olhares feios que recebo quando volto à área de refeição, logo percebo que Paddok não consultou o restante do acampamento antes de estender seu convite. Procuro não me retrair com o cheiro de carne cozida que emana do braseiro central, enquanto fico na fila, esperando que Nem Rouser largue um bife de carne vermelha escura e não identificada em meu prato.

Corro os olhos pelas mesas arrumadas em torno do braseiro, procurando um lugar para me sentar. Lyzender e Xaria estão aninhados, juntos, na mesa mais próxima. Ele parece rígido e pouco à vontade enquanto come, ao passo que ela ri e cochicha coisas no ouvido dele. Quando ela percebe que estou olhando para eles, inclina-se e dá um beijo no rosto de Lyzender.

Reviro os olhos e vou à mesa mais distante de ambos. Neste momento, Klo Raze é o único sentado ali. Baixo meu prato e me sento no banco, de frente para ele.

Klo levanta a cabeça, abre um sorriso jovial de covinhas e volta a devorar sua carne.

Terei que pedir a Sevan mais daquelas cápsulas de nutrientes depois que o jantar terminar.

– Vegetariana? – Com a cabeça, Klo aponta minha comida intocada. Ele rasga um pedaço da costela que tem nas mãos e mastiga de boca aberta.

– Prefiro a variedade sintética – digo em voz baixa.

– Esse negócio vai te matar.

Lanço a ele um olhar desconfiado.

– É verdade. – Ele levanta os cinco dedos sujos de vermelho como quem faz um juramento. – Não era a intenção da natureza que comêssemos uma porcaria falsa. Nosso corpo não sabe o que fazer com ela.

– A carne sintética é projetada para ser mais saudável para seu corpo – argumento. – De digestão mais fácil. Aprimorada com nutrientes.

Ele sufoca o riso.

– Você é um comercial ambulante da Diotech, não é?

Emudeço. Suponho que isso fez parecer que sofri lavagem cerebral.

Ele arranca do osso outra tira de carne.

– Olhe só, quando você mexe muito com a natureza, chega a um ponto em que ela para de ser boa e passa a ficar destrutiva.

– É por isso que você está aqui? – pergunto.

Ele chupa o osso até limpá-lo e larga o apêndice ensanguentado no meu prato, embora tenha muito espaço no dele. Tomo isso como um sinal de que não vai responder a minha pergunta.

– Foi você, não foi? – pergunto. – Que contou a eles onde fica o bunker do servidor?

Ele faz uma mesura desajeitada, sentado.

– Espião extraordinário. A seu dispor.

– Seu pai confiou a você essa informação.

Ele perde o bom humor.

– Meu pai nunca confiou nada a mim. Há muito tempo aprendi que se eu quiser informações, tenho que encontrar sozinho.

– E a transmissão sobre a plataforma de pouso no terraço em obras? Você a enviou.

Ele sorri, radiante, e revela fiapos de carne entre os dentes.

– Não há de quê.

– Isso não foi um agradecimento.

– Não há de quê – repete, pegando a costela seguinte e devorando como fez com a primeira.

– Aquele lavrador morreu graças ao que você fez.

Espero que meu comentário o afete. Que desperte alguma reação nesse garoto. Mas não acontece. Ele chupa a ponta do osso.

– Não. Aquele lavrador morreu graças ao que você *não* fez.

Eu me retraio.

– Como disse?

– Você era a única com força para impedir Kaelen. Ainda assim, não fez nada. Só ficou parada ali.

– Na verdade – começo, bastante desconcertada –, não tenho força para impedir Kaelen. Ele sempre foi mais forte do que eu.

– Mas você nem mesmo tentou. Gosta de ver seu namorado matar as pessoas a pancada?

– Não.

– E então?

– Eu... – Paro quando noto que não sei o resto da frase.

– Você ficou assustada – responde ele por mim.

Eu rio.

– Não, não fiquei.

– Claro que ficou.

– Você não me conhece. – Pego o menor pedaço de carne em meu prato, perguntando-me se o sabor é tão ruim quanto o cheiro.

– Conheço o suficiente – diz ele, tirando um fio de cabelo azul do rosto. – Vi você por aquele complexo. Observei você durante meses. Você era uma menina boazinha. Com tanto medo de aborrecer alguém que nem mesmo se arriscava a um só pensamento que fosse seu.

– Isso é uma completa inverdade – argumento, embora as palavras pareçam embaralhadas e incômodas em minha língua. Escondo o desconforto colocando o pedaço de carne na boca e tentando mastigar.

– É verdade. Vi a gravação do ataque na frente da emissora de Feed. Quando Kaelen perdeu a cabeça. Você parecia uma... uma... – Klo assente para a carne em meu prato. – Bem, provavelmente muito parecida com este cervo, pouco antes de ser baleado.

A carne empapada em minha boca de repente tem gosto de sangue e eu a cuspo.

O garoto ri.

– Você nem mesmo tem coragem para comer uma porcaria de pedaço de carne.

Eu me debato atrás de algo a responder, mas só o que me vem é:

– Não sou uma covarde.

Ele limpa o último osso de costela e o larga, chupando o sumo dos dedos.

– Olhe a sua volta. A verdade está bem aqui, na sua frente. Entalhada no rosto de todas essas pessoas. Você tem tanto medo de seu precioso dr. A estar errado... de que toda a sua existência talvez tenha sido uma grande mentira... que se recusa a enxergar. *Esta* é a exata definição de covarde.

Ele se levanta, pega o prato vazio e o leva ao latão de louça suja. Por um momento penso que vai voltar, me ofender mais, me acusar de outras coisas, mas Klo faz algo ainda pior. Ele vai embora.

Sua partida precipitada, no início, me surpreende, mas meu choque logo vira raiva.

Quem ele pensa que é? Não pode ficar sentado aqui, me acusar de ser covarde e depois sair sem me dar a oportunidade de me defender.

Dou um salto do banco. Minha voz é rouca e áspera quando grito.

– Ei!

Quando ele se vira, ainda tem aquele sorriso presunçoso e irritante colado na cara.

– O que eu fiz contra você? – grito, levando algumas pessoas a me encarar. – Eu nem te conhecia! – Eu me viro para os outros espectadores. – Nenhum de vocês! E vocês me odeiam. Me tratam como uma criminosa. Por causa do lugar de onde venho. Por causa de quem me fez. E *eu* é que sou a covarde?! Não posso deixar de ter nascido em um laboratório mais do que vocês puderam deixar de ter nascido fora de um deles. Eu me comportei bem. Fiquei sentada naquela barraca por horas fingindo que o que vocês planejam fazer ao único lar que conheci na vida não me deixa arrasada. Bem, sabem de uma coisa? Cansei de ser educada. Vocês podem todos ir para o inferno.

Piso firme na direção de minha barraca. Mas estou lenta e frágil, e Klo me alcança com facilidade, segurando-me pelo braço e me fazendo parar.

– Que foi? – rosno.

Ele vai me ofender novamente. Vejo isso em seus olhos. A discussão não acabou para ele.

– Olhe – diz, num tom surpreendentemente manso. E baixo. Como se não quisesse que ninguém mais ouvisse. – Sei que você não está do nosso lado e está tudo bem. Não dou a mínima. Mas, pelo menos, você precisa estar do lado *dele*.

Jogo as mãos ao alto, exasperada.

– De quem?

Mas nós dois sabemos de quem. E é provavelmente por isso que Klo não diz o nome.

– Fomos criados praticamente juntos no complexo. Antigamente, nós éramos amigos. Depois ele ficou com você, e nunca mais o vi. Até que ele apareceu aqui, destroçado e perigosamente esperançoso.

"Toda a droga da vida dele girava em torno de você. De salvar você. Ele era um dos caras mais inteligentes que eu conhecia. Podia ter sido grande. Mas desistiu de tudo por você. Não faça com que o sacrifício dele tenha sido em vão."

Engulo em seco e olho o chão. A imagem dos lábios de Xaria nos de Lyzender não para de passar por minha cabeça, como uma das nanotatuagens em looping de Crest.

– Ele não me amava – digo olhando para a terra. – Fui só um meio para atingir um fim.

A mão de Klo escorrega de meu braço e sinto o sangue voltar a meus dedos.

A raiva lampeja em seu rosto, mas é rapidamente substituída por um sorriso triste e murcho.

– Essa foi a coisa mais covarde que você já disse.

48
HERANÇA

Espero o acampamento adormecer. Espero pelo completo desaparecimento do barulho de passos. Depois, pego meu lampião e saio para a noite, na ponta dos pés. Ninguém se deu ao trabalho de me trancar de novo. Provei que sou uma refém boazinha. Aderi ao roteiro, não tentei fugir outra vez, conversei com meus captores. Tirando minha explosão no jantar de hoje, acho que fui muito cooperativa, em vista das circunstâncias.

É claro que eles não sabem da mensagem oculta em minha transmissão.

Há uma possibilidade de nem Kaelen saber dela.

Esgueiro-me em silêncio pelo acampamento adormecido. Sei em que barraca ele está, porque o vi entrar nela mais cedo, depois da algazarra da negociação do sequestro.

Entro furtivamente.

Ele acorda quando minha luz inunda o espaço pequeno, e se senta, assustado, na cama. Pelos olhos arregalados, acho que talvez acredite que vim matá-lo. Mas a verdade é que quero respostas.

Eu nem poderia matar alguém em meu estado atual.

Não espero por um convite para me sentar. Sei que não receberei nenhum. Fico na beira de sua cama e coloco o lampião em uma mesa ao lado. Preciso estender o braço por cima de seu corpo, roçando-o no dele. A fraca luz revela certo rubor em seu rosto.

Reprimo um sorriso.

Cody também ruborizava comigo.

Talvez seja genético.

– Oi, Niko.

– O que está fazendo aqui? – Apesar do medo que sente, ele consegue infundir uma impressionante irritação na voz. Como se só o que o preocupasse agora fosse ser acordado no meio da noite.

Eu o encaro, incapaz de esconder meu assombro. Ele é *muito* parecido com Cody. Ambos têm os mesmos olhos azuis desbotados, a mesma cara redonda, o mesmo cabelo louro encaracolado. Imagino que Cody, em seus vinte anos, fosse assim.

– Você o conheceu? – pergunto. – Seu... bisavô.

É tão estranho pensar em Cody como bisavô. Já é bem complicado pensar nele com pai.

– Um pouco – diz ele, cautelosamente, recusando-se a tirar os olhos de mim. – Ele morreu quando eu tinha oito anos.

Morreu.

A palavra parece um tapa. Mas sei que não deveria ser assim. Não esperava que Cody estivesse vivo nos dias de hoje, mas ouvir isso é totalmente diferente.

– Alguém já lhe disse que você é muito parecido com ele?

Ele assente.

– Meu avô, Reese, costumava dizer que éramos parecidos. Ele me mostrou algumas imagens de quando ele era mais novo. Acho que vi a semelhança.

Reese.

De estalo, a lembrança inunda minha mente. O garotinho de cabelo ruivo que desceu a escada correndo na casa de Cody. Que me ensinou a jogar seu game de simulação virtual preferido. Que chamava meu antigo irmão adotivo de 13 anos de "papai".

Inesperadamente, a culpa negra e a fúria rubra ardem em minha garganta. Sinto que as duas me roem, me estrangulam.

Cody era um inimigo do Objetivo, lembro a mim mesma.

Mesmo que ele não entendesse plenamente o que fazia, ainda me ajudou a escapar da Diotech inúmeras vezes. E agora, seu bisneto se comprometeu com o outro lado. O lado que quer ver o complexo arrasado e a Diotech, destruída.

– Você está bem? – pergunta Niko.

– Sim. Por quê?

– Seu rosto – diz ele – ficou todo, sei lá, torcido.

– Torcido?

– Como se você sentisse algum cheiro ruim.

– Por que você está aqui?

Minha pergunta abrupta o pega de surpresa.

– O quê?

– Por que está lutando contra a Diotech?

Passa-se um longo silêncio entre nós enquanto Niko parece pensar se responde ou não. Sei que ele foi avisado várias vezes para não confiar em mim. Para não divulgar nenhuma informação que possa comprometer o plano deles.

– Eu nasci para combater a Diotech – diz ele, por fim.

– Como é?

Ele parece relaxar um pouco – agora que provei que não estou aqui para asfixiá-lo com um travesseiro.

– Acho que podemos dizer que foi minha herança. – Ele dá uma risadinha.

Nego com a cabeça.

– Não entendi.

– Por algum tempo, eu não era assim – admite. – A única coisa de que realmente me lembro de meu bisavô era o quanto era velho. E como parecia *louco*.

Louco? Esse não é um adjetivo que eu teria usado para descrever Cody.

– Ele perdeu o juízo na velhice?

Soube que isso acontece com as pessoas. Em especial com aquelas que nasceram antes dos últimos avanços na nanotecnologia. Ou com as que se recusam a confiar nela.

– Eu pensava assim – responde Niko. – Como o restante da família. Ele falava sem parar, tagarelava feito um lunático sobre uma corporação do mal que só existiria dali a algumas décadas. Uma corporação que criava seres humanos em laboratórios científicos, manipulava o cérebro das pessoas e tentava controlar o mundo. Todos nós achávamos que ele tinha perdido o juízo. Quer dizer, o tipo de coisa que você pensa quando alguém alega saber o futuro, né?

Estremeço.

– Mas então – continua Niko –, eu não gostava muito dele. Quando criança, ele me matava de medo. Sempre que eu o via, ele me obrigava a escutar seus desvarios sobre essa empresa diabólica e que um dia eu seria aquele que os deteria. Eu era da geração que *teria* que detê-los.

– A Diotech – sussurro, quase inaudível.

Eu me lembro de quando Cody viu minhas memórias do drive cúbico. Eu estava no quarto de hóspedes de sua casa quando tentávamos salvar a vida de Lyzender. Ele viu tudo o que aconteceu comigo desde que despertei nos destroços do acidente de avião.

Para mim, foi apenas outro ato de traição – partilhar informações confidenciais com um estranho –, mas, para ele, aparentemente foi o começo de outra coisa.

– Eu achava que ele só era velho e delirava – diz Niko. – Que talvez confundisse a vida real com um filme de ficção científica qualquer que tivesse visto quando criança. E aí, um dia, chegou um anúncio no Feed de um útero artificial. Vi o logotipo da empresa e cada pelo do meu corpo se eriçou. Foi quando percebi que ele não era louco. Ele era... – sua voz fica suave e reflexiva – ... outra coisa.

Niko olha fixamente a luz bruxuleante do lampião.

– É claro que quando entendi que ele tinha razão – continua, num tom triste –, era tarde demais. Ele já havia morrido. Mas eu sabia o que precisava fazer. É quase como se ele estivesse me preparando para isso. Eu tinha que detê-los. Então, encontrei Paddok e os outros, e disse a ela que queria participar. Mais tarde, conheci Lyzender e descobri sobre você, o gene da transessão e o tempo que ele passou com meu bisavô antes de voltar para cá. A essa altura, tudo fez mais sentido.

Minha respiração fica curta. Não consigo falar.

Uma guerra é travada em minha cabeça. A pessoa que gostava de Cody, que o amou como a um verdadeiro irmão, está em choque com a pessoa que devia condená-lo. Cody e eu não estamos do mesmo lado. Nunca estivemos. Se isso não estava claro antes, está agora. Ele criou este homem para ser meu inimigo.

Talvez ele não soubesse na época – talvez até nem tenha sido uma decisão consciente –, mas ele foi um traidor. Como Rio. Como Lyzender. Como eu.

No entanto, uma emoção desconhecida cresce dentro de mim, lutando para chamar minha atenção. Uma emoção que não consigo identificar. Ela me aquece onde eu deveria estar fria. Suaviza-me onde eu deveria ser implacável.

Fico de pé com uma rapidez um tanto excessiva. O quarto parece girar. Eu me seguro na guarda da cama para manter o equilíbrio.

– Tem certeza de que está tudo bem com você? – insiste Niko, e faço que sim com a cabeça. Há uma ternura em sua voz que não existia antes. Ele deve ouvir também, porque o que diz em seguida é afiado de impaciência. – Acabou? Foi por isso que você veio aqui?

Não respondo. Pego meu lampião e sigo em direção à porta.

Mas não posso ir embora. Não sem fazer uma pergunta que esteve me importunando desde que pus os olhos em Niko. Talvez até há mais tempo.

A soldado leal em mim insiste que a resposta não importa. Mas a traidora em mim precisa saber.

Algumas batalhas são vencidas. Outras, perdidas.

Eu me viro devagar, engulo o bolo na garganta e pergunto:

– Sabe como ele morreu?

Niko ergue uma sobrancelha e me olha com curiosidade.

– Ele era velho. Tinha 102 anos. Morreu dormindo. Seu coração simplesmente... sabe como é, parou.

Uma onda de tristeza me atravessa. Não a combato. Não levanto muros para mantê-la longe de mim. Mas também não me permito chorar. Baixo a cabeça e pisco rapidamente para afastar as lágrimas que fazem meus olhos arderem.

– Obrigada – agradeço num suspiro.

– Ele foi um grande cientista – diz Niko, baixinho. – Pelo que soube, ganhou uma porção de prêmios por seu trabalho.

Levanto a cabeça e o encaro. Na luz fraca, ele parece me examinar, medir minha reação. Por algum motivo insondável, penso que está tentando me consolar.

Volto para a noite e desapareço atrás da porta de minha barraca. Quando me deito na cama vacilante de metal, meus olhos estão molhados de lágrimas indesejadas.

Eu não deveria lamentar a morte de um inimigo.

Não deveria chorar por um garoto bobo que teve um crush bobo por mim no passado.

E, certamente, não deveria me deixar consolar pelas palavras de um desconhecido.

Mas eu deixo e choro.

49

SUJA

No início da manhã seguinte, Klo recebe o alerta de que o dinheiro foi transferido para a conta especificada. Alguns gritos e aplausos me acordam do sono inquieto, e Paddok entra em minha barraca para me dar a notícia pessoalmente. Acho que é a primeira vez que a vejo sorrir.

Ficou decidido que serei entregue ao complexo às sete horas da manhã seguinte.

Enquanto a equipe de Paddok vibra pelo acampamento nos preparativos para o grande evento, fico deitada na cama e absorvo as implicações.

Eu fracassei.

Fracassei na fuga.

Fracassei ao alertá-los.

Fracassei, fracassei, fracassei.

Mais uma vez, decepciono o dr. A. E agora, a Diotech sofrerá as consequências.

Pelo resto do dia, entro e saio de um sono sem sonhos, um sono infestado pela culpa. Quando o sol está baixo, Lyzender vem me acordar. Ele joga na cama uma toalha de higiene questionável.

– Hora de se limpar – anuncia, a agudeza agora familiar recobrindo suas palavras como um vidro líquido. – Paddok não quer que você vá para casa parecendo – ele se interrompe e me olha de cima a baixo – como está agora.

Não vejo meu reflexo há mais de dois dias. Ultimamente, a aparência não esteve exatamente entre minhas prioridades. Mas nunca esteve mesmo. Quero perguntar por que deveria me dar ao trabalho de me tornar apresentável, quando estarei coberta da poeira e das cinzas de minha casa em menos de 24 horas.

Guardo a pergunta para mim.

Pego a toalha, e Lyzender me guia para fora. Andamos cerca de 800 metros a partir do perímetro do acampamento e chegamos a uma pequena campina. Paro e olho, maravilhada, as milhares e milhares de diminutas flores brancas que cobrem a terra como um salpico de neve recente.

Dentes-de-leão.

A erva daninha que marca o dia em que Lyzender e eu nos conhecemos. A erva daninha que ele arrancou para mim e me trouxe em um tubo lacrado a vácuo.

A erva daninha que a Diotech erradicou, junto com muitas outras.

Ou assim eu pensava.

Ao olhar esse mar de algodão branco, percebo que a Diotech não tem poder nenhum aqui. Que existem limites para o alcance do dr. A.

Nesta campina silvestre, a quilômetros da civilização, a quilômetros da ciência inovadora dos laboratórios do complexo, algumas coisas ficam a salvo do extermínio.

Algumas coisas ainda sobrevivem.

Lyzender também parou. Sinto seus olhos em mim, observando minha reação. Foi por isso que ele me trouxe aqui? Para agitar alguma emoção sepultada? Para cutucar as feridas de minha traição?

Bem, não funcionou.

Mantenho a expressão neutra. Indiferente.

– Aonde, exatamente, estamos indo?

Ele recomeça a andar.

– Fica logo depois desta crista.

Alguns minutos depois, chegamos a um pequeno lago metido no chão do deserto. Como a toalha em meu ombro, sua limpeza é discutível.

– Seja rápida – diz ele, bruscamente.

Ele se senta em um rochedo ao lado da margem e se apoia nas mãos. Como se esperasse pelo início de seu programa preferido no Feed.

Debocho dele.

– Bem, pelo menos vire-se de costas. Não vou tirar a roupa na sua frente.

Ele sorri com malícia.

– Moramos juntos por mais de seis meses em uma fazenda do século XVII, sem água corrente. Já te vi nua muitas vezes.

– Agora é diferente.

– É mesmo – confirma em voz baixa. – Na época, você não estava apaixonada por outro.

Ele se vira.

Tiro as roupas sujas e entro na água fria. Limpa ou não, ainda é refrescante. Embora eu estremeça sob a superfície, gosto da sensação do lago em meu corpo, lavando a sujeira da pele e, assim espero, da alma. Se é que tenho uma.

Parece que as pessoas por aqui pensam que não.

Vejo as costas de Lyzender, sentado pacientemente na pedra, encarando o horizonte.

– Vai me contar mais sobre amanhã? – pergunto, apanhando um pouco de água na mão em concha e deixando que escorra por entre os dedos.

Silêncio, até que ele responde.

– Não posso.

– Tem gente no complexo que se importa com você, sabia?

Seus ombros enrijecem.

– Eu sei. – Sua voz é glacial.

– Não é só ele – corrijo. – Outras pessoas. Pessoas inocentes. Pessoas que você deve ter conhecido quando morou lá.

– Não interessa a Paddok tirar a vida de inocentes. Ela só quer proteger o resto do mundo da Diotech.

– Então, está dizendo que vocês não matarão ninguém.

Outra pausa longa e pavorosa.

– Eu não disse isso.

Mordo o lábio e me preparo para outro ataque de tremores.

– O que aconteceu com Jenza Paddok?

Minha pergunta o apanha de surpresa.

– Como assim?

– Sevan me levou por uma excursão no acampamento. Disse que todos vocês têm seus motivos para querer destruir a Diotech. Qual é o dela?

Ele hesita.

– Não sei. Ela nunca me contou.

– Está mentindo – eu o acuso.

– De novo isso? Por que sempre tenho que mentir?

– Porque você esteve lá. Naquele tribunal. No dia em que o caso dela foi arquivado. Vi você no arquivo do Feed. Você transedeu para lá por causa dela, não foi? Queria ter certeza de que as alegações dela contra a Diotech eram legítimas antes de se juntar à equipe. Antes de confiar seus segredos a ela.

Ele pega uma pedra e joga com força na terra.

– Sim. Tudo bem. Eu estive lá, certo? Fiquei sentado na última fila do tribunal e vi a Diotech se safar de um homicídio.

Sinto um aperto no peito.

– Homicídio? – Tento parecer cética. Mas não sei quanto sou convincente.

– O filho dela – diz Lyzender. – Eles mataram o filho de dez anos de Paddok.

Pulo dentro d'água para me manter aquecida.

– De que jeito?

Lyzender suspira.

– Gás nervoso. Uma variedade nova, de rápida propagação, em que a Diotech trabalhava, para o governo.

Pelos muitos uploads sobre o assunto, sei que as guerras modernas são travadas principalmente com esse tipo de arma silenciosa. Vapores letais que podem ser liberados por drones indetectáveis. Mas nunca ouvi falar de um agente nervoso matando uma criança americana. Seus usos se limitam a fronts de guerra e zonas de batalha estrangeiros.

– Antes que o último lote pudesse ser vendido ao governo, precisava ser plenamente testado – continua Lyzender. – Em adultos *e* crianças. Assim, um drone carregando o gás foi enviado ao pátio de recreio de uma escola primária. Cinquenta e dois alunos foram mortos.

Solto o ar que ficou viciado e bolorento em meus pulmões. Já vi o que esse gás nervoso pode fazer. As convulsões. A salivação. A perda completa de todas as funções corporais. Imaginar 52 crianças passando por isso é demais para suportar.

Rapidamente, expulso o pensamento de mim.

– Paddok tentou entrar com uma ação coletiva contra a Diotech. Foi arquivada por falta de provas. – Ele pega outra pedra no chão. – Mas você e eu sabemos o verdadeiro motivo para ter sido anulada.

Franzo a testa.

– A Providência – diz ele.

De repente, a água em volta de mim vira gelo e fico paralisada.

Ele sabe? Sobre a Providência? A mãe dele, a dra. Maxxer, contou suas teorias da conspiração malucas a ele?

– Trestin me contou – ele responde à pergunta que não fiz, referindo-se a um dos homens que trabalhava para a dra. Maxxer.

– Você conheceu Trestin?

– Ele foi me visitar quando eu estava na casa de Cody. Depois que assassinaram minha mãe. Ele estava doente, morrendo. O gene da transessão o matava, como quase me matou. Trestin queria me dizer por que minha mãe me abandonou. Pelo que ela lutava.

Uma pequena parte de mim está desesperada para perguntar se ele acredita nisso. Se é louco a ponto de pensar que a Diotech é controlada e protegida por uma organização secreta das pessoas mais poderosas do planeta. Mas minha parte racional insiste que não importa. É uma explicação absurda fundamentada nas divagações de uma louca.

– Lyzender... – começo em voz baixa, mas ele me interrompe antes que eu consiga terminar.

– Por que me chama assim?

– Porque é seu nome.

– Esse nunca foi meu nome. Não para você.

Sei a que ele se refere. Sei como ele *quer* que eu o chame. Eu me lembro do dia em que o batizei. Esta é uma das memórias que me foram tiradas originalmente e depois devolvidas. Eu me recordo dela agora com coragem, embora saiba que não me trará nada além de uma tristeza lancinante.

"Zen." As três letras vagam de meus lábios como um suspiro.

Ele me olha de sobrancelhas unidas.

"É uma palavra", tento explicar. "Li em um dos textos que você me trouxe. Significa..."

"Em paz", responde ele.

"Como você... Lyzender."

O tormento começa, como era esperado. A culpa penetrante, a angústia desesperadora, o desejo fervoroso de esmagar a cabeça entre as mãos até que ela estoure. Até que isso pare.

"... seu cérebro pode ser programado para associar determinada memória com a emoção que escolhermos."

Pare!

Minhas emoções não são falsas. Não estão codificadas em mim como numa porcaria de Slate. Elas são minhas e são verdadeiras.

Verdadeiras porque Lyzender foi um erro. Cada parte de meu passado – um erro.

– Você está tão diferente. – Ele bufa as palavras como se cada uma delas pesasse mil quilos. Depois, em um instante, num tom mais baixo: – Tão diferente.

– Por quê? – exijo saber, respingando furiosamente a água com a mão. – Porque não me jogo mais em você sempre que você chega? Porque agora sou forte para resistir a você?

Abruptamente, ele se vira. Meu corpo está submerso, mas ainda tento me cobrir com as mãos.

– Ei! – protesto.

Mas ele continua olhando. Não as partes que tento esconder, mas aquelas que eu nem sabia que precisava ocultar. Meu rosto. Meus olhos. *Eu*.

– Antigamente, você tinha um fogo. Uma ferocidade. Mesmo quando eles apagaram tudo... quando fizeram de você uma página em branco... o fogo ainda estava lá. A garota que conheci naquele chalé nunca teria bandeado para o lado deles. Nunca teria amado quem eles mandavam amar. Beijado quem eles mandavam beijar. *Ela* era a forte. Não você. É como... – ele fecha os olhos, procurando – ... é como se eles tivessem apagado seu fogo. Acabou-se o que fazia de você a Sera*phina*. Agora você é apenas Sera. Prefiro a página em branco.

– Eu não o amo porque eles mandaram. – Neste momento, é a única acusação que posso contestar. – Eu o amo porque ele é ele.

Lyzender suspira e sua cabeça tomba, como se adormecesse. Como se tivesse desistido.

– Porque ele é igual a você – sussurra.

Eu me aproximo dele, sem saber se ouvi direito.

– O quê?

– Eu sabia que em algum momento eu não bastaria mais para você. Quando meu caráter *ordinário* seria eclipsado pelo *extraordinário* dele. No dia em que o vi no Feed pela primeira vez, uma parte de mim entendeu que havia acabado. Que eu nunca seria capaz de competir com uma perfeição daquelas. Você encontrou seu igual. Mesmo que a Diotech o tenha fabricado para você. De certo modo, acho que faz sentido.

Ele se vira e eu boio em silêncio. As marolas produzidas por meu corpo enquanto manobro na água são o único barulho em quilômetros.

Não sei como responder ao que ele acaba de dizer e, por sua postura fechada, nem sei se ele quer que eu tente.

O sol começa a se pôr. Logo estará escuro, e imagino que Paddok vai nos querer de volta antes disso. Assim, saio da água e me enrolo na toalha. Tremendo, calço os sapatos e embolo a roupa debaixo do braço. Sem dizer nada, paro ao lado de Lyzender e o olho de lado.

Ele estende a mão para mim. Olho para baixo e vejo um dente-de-leão na palma de sua mão, as fibras brancas e frágeis ainda intactas.

Encaro a erva daninha, sem saber o que fazer. Tenho medo do que significará se eu aceitar. Mas tenho mais medo do que significará se eu rejeitar.

Belisco o caule gentilmente entre os dedos, encolhendo-me um pouco quando minha pele toca a dele.

Lyzender assente demais para parecer natural. Depois, partimos de volta ao acampamento.

Com as sombras pesadas que nos seguem, a caminhada de dez minutos parece levar uma hora. O ar está tão denso que a impressão é que andamos em lama. Parece que brotam dedos do chão, dedos que agarram meus tornozelos, quase impossibilitando dar outro passo.

Quando enfim chegamos à minha barraca, ele não faz menção nenhuma de me acompanhar para dentro. Eu também não esperava isso dele. Ele não tem motivo nenhum para tanto.

Ainda assim, fico decepcionada.

E odeio a mim mesma por isso.

Lyzender já começou a se afastar.

– Ele não é perfeito – digo às suas costas. Lyzender para, mas não se vira. – Ele tem mau gênio. Não sei de onde vem, mas ele não consegue controlar. Fica irracional. Incitado pela raiva e pela fúria. Não é possível acalmá-lo. É como se algo tomasse conta dele. Algo que vive e respira dentro dele.

Vejo os ombros de Lyzender erguerem e baixarem com sua respiração constante.

O que espero que ele me diga agora?

Não sei.

Nem mesmo sei por que lhe contei isso.

Por fim, rezo para que ele olhe para mim de novo. Assim posso ver se minhas palavras o mudaram. Se varreram parte do cansaço de suas feições. Se apagaram parte do fardo em seus olhos.

Mas, como muitas de minhas orações ultimamente, esta também não é atendida.

E vejo Lyzender ir embora.

50
ILÓGICA

Ao raiar do dia, o acampamento está alvoroçado de atividade mais uma vez. Todos se preparam para o grande dia. O dia em que ajudo um grupo de rebeldes a destruir meu lar.

Fico deitada na cama, segurando o caule do dente-de-leão que Lyzender me deu. Não sei como sobreviveu à noite. Tomo isso como um bom presságio. Talvez signifique que, de algum jeito, sobreviverei a este dia.

O dr. A não acredita em presságios. Ele não acredita em sinais.

Posso imaginá-lo agora, arrancando o dente-de-leão, esmagando suas fibras macias entre os dedos.

– Presságios são para pessoas que não têm uma compreensão firme da ciência – diria ele. – A elas, falta lógica.

Quero gritar a ele que essa lógica não pode me ajudar agora. Mentalmente, repassei cada resultado *lógico* possível deste dia, e nenhum deles é bom. Todos implicam o desastre e a morte de pessoas que amo.

Que a lógica vá para o inferno. Agora preciso de outra coisa. Preciso de algo que desafie o bom senso.

Preciso de um milagre.

Um arrastar de passos do lado de fora da barraca me alerta para um visitante. Devolvo cuidadosamente o dente-de-leão à mesa. Sevan entra um instante depois com a expressão severa. Apesar de todas as mentiras que me contou, ele não é como

Paddok e os outros. Vejo isso em seus olhos sombrios. Ele não comemora este dia. Está lamentando, como eu.

Deve haver gente no complexo de quem ele gosta. Ele não deve querer vê-las todas perecer. Então, por que deixa que isso aconteça? Por que não tenta impedir?

Ele vem na minha direção e abre a mão, revelando uma cápsula de nutrientes.

– Tome isto – encoraja Sevan. – Vai precisar de suas forças.

Esta é a subestimação do século.

Não hesito. Coloco o pequeno comprimido na língua e engulo.

– E tome isto também.

Ele tira do bolso um pequeno drive cúbico.

Meu drive cúbico. Aquele que Lyzender enterrou para mim.

Eu me sento na cama.

– Como foi que você...? – começo a perguntar.

Mas Sevan já se apressa a explicar.

– Estava em seu bolso quando a pegamos. Fui orientado a dar uma busca em você e jogar fora qualquer coisa que pudesse emitir um sinal, mas fiquei com isto. Desativei, assim não pode ser rastreado, mas Klo disse que deve ser pequeno demais para ser registrado. – Ele o estende para mim. – Achei que ia querer de volta.

Encaro o drive cúbico. Parece ainda menor na mão grande de Sevan. Penso nas memórias que um dia estiveram armazenadas nele. Memórias tiradas de minha mente. Depois, olho para Sevan e seus olhos escuros e fatigados, e penso em como esse drive é minúsculo, se comparado com o bunker do servidor. Quantas memórias estão aprisionadas ali? Memórias roubadas pela Diotech e alteradas pelas mãos de Sevan.

Pego o drive e o coloco no bolso.

Sevan me abre um sorriso gentil e rápido.

– Estarei lá fora quando você estiver pronta. – E, então, ele sai.

Pego o dente-de-leão na mesa e o seguro na frente da boca. Acho que devo fazer um pedido. É o que as pessoas costumam fazer com dentes-de-leão. Mas não sei mais o que pedir. Tudo que meu coração quer parece uma traição a alguém.

Assim, simplesmente puxo o ar e sopro.

As sementes plumosas se espalham pela barraca e assentam feito poeira a meus pés.

Eu me levanto e, com o cuidado de não pisar nelas, saio lentamente para o ar fresco da manhã. Sevan oferece o braço e me leva pelo acampamento, onde um hovercóptero aguarda para me levar para casa.

51
PEDIDOS

O dispositivo é menor do que eu imaginava. Está guardado em uma robusta caixa de metal que Klo leva cuidadosamente para o hovercóptero.

Quinze pessoas me acompanham ao complexo: Paddok, Klo, Jase, Lyzender, Davish, Nem e outras nove a quem nunca fui formalmente apresentada. Fico aliviada quando descubro que Niko não está entre elas. Um alívio que eu não deveria sentir, mas sinto mesmo assim.

Cada um de meus acompanhantes leva uma arma de fogo roubada do passado.

Aponto para Lyzender, que prepara uma bolsa com suprimentos.

– Por que *ele* vai? – cochicho a Sevan.

– Ele insistiu. Estou supondo que fazia parte do acordo com Paddok.

Algo no jeito como Sevan fala me deixa desconfiada de imediato.

– Que tipo de *acordo?*

Ele dá de ombros.

– Não sei. Fecharam algum acordo quando ele se juntou ao grupo. Foi só o que eu soube. Mas não me surpreendi. Por que ele colocaria a vida em risco, saltando no tempo, sem ganhar nada em troca?

– Colocando a vida em risco?

– Pensei que você soubesse – diz ele, surpreso. – O gene da transessão? Ele te mata. E bem dolorosamente, pelo que soube. Por isso foi proibido. Nenhum corpo Normata consegue suportar a pressão.

– Mas eu pensei... – Minha voz some.

De repente, me ocorre que não pensei bem nisso. É claro que sei o que o gene da transessão pode fazer. Fui eu que cuidei de Lyzender quando ele adoeceu. Eu é que arrisquei tudo para salvar a vida dele. Quando ele me disse que Cody tinha reconstruído o gene, acho que simplesmente supus que ele também tinha descoberto um jeito de torná-lo seguro. Nunca nem sequer pensei na possibilidade de Lyzender adoecer de novo. Por que ele decidiu, deliberadamente, passar por isso pela segunda vez? Ele podia morrer. Ele *vai morrer* se não tomar outra dose do Repressor da Diotech.

– Só o que sei – continua Sevan, sem perceber a batalha travada em minha mente – é que deve ter sido um pedido e tanto.

Ele me olha sugestivamente. Eu o encaro.

– Que foi?

– *Que foi?* – repete ele, quase rindo. – Está mesmo tão alterada que não consegue deduzir?

– Você disse que não sabia!

– Posso dar um palpite e apostar 2 bilhões de dólares que tenho razão.

– Você acha que sou eu – digo, chutando a terra. – Você acha que ele está fazendo isso por mim.

– Consegue pensar em outra coisa?

Volto a atenção para Lyzender. Xaria agora passa os braços de maneira dramática pelo pescoço dele e chora em seu ombro.

Sevan acompanha meu olhar.

– Pense bem.

Lyzender se desvencilha dela e lança um olhar rápido para mim. Sua expressão é sombria e indecifrável. Ele lhe dá um beijo no rosto, diz algo que não consigo ouvir e corre escada acima para dentro do hover.

Penso na conversa que Lyzender e eu tivemos na barraca. Eu o acusei de ter um acordo com Paddok. Perguntei o que obteria em troca da ajuda que dava a ela. Ele jurou que não havia acordo nenhum. Que só fazia isso porque os propósitos dos dois estavam alinhados.

Ele estava mentindo para mim?

Minha cabeça começa a latejar com a ideia. Não consigo acompanhar a fraude de todos. Não consigo saber quem está dizendo a verdade e quem me diz o que querem que eu ouça.

Ou são exatamente a mesma coisa?

– Você não sabe de nada – digo a Sevan, passando forçosamente por ele a caminho do hovercóptero.

Hesito ao pé da escada. Jase está pronto para me cutucar com a espingarda. Seguro o corrimão e iço meu corpo para o primeiro degrau. Mas sou puxada para baixo por alguém que me detém pelo punho. Eu me viro e encontro Xaria me olhando como se o mundo fosse acabar por minha causa. Acho que vai gritar comigo de novo, como fez na barraca, mas seu rosto se abranda e, quando ela fala, a voz falha um pouco.

– Não importa o que ele pense em fazer, não deixe que faça.

À força, solto meu punho de sua mão. Requer esforço demais para meu gosto.

– Não tenho a mais remota ideia do que ele pensa em fazer, nem me importa.

Começo a me virar, mas desta vez é sua súplica desesperada que me faz parar.

– Então, largue mão dele – diz ela.

– O quê?

– Se não o ama, largue a mão dele. Deixe-o ficar com quem se importa com ele.

– Não o estou impedindo de fazer nada – disparo de volta, a irritação afiando minhas palavras.

– Mas está, sim. – Agora seus olhos lacrimejam. Isso a faz parecer muito mais nova. Como uma boneca quebrada. – Você está e nem percebe. Sabe quanto me esforcei para fazer com que ele esquecesse você, para ajudá-lo a superar a garota que partiu seu coração em mil pedaços?

Pressiono os lábios, sem dizer nada. Essa menina me tratou muito mal desde que cheguei. Por que eu teria alguma solidariedade por ela agora?

– E estava dando certo! – exclama. – Finalmente eu me aproximava dele. E então você apareceu e ele desmoronou de novo. Como se alguém detonasse uma bomba dentro dele.

Considero irônico o que ela diz, em vista do que está prestes a acontecer.

Solto uma gargalhada.

– Você age como se fosse *opção minha* estar aqui. Acredite, há muitos lugares que eu preferia a este.

– Ele está agarrado a alguma coisa. – Pela primeira vez, vejo a dor nos olhos dela. E é ampliada pelas lágrimas. – Ele ainda faz a tolice de pensar que pode dar um jeito em você, mas agora está na hora de alguém dar um jeito nele. Eu posso fazer isso. Mas primeiro preciso que você largue mão dele. *Por favor.*

– Não se preocupe – digo a ela. – Já fiz isso há muito tempo.

Continuo escada acima e desapareço dentro do hover. É maior do que aqueles que usamos durante a turnê. O logotipo da SWICK TRANSPORTATION na lateral indica que foi projetado para transporte de carga. Não de gente. Os 16 lugares dão a impressão de que foram acrescentados depois. Ocupo o único lugar vago. Fica ao lado de Lyzender. Ele vira o corpo para olhar pela janela, a cabeça apoiada com desânimo no vidro.

– Estamos liberados para a partida – anuncia Paddok em seu walkie-talkie.

Klo engata o sistema de piloto automático. Como fez com o Slate, imagino que ele já tenha embaralhado os sinais da aeronave.

– O que foi aquilo? – Lyzender me pergunta sem levantar a cabeça.

Noto que, do seu ponto de vista, ele deve ter me visto conversando com Xaria.

– Ela pensa que pode dar um jeito em você – digo em voz baixa, encostando-me no banco e fechando os olhos enquanto tremores dolorosos de calafrios correm por meu corpo. O hovercóptero se ergue no ar e sinto meu estômago desabar.

Lyzender mantém a testa colada na janela.

– Ela está errada.

Ele diz isso tão baixo que me pergunto se pretendia mesmo que eu ouvisse.

52

SURPRESAS

Vinte minutos depois de deixarmos o acampamento, o piso do hover se abre ao meio e revela uma aeronave menor, auxiliar, presa à barriga. Uma série de luzes intermitentes e telas brilham de baixo. Klo salta para dentro e faz a verificação do sistema.

– O que é isso? – pergunto a Lyzender, que saiu do banco e está curvado sobre a abertura no piso.

– É sua hovercápsula.

Minha hovercápsula?

Quer dizer que serei levada nisso? Sozinha?

– Podemos ir – anuncia Klo, voltando ao hover. Ele abre um sorriso para mim. – Você não vai mergulhar na terra em um terrível acidente. Eu chequei.

– Obrigada – resmungo, embora talvez, a essa altura, fosse a melhor hipótese.

Paddok aponta o queixo para mim, ordenando que eu entre. Agora não tem sentido discutir. Está acontecendo. Em minhas condições, lutar está fora de cogitação.

Sigo para a cápsula, mas Lyzender me segura pelo braço.

– Espere.

Paddok revira os olhos.

– Não temos tempo para isso. O circuito embaralhador de Klo só vai durar mais trinta minutos.

– Eu sei! – explode Lyzender, irritado. – Não pode me dar a porcaria de um minuto?

Ele me puxa para o canto mais distante da aeronave. O interior do hover é pequeno e todos podem ouvir nossa conversa, mas a privacidade a mais parece fazer diferença. Ao menos para me deixar mais constrangida. Mexo as mãos vazias.

Será um discurso de despedida? Se for, preciso dar um fim nisso. Não sei se posso suportar.

– Sevan contou a você por que todas essas pessoas odeiam a Diotech. – Ele fala apressadamente, acelerando o que diz antes que Paddok me arranque dele. – Lembra-se de todas as histórias que ele contou?

Faço que sim com a cabeça, mas não ergo o rosto.

Como poderia esquecer aquela horrenda excursão pelo acampamento? O rosto desfigurado de Vas. O coração pesado de Davish. O ressentimento que Nem carrega como um peso amarrado nas costas.

– Mas você nunca soube por que eu odeio a Diotech.

– Eu sei – digo em voz baixa.

De repente, sua mão está em meu queixo e levanta meu rosto para ele.

– Não – rosna ele. – Você não sabe.

É de se pensar que a essa altura eu teria me acostumado com sua hostilidade. Esse novo Lyzender endurecido. Mas ainda dói em uma parte perdida e abandonada de mim. Como uma cicatriz profundamente enterrada que nunca se curou. Que ainda lateja quando chove.

– Você pensa que sabe, mas está enganada. Só conhece a versão distorcida que lhe convenceram de que é verdadeira.

Ele solta meu queixo, mas não viro o rosto.

– No que fizeram você acreditar? – pergunta ele. – Que eu roubei você? Que a obriguei a partir contra sua vontade?

Abro a boca para argumentar que não é apenas uma crença. É a verdade. Mas a única coisa que sai é um estremecimento.

– Seraphina.

– Sera – sussurro.

– Seraphina – repete ele, insistente. – Eu os odeio pelo que fizeram com você. Pelo que ainda fazem com você. Mesmo agora. Eles mentem para você. Manipulam. Fizeram uma lavagem cerebral em você. Não te roubei. *Eles* te roubaram. Eles roubaram toda a sua vida. Depois roubaram você *de mim*.

Quero fechar os olhos para ele. Tapar os ouvidos para ele. Isolar-me de tudo isso.

– Muito bem – interrompe Paddok com impaciência, metendo-se entre nós e me pegando pelo braço. – Já chega de novela por hoje. Quando vai enfiar isso na sua cabeça, Lyzender? Ela é um deles. Da cabeça aos pés. Está desperdiçando seu fôlego.

Sou guiada para a portinhola. Desço a escada de cinco degraus e me sento no banco no meio da cápsula. O espaço é pequeno e apertado, tem tamanho suficiente para um só passageiro. Está claro, pelo centro de comando simples na minha frente, que este é um dispositivo pilotado no automático. Não permite, nem pretende, nenhuma interferência humana.

– Tudo bem com você aí embaixo?

Levanto a cabeça e vejo Klo recurvado sobre a abertura, com as mãos nos joelhos. Ele tira o cabelo azul-escuro dos olhos.

– Tudo ótimo – murmuro.

– Lembre-se – diz Paddok a Klo em algum lugar acima de mim –, tudo conforme as regras até o caminho ficar livre. Não invada o sistema dela. Eles precisam dar acesso à cápsula. Precisam pensar que estamos seguindo seus comandos ao pé da letra. Nenhum movimento de nossa parte até que o gás seja liberado.

Gás?

O ar dentro deste aparelho mínimo começa a me sufocar.

Que gás?

Do que ela está falando? É esta a peça que falta, que estive tentando encontrar? É assim que planejam passar pelo diretor Raze? Com algum gás venenoso?

E então me lembro do que Lyzender me disse no lago. Sobre o filho de Paddok.

"Antes que o último lote pudesse ser vendido ao governo, precisava ser plenamente testado. Em adultos e crianças. Assim, um drone carregando o gás foi enviado ao pátio de recreio de uma escola primária. Cinquenta e dois alunos foram mortos."

O medo acelera minha pulsação. Ouço o sangue bater nos ouvidos. Ela vai matar todos eles. Vai assassiná-los como pensa que eles assassinaram seu filho!

– Entendido, chefe – assente Klo. Depois, volta a me olhar, com o dedo no botão para fechar a parte de cima.

– Por quanto tempo consegue prender a respiração? – Ele ri. – Brincadeirinha.

A tampa da cápsula começa a se fechar. Ouço uma correria acima de mim.

– Droga. Espere! – diz Lyzender, o rosto de repente aparecendo no espaço que se fecha. Algo em seus olhos arregalados e fixos provoca uma onda de ansiedade em minhas entranhas. Ele não tem certeza de que o plano de Paddok é o que parece ser? – Seraphina – diz ele. – Verei você em breve. – Parece uma promessa. Uma promessa que ele faz mais para si mesmo do que para mim.

A boca de Lyzender se abre quando ele começa a dizer outra coisa, mas a cápsula é lacrada e silencia suas palavras. Esconde seu rosto.

Impotente, encaro o teto escurecido.

E, então, solto um grito que rasga o céu.

PARTE 4

A RUÍNA

53
SEPARADA

Houve um tempo em que os seres humanos viajavam pelo mundo em pássaros gigantescos de metal. Com asas e caudas de aço. Voavam 9 mil quilômetros acima do chão. Eles rasgavam o ar, deixando riscos brancos no céu.

Depois veio o Grande Colapso do Petróleo e tudo mudou.

Os carros movidos a gasolina viraram relíquias de museu.

Os aviões ficaram em terra para sempre.

As rodas tornaram-se obsoletas.

A raça humana foi salva por ímãs e vácuo. Hovercópteros, MagnetoCarros e hiperloops.

É claro que a Diotech estava na vanguarda.

Eles já trabalhavam nisso bem antes do desaparecimento do petróleo. Era quase como se soubessem exatamente quando a última gota ia secar. Cronometraram em segundos.

Quando recebi o upload sobre a história do transporte, nunca questionei a participação da Diotech como pioneira do setor. As manchetes louvando a supremacia da Diotech na corrida para uma nova fonte de energia entraram em meu cérebro e se implantaram em minha mente. Mas nunca tive curiosidade pelo que estava além do que alegavam as manchetes.

A tela de comando de minha cápsula minúscula pisca com uma mensagem sinistra:

Separação iniciada

A cápsula ribomba quando se solta. Por um segundo, sinto uma perda de peso, depois os motores são acionados e sou jogada de volta ao banco.

Penso na excursão de Sevan pelo acampamento. As pessoas que ele me apresentou. Os rebeldes dispostos a qualquer coisa para se vingar da maior e mais poderosa corporação do mundo.

"... a filha dele morreu no parto. Não teve nem um minuto de vida."

"O dr. Alixter conseguiu colocar a culpa em um de seus distribuidores..."

"... é meio suspeito que a Diotech tivesse a carne sintética pronta para lançar no mercado justo quando estourou a crise da DHB."

Tantas histórias. Tantos corações partidos. Vidas despedaçadas.

Será demais para ser coincidência?

Será demais para ser uma mentira?

A pressão aumenta entre minhas têmporas. Meu cérebro começa a latejar.

A cápsula vira à esquerda e olho a terra abaixo pelas minúsculas janelas. Só consigo ver a ponta do hovercóptero de Paddok enquanto me afasto dele.

Por algum motivo, não consigo me obrigar a vê-lo desaparecer.

Alguns minutos depois, as construções reluzentes do complexo entram em meu campo de visão. É quando entro em pânico.

Preciso impedir isso. Tenho que pelo menos *tentar*. Não posso só ficar sentada aqui. Eles não sabem o que está prestes a acontecer.

Pense, Sera.

O que Kaelen faria?

O que o diretor Raze faria?

Olho a tela de comando. Talvez eu possa avisá-los daqui. Mandar uma mensagem pelo sistema. Bato no vidro, mas nada acontece.

– Modo de comunicação! – grito para a tela.

O mostrador não se altera. O progresso pelo curso predefinido da cápsula ainda brilha, ameaçador, para mim.

Chegada em 2:42

2:41

2:40

– Reorientar curso – eu tento.

Nenhuma resposta.

– Droga! – praguejo.

Klo deve ter me bloqueado.

Estou inteiramente impotente. Não tenho o necessário para o heroísmo. Não sei por que cheguei a pensar que tinha. Em menos de três minutos, esta cápsula pousará no meio do complexo e liberará algum gás pavoroso que vai...

Nem mesmo quero *pensar* no que ele pode fazer.

De repente, forma-se uma ideia nova.

O gás.

Deve estar em algum lugar a bordo. De que outro jeito seria liberado? Deve estar em uma cápsula ou contentor. Se eu conseguir localizar o aparelho feito para dispersá-lo, talvez possa desarmar. Ou, pelo menos, atrasá-lo até ter tempo para avisar a eles.

Fico de pé num salto e me viro lentamente no espaço pequeno, tateando as paredes em busca de portas ou alavancas. Qualquer coisa que sirva como depósito. Mas me ocorre que o contentor pode muito bem estar *do lado de fora* da cápsula. Preso ao teto ou à barriga, pronto para espalhar seu veneno no segundo em que a cápsula pousar.

Um sinal sonoro chama minha atenção. A tela de comando. Está mudando.

Uma comunicação é enviada. A cápsula pede acesso para entrar no campo de força do complexo.

– Não! – Mergulho nos controles, bato em cada botão que posso. Grito para a interface indiferente. – Diretor Raze! Dr. A! Estão me ouvindo? É Sera! Não deem acesso. É uma cilada! Destruam a cápsula! Alguém pode me ouvir? DESTRUAM A CÁPSULA!

Lágrimas de frustração – de impotência – escorrem por meu rosto.

A tela pisca de novo. Por um momento, sinto uma perigosa esperança crescer no peito.

Será que alguém me ouviu?

Estão respondendo?

Sistema controlado pela Diotech Corporation

O protocolo padrão foi iniciado. A Diotech assumiu o controle da cápsula.

Ativando dispositivos de detecção internos

Uma intensa luz vermelha cruza minha visão e vejo minha silhueta infravermelha aparecer na tela em tons de vermelho-escuro e laranja berrante. Minha imagem aparece ao lado. Uma expressão de pânico, boquiaberta, distorce minhas feições.

Procurando materiais proibidos

ISSO!

Solto um suspiro trêmulo de alívio.

Estão inspecionando a cápsula. Procuram por objetos perigosos. Armas. Biogermes. Latas misteriosas, cheias de gás letal.

Eles têm que encontrar. E, quando encontrarem, a cápsula não terá direito à entrada. Raze nunca permitirá que pouse.

Sinto meu ânimo melhorar.

Não acabou. Esta manhã não terminará em catástrofe.

Mas então, vejo o que aparece na tela, e minha esperança se desfaz em pedacinhos irreparáveis.

Acesso permitido
Iniciando procedimento de pouso

54

CÂMARA

Como a varredura não conseguiu encontrar? Onde podem ter escondido o gás, que a Diotech não foi capaz de detectar?

Será que Klo mexeu nos dispositivos de varredura antes de embarcarmos no hovercóptero?

Isso não parece provável. Paddok foi inflexível sobre agir segundo as regras. Sem invasões. Eles queriam que a Diotech confiasse em minha cápsula. Que me deixassem pousar, sem hesitação.

Meu peito se aperta enquanto o chão fica mais próximo de mim. A visão das construções conhecidas e das calçadas bem-cuidadas deveria me reconfortar. Só o que quis, durante semanas, era estar em casa.

Encosto a testa no vidro e procuro sinais de vida. Até agora, ainda não vi uma só pessoa.

Talvez, no fim das contas, eles *tenham* recebido minha mensagem. Talvez tenham evacuado o complexo. Transportaram todos para a segurança.

E, então, uma fagulha de movimento chama minha atenção e vejo aparecer o primeiro agente, trajando o uniforme preto habitual, brandindo um laser de mutação em uma das mãos.

Não vai adiantar de grande coisa depois de ele respirar as toxinas.

Vários outros agentes saem do Centro de Comando de Inteligência. Quero gritar a eles que voltem para dentro. Que fiquem o mais longe possível da cápsula. Mas eles continuam vindo. Dezenas de agentes armados com Modificadores, lasers de mutação e outras armas inúteis.

Um agente de alta patente grita ordens aos outros, e eles se alinham em uma formação em volta da cápsula.

Meu pouso é suave no meio do pátio do CCI. Nem um solavanco sequer. Desesperadamente, bato na portinhola acima de mim, tentando sair. Com um suspiro e um gemido, a porta se destrava e a cápsula me liberta.

Desço a escada aos tropeços e irrompo na luz do dia, agitando freneticamente os braços.

– Afastem-se! – grito para eles. – Corram! Agora!

Todos os guardas olham para seu comandante, que agora reconheço ser Thatch, um dos agentes de alta patente de Raze. Ele me olha, confuso.

– É uma cilada! – grito. – Tem...

Eu me recurvo quando algo explode dentro de mim e rouba minha respiração. Meu estômago se contrai como se eu quisesse vomitar. Abro a boca e arquejo, mas não sai nada além do ar seco que faz minha garganta arder.

Leva um tempo longo demais para perceber que tem algo errado. Não é ar que me escapa pela boca, mas uma névoa densa e laranja. Desliza sinuosamente no ar. Quando penso em fechar a boca, é tarde demais. O gás já se espalha, dispersando-se.

Ele se desloca com mais rapidez do que posso compreender. Como um soldado em uma missão.

O primeiro agente entra em convulsão. Seu corpo sacode violentamente. Um terremoto acontece dentro de seu cérebro. Seus olhos rolam para trás enquanto a saliva pinga da boca e escorre pelo queixo. Imediatamente noto seu tom laranja característico.

Está em mim.

Eu sou a câmara. Eu sou o distribuidor.

Penso na cápsula de nutrição que Sevan me deu antes de eu embarcar no hover.

Não tinha nutrientes.

Eles devem ter ativado de algum jeito. Será que Klo fez isso remotamente? Ou foi o ar do complexo?

O guarda contorcido começa a cair. Seu vizinho mais próximo corre para apanhá-lo. Ele se esforça para segurar o camarada, mas logo também sucumbe, jogado para trás por sua própria crise de convulsões ferozes. Uma poça de fluido brota na frente de sua calça.

O primeiro agente desmaia. Bate com força no chão. As contorções incontroláveis continuam. Mais bile laranja é expelida de sua boca, e agora também do nariz. Vergões horrendos se abrem na pele, cobrindo o rosto.

Não se passou nem um minuto. Tudo isso aconteceu em questão de segundos.

Um por um, eles são apanhados por esse veneno impiedoso que eu trouxe. Nem mesmo têm tempo de gritar. O gás prende o som dentro deles.

Suas convulsões são seus gritos.

Ainda no degrau do alto da escada, vejo horrorizada a cena a minha volta. Estou inteiramente impotente. Completamente inútil.

Foi isso que aconteceu com as crianças? Foi como o filho de Paddok morreu?

As lágrimas escorrem por meu rosto enquanto espero que o gás também me atinja.

Por favor, me leve.

Respiro golfadas profundas de ar, na esperança de acelerar o processo. Eu me escoro na portinhola aberta, esperando que as convulsões comecem.

Nada acontece.

Não importa a toxicidade do ar que respiro, parece que sou imune ao gás. Imune a esse destino horrível.

Olho o círculo de agentes caídos, depois o restante do complexo. Dois assistentes de laboratório vestidos em jalecos brancos vão do Setor Administrativo para o Setor Médico. Eles param quando veem o espetáculo.

– Não! – tento gritar para eles, mas não sai nenhum som. Apenas soluços.

Um instante depois, eles também se contorcem no chão.

Pessoas inocentes. Só estão fazendo seu trabalho.

Quanto tempo vai levar para o gás se difundir por todo o complexo? Quanto tempo levará para alcançar a Residência Presidencial? É onde Kaelen está agora? Rezo para que esteja o mais distante possível.

Rezo para que esteja na Lua.

Às pressas, limpo as faces com as costas da mão e saio da cápsula. Chego ao chão e passo a correr na direção do Setor Residencial. Talvez eu possa avisá-los. Talvez consiga que saiam antes que seja tarde demais.

Mas as primeiras pessoas por quem passo são instantaneamente contaminadas pelo gás. O veneno as sobrepuja. Ele as controla. Até que elas não conseguem ficar de pé.

Só o espalho mais rapidamente com meu deslocamento.

Eu me viro e corro para a cápsula, bem a tempo de ver o hovercóptero pousar suave e desinibido. Paro numa derrapada.

A porta se abre. Paddok desembarca primeiro.

Ela olha à volta casualmente, avaliando a chacina como um prospector avalia um terreno. Sua expressão satisfeita me deixa nauseada. O calor se espalha por meu corpo. Meus punhos se cerram.

– Ótimo trabalho – elogia ela. Não sei se fala comigo, com Klo ou sozinha, mas não importa.

Vou em sua direção e enfio meu punho fechado em sua cara presunçosa.

55

ABAIXO

Klo e Lyzender prendem meus braços agitados junto de meu corpo e me puxam para trás, enquanto Jase salta do hover e aponta a espingarda para mim. Não dou a mínima para aquela arma idiota. Ele que atire.

Felizmente, consegui meter um bom murro antes de me segurarem e já vejo os efeitos no olho esquerdo de Paddok. A pele está rosada e rasgada pouco abaixo da sobrancelha, o sangue já escorrendo. Ela toca o ferimento cautelosamente com a ponta do dedo. Espero que me ataque em represália, mas Paddok não reage. Quase desejo que ela ataque. Uma briga me cairia bem.

– Você os matou! – grito para ela, lutando com meus captores. Por causa de minhas capacidades limitadas, só consigo dar uma cotovelada nas costelas de Klo.

Ele geme.

– Lyzender, controle sua mulher.

– Agradeça por ela não ter toda sua força – diz ele, rindo. – Ou estaríamos todos mortos.

Ainda grito.

– Você matou pessoas inocentes! Você é uma assassina!

– Eles não morreram. – Paddok limpa a ponta do dedo ensanguentada na camisa.

Paro de me debater e olho para ela, incrédula.

– O quê?

– Eu disse que eles não morreram. Mas que droga, Sera. Não sou Jans Alixter. É um gás nervoso incapacitante, mas foi modificado para que os efeitos sejam temporários. Pode agradecer a Leylia Wong por isso. O efeito passará em algumas horas.

– Temporário?

– Se fosse letal, seria verde. Foi o verde que matou meu filho.

Consigo me livrar de Lyzender e Klo.

– Mas eu *deveria* tê-los matado – resmunga Paddok. – Deus sabe que eles não mostrariam a mesma misericórdia conosco.

– Por que ele não nos afeta? – pergunto.

– Recebemos um bloqueador injetável – explica Klo.

– Chega de papo-furado. Pegue o dispositivo – ordena Paddok, com a mão no olho inchado. Jase e Nem montam guarda com as armas enquanto Lyzender retira com cuidado a caixa de metal. – Klo. – Paddok aponta para ele. – Espere aqui, com o hover. Renove os circuitos de embaralhamento, se necessário. Os outros vão comigo ao bunker. – Ela para e me lança um olhar cruel. – E você. Procure manter o punho longe do meu rosto, está bem?

Concordo com a cabeça. Uma pequena parte de mim sente que deve lhe pedir desculpas. Mas me lembro do que está dentro da caixa nas mãos de Lyzender e todas as sugestões de remorso se esvaem.

Klo volta para o hover e Lyzender parte para o Setor Médico. O resto do grupo vai atrás dele. Não quero ficar perto de Paddok em lugar nenhum, então acompanho Lyzender na frente. Passamos por várias outras pessoas inconscientes – todas com a mesma bile laranja vertida dos lábios e bolhas horrendas recobrindo a pele. O gás se espalha rapidamente, mas noto que não se dispersa mais de minha boca. Torço para que signifique que uma hora terá parado de afetar as pessoas. Que o pior já passou.

Mas sei que o pior ainda está por vir.

Olho a caixa de metal nas mãos de Lyzender. Tem apenas 25 centímetros de largura por 10 centímetros de altura. Ainda não acredito que seja suficiente para destruir todo o complexo.

Passamos por baixo das arcadas do Setor Médico e subimos a entrada principal para o Edifício 2. Lyzender para, entrega o dispositivo a Jase e tira um pequeno estojo da bolsa. Quando abre a tampa, vejo que está coberta por várias nanotiras em formato de digitais. Ele escolhe uma, veste no dedo e passa no painel da porta.

O aceso é permitido.

Prosseguimos por um longo corredor, passamos por vários laboratórios menores até chegarmos a uma parede cinza e lisa. Mas logo noto que, na verdade, não é uma parede, quando Lyzender localiza o painel quadrado e passa o dedo nele.

Uma VersoTela.

Projetada para parecer uma parede.

– As digitais do diretor Raze – diz ele com orgulho, pegando a nanotira e a devolvendo ao estojo. – Cortesia de Klo.

A tela se abre e nós 15 nos esprememos em um elevador que já está ali. Lyzender retira um dispositivo retangular e liso do mesmo estojo e o segura na frente da boca. Quando fala, sua voz é distorcida, mais baixa e mais grave.

– Bunker.

Ele fica com a voz *idêntica* à do diretor Raze.

O elevador desce. Quando chegamos ao fundo, parece que se passaram anos-luz.

Somos libertados em outro corredor comprido. Este é despojado e mal-iluminado. Não tem janelas, nem portas. A única saída é por onde chegamos.

– Não entendo – sussurro para Lyzender quando, aos poucos, chegamos ao final do corredor. – Por que você simplesmente não transede ao bunker com o dispositivo?

Ele ri.

– Lembra o que acontece quando você transede? Como se sente?

Penso no turbilhão de náusea que me dominou sempre que saltei pelo espaço e tempo.

– Parece que suas entranhas foram arrancadas e recolocadas no corpo.

– Bem, imagine fazer isso com um dispositivo que pode destruir um pequeno vilarejo.

– Ah.

Ele aponta o final do corredor com a cabeça, a parede prateada e maciça que nos aguarda.

– SintetiAço – sussurra.

Sei o que é. É fabricado aqui. A substância mais impenetrável já criada. Sabe-se que resiste a explosões nucleares.

– Quando o dispositivo detonar dentro dessas paredes – explica ele –, ninguém nem mesmo ouvirá. Mas nada dentro delas terá alguma chance.

O grupo para na frente da parede. Lyzender passa a mão no aço, como se admirasse sua força.

– O bunker do servidor – diz ele em voz baixa, consigo mesmo. Depois, há um silêncio pesado e longo enquanto Lyzender simplesmente olha o aço denso, com a palma da mão encostada na superfície inabalável.

Se eu não o conhecesse bem, pensaria que está rezando.

"Eu não tinha nada lá. Só uma mãe que se preocupava mais com seu último projeto de pesquisa do que com a própria família. E um pai que foi embora por causa disso."

Essas foram as palavras de Lyzender para mim naquele início de manhã em que estávamos sentados na frente da sede da fazenda dos Pattinson, em 1609, e víamos os últimos raios do sol irromperem no céu. Seu ódio pela Diotech era tão profundo que fazia parte dele. Como um membro a mais ou um apêndice. Ele o carregou por tantos anos que se vergou permanentemente pelo peso da hostilidade.

Agora, veio realizar o único objetivo em sua vida que o animou e o definiu desde que ele se entende por gente. O único propósito que nunca deve ter imaginado que um dia realizaria.

Ele se vira para mim. Seu olhar é suplicante, como se pedisse perdão.

– Cada dado já criado ou coletado pela Diotech está atrás desta porta. Cada memória que eles confiscaram, cada vida que arruinaram, cada coração que partiram.

De repente, eu entendo. E o alívio me domina.

Eles só querem os dados. Não as centenas de vidas. Nem as construções. Nem o dinheiro. Apenas as informações. O ouro intelectual.

O resto é só uma pilha de produtos sintéticos.

As lágrimas se acumulam nos olhos desesperados de Lyzender. Ele quer que eu diga que está tudo bem. Quer minha *permissão* para destruir tudo.

Mas não posso dar isso a ele, e ele sabe.

Não posso dar o que não me pertence.

E, mesmo que pertencesse, acho que ele sabe qual seria minha resposta.

Lyzender enxuga os olhos e bate de leve no painel da parede. Um teclado digital aparece. Ele entra com uma sequência de dez dígitos. Paddok puxa o ar atrás de mim quando a tela anuncia:

Primeira Medida de Segurança Ultrapassada

Em seguida, aparece um scan de retina. Lyzender retira outra nanotira do estojo, no formato de uma Lente. Coloca no olho e alinha o rosto à tela enquanto uma luz verde pisca na ponte de seu nariz.

Segunda Medida de Segurança Ultrapassada

Por fim, a tela exibe um quadrado pequeno, com tamanho suficiente para a ponta de um indicador. Lyzender pega a primeira nanotira que usou e entrega a Paddok.

– Quer fazer as honras?

Ela parece surpresa com a oferta, mas segura a tira com cuidado e pressiona no dedo, saltando ligeiramente quando as moléculas se fundem com sua pele.

Mas Paddok não estende a mão para a tela. Pelo menos, não de imediato. Fecha os olhos por um momento e baixa a cabeça.

– Isso é por você, meu doce Manen – sussurra ela, quase inaudível. – Eu sinto muito.

Månen.

Lua, em norueguês.

Damos um passo para o lado quando Paddok estende a mão – o crescente lunar vermelho em sua palma aparece, depois some – e mantém a ponta do dedo disfarçada na tela.

É agora.

Está tudo acabado.

Em alguns minutos, a Diotech não será nada além de uma lembrança.

O sistema parece levar uma eternidade na verificação. Começo a contar os segundos.

Um, dois, três, quatro...

Não chego ao cinco.

Porque a grande laje de aço diante de nós se abre, deslizando, e revela a câmara escura e sinistra do bunker do servidor. Dentro dele, pisca um único ponto de luz vermelha. Quando qualquer um de nós reconhece a quem pertence a arma, as moléculas no ar a minha volta já palpitam. Depois vejo, horrorizada, o corpo de Paddok voar por metade do corredor.

56
RASGADA

Disparos ecoam em meu crânio. O barulho de corpos desabando. Batendo no chão.

O pessoal de Paddok está atirando.

Mas em quem?

É quando os vejo. Saem da escuridão do bunker como fantasmas. Dezenas deles. Vestidos de preto, portando lasers de mutação de longo alcance.

Agentes da Diotech.

Sinto outra onda de ar passar por meu nariz, e Davish afunda no chão a meu lado.

Eles estavam aqui o tempo todo. Esperavam no escuro.

Uma emboscada. Uma *cilada.*

Kaelen recebeu a mensagem.

O alívio brota em meu peito, enchendo meus olhos de lágrimas. As luzes estão apagadas. Não consigo enxergar tudo. Há mais tiroteio desesperado, mas eles disparam no escuro. Não sabem se atingirão alguma coisa. Ou alguém.

– Cessar fogo! – exclama Jase. Eles não podem correr o risco de balear o próprio pessoal.

Ouço o zumbido suave dos lasers. Tiros dirigidos. Os agentes devem ter visão noturna instalada nas Lentes.

Alguém puxa minha mão e, de repente, estou correndo. Corro no escuro. Quase tropeço em alguma coisa. Minha mente agitada me diz que é um corpo.

De Paddok, talvez?

Ela morreu?

Ou só foi atingida?

Com que intensidade ajustaram os lasers? Eles tiveram a mesma consideração de Paddok? Escolheram a incapacidade temporária? Ou optaram por uma solução mais definitiva?

A mão que me segura puxa com mais força, me incentivando a correr mais rápido. Minhas pernas me pedem para parar. Meus pulmões ardem. Tusso, cambaleio e caio de joelhos. Mas sou apanhada no ar antes de bater no chão.

Sou carregada aos esbarrões. Minha cabeça bate no peito. Parece que o mundo desmorona abaixo de mim.

Sinto que subimos. Estamos no elevador. Voltamos para cima.

Depois, mais correria.

A luz do dia me ofusca quando chegamos ao exterior. Pisco e protejo os olhos com as mãos. Levanto a cabeça e vejo o rosto de Lyzender acima de mim. Sua pele brilha de suor. A boca está repuxada pelo esforço de me carregar.

Ele me coloca de pé e vacilo antes de me apoiar em uma superfície fria. Ouço algo raspar e me viro. Vejo Lyzender mexendo em uma grade de metal embutida na parede do prédio.

Olho em volta. Estamos sozinhos.

Onde estão todos os outros? Deixamos todos lá embaixo, para perecer?

Lyzender consegue soltar a grade, depois me pega no colo e me empurra para o buraco estreito.

– Vá! – exclama ele em um sussurro áspero. – Entre!

Avanço de joelhos e Lyzender sobe atrás de mim. Ele mexe na grade, recolocando-a na abertura, e nos fecha ali dentro.

– Continue!

Engatinho pelo espaço. Lyzender está bem atrás de mim, incentivando que eu continue, dizendo para virar à esquerda, depois à direita, em seguida à esquerda de novo. Quero parar.

Quero me enroscar em uma bola e esperar que me encontrem. Mas Lyzender não deixa. Grita o tempo todo comigo para eu avançar.

Para entrar ainda mais neste labirinto de corredores mínimos.

Eu nem sabia que isso existia dentro do complexo.

Parece que engatinhamos há uma eternidade. A luz aqui, na melhor das hipóteses, é turva, e o labirinto que se instalou em minha visão não ajuda. A superfície de metal esfola as palmas das mãos. Meus braços cedem várias vezes e tropeço, quase batendo o queixo na superfície dura abaixo de mim. Afinal, Lyzender me dá a ordem de parar.

Desabo, ofegante. Puxo os joelhos para o peito e enterro a cabeça entre eles.

Começo a chorar.

De súbito, ele está na minha frente. Tão perto. Tão perigosamente perto. Sinto sua respiração laboriosa no rosto.

– Seraphina. – Ele coloca a mão nos meus joelhos e me sacode gentilmente. – Vai ficar tudo bem.

Mas suas palavras são inúteis. Sílabas vazias, sem nenhum significado.

– Por que estou aqui? – grito com ele, sentindo o rosto corar de um calor amargurado.

Lyzender parece perplexo, e se atrapalha ao responder.

– Eu salvei você.

– E eles?! – grito.

Mas nem mesmo sei quem *eles* são. O dr. A? Kaelen? Paddok? Klo? Estou gritando por quem? Por quem eu lamento?

Começo a tremer.

– A Diotech é boa. Eles são bons. Eles são bons.

Direi isso sem parar. Direi até que não consiga mais falar. Até que sejam as únicas palavras que poderei ouvir.

Lyzender me segura pelos ombros e me sacode.

– Sera. Escute!

Eu me balanço, repetindo meu mantra.

– A Diotech é boa. O Objetivo é bom. Eles são bons.

– Sera! – Ele me sacode com mais força. – Esqueça! Deixe-os para lá! Você é mais forte do que isso. Você é mais forte do que eles. Eu sei que é. Por que acha que eles apagam insistentemente suas memórias? Por que acha que eles precisam misturá-las com falsas emoções? Eles têm *medo* de você, Sera. Medo do que pode fazer. Você é mais poderosa do que eles querem que você perceba. Mas você precisa acreditar nisso. Precisa saber que pode derrotá-los. Eu posso ajudá-la. Me deixe entrar, droga!

Sua urgência me abala e me leva a um silêncio aturdido. Encaro seus olhos cansados e fervorosos, e me perco por um momento.

– A Diotech é boa – eu me escuto sussurrar de novo. Mas não sou eu. É uma voz que vem de longe. De anos atrás. De outra dimensão.

Ele cai de cansaço, encostando a cabeça na parede oposta do duto de ar. Fecha os olhos.

Enquanto continuo a me balançar, seu rosto começa a mudar. A fachada colérica desmorona. Lyzender Luman está de volta. O garoto que conheci quando ficava trancada em um setor restrito do complexo. O garoto que me seduziu para fora da única vida que eu conhecia. O garoto que jurou me salvar, vezes sem conta.

– A Diotech é boa – murmuro. – A Diotech é boa.

Ele estremece com o que digo. Como se cada sílaba fosse um punhal em seu peito.

– Eles me apagaram de suas memórias tantas vezes – sussurra. – Ainda assim, você sempre se lembrava de mim. Você nunca esqueceu.

Cada vez mais, seu disfarce emocional é despido. Até que só resta ele. Como eu sempre conheci. Como eu amava, dando tanto de mim.

– Lembre-se agora – ele suplica.

Sim... sempre sim.

– A Diotech é boa. A Diotech é boa.

Os olhos de Lyzender se abrem de novo. Uma determinação renovada surge em seu olhar.

– A Diotech é...

Em uma fração de segundo, ele está ali. Com as mãos em meu rosto. Sua boca na minha. Ele me beija com força, roubando as palavras de meus lábios. Roubando a sensibilidade de meus dedos. Minha cabeça bate no duto de aço, mas não sinto dor. Só sinto ele. Sobre mim. Dentro de mim. Em volta de mim.

Consumindo cada parte de mim.

Passo os braços por seu pescoço e o puxo para mais perto. Abro a boca para ele. Lyzender não perde tempo e preenche o espaço vazio. Preenche o tempo vazio.

Tempo que podíamos ter usado nisto.

Suas mãos vão do meu rosto ao meu cabelo. Torcem, embaraçam, puxam.

As palavras ainda ecoam em minha mente.

A Diotech é boa. O Objetivo é bom.

Peço em silêncio que parem. Não podem ser verdadeiras enquanto isto está acontecendo. Elas não podem existir enquanto isto é tão maravilhoso. Os dois mundos não podem sobreviver no mesmo universo.

Minha mente é inundada por um milhão de imagens a um só tempo.

Os olhos reprovadores do dr. A.

Os lábios macios de Kaelen.

O riso escancarado de Mosima Chan.

Rio pegando a filha nos braços.

O corpo de Paddok explodindo no ar.

Uma por uma, procuro bloqueá-las. Eu as afugento com o calor da boca de Lyzender na minha. Mas as imagens voltam como insetos furiosos. Querem se alimentar de minha pele.

Com um empurrão violento, jogo Lyzender para trás. Fico surpresa ao ver a força com que ele bate contra a parede. Ou minhas forças voltaram, ou descobri uma nova fonte delas.

Toco minha boca com a ponta dos dedos. Meus lábios ainda formigam. Não parecem mais meus.

Não sou eu mesma. Sou uma estranha presa nesta pele. Ou talvez a pele seja a estranha, e eu, a pessoa verdadeira.

Minha visão agora vacila.

Caio para a frente. Lyzender está ali para me segurar. Seus braços me cercam. Seu peito interrompe minha queda. A respiração em meu pescoço aquece meu coração frio, muito frio.

– Shhh – ele balbucia em meu ouvido. – Está tudo bem. Vai ficar tudo bem. Eu estou aqui.

Choro em silêncio, encostada nele, querendo ao mesmo tempo socar seu peito e puxá-lo para mais perto de mim.

– Eu fiz isso – murmuro. – Eu fiz isso.

– Não, não fez.

– Fiz. Avisei ao dr. A sobre o plano de vocês. Mandei uma mensagem a Kaelen durante a transmissão. Usei um código secreto que inventamos. Por isso eles estavam lá, preparados para vocês.

Lyzender não diz nada por um bom tempo. Mas também não me solta. Ainda acaricia meu cabelo. Ainda me abraça. Nem mesmo afrouxa o abraço.

Como é possível que ele não me odeie? Como não me empurra para longe e me chama de traidora?

Porque é o que sou. Eu traí a todos.

Aparentemente, é só o que faço.

– Queria poder ter conhecido você em circunstâncias diferentes – diz ele com tristeza. – Longe deste lugar horrível. – Sinto seus lábios pressionarem com urgência o alto de minha cabeça. – Queria poder ter me apaixonado por você em um mundo diferente.

Eu levanto a cabeça para olhá-lo nos olhos, mas, em vez disso, encontro sua boca. Minha boca acha o caminho de volta à dele. Inteiramente por conta própria. Meus pulmões o respiram, como se ele fosse o único oxigênio de que precisarei na vida. Meus braços o cercam, como se nunca tivessem envolvido mais ninguém.

O que está acontecendo comigo?

Aonde fui?

De onde vim?

Parece que sou partida em duas. Dividida bem no meio. Uma emenda irregular e ensanguentada é a única prova de que já fui inteira.

Eu me afasto de seus lábios quentes e convidativos.

– Não sou a garota que você conheceu no chalé – digo em voz baixa. – Não sou mais.

– Você sempre será a garota que conheci no chalé. Eles não podem mudar isso. Não podem destruir isso.

O choro volta, intenso e afoito. Ele me atormenta como se o peso de um século esmagasse meu coração.

Eles já conseguiram, quero desesperadamente dizer a ele. *Já estou destruída.*

Mas não tenho essa chance. Porque, em algum lugar ao longe, o trovão mais alto e ensurdecedor rasga o ar.

Uma explosão com intensidade para partir o mundo ao meio.

57
TEMPESTADE

Meus joelhos batem no metal abaixo de mim quando me esforço para encontrar o caminho de volta pelos dutos de ar. Lyzender está em algum lugar para trás, chamando meu nome, me chamando de volta.

Eu não me viro.

Agora, algo que não conheço me anima. Algo que não está em meu sangue. Não foi programado nos genes. Um pânico esmagador que ameaça me sufocar se eu não for mais rápida.

Quando viro em um dos cantos agudos que não foram projetados para o trânsito humano, a borda afiada corta meu braço. Mordo o lábio enquanto a dor faz minha visão rodar e o sangue começa a escorrer. Mas não posso parar e cuidar do ferimento.

Continuo engatinhando. Desejo seguir adiante. Basta a lembrança daquela horrível explosão de abalar os dentes para transformar o latejar no braço em um ruído de fundo.

– Mas que droga! Sera! – Há pavor na voz de Lyzender. Ele alcançou a poça de sangue.

Encontro uma grade que leva à parte externa. Eu me viro, assim posso meter os pés na grade. Ela cai com facilidade. Desço pela beira e me deixo cair. Pouso agachada no chão.

– Sera! – Agora ele está atrás de mim, esgueirando-se pela abertura.

– O que você disse sobre a explosão? – grito a ele.

Ele pisca.

– O quê?

– Você disse que não faria barulho. Jurou que não ouviríamos nada. Porque seria contida pelo bunker.

A compreensão aparece em seu rosto.

Aquela explosão foi de ensurdecer. De abalar a terra.

O que significa que não foi detonada no bunker.

O que significa que não foi contida.

– Seraphina...

Mas não espero que termine. Desato a correr, passando os olhos pelo Setor Médico com minha visão limitada. Tudo parece intacto. Parece que não há danos nos prédios. Até as calçadas estão perfeitamente bem-cuidadas. Nem uma pétala de flor fora de lugar.

Sei que entramos no bunker pelo Setor Médico. Lyzender nos levou diretamente por baixo da familiar arcada retangular. A VersoTela que escondia o elevador ficava no Edifício 2.

Eu me lembro!

Mas também me lembro daquele corredor longo e branco que parecia se estender por quilômetros.

– Para que lado ele ia? – sussurro. Fecho os olhos e tento imaginar o caminho que ficava à nossa frente quando saímos do elevador. Eu me viro num círculo lento, tentando me alinhar com a direção certa.

Quando abro os olhos, sinto os joelhos cederem. O mundo desmorona a minha volta.

Estou olhando bem para o Setor Residencial.

A voz sem fôlego de Lyzender está atrás de mim.

– Sera, espere! Não é seguro!

Pego o atalho pelos Edifícios 3 e 7, correndo na maior velocidade que minhas pernas fracas podem me levar. Ainda estou frustrada com a velocidade inadequada. Quando é que vai passar o efeito dessa porcaria de inibidor?

Quando chego à escola, dá para ouvir a gritaria. Gritos angustiados de pessoas que sentem dor. Pessoas desoladas.

Ao virar a esquina e entrar de rompante no Campo Recreativo, vejo a fumaça. Ela se ergue de um abismo gigantesco entalhado no chão. Tem três vezes o tamanho do campo em que estou. Um grande buraco irregular onde antes ficavam edifícios de apartamentos.

Onde os funcionários da Diotech e suas famílias dormiam, faziam suas refeições e contavam histórias de seu dia.

Sumiram.

Sumiram.

Sumiram.

Minhas pernas ficam dormentes. O único órgão que consigo sentir é meu coração aos pulos.

O único pensamento que tenho é que foi minha culpa.

Tudo por minha culpa.

Se eu não os tivesse avisado – se não tivesse mandado a mensagem a Kaelen –, nada disso teria acontecido. O plano teria sido cumprido sem sobressaltos. O dispositivo teria sido ativado dentro do bunker hermeticamente fechado. A explosão teria sido contida.

Só seriam perdidos alguns dados idiotas e inúteis!

Mas, em vez disso, abriu um buraco na terra, deixando nada além de entulho e cinzas.

E corpos.

Corpos para todo lado. Mais do que posso contar. Mais do que quando despertei no mar, depois que o avião 121 da Freedom Airlines despencou do céu.

Sinto um abismo semelhante abrindo-se dentro de mim. Ameaça me consumir inteira. Me engolir na escuridão.

E eu não adoraria que conseguisse?

Não adoraria desaparecer neste exato momento?

Cair na rachadura imensa em meu coração e nunca mais voltar à tona.

Quase tropeço em um entulho grande. Parece um pedaço do teto. Com raiva, eu me abaixo e o empurro. Requer toda minha força para que se mexa um centímetro que seja, mas de algum jeito, consigo fazê-lo rolar.

Imediatamente eu me arrependo. Outros corpos me esperam por baixo.

Cambaleio, minha visão se estreita. Meus joelhos cedem.

Um gemido agudo corta o ar e caio em mim num átimo. Eu me viro e reconheço Crest, minha querida amiga. Quero beijar o céu e agradecer ao firmamento por ela não ter morrido.

Ela está viva. Viva e correndo.

Mas não para mim. Para um corpo contorcido e esparramado no chão. Quando ela o alcança, cai de joelhos. Corro até ela e paro quando vejo o rosto de um homem que ela abraça. Ele é bonito. Tem o maxilar cinzelado e as maçãs do rosto pronunciadas. Seus olhos estão fechados, revelando cílios verdes, longos e vibrantes.

"Aqueles cílios", posso ouvi-la dizer. *"Eles podem transformar uma garota boa em má em três segundos."*

Este deve ser Jin. O assistente de laboratório de que ela sempre falava. Aquele que ela chamava de sua Matéria Escura.

Ele está imóvel. Parado demais. O único movimento é uma nanotatuagem em seu braço esquerdo. Uma jornada rodopiante, em alta velocidade pelo céu escuro e ofuscante de estrelas brancas.

Sinto a mão em meu ombro e me assusto.

– Sera?

É Lyzender. Mas eu não me viro para ele. Em vez disso, olho para cima. Para um sol matinal que não deveria brilhar. Que não deveria estar tão ávido para nascer e iluminar o dia.

Meu corpo é sacudido por soluços secos.

Ele para na minha frente com a expressão grave.

– Sera. Precisamos sair daqui. Precisamos voltar ao hover.

Meneio a cabeça.

– Não.

– Seraphina.

– NÃO! – Grito e o empurro com força. – Eu fiz isso com ele! Eu o matei! Não vou embora!

Eu me volto para Crest. Ela está tirando o cabelo da testa de Jin e limpando a poeira e as cinzas de seu rosto, revelando cortes na pele. Manchas na pele branca. Com o polegar, esfrega um corte acima da sobrancelha, tentando apagá-lo. Mas suas mãos não são mágicas. Ela só consegue sujar a testa dele de sangue. E, agora, ele parece pior.

Isso a faz chorar ainda mais.

– Me desculpe – sussurro a ela. – A culpa é minha. Tudo minha culpa.

Parece que ela não me ouve, ensurdecida com o ruído da própria dor.

De repente, atrás de mim, há um ronco grave e furioso. O som de lobos aprisionados e assassinos vingativos. Quando me viro, espero ver alguém investindo contra mim, com a arma em punho e posicionado para matar, mas vejo alguém se afastar, correndo. Correndo como se o mundo o perseguisse.

É Lyzender.

Finalmente desistiu de mim. Finalmente aceitou a realidade de que sou uma causa perdida, como disse Paddok. Que nunca serei *eu*. Sempre serei *eles*. A Diotech – boa ou má, útil ou cruel, protetora ou destrutiva – corre por minhas veias. Sua ciência é meu corpo. Sua inspiração é a minha vida.

Fui feita aqui.

E é aqui que devo ficar.

Uma voz chama meu nome do outro lado do abismo. Uma voz cheia de desespero e mágoa. Levanto a cabeça e vejo o rosto que fui feita para amar. O rosto que me retira de pesadelos, de temores silenciosos, e faz abismos abertos na terra parecerem simples rachaduras no chão.

Seu cabelo louro-escuro brilha intensamente ao sol, dando um motivo para a presença do globo amarelo nesta manhã sombria. Seus olhos cintilam quando encontram os meus através da grande cisão. Não há sorriso naquele rosto. Não sei como alguém pode sorrir com essa devastação.

Mas existe alívio.

O mesmo alívio que me domina agora, despertando em mim a vontade de me mexer. De correr até ele.

– Kaelen! – grito enquanto meus pés falham desconfortavelmente nesse caminho tomado de destroços. Não olho para baixo. Eu me recuso a ver no que piso. Sei que é mais do que entulho: sei que são pessoas também. Gente que eu conhecia. Gente que eu talvez tenha cumprimentado pela manhã. Rostos que certamente reconheceria.

Neste momento, preciso me concentrar na única coisa que impede que eu desmorone dentro de mim mesma. Kaelen está vivo. Ele não pereceu no desastre.

Meu pé se prende em alguma coisa, e de súbito sou arremessada para baixo. Aos horrores que estão abaixo de mim. Estendo os braços para interromper a queda e algo afiado corta a palma da mão direita.

– Sera! – chama Kaelen. Embora eu saiba que ele vem na minha direção, parece que fica mais distante.

O sangue jorra da mão. Eu a levanto para ver o que me cortou e meus olhos caem em uma tesoura de poda de cabo vermelho.

Não.

Por favor, não.

Estou chorando de novo antes mesmo de olhar para baixo. Antes mesmo de ver seu rosto.

Já o perdi uma vez. A lógica me diz que deveria ser mais fácil na segunda ocasião. Como se eu tivesse prática, ou coisa assim.

Mas não se vê lógica em lugar nenhum neste caos de fumaça e morte.

Só existe tristeza. Só existe dor. Do tipo que cega as pessoas e as faz sentir que são tragadas pela terra.

Coloco a cabeça de Rio no colo e faço um carinho em seu rosto. Está marcado por arranhões, onde o prédio demolido desabou em cima dele. Ele devia estar do lado de fora, aparando a cerca-viva.

Tantas cercas-vivas.

Sinto o sangue de um corte na parte de trás de sua cabeça escorrer entre meus joelhos.

Abro a boca, abro a garganta, abro a alma e solto um grito.

O som horripilante me apavora. Tenho dificuldade para acreditar que realmente saiu de mim. Foi animalesco. Não, parecia mais do que algo animalesco. Nunca ouvi algo assim escapar de mim.

Um gemido me sobressalta e, ao baixar os olhos, vejo um tremor de movimento em seu rosto.

– Rio?

– Sera. – Posso ouvir os danos em sua voz. As forças minguando. A morte espera, próxima, pronta para tirá-lo de mim, mas de algum modo ele ainda está aqui.

Ele tosse, a saliva com sangue escorre da boca. Limpo com a mão.

Seus olhos lutam para abrir. Sinto um aperto no peito quando me pergunto que olhos estarão me fitando. O Rio de que me lembro? Ou a versão estéril e sinistra que colocaram no lugar dele?

Resolvo ficar com ele, não importa qual dos dois eu veja.

– Seraphina? – Ele repete, e eu murcho de alívio.

Seraphina.

Foi Rio quem me deu esse nome. O verdadeiro dr. Rio. O homem que me criou. Que me trouxe à vida e me tratou como uma filha.

Quando seus olhos se abrem com dificuldade, eu o vejo de novo.

Seguro sua mão e aperto.

– Estou aqui.

Outra tosse quando ele se esforça para falar.

– Sabe por que eu a ajudei a fugir?

Mordo o lábio e nego com a cabeça. Só sei dos motivos que o dr. A me deu. E quem sabe se são verdadeiros.

– Porque você é livre – ele me diz. – Você sempre foi livre.

– Rio, eu...

– Eu nunca lhe disse quem você realmente é. Deveria ter lhe contado.

– Sou uma ExGen – digo, num torpor. Mas o título não contém mais o orgulho que tinha no passado.

Ele tenta negar com a cabeça, mas o movimento só o faz tossir mais sangue. Rio estremece de dor.

– Fique parado – insisto. – Por favor.

Ele tenta falar, mas o que diz sai baixo demais. Eu me curvo e encosto a orelha em seus lábios.

– Descubra quem você realmente é – diz ele.

Sinto um estremecimento delicado de hálito em minha face. Há um caráter final nele. Um alívio do sofrimento. Ele se foi. Não está mais suspenso entre a vida e a morte. Entre a sanidade e a loucura.

Pensei que não restasse mais nenhuma lágrima em mim. Pensei que já havia chorado todas. Mas, de algum modo, de algum lugar, uma única gota de chuva escorre por seu rosto.

Como um milagre.

Como o começo de uma tempestade.

58
TRAVESSIA

– Fique bem aí onde está, seu conquistador barato.

Sinto o aço afiado em meu pescoço antes de ver o homem que o segura. Levanto a cabeça. Kaelen parou de repente a apenas um braço de distância. Ele olha para algum lugar acima de minha cabeça, para o dono da faca. Depois, seu olhar encontra o meu e vejo o medo tomar forma em seus olhos.

– Você decide. – O homem fala comigo, ajudando-me a me levantar pelo cotovelo. A lâmina fica firmemente encostada em meu pescoço. – Muito bem.

Kaelen está petrificado. Tudo está imóvel, menos o movimento de seus dedos. Ele não consegue decidir se obedece às ordens do homem ou se ataca e aceita o risco.

– Achou que podia se safar dessa, não foi? – A voz severa é ofegante e quente em meu ouvido. Ele tem cheiro de fumaça, poeira do deserto e carne de cervo.

– Jase. – Finalmente eu o identifico. Supus que estivesse morto.

– Achou que podia dar a dica para seus amiguinhos da Diotech e não pagar por isso, hein?

– Eu não... – começo a argumentar, mas a lâmina aperta contra minha traqueia e me silencia.

– Cale a droga da sua boca – ruge ele. – Como você fez? Como avisou a eles?

Lanço um rápido olhar a Kaelen, mas não respondo. A verdade só o deixará mais irritado.

– Você escapou – solto um rangido.

Não é uma pergunta. É uma declaração de esperança. Se ele saiu do bunker antes da explosão, talvez outros tenham saído também. Talvez nem todos estejam mortos.

Ele ri como um louco.

– Que foi? Ficou decepcionada? Porque você não conseguiu matar todos nós? Escapei do mesmo jeito que você e o covarde do Lyzender. Eu corri. Mas não antes de detonar o dispositivo naqueles malditos assassinos de bebês.

– *Você*... – Sou incapaz de concluir o pensamento.

– Não tive alternativa – rosna, pressionando a faca com mais força em minha pele. Sinto que belisca a superfície. Um filete de líquido quente escorre pelo pescoço. – Estavam todos mortos. Paddok, Davish, Nem, todos eles. Por sua causa. Agora a morte de Manen nunca será vingada. Nem a da minha filha. De nenhum deles.

Kaelen dá um passo apreensivo em nossa direção.

– Jase, não é?

Ele se vira para Kaelen.

– Não se mexa. Vou cortar a garganta da garota. Eu juro.

– Ela vai se curar. – Kaelen o desafia.

Jase solta uma gargalhada sombria.

– Não com o inibidor correndo em seu corpo.

Kaelen vira a cabeça de lado, sem entender por completo.

– É isso mesmo. Nós a enfraquecemos. Tiramos seus superpoderes. Assim ela não pode nos matar de pancada.

Kaelen me olha. *É verdade?*, perguntam seus olhos. Respondo com o mais sutil movimento de cabeça. A compreensão passa por ele feito uma sombra. Agora ele entende.

Se Jase cortar, eu morro.

– Olhe – tenta Kaelen. – O dr. Alixter pagará a você o que quiser. É só soltá-la.

– Que o *dr. Alixter* vá para o inferno – Jase cospe. – Aliás, onde ele está? Escondido em sua mansão? É covarde demais para vir aqui e lutar as próprias batalhas? Em vez disso, manda seu maldito exército para fazer o trabalho sujo. Bem, ele é que se engana. Porque eles morreram também. Nenhum deles pode ter sobrevivido àquela explosão.

Todos aqueles agentes no bunker.

Mortos, assassinados na esteira de minha estupidez. Pensei que eu estava ajudando. Pensei que *salvava* vidas, e não que as aniquilava.

– O que você quer? – pergunta Kaelen com certa diplomacia. Mas posso ver seu autocontrole escapulindo. O mau gênio se inflama. Se aquele monstro sair agora, nós dois podemos morrer.

– Quero que ela peça desculpas. Por todas as mortes. Por existir. E depois quero que *você* a veja morrer.

– Faça isso – digo a Jase, curvando-me para sua lâmina. – Pode me cortar. Corte-me em pedaços. Você tem razão, eu mereço. Não pretendia estar aqui. Eu nunca deveria ter sido criada.

– Sera, não! – exclama Kaelen, tentando mais uma vez se aproximar um pouco. Mas um leve movimento da faca de Jase faz com que ele recue.

– Está tudo bem – digo a ele. – É assim que deve acontecer. Você não sabe quantas pessoas morreram por minha causa. Quantas vidas foram destruídas só porque eu existo. Já causei danos demais. Não preciso viver para causar outros.

Ele meneia a cabeça em silêncio, os olhos lacrimejando. Seus ombros começam a arriar.

Nunca vi Kaelen chorar. Não sabia nem que era capaz.

Essa visão crava outra lasca afiada em meu coração já despedaçado.

Um tumulto atrás de nós chama minha atenção. Sem soltar a faca, Jase nos vira até ficarmos de frente para o imenso abismo. Ouço a voz de Lyzender gritar:

– Vá! Ande! Vamos. – Depois, noto duas pessoas vindo em nossa direção. Uma escondida atrás da outra.

Arquejo quando finalmente consigo distinguir o homem na frente.

Um dr. A amarrado e espancado. Ele tem o rosto coberto de cinzas. Um hematoma roxo se forma acima do olho esquerdo.

Ele cambaleia para nós e vejo Lyzender atrás, segurando o cano de uma arma em sua nuca.

– Eu o encontrei agarrado ao corpo de um sujeito – diz Lyzender.

Dane, penso, apavorada.

Lyzender para de repente quando vê o problema: o braço de Jase em volta do meu pescoço, a borda da faca penetrando minha pele.

– Jase! – grita ele, por um momento perdendo o foco no dr. A. – O que está fazendo?

O dr. A aproveita a distração para fugir. Mas ele não vai longe. Lyzender o puxa de volta e aponta a arma para sua têmpora.

– Você fica – ordena.

– Estou fazendo o que deveria ter sido feito desde o início – responde Jase. – Ela avisou aos cretinos e nos levou direto para uma emboscada.

– Jase, não faça isso. Ela não é sua inimiga. Sua inimiga é a Diotech.

– Ela *é* a Diotech! – grita Jase. – Você é o único idiota demais para enxergar isso.

– Infelizmente, ele tem razão. – O dr. A fala pela primeira vez. Não em sua voz habitualmente encantadora e arrogante. Ele parece derrotado. Parece destruído. – Ela é grande parte da corporação. Como Deus, criei meus filhos à minha própria imagem.

– Faça-me o favor, atire nele de uma vez! – grita Jase para Lyzender. – Era o que você queria, não era? Por isso está aqui.

Paddok prometeu que você o mataria quando chegasse a hora. Então, faça isso logo.

Paddok prometeu...

É isso? Foi o que Lyzender obteve em troca da ajuda que deu? Uma chance de matar o dr. A?

Esse tempo todo, não tinha nada a ver comigo, mas tudo a ver com vingança. Ele não veio aqui para me resgatar. Veio para assassinar o fundador da Diotech.

O olhar de Lyzender vem rapidamente de encontro ao meu e eu o encaro.

– Nossa, Lyzender. Estou lisonjeado, sinceramente – diz o dr. A. Ele tenta o sarcasmo, mas sai cansado e pesado demais. – Você consumiu tanto tempo e energia pensando em mim, e eu não pensei em você nem por um segundo.

– Besteira. – Lyzender bate a arma na têmpora do dr. A, que cai de joelhos. – Você passou anos de sua vida tentando fazer com que eu desaparecesse. Você me apagou, me distorceu, me baniu do passado, até tentou me substituir. – Ele aponta para Kaelen com o queixo. – Mas eu ainda voltava e você me despreza por isso. Tanto quanto eu desprezo você. Porque não importa quantas experienciazinhas você invente, não importa quanto você se esforçou para produzir o amor em uma porcaria de tubo de ensaio, nada se compara ao amor de verdade. Confesse, você me odeia porque posso dar a ela a única coisa que você não consegue fabricar em laboratório. Você me odeia porque não pode me reproduzir.

Longe, ouço sirenes. Lyzender deve ter ouvido também, porque olha o céu. Os hovers de emergência estão a caminho.

– Seu tempo acabou, garotinha. – Jase rosna para mim, virando a faca de modo que a lâmina fica perfeitamente posicionada em minha veia.

Olho de Lyzender para Kaelen. As duas pessoas que amei de todo coração. Diferentes como o certo e o errado. Terra e mar. Montanha e céu.

Neste exato momento, porém, eles são idênticos. Gêmeos em sua fúria. Companheiros no ódio pelo homem que ameaça cortar minha garganta.

Mas fico surpresa ao ver que nenhum dos dois olha para mim. Nem para Jase. Eles estão se olhando.

Kaelen faz a Lyzender um movimento muito sutil de cabeça. Não sei o que é dito nesse movimento mínimo, mas, seja o que for, Lyzender entende.

Kaelen dá um salto para trás, rápido o bastante para fazer o ar girar. Jase se assusta, afastando a cabeça da minha numa tentativa de acompanhar o borrão que é Kaelen.

Lyzender só precisava deste movimento. Ele solta Alixter e o empurra no chão. Mira a cabeça exposta de Jase e dispara.

59

IGUALDADE

O dr. A engatinha para longe, levantando-se e correndo na direção do Centro de Comando de Inteligência. Lyzender aponta a arma para a forma que desaparece, mas é desequilibrado quando Kaelen parte para cima dele e o joga de lado. A arma voa ao chão, mas nenhum dos dois vai atrás dela. Em vez disso, arremetem um para o outro.

Horrorizada, observo as duas pessoas que são, cada uma delas, a metade de meu coração fraturado esmurrarem descuidada e loucamente no ar, cada uma delas com esperança de acertar um golpe. Fico supressa ao ver como são ineptas. Especialmente quando já as vi lutar com elegância.

Existe algo entre este lugar em ruínas e os riscos emocionais do que eles estão lutando. Deixa Kaelen lento e induz Lyzender ao erro.

Kaelen golpeia rapidamente e com força, mas Lyzender, por milagre, consegue se esquivar do golpe e acerta o punho na barriga de Kaelen. Rosnando e grunhindo, ele derruba Kaelen de costas. Mas Kaelen levanta-se num borrão e corre para o adversário. Desta vez, os dois caem. Lyzender torce o corpo para passar as pernas pelo pescoço de Kaelen. Ele aperta, mas não é páreo para a força superior de Kaelen. Ele se livra da chave de perna num átimo e se posiciona por cima de Lyzender, prendendo-o com um joelho no peito.

Kaelen consegue acertar dois golpes firmes no maxilar de Lyzender antes de este se contorcer dali, levantar-se de um salto e desferir um pontapé em cheio nas omoplatas de Kaelen.

Kaelen geme, mas não cai. Vira o corpo, golpeia os joelhos de Lyzender até que os dois estão de novo no chão e Kaelen mais uma vez descarrega a agressividade no indefeso rosto de Normata de Lyzender.

– Parem com isso! – grito. Porque não é justo. Nunca será justo. Por mais rápido que Lyzender seja. Por mais que ele *queira* vencer, não é páreo para o poder ímpar de Kaelen. A capacidade está programada em seu DNA.

A natureza pode suportar uma boa briga. Pode brigar como o mais aguerrido dos guerreiros caídos. Pode chutar, morder e esmurrar, mas a ciência sempre estará um passo à frente. Em técnica. Em força. Em capacidade de adaptação.

Porque a ciência pode agir com mais rapidez. Evoluir com mais rapidez.

– Parem! – grito de novo. Mas ninguém me ouve. Eles ainda se engalfinham no chão, lutando pelo controle. Lyzender está se cansando. Dá tudo que tem em Kaelen, mas não basta.

Assim, ele luta com palavras. Porque é só o que lhe resta.

– Ela nunca amará você como me amou! – grita ele entre os golpes de Kaelen. – Você é um substituto fraco. Um dublê. É *fake*.

Ouço um rosnado assustador partindo dos corpos embolados, e meu estômago se contrai.

Conheço esse som.

É o mesmo que Kaelen fez quando atacou aquele lavrador na frente da emissora de Feed e os *paparazzi* na plataforma de hiperloop. O mesmo som que escapou dele quando me protegeu no metrô, em 2032.

É o outro Kaelen. A versão apavorante dele que não consigo controlar.

Não sei onde vive esse monstro. Parece sair apenas quando é ameaçado, desafiado ou, neste caso, insultado.

Vi o que foi feito daquele lavrador em Miami. Eu me lembro de como ele ficou quando finalmente arrancaram Kaelen dele. Os olhos do homem tinham rolado para trás. A boca estava entreaberta. Ele parecia destruído. E não só porque o crânio certamente fora aberto. Algo mais nele também rachou. Alguma parte de sua humanidade.

Eu me atiro contra os rapazes que ainda lutam no chão. Sei que minha força não equivale à de Kaelen. Nem mesmo quando estou de posse de minha plena capacidade. Mas ele não vai me machucar. Não se arriscaria a isso.

– Pare! Você vai matá-lo! – Consigo me meter entre os dois, deitando-me de maneira protetora em Lyzender, que agora só tem as mãos ensanguentadas e com hematomas para se proteger da ira de Kaelen.

Kaelen está tão fora de si, tão perdido nesse demônio que o controla, que nem mesmo percebe que estou ali. Seu punho golpeia com força. Eu viro a cabeça. O golpe cai em cheio em minha orelha.

Grito. A dor dispara por mim, vibrando meu cérebro. O mundo inteiro parece zumbir e piscar. Como uma tela quebrada que tenta segurar um sinal.

Quando olho para cima, o rosto de Kaelen reflete o horror que sei que sente.

– Sera – sussurra ele. É só o que pode dizer. Está chocado demais para falar. Embora minha cabeça lateje e o ouvido esteja tinindo como se esse fosse o único som que ouvirei pelo resto de minha vida, sei que consegui o que queria.

Rompi seu estado monstruoso e louco.

Eu o empurrei da beira do abismo. De volta ao Kaelen meigo, carinhoso e protetor que amo.

Ele se joga para trás, caindo de bunda, e põe as mãos na cabeça, balançando-a um pouco.

– Kaelen. – Estendo a mão para ele. – Está tudo bem.

– Não está droga nenhuma! – Lyzender se esforça para se sentar, mas está fraco e abatido. – Ele podia ter matado você. Podia ter matado nós dois! Ele é um louco maldito.

Coloco a mão no peito de Lyzender.

– Por favor. Vá embora. – Olho o céu e nós dois somos lembrados dos hovers que se aproximam, cheios de gente que não ficará nada satisfeita ao encontrá-lo aqui. Principalmente depois que o dr. A explicar a participação de Lyzender na devastação de hoje. – Saia daqui. Encontre Klo. Leve o hovercóptero de volta ao acampamento.

– Seraphina – argumenta ele. Sua fúria não foi aplacada. Nem um pouco. – Não vou deixar você aqui com esse monstro.

– Vou ficar bem. Eu prometo. Agora VÁ. – Dou um empurrão nele. Ele estremece por isso e me dói ver. Mas doerá ainda mais em mim vê-lo capturado por quem o dr. A chamou para lidar com ele. O dr. A não será gentil. Não é da sua natureza.

– Não – decide Lyzender. – Sem você, não. De novo, não. Pertencemos um ao outro, Sera.

– Eu pertenço a *este lugar.*

Ele começa a menear a cabeça.

– *Zen* – digo com intensidade. Minha voz falha. Seguro seu queixo. Só vou tirar os olhos dele quando ele entender. – Você precisa ir embora. Senão, o dr. A o matará, ou coisa pior.

– Então venha comigo. – A súplica em sua voz, a dor, o desespero, a história, é quase demais. Eu me sinto esfarelar.

Fecho os olhos.

– Não posso.

– Por que não? Sera, você também não pode ficar aqui. Você nunca será livre se...

– PORQUE EU NÃO POSSO AMAR VOCÊ!

As palavras ecoam no fundo do abismo que se formou na terra hoje. E naquele que esteve se formando em meu coração desde o dia em que me trouxeram a este mundo. Temo que nenhum dos dois possa ser completamente preenchido. A terra nova que colocarem por cima, as novas fundações que farão, só servirão para esconder a ferida pulsante, em carne viva, que continuará para sempre por baixo.

A mágoa no rosto de Zen é inconfundível. Ela me parte em duas. Rouba tudo que me resta.

Mas, se salva sua vida, então não tenho alternativa.

– Não posso te amar como você quer – sussurro. Rezo para que ele não ouça a incerteza em minha voz. Se ouvir, nunca irá embora. – É como disse Paddok. Fui longe demais. Estou destruída demais. Não posso ir com você quando era minha intenção ficar aqui. Foi aqui que fui feita. É aqui que devo ficar. – Fecho bem os olhos, cerrando os dentes. – Por favor, vá embora.

Queria poder me apaixonar por você em um mundo diferente.

Começo uma contagem. É só o que posso fazer para evitar as lágrimas.

Quando chego a 41, ouço Lyzender se levantar. Quando chego a cinquenta, ouço seus passos silenciosos e hesitantes. Mas eles não se afastam. Chegam mais perto. Continuo de olhos bem fechados.

Cinquenta e sete: a respiração dele em meu rosto, quando se curva para mim.

Sessenta: sua mão na minha, abrindo meus dedos com os dele.

Sessenta e oito: algo frio e pesado é colocado em minha mão aberta, meus dedos se fechando em volta.

– Vou esperar por você. – Suas palavras aos sussurros são entrecortadas e magoadas.

Oitenta e três: o som de hovercópteros descendo, sirenes berrando, os lábios dele roçando minha testa.

Oitenta e nove: seu calor desaparece.

Noventa e cinco: correndo, correndo, correndo...

Cem: sumiu.

60
LAMENTO

Agora o mundo está em silêncio. Enfim, em silêncio. Os tratores e as gruas lá fora, que limparam a bagunça que fiz, pararam durante a noite. O barulho de pais chamando por filhos perdidos e crianças chorando por pais perdidos diminuiu.

O complexo – ou o que restou dele – foi dormir.

Amanhã será outro dia. Amanhã a Diotech será reconstruída. Mas a vergonha gravada em mim nunca desaparecerá.

Ouço a respiração profunda e tranquila de Kaelen a meu lado. Eu deveria adormecer em seus braços. Depois que ele me puxou, beijou-me profundamente e sussurrou em latim em meus ouvidos. Mas foi ele quem primeiro sucumbiu à noite.

Ainda estou acordada.

Ele tentou se desculpar. Começou muitas vezes. Mas nunca o deixei terminar. Garanti que não precisávamos de desculpas. Já havíamos ultrapassado isso.

– Nós nos agredimos o tempo todo – tentei brincar. – É o que fazemos. Não podemos nos ferir, lembra?

Ele encostou o dorso da mão no meu rosto cheio de hematomas. Sempre com muita delicadeza. O remorso nublava seus olhos.

– Eu feri você aqui.

Seguro a mão dele e a coloco em meu peito.

– Mas não feriu aqui.

Deitada na cama, já sinto minha pele se curar. A dor é afugentada enquanto meus genes ficam mais fortes. Enquanto o inibidor perde efeito no corpo. Amanhã estarei inteira de novo. Estarei forte.

Serei eu.

Quisera eu saber quem é essa pessoa.

Cento e vinte e uma pessoas morreram. E a contagem continua.

À noite, nós nos reunimos em torno da mesa de jantar e fizemos nossa refeição como se nada tivesse acontecido. Mas foi uma farsa que ninguém conseguiu realmente sustentar. Kaelen e eu beliscamos nossa comida enquanto o dr. A encarava com o olhar vago o lugar em que Dane costumava se sentar.

O diretor Raze se juntou a nós perto do final da refeição, depois de ter mandado a polícia embora, insistindo que podia cuidar das coisas a partir dali. Ouvimos, num torpor, ele mastigar sua carne sintética, beber o vinho e contar toda a dolorosa saga de seu ponto de vista. Como Kaelen traduziu minha mensagem. Como ele montou a armadilha para Paddok. Como perdemos tanta gente boa, mas no fim vencemos a guerra.

O bunker não foi destruído.

Os preciosos dados da Diotech estão a salvo.

A empresa sobreviverá.

Enquanto isso, minha cabeça tem sido uma cacofonia de hipóteses.

E se eu nunca tivesse mandado a mensagem a Kaelen?

E se eu nunca tivesse parado para ver o tumulto na emissora de Feed em Miami?

E se não tivesse me apaixonado pelo garoto?

Não tenho resposta para nenhuma delas.

– Você agiu corretamente – Kaelen tentou me garantir, depois que o dr. A pediu licença e o diretor Raze voltou ao

CCI. – Se não tivesse me avisado, eles teriam destruído tudo. A Diotech vai se recuperar graças a você.

Assenti, entorpecida.

A Diotech pode se recuperar. Mas receio que isso jamais acontecerá comigo.

Quando tenho certeza de que Kaelen está dormindo, eu me desvencilho dele, escapulindo para o banheiro e trancando a porta. Quando entro, os sensores de movimento ativam o Feed no ReflexiVidro e vejo as imagens familiares do anúncio da Coleção ExGen.

"Seja mais forte. Mais rápido. Mais inteligente. Seja *mais*", diz a voz grave e autoritária.

– Desativar Feed – quase grito para o espelho.

O anúncio some assim que aparece o logotipo da Diotech.

Abro a água da banheira. Sem aprimoramentos. Só a água limpa, transparente e escaldante.

Tiro o pijama e afundo sob a superfície.

A água quente é uma ferroada nos hematomas em meu rosto, mas eu resisto. O silvo nos ouvidos me traz uma paz fugaz. Fecho os olhos e me deixo flutuar.

A água não pode lavar o que fiz.

Não pode lavar de mim o olhar de Zen quando eu disse que não podia amá-lo.

Não pode emendar meus pedaços quebrados.

Mas pode me trazer o abençoado silêncio. Mesmo que só por um momento.

E então, o momento acaba. Penso em Crest chorando sobre o corpo de Jin. Penso em Rio. Penso nos agentes de Raze e em Paddok, até mesmo em Jase. Todas as pessoas que não verão o amanhã.

Cada uma delas viveu por algo diferente – rebelião, mudança, ciência, vingança – e, ainda assim, todas morreram pela mesma coisa, no fim das contas.

A tristeza pesa tanto em mim que a sinto me prender no fundo da banheira. Sinto que me encharca como um pano molhado que nunca secará. Eu a carregarei aonde quer que vá. Braços e pernas ensopados, pingando, que me deixarão mais lenta, não importa a velocidade com que minhas pernas possam me levar.

Pelo menos a água pode lavar minhas lágrimas.

61
ESPERANÇOSA

Quando levanto da banheira, é quase manhã. Meus dedos das mãos e dos pés estão enrugados da saturação de água. Entro no Desidratante e me encosto na parede enquanto a umidade é sugada da pele.

Visto-me e me sento de frente para o ReflexiVidro. Na mesma cadeira em que sempre me sento quando Crest tenta fazer meu cabelo e me fala de seu Matéria Escura. Ela voltou para casa depois do jantar, mas trancou-se prontamente no quarto e não saiu desde então.

Abro a gaveta da penteadeira e encontro o que escondi ali.

Um frasco mínimo com um líquido transparente e cintilante. Foi o que Zen colocou na minha mão antes de partir. Antes de o hovercóptero levá-lo deste lugar para sempre.

Não demorei muito para entender o que era.

Uma dose do gene da transessão. Cody criou duas. Uma para Zen, outra para mim. Uma última esperança de escapar.

Meti o objeto em minha blusa assim que fiz a conexão. Kaelen estava afogado demais na infelicidade, por ter me esmurrado por acaso, para notar.

"Vou esperar por você."

Foi o que Zen disse quando me deu o frasco.

E agora sei que é uma promessa que ele vai cumprir.

Duvidei de sua devoção a mim. Duvidei de toda vez que ele disse que me amava. Terei que conviver com isso pelo resto de minha vida.

Agora não duvido.

Não tenho como duvidar.

Ele teve sua chance de matar o dr. A. Teve a chance de se vingar, mas jogou-a fora para salvar minha vida.

Não dá para discutir isso.

Não há significado nem plano oculto em seus atos.

Só há a verdade.

Uma verdade que estava presente o tempo todo, mas que eu me recusei a enxergar. Fui programada para *não* ver.

Mas não se trata de Zen. Não se trata de Kaelen. Nem mesmo da Diotech.

Trata-se de mim.

Preciso saber quem eu sou. Não sou uma Normata. Mas também não sou puramente ExGen. Sou algo entre uma coisa e outra. Algo intangível. Mas, assim espero, não incognoscível.

E é essa esperança que conduz minha mão para o injetor que Crest guarda na gaveta da mesinha de cabeceira. É esse último fiapo de fé moribunda que prende o frasco em minha mão no reservatório do injetor e guia a ponta pressurizada até minha veia.

62
INVASÃO

O Projeto Gênese começou em 2101. O dr. A gosta de contar as crônicas de seu sucesso como uma história para fazer as crianças dormirem.

Sequência: A / Recombinação: A – Falhou

Sequência: B / Recombinação: F – Falhou

Sequência: D / Recombinação: R – Falhou

Cento e quatro decepções até que finalmente deram com aquela que funcionou.

Sequência: E / Recombinação: A

S:E/R:A foi um sucesso.

Isso foi há quase três anos, no início do verão de 2114. Para ser exata, em 27 de junho. A data foi gravada em minha mente graças à DigiPlaca pendurada no corredor do meu quarto, passando em ciclo pelas datas das tentativas fracassadas até que, por fim, cai na única data que importou daí em diante.

O dia do meu "nascimento".

Antes de Kaelen ser trazido à existência. Antes de um garoto chamado Lyzender me encontrar trancada em uma cela de prisão no agora abandonado Setor Restrito. Antes da minha fuga e do meu retorno.

O que havia de tão especial em S:E/R:A?

Por que teve sucesso onde os outros fracassaram?

Se puder responder a essa pergunta, acho que poderei responder a todas as outras que têm me atormentado desde que despertei naquele útero.

"Descubra quem você realmente é."

O dr. Rio me deu a primeira pista antes de morrer. O verdadeiro dr. Rio. Não aquele artificial que ocupou seu corpo no último ano. Ele me deu um convite para procurar pela verdade sobre mim. Para invadir seus segredos.

Não preciso ir muito longe para descobrir o que procuro. Não preciso invadir o passado, nem dar uma olhada no futuro. As respostas estavam aqui o tempo todo. A menos de um quilômetro e meio. Só agora tenho a coragem e a vontade de procurar por elas.

Fecho os olhos e me concentro no destino.

Do outro lado do complexo, no meio do Setor Médico, há uma porta que ficou trancada por quase três anos.

E finalmente tenho um meio de entrar.

63
FERIDAS

Já tem muito tempo que não faço a transessão. Quase tinha me esquecido do que cobra do corpo. A inquietante torção no estômago e nas articulações, a turbulência de moléculas e células. Sinto o ar mudar à minha volta, indicando minha transferência. Quando abro os olhos, não me desloquei no tempo, mas estou no antigo laboratório e escritório do dr. Rio. Esteve bem fechado e trancado desde que se descobriu que o cofundador da Diotech Corporation foi quem me ajudou a fugir. Desde então, qualquer acesso a este lugar foi restrito.

Sempre esperei que um novo cientista um dia se mudasse para cá e o tornasse dele, mas o dr. A jamais permitiu. É quase como se quisesse preservá-lo. Ou talvez simplesmente seja difícil demais para o dr. A olhar esta sala – onde eles trabalharam lado a lado como parceiros, onde criaram uma nova vida juntos. Talvez por isso ele tenha transferido o Projeto Gênese para seu atual lar, no Edifício 1, onde comprou equipamento novo e aprimorado para criar o novo e aprimorado ExGen.

A nostalgia deste espaço me atinge como um rochedo. Das bancadas reluzentes em azul e branco ao teto inclinado e ao aquário sintético embutido em uma das paredes. O dr. Rio sempre brincava que o peixe sintético era o único bicho de estimação que ele conseguia se lembrar de alimentar.

O útero esférico e vazio permanece intocado no meio do laboratório, como um planeta abandonado.

Esse globo gigantesco me trouxe à vida. Dentro daquelas paredes curvas de SintetiVidro, uma menina de 16 anos foi criada e trazida ao mundo.

Passo a ponta dos dedos delicadamente por sua superfície, imaginando como deve ter sido ficar presa ali dentro, respirando fluido, olhando o mundo que, em breve, eu habitaria desajeitada. Que acabaria por me rejeitar.

Se eu voltasse lá para dentro agora e invertesse o processo, será que poderia apagar os últimos três anos? Ele me encolheria até eu me tornar nada além de uma partícula de poeira?

Enquanto olho o laboratório deserto, fica evidente há quanto tempo ninguém põe os pés aqui. As flores hidropônicas que antes emolduravam as telas de parede dele morreram. A sala ainda tem pratos vazios e canecas de café. O dr. Rio era famoso por recusar o acesso a qualquer um quando estava no meio de um projeto – nem mesmo um bot de limpeza. E o DigiQuadro branco que ele usava para analisar as ideias ainda está coberto de garranchos indecifráveis e tachas virtuais.

Localizo sua mesa em um canto da grande sala. Piso de leve no chão, de repente agradecida ao pessoal de Paddok por ter retirado meu implante e meus nanossensores. Como o diretor Raze ainda tenta juntar os pedaços do atentado e restaurar a ordem em um lugar desordenado, a reinstalação de meus protocolos de rastreamento não era sua prioridade máxima.

Acho que não me consideram mais em risco de fuga. Afinal, fui eu que avisei a eles sobre o atentado.

Acho que, finalmente, provei que sou digna de confiança.

Assim como perdi toda a confiança neles.

Dou um toque na tela na mesa de Rio e a ativo depois de seu longo sono. Ela pisca e acende, um tanto lenta, como quem se recorda de como funciona. Aparece um pedido de senha e entro com a única palavra em que consigo pensar:

Seraphina

Funciona.

Tenho acesso ao gerenciador de arquivos e examino, assombrada, as filas e mais filas de pods de dados, cada um deles contendo incontáveis arquivos. A lista continua eternamente. Nem mesmo sei por onde começar.

Mal sei o que procuro.

Opto pela função de busca, entrando com o primeiro nome que recebi:

S:E/R:A

Os resultados são gerados instantaneamente, mas é outro catálogo assustador que eu levaria anos para classificar, sem contar o fato de que provavelmente não entenderia a maior parte do que leio. Xingo a mim mesma em silêncio por nunca ter pedido um upload sobre genética avançada.

Meus olhos passam rapidamente pelos nomes. Minha visão parece melhorar a cada segundo, à medida que passa o que resta de efeito do inibidor.

Paro quando chego a um pod de nome DIÁRIOS.

Abro e encontro milhares de arquivos de vídeo, organizados por data. Localizo um deles, rotulado de 23 DE ABRIL DE 2114 – o dia da última sequência falha, S:D/R:Z.

A combinação seguinte será um sucesso. Mas apenas três meses depois.

Eu me sento na cadeira e ativo a reprodução.

O rosto fatigado e épico de Rio se projeta na tela de parede acima de mim. Ele parece mais jovem do que me lembro, mas suas feições têm o peso do cansaço e do fracasso constante.

Ele fala diretamente para a câmera, diretamente para meu olhar ansioso.

"Dia 23 de abril de 2114. S:D/R:Z falhou." Ele para, enxuga os olhos e suspira. "Como podem ver, o embrião chegou à plena maturidade dentro do útero artificial, mas, como seus predecessores, não sobreviveu ao processo de nascimento."

A perspectiva muda. Uma nova câmera foi ativada. Agora vejo o útero gigantesco. Seu portal foi aberto, o fluido drenado, e um pouco à esquerda do enorme globo está uma maca flutuante com uma menina nua e morta.

Ela não é parecida comigo. Tem a pele mais clara e o cabelo mais escuro. Seu rosto é mais redondo.

Antes que eu consiga examiná-la melhor, Rio está de volta à tela.

"S:D/R:Z é o 13° embrião que conseguimos gestar até a plena maturidade. Como aconteceu com os embriões anteriores, a gestação foi concluída em 37 dias, duas horas, 42 minutos e 16 segundos. Nenhum desses 13 sobreviveu ao nascimento."

Décimo terceiro embrião?

Existem outros 12 corpos iguais a este?

"Por motivos que ainda precisamos identificar", continua Rio, os olhos se enevoando ligeiramente enquanto ele fala, "os espécimes simplesmente não querem sobreviver fora do útero. É quase como se não fossem feitos para este mundo."

Suas palavras ecoam assombrosas em meu cérebro.

"Não foi feita para este mundo."

Ele tem uma semelhança sinistra com o pastor Peder. Será que Rio tinha suas dúvidas a respeito deste projeto, antes que fosse um sucesso? Estaria ele começando a questionar a criação da vida em laboratório? Eu me pergunto se ele alguma vez verbalizou essas preocupações ao dr. A. Se era inteligente – e se conhecesse seu cofundador tão bem como suponho que conhecia –, teria guardado essas hesitações para si.

Há um longo silêncio, durante o qual Rio olha, pensativo, para a câmera. Depois, de repente, ele recupera o foco e continua a falar: "Amanhã começaremos a trabalhar na Sequência: E / Recombinação: A. Em uma tentativa de eliminar os problemas que tivemos com a Sequência: D / Recombinação: Z, faremos os seguintes ajustes no código genético." Ele estreita os olhos para a tela, um pouco à esquerda da câmera. "Primeiro ajuste..."

Rio é interrompido por um sinal sonoro fraco, seguido pelo gemido baixo da voz de uma garotinha.

"Papai?"

Seu corpo fica hiperalerta. Com uma passada de dedo na mesa, três VersoTelas descem do teto atrás dele e de ambos os lados, metamorfoseando seu imenso laboratório em um escritório pequeno e pitoresco, e bloqueando o útero aberto – e a menina morta – com uma projeção digital de uma praia tropical.

Em sua pressa para esconder tudo, ele se esqueceu de desligar a câmera.

Outro golpe de dedo abre a porta principal do escritório e uma menina nova invade a sala, corada, as lágrimas escorrendo pelo rosto e sangue no joelho esquerdo.

Esta é Sariana.

A menina que vi na gravação arquivada do Feed do anúncio da carne sintética. E a menina que vi na memória do dr. Rio quando voltei ao complexo no ano passado, com Kaelen.

Por algum motivo, sempre que a vejo, eu me sinto atraída a ela de um jeito incomum, quase familiar. Como se eu tivesse sonhado com ela a vida toda. Como se visse sua silhueta pelo canto do olho sempre que me viro.

E, agora, fico impressionada porque estranhamente quase nos parecemos. Eu não havia notado nas duas últimas vezes em que a vi. Ela era mais nova então. Mas, agora que seu rosto é menos o de um bebê e mais o de uma criança nova, a semelhança se destaca.

Nosso cabelo tem quase o mesmo tom de castanho cor de mel, nossa pele tem quase a mesma cor caramelo. E nossos narizes e maçãs do rosto têm formatos e inclinações semelhantes. Os olhos dela não são púrpura como os meus, mas de um castanho avermelhado escuro que quase parecem púrpura, dependendo da luz. Enquanto minha pele é inteiramente lisa e imaculada, a dela é coberta de minúsculas sardas, e ela tem aquela marca de nascença cor-de-rosa embaixo do queixo – aquela com o formato de uma folha.

Olhando-a na tela, de repente sou lembrada do disfarce genético que usei no início da turnê. Ele embotou parte do brilho e do caráter sedoso de minhas características aprimoradas de ExGen, substituindo por algo mais Normata.

Algo que se parece muito com ela.

"Sari, o que houve?", balbucia ele, e de imediato noto a mudança em sua voz. Ainda está exausto, ainda sente o peso do fracasso, mas essa garotinha – com os joelhos ossudos, o cabelo despenteado e os olhos castanhos radiantes – nunca saberá. Ela o ilumina como um pequeno sol.

A menina aponta o cortezinho no joelho. "Caí de uma árvore no Setor Agro." A lembrança da ferida faz com que ela comece a chorar.

Rio pega a menina no colo e examina o ferimento. "Hmmm. Vamos ver. Ah, meu Deus, parece feio. Doeu?"

Ela funga e faz que sim com a cabeça.

Ele se curva para mais perto, seu rosto fica falsamente sério. "Isso parece bem ruim. Minha opinião profissional? Infelizmente, você não vai resistir. Você não tem muito tempo. Talvez alguns minutos. *No máximo*. Espero que suas coisas estejam todas em ordem."

Isso a faz rir.

"*Não* é motivo para risos", ele continua. "Acabo de lhe dizer que você vai morrer em questão de minutos e você ri?"

Ela ri ainda mais. "Não, papai."

"Não o quê?"

"Não vou morrer", ela se justifica. "É só um arranhão."

"Ei, ei", argumenta ele, fingindo-se de ofendido. "Quem é o médico aqui? De quem é esse laboratório chique?" Ele gesticula para o espaço a sua volta. "Vai mesmo argumentar com minha avaliação profissional?"

Ela assente com veemência. Está adorando isso.

Ele passa a mão no queixo. "Vejamos. Uma divergência de opinião. Que interessante. E quais são suas qualificações, doutora Sari?"

Ela dá de ombros. "Tenho oito anos."

"Oito", ele finge muito fascínio, arregalando os olhos. "Bem, por que não disse isso antes?" Ele a baixa em suas pernas magras e bambas e faz uma mesura na frente dela. "Eu me rendo a seu gênio inigualável."

Quando Rio se levanta, os dois estão sorrindo. Sinto meus lábios se curvarem involuntariamente. É isso que o faz insistir depois de 104 fracassos.

"E então", diz o dr. Rio à menina no vídeo enquanto coloca um nanocurativo no corte. Ela solta o ar entre os dentes enquanto ele se funde a sua pele. "O que aprendemos hoje sobre subir em árvores no Setor Agro?"

Com petulância, ela bate o pé. "Mas eles têm as melhores árvores para subir."

Ele a desafia com um olhar. "A srta. Gleist disse que você não tem entregado suas tarefas a tempo."

Ela projeta o lábio inferior, mas não responde.

"Sariana", ele avisa.

"É chato. Ela é chata. A escola é chata. Não quero mais ir lá."

Ele ri. "Se não for à escola, como vai crescer e ser uma cientista brilhante como eu?"

"Eu já sou mais inteligente que você", observa ela.

Ele considera. "Isso é verdade, mas você precisa ser um zilhão de vezes mais inteligente do que eu." Rio lhe dá um tapinha nas costas, conduzindo-a para a porta por onde ela entrou. "Agora preciso voltar ao trabalho. Chega de subir em árvores, por favor. Está bem?"

Ela arria os ombros ao andar desanimada para a porta. "Tudo bem."

"Vá terminar os deveres de amanhã."

A cabeça da menina fica dramaticamente baixa. "Tudo bem."

A porta se fecha e Rio volta a se concentrar na câmera diante dele. Só agora percebe que esteve gravando esse tempo todo. "Ah, droga."

Ele bate na mesa e a tela acima de mim escurece, com exceção de uma linha de texto.

Fim do arquivo

– Busca de pessoal da Diotech – grito ao computador.

Qualquer um que morasse no complexo da Diotech teria um registro no sistema de pessoal. A corporação cataloga incontáveis pods de dados sobre cada funcionário, cônjuge e filho, inclusive nome, idade, data de nascimento, características físicas, credenciamento de segurança, padrão alimentar, salário (para os funcionários), notas (para os filhos), sinais vitais diários, até padrões de sono para medir os níveis de estresse.

Penso na história apavorante que Dane me contou na turnê, e as lágrimas enchem meus olhos. Mas quero saber mais. Quero saber por que essa garotinha é tão dolorosamente familiar. Por que olhar para ela faz minha pele formigar.

Uma caixa de busca aparece e pronuncio cuidadosamente o nome dela.

– Sariana Rio.

Imediatamente, algo começa a acontecer.

Mas não tem origem na tela. Vem de algum lugar dentro de mim. Um segredo há muito sepultado. Uma verdade ocultada pelo tempo e pela tecnologia.

Parece que meu cérebro é aberto à força. A mão em garra e nodosa se estende para o fundo dele, puxando a memória, como lava apanhada de um vulcão borbulhante.

Coloco as palmas das mãos nas têmporas, fecho os olhos e mordo os lábios para conter o grito.

Em algum lugar na dor incandescente e ofuscante, o reconhecimento do que acontece me vem à tona.

Recordação Temporizada.

Uma memória que esteve latente e criptografada dentro da minha mente, esperando pelo gatilho certo para ser ativada.

Já vivi a angústia das RTs. A dra. Maxxer as usou para enterrar um mapa em minha mente que me levaria até ela. Mas nunca me senti assim.

Essa é uma dor sem igual. A memória luta. Ela se agarra. Resiste à pressão das garras. Como se não quisesse ser aberta. Ela não quer ser ativada.

Por fim, não consigo mais lutar. O grito explode de meus lábios, deslizando no piso lustroso de ladrilho sintético do laboratório. Ecoa nas paredes.

Enquanto isso, a batalha continua. Meu cérebro contra a tecnologia implantada dentro dele. Um quer me mostrar o que foi programado para mostrar; o outro quer me proteger do primeiro.

Não sei dizer quem vencerá. Não sei dizer quanto tempo lutarão. Tudo o que posso fazer é cerrar os punhos, apertar o crânio com mais força e rezar para que isso acabe logo.

Por favor, um de vocês precisa se render.

Mas nenhum dos dois está disposto a admitir a derrota. E continuam lutando. Meu corpo é seu campo de batalha. Meus gemidos são suas baixas. Minha infelicidade é o combustível que os impele.

Até que, por fim, depois do que parecem séculos, surge um vitorioso.

Sua identidade não surpreende a ninguém, muito menos a mim. Como sempre, a tecnologia vence, derrotando meu pobre cérebro indefeso como a guerreira obstinada que ela é. Com um último golpe de agonia afiado e pontiagudo, a guerra termina.

A memória brota, entra em foco, ávida e desesperada, como uma prisioneira libertada com medo de ser capturada mais uma vez.

Eu me encolho na cadeira e deixo que ela saia. Deixo que a vitoriosa saboreie sua glória recém-conquistada. Mas, à medida que a imagem começa a se infiltrar em minha mente, bombardeando meus sentidos, percebo que não é uma de *minhas* memórias que esteve trancada por trás de uma fortaleza mental todo esse tempo.

Esse fragmento do passado pertence ao homem que o colocou ali.

64

APELOS

Ele está sentado em seu escritório. Do lado de fora da janela, o sol brilha alto no céu. Ele tem os olhos pesarosos, desculpa-se por não poder ceder a sua tentação.

"POR FAVOR, venha brincar comigo", repete a garotinha, o rosto adorado reaparecendo na tela dele depois de ele tê-la dispensado duas vezes. "Podemos fazer sua brincadeira preferida", negocia ela.

Ele ativa a câmera e sorri para a menina. "Hoje não, Sariana. Me desculpe. Preciso trabalhar."

Os lábios dela formam um beicinho. "Você sempre precisa trabalhar."

Ele suspira. Ela tem razão. Ele sempre faz isso. Mas não será para sempre. Assim que este projeto for um sucesso, ele poderá relaxar. Poderá tirar uma folga. Poderá ver a filha crescer.

"Por que não brinca com Ren ou Phillina?", sugere à projeção da menina.

Claramente, esta não é uma alternativa viável. "Ren está fazendo o dever de casa e Phillina só quer brincar com jogos virtuais."

"Você deveria estar fazendo o dever de casa também". Sempre foi uma luta com Sariana. Ela adorava ficar ao ar livre desde que era um bebê. Costumava chorar quando era levada para dentro.

Talvez porque foi dentro de casa que a mãe morreu.

"Terminou seu dever de matemática?", pergunta ele quando ela vira a cara e deixa a bochecha cuidar do protesto.

"Não", ela admite de má vontade.

"Bem", ele a incita, "talvez deva fazer."

"Matemática é idiota", argumenta a menina. "Posso descobrir o que quiser no Slate."

"O que vai acontecer se você não tiver um Slate e quiser fazer um cálculo complexo de cabeça?"

Sua carranca se aprofunda. "Por que eu ia querer fazer isso?"

A paciência dele está se esgotando. O café que tomou um segundo atrás já perde o efeito. "Sari", diz ele, bufando, "não podemos ter essa discussão de novo. Faça seu dever de casa, depois me mande um ping quando terminar."

Ela não faz nada para esconder sua frustração enquanto interrompe a conexão e escurece o pequeno quadro no qual antes aparecia seu rosto.

Ele se vira e olha de novo pela janela. O sol continua a chamá-lo com um sorriso caloroso. O céu sem nuvens canta seu nome.

Agitado, ele passa o dedo na mesa para ativar um programa de projeção no vidro. A janela colorida e luminosa se transforma em uma parede cinza-escura.

Hoje ele não desfrutará do dia.

Ficará ali.

Ficará com S:E/R:A. Os primórdios de uma nova vida.

Assim ele espera.

As últimas 104 tentativas fracassaram, mas ele se sente bem com esta. Pela primeira vez em muito tempo, está otimista.

Ele passa os trinta minutos seguintes entrando com os dados das últimas modificações no sequenciador. A geração digital do rosto da menina na tela não muda. Mas, em algum lugar no fundo do DNA, ela é melhorada. Receberá outra chance na vida.

Assim ele espera.

Ele olha seus olhos luminosos, que ainda não passam de uma coleção de pixels de altíssima resolução. "Desta vez, vou acertar", promete a ela, embora saiba que é uma promessa que não pode cumprir. "Desta vez, finalmente vou conhecer você."

Ele se vira e olha o globo imenso e efervescente que está atrás de si. O fluido laranja cintilante ondula de expectativa, pronto para receber a matéria-prima do sequenciador. Pronto para encasular as células frágeis e preciosas bem no fundo de seu núcleo e cultivá-las até que formem uma menina de 16 anos viva, respirando e sobrevivendo.

Assim ele espera.

A ponta de seu dedo paira acima da superfície da mesa, tremendo ao se preparar para enviar o último comando.

Se este der certo, ela será o ser humano mais perfeito que já existiu.

Se este der certo, ela será linda. Será famosa. Será um milagre científico.

Se este der certo.

Seu dedo começa a tremer. A dúvida o invade.

Será que vai conseguir lidar com outro fracasso? Será que seu coração, sua determinação e sua carreira sobreviverão a outro cadáver alquebrado na mesa?

Ele afasta esse pensamento. Obriga-se a pensar positivo. A ficar otimista.

A continuar esperançoso.

S:E/R:A será aquela. Aquela que sobrevive. Ele não sabe como, mas sente em seu âmago.

Talvez o truque esteja nas modificações que fez na sequência do DNA.

Talvez venha a ser um milagre.

Ele respira fundo e se prepara para dar o comando de inicialização. Mas outro ping aparece na tela de parede pouco antes de seu dedo roçar a superfície fria da mesa.

Sem se dar ao trabalho de olhar os metadados, ele aceita, irritado, a solicitação que chega. A bronca já explode da boca. "Sari! Isso não é um debate! Estou..."

Mas ele é interrompido pela visão à sua frente. Não é o rosto da filha que o recebe do outro lado da conexão. É seu parceiro nos negócios.

"Alixter", diz ele com certo alívio. "Desculpe-me, pensei que fosse minha filha. Você ficará feliz em saber que estou prestes a implementar a próxima sequência na câmara de gestação. Fiz alguns ajustes significativos para..."

Mais uma vez, Rio é interrompido.

E não são palavras que imobilizam sua língua, mas uma imagem. Uma expressão. Um silêncio opressivo.

"Alixter?", pergunta ele com cautela. "O que foi?"

O louro na tela umedece ansiosamente os lábios secos.

"Havin", diz ele, dirigindo-se a Rio por seu nome de batismo, algo que raras vezes faz.

Rio já saiu da cadeira. "O que foi? Qual é o problema?"

Seu sócio hesita. Como se o tempo fosse irrelevante. Como se soubesse que ele não mudaria nada. "Você precisa vir ao Centro de Saúde imediatamente."

65
REORDENADA

Ele ultrapassa o hovercarro, optando por ir correndo. Fica a pouco menos de 400 metros, do outro lado do Setor Médico. O carro seria decididamente mais rápido, mas tem algo na corrida, o suor, a respiração pesada, que o faz sentir que está chegando mais rápido.

Como se o esforço, de algum modo, equivalesse à eficiência.

Ele sempre achou que esse complexo foi mal-projetado. Deveria ter sido planejado em anéis adjacentes, numa espiral para fora, com os prédios mais importantes agrupados no meio. Ao contrário desses setores afastados e retangulares.

Ele também nunca entendeu por que o Centro de Saúde era abrigado no Setor Médico, e não no Setor Residencial, onde poderia ficar mais perto das pessoas que realmente fazem uso dele. Mas não são muitos os que adoecem no complexo. Doença é coisa rara ali.

Porém, o projeto desse lugar nunca foi decisão dele. Era domínio de seu sócio. Eles concordaram, inicialmente, em fazer a divisão do trabalho por especialidade. Como o dr. Rio claramente era o cientista mais talentoso, supervisionaria os projetos de pesquisa e experimentação, enquanto o dr. Alixter, que tinha carisma e articulação inatos, cuidaria das operações e das relações públicas.

Alguns minutos depois, ele entra explosivamente pelas portas do Centro de Saúde, ensopado e ofegante. Para numa derrapada ao ver a multidão reunida em volta de uma maca estacionada no saguão.

O corpo que a maca escora está coberto por um lençol branco e imaculado. A forma é pequena demais para ser de um cientista. Estreita e magra demais para ser de um adulto.

Por que eles estão parados ali?, pensa, abrindo caminho pelo pequeno enxame.

Por que não estão fazendo nada?

Ao ver o rosto dele, as pessoas que cercam a maca se dispersam. Afastam-se dele. Abrem caminho para a pior visão que seus olhos serão obrigados a ter.

Não é ela, pensa ele ao puxar o lençol e ver o rosto sardento, o cabelo castanho-claro e os cílios grossos da criança. Ela é tão pequena. Frágil demais. Tão...

Imóvel.

E, então, seu cérebro tem um momento precioso de compreensão. A mente brilhante lentamente processa as informações. Os detalhes. Os fatos.

E, então, ele está gritando. "Mas qual é a droga do problema de vocês? Por que estão todos parados aí? Me arranjem um kit de ressuscitação AGORA!" Ele se curva para os lábios sem respiração da menina. "Sari", ele suplica. "Está me ouvindo? Sari?"

Ele estremece quando sua face roça a dela e sente a frieza de sua pele.

Quando ele se ergue, ninguém se mexeu.

"Mas que porcaria!", grita ele. "Saiam do caminho! Eu mesmo vou pegar."

O dr. Alixter é quem o alcança enquanto ele passa aos empurrões pelas pessoas. É o dr. Alixter que o segura quando ele se debate. "Ela morreu", declara, sua voz mais gentil do que o dr. Rio jamais ouviu. Mais gentil do que qualquer um tenha ouvido. "Não há nada que possamos fazer."

Mas Rio não ouve isso. Não pode ouvir isso. Ele se solta. "Não, vá para o inferno."

Ele dispara pelo corredor, voltando um instante depois com uma caixa pequena e sem rótulo. Puxa o lençol, expondo todo o corpo frágil da menina. É quando vê o que eles já viram. É quando sabe do que eles já sabem.

O ângulo estranho do pescoço. A leve protrusão do osso.

"Ela caiu", uma voz conhecida narra de uma distância segura atrás dele. "De uma árvore. Aconteceu instantaneamente. Ela não sentiu dor. Eu sinto muito, Havin."

O mundo passa a assumir um tom furioso de vermelho. A temperatura do planeta aumenta até que ele jura que vive em um sol amargo e colérico. O mesmo sol que o convidou a brincar minutos atrás.

Alguém o puxa para longe, tentando cobrir seus olhos.

Outra pessoa murmura devaneios ilógicos em seu ouvido. Absurdos sobre a vida ser um mistério e nem sempre conseguirmos entender seu significado mais profundo.

Ele se liberta da mão fraca e de repente está correndo de novo.

Mentiras, pensa, quanto mais o suor verte de seu rosto.

Tudo mentira.

Ele não vai tolerá-las. Não quando podem ser feitas coisas racionais. Coisas que fazem sentido. Os problemas não são resolvidos enganando a si mesmo e pensando que eles não existem. Acreditando em baboseiras manipuladoras.

Os problemas são resolvidos pela lógica, pela razão e pelo trabalho árduo.

E ele sabe, melhor do que qualquer um, que a ciência pode consertar tudo.

66

CONVERTIDA

Seus dedos voam pela superfície da mesa. Ele age com tamanha velocidade que seu cérebro mal consegue acompanhar. Agora, é sua raiva do universo que o alimenta.

Vou te mostrar quem está no controle, ele quer gritar para o céu.

Você não pode tomar essas decisões por mim!

Com um golpe da mão, S:E/R:A é expulsa da tela. Seu DNA não receberá mais terreno na mente dele — nem em seu processador — no dia de hoje.

Ele retira o único fio de cabelo do bolso. Aquele que pegou da cabeça da filha enquanto estava curvado e sussurrava para ela. Aquele que não o viram roubar.

Ele insere o cabelo no sequenciador, e o código da vida da menina aparece na tela. Todos os 3 bilhões de linhas. Ele não perde tempo, nem raciocínio, nem consideração. Seu dedo não paira, não treme, nem hesita.

É isso que precisa ser feito.

Ele codifica a idade. Oito anos, três meses, 11 dias e 12 horas.

Ela não perderá nem um segundo.

Seu dedo bate no botão de inicialização. O sequenciador desperta, ressonante. Constrói, codifica, ressuscita. Em poucas horas, o tronco encefálico estará completo. Em menos de um dia, as células serão implantadas. Amanhã seu corpo começará a crescer.

E, em 37 dias, ela estará aqui novamente.

Em 37 dias, ele partirá deste lugar com ela nos braços e nunca mais vai olhar para trás.

Ele observa o trabalho do sequenciador. Quase pode ver seus olhos castanhos carmim e o cabelo cor de mel refletidos nos infinitos padrões de genes. Quase pode ouvir seu riso ecoando nos biopolímeros. Sentir o cheiro doce de sua pele nos nucleotídeos.

Porém, por mais que ele se concentre no labirinto do código genético que corre como chuva diante de si, por mais que ordene a si mesmo não pensar nisso, a imagem do corpo imóvel – os lábios sem oxigênio, o pescoço fraturado – penetra em sua mente sempre que ele pisca.

Ele é assombrado pela vulnerabilidade da menina.

É atormentado pela rapidez com que a vida frágil foi roubada dela. Roubada dele.

Enquanto olha fixamente o afluxo interminável de dados na tela, ele não pode mais vê-la. Não pode mais ouvi-la. Não pode mais sentir seu cheiro.

A única coisa que consegue ver é sua fraqueza.

A pele que pode ser rasgada e os ossos quebráveis. Pulmões colapsáveis e um coração que pode ser parado. Músculos fracos e lentos. Um intelecto que se cansa rapidamente.

Um corpo que se parte com facilidade.

E ele sabe que não basta. Nunca bastará. Só quando ela estiver protegida deste mundo cruel e implacável.

Rapidamente, ele aborta o procedimento, que mal chegou à marca dos 2%. O sequenciador sobrecarregado geme e para. Ele reabre o código não iniciado para S:E/R:A, a menina que mostrará ao mesmo mundo cruel e implacável como é a indestrutibilidade.

Ele nunca acreditou na existência de uma alma. É preciso muita fé, e não existem provas. Mas, enquanto extrai atentamente partes do DNA da filha – as partes que fazem da filha ela mesma – e insere na sequência à espera, ele reza para ter estado enganado o tempo todo.

Ele reza por esse milagre.

67

ELA

O tempo é uma coisa estranha.

Viajei nele muitas vezes. Desapareci no passado, voltei ao futuro. Demorei-me em muitos momentos presentes preciosos.

Para a maioria das pessoas, imagino que o tempo seja uma rodovia, que se estende diante e atrás delas. Só se pode ver à frente, só se pode recordar onde se esteve. Um dia, a pessoa pode chegar àquelas placas distantes ao longe, mas nunca voltará aos pontos de referência do passado, encolhendo-se eternamente.

Para mim, porém, o tempo acontece todo na mesma hora. Não é linear. Está em toda parte para onde eu olho.

Em algum lugar lá fora, neste exato momento, um garoto de 17 anos pula um muro de concreto feito para mantê-lo do lado de fora. Uma menina sem memórias desperta em um vasto oceano, cercada pelos destroços de um avião que nunca deveria ter caído. Um garoto de 13 anos, de cabelos louros e cacheados, está deitado na cama, lendo a *Popular Science*, sonhando com supermodelos amnésicas. Um fazendeiro do século XVII e sua esposa recebem um jovem casal em sua casa. Um físico de cabelos prateados injeta em si mesmo um gene que o permitirá viajar no tempo.

E, neste momento, em algum lugar no meio do deserto de Nevada, escondido bem no fundo de um complexo de pesquisa ultrassecreto, um brilhante cientista observa o ser humano mais perfeito do mundo sair de um útero artificial e tomar sua primeira golfada de ar.

Esta menina sou eu.

E também é ela.

Sariana, a filha de oito anos do dr. Havin Rio, tirada desta terra cedo demais.

E que voltou a esta terra 37 dias depois.

Ela era a peça que faltava. O motivo para tantos ExGens mortos serem retirados daquela câmara foi que eles não tinham algo que o dr. Rio não podia produzir em seu laboratório.

Humanidade.

Sariana é o motivo de eu estar aqui. Sua morte é o motivo de eu viver e respirar agora. Sem nem mesmo saber, roubei sua vida. Reclamei-a como minha. Andei pelo complexo, pelo passado e pelo país, fingindo que era eu. Mas nunca foi.

O corpo pode pertencer à Diotech.

Mas eu pertenço a ela.

Sempre pertencerei.

Rio queria que eu soubesse. Ele queria que eu descobrisse a resposta, se um dia soubesse fazer a pergunta. Imagino há quanto tempo essa memória está enterrada em mim. Tenho a sensação de que esteve ali desde o comecinho.

Sei exatamente o que precisa ser feito.

Trabalho rapidamente, acessando os servidores de memória das telas de Rio. Agora sou extremamente grata pelo bunker do servidor não ter sido destruído. Pelo coração da Diotech ainda estar intacto. Porque é assim que você derruba o animal. Você mira no coração.

Encontro os arquivos de memória de que preciso e os subo em um pod público no SkyServer. Depois, pego o drive cúbico no bolso. Aquele que Zen enterrou para mim no Setor Restrito. Ele me salvou várias vezes. Agora, torço para que me salve pela última vez. Coloco o drive na mesa de Rio, ativo e inicio a conexão.

Apago tudo que está armazenado nele. Resta apenas uma memória que vai me ajudar.

A memória do que estou prestes a fazer.

Minhas mãos não tremem, nem se abalam. Minha mente não está repleta de dúvidas ou reservas. Minha respiração permanece estável e ritmada. Meu coração tem certezas. Pela primeira vez em muito tempo, sei que estou fazendo o que é certo.

Quando saio do laboratório de Rio, duas horas depois, o relógio em sua tela já se iniciou. Faz uma contagem regressiva, de segundo a segundo, até um novo começo.

"Queria poder ter me apaixonado por você em um mundo diferente."

No fim, este será meu legado.

No fim, é assim que serei lembrada.

68

EM ALGUM LUGAR

O sol começa a aparecer no horizonte quando transedo para a barraca do garoto. Eu me sento na beira da cama de metal rangente e encaro seu lindo rosto. Aquele pelo qual me apaixonei tantas vezes que até perdi a conta.

Ou talvez *ela* é que tenha se apaixonado por ele.

Talvez o coração *dela* tenha me guiado o tempo todo.

Ele não é mais um garoto. Agora é um homem. O tempo lhe roubou a infância. Então ele se virou e roubou seu amor também.

Ele não acorda quando o peso do meu corpo pressiona o colchão fino. Nem quando tiro seu cabelo de cima dos olhos adormecidos.

É só quando me curvo e toco seus lábios com os meus que ele se mexe.

No início, ele corresponde ao beijo, o corpo intervindo para reagir enquanto a mente ainda está despertando. Seus braços envolvem meu pescoço. Suas mãos me compelem para mais perto.

Mas, depois, o pânico o domina. Ele me afasta e se senta, piscando contra a escuridão em extinção, tentando enxergar minhas feições. Para confirmar que realmente sou eu.

– Você não pode estar aqui – sussurra ele com a voz rouca. – Eles sabem que você sabotou o atentado. Vão te matar se descobrirem você aqui.

– Não vou ficar – declaro. Toco seus lábios. São tão quentes. Exatamente como eu me lembro. – Não posso ficar.

Meus dedos encontram os dele. Eu os entrelaço sem nenhuma ordem determinada. Um amontoado de polegares e dedos mínimos. Seguro com força. Depois, fecho os olhos e nos transporto para longe, bem longe. Para outro lugar. Para outro tempo.

Um tempo em que a Diotech não existe.

Em que não cruzaram as estrelas.

Em que madeira é madeira. Vidro é vidro. E as pessoas se apaixonam por pessoas. Sem híbridos sintéticos.

Pousamos em uma cama macia de folhas. A mudança no ar é a primeira coisa que noto. Há um frio. Uma umidade doce que o deserto jamais proporcionará. Zen luta contra a vertigem que acompanha uma jornada tão longa e olha em volta, reconhecendo de imediato nosso destino. As árvores altas, o musgo macio, o cheiro de cinzas queimando em um fogão em algum lugar ao longe.

– Nossa floresta – diz ele, assombrado.

– Nossa época – respondo.

Sorrio e entrelaço meus dedos nos dele. Desta vez, estão alinhados corretamente. O polegar dele, meu polegar, o indicador dele, meu indicador. A batida do coração dele, a batida do meu coração.

Quase quinhentos anos antes de a Diotech ser construída, Zen e eu moramos em uma casa de fazenda minúscula não muito longe deste local. Trabalhamos a terra, alimentamos galinhas e cerzimos meias. E, toda noite, nos retirávamos a esta floresta para ficarmos a sós. Zen me ensinou a lutar. A superar os instintos programados em meu DNA. Só por precaução, caso um dia nos encontrassem aqui.

Nesta floresta, derrotamos uma Diotech imaginária.

Nesta floresta, vivemos uma promessa que fizemos um ao outro.

Mas, em pouco tempo, o mundo que cerca esta floresta se fechou sobre nós e roubou essa promessa.

Respiro fundo. Há tanto a dizer e tanto que eu preferia que continuasse por dizer. Guardado para outro tempo. Outro mundo. Outro eu.

Mas sei que há coisas que não podem ser deixadas de lado. Pedidos de desculpas que não podem esperar. Verdades que devem ser declaradas.

– Não culpo você por me odiar – digo a ele.

– Sera...

– Não culpo você por sua raiva – continuo. – De mim, da Diotech, do mundo. Peço desculpas pelo que eles fizeram com você. Pelo que fizeram conosco. Peço desculpas por deixar que eles fizessem isso tantas vezes. Por não ser mais forte. Quero desesperadamente ser a pessoa que você pensa que sou. Mas...

Minha voz começa a falhar. Zen coloca a mão em meu rosto, fazendo-me calar.

– Eu nunca odiei você. Deus sabe que tentei muitas vezes. Três anos é muito tempo para reter algo que se distancia cada vez mais a cada dia. Odiar você teria sido o mais fácil a fazer. Teria sido um belo alívio. Mas eu nunca poderia fazer isso.

– Até que você me viu com Kaelen?

Ele nega com a cabeça.

– Nem daquela vez.

– Até que traí você e toda a equipe de Paddok?

– Seraphina. – Ele diz meu nome com tanta delicadeza. Como se pudesse se desfazer em seus lábios. – Quando você vai entender? Quando vai perceber? A Diotech é o monstro. Não você. Sempre que você me amou, conseguiu se libertar.

– Não! – Eu afasto sua mão do meu rosto. – Não posso continuar culpando a Diotech por meus erros. Tenho que assumir a responsabilidade pelo que fiz. Pelo que fiz você sentir. Pela agonia que o fiz passar. – Paro. Porque agora choro. Porque tenho as palavras presas na garganta. De algum modo, ainda consigo expulsá-las. – Preciso libertar você.

As lágrimas caem do meu rosto como gotas de chuva. Zen se inclina para a frente e beija cada uma delas cuidadosamente, absorvendo-as em seus lábios até que minha pele fica seca.

– Você não pode libertar alguém que não para de se agarrar – sussurra ele em meu ouvido.

Eu me derreto nele. Zen passa os braços por mim e me puxa. Seu coração bate forte em meu rosto. Tão forte. Tão firme. Tão inabalável.

– O que eu disse ontem – começo, em voz baixa, em seu peito. – Quando falei que não podia amar você...

– Sei que não foi a sério.

Fecho os olhos e retiro forças das partes de mim que só soube que existiam algumas horas atrás.

– Foi sim – sussurro. – Eu quis dizer aquilo. Eu não posso amar você. A garota por quem você se apaixonou... a garota por quem você pulou muros, por quem viajou no tempo e por quem quase morreu... não sou eu. Ela é um fantasma que mora dentro de mim. Que nunca mereceu morrer. Ela se apaixonou por você também. Mas não sou eu. Nunca foi. Sou apenas um receptáculo vazio com ossos que não podem se partir, pulmões que não se cansam e olhos que enxergam no escuro.

Zen se afasta de mim para olhar em meus olhos. Nos olhos *dela*.

Ele não sabe o que sei. O que vi nas memórias de Rio. Entretanto, de algum modo, ele entende.

– Sera – diz ele intensamente. – Eu me apaixonei por *você*. Pulei aquele muro várias vezes por *você*. Voltei por *você*. Não sei quem você pensa ser, ou pensa não ser, dá no mesmo para mim. Sempre foi *você*.

Suas palavras calam fundo em mim. Como pedras que se acomodam no leito de um lago. No início, não se encaixam. Caem fora de lugar. Parecem estranhas. Mas, aos poucos, a água as acolhe. O musgo cresce em volta delas, abraçando-as, enraizando-as no solo. Faz com que sintam que talvez nunca tenham estado em outro lugar.

Talvez elas nunca *tenham deixado* de perseverar.

Sariana pode ser a vida que respira dentro de mim, mas eu a mantive viva nesses últimos anos. Permiti que ela corresse mais rápido do que jamais correu, que viajasse para mais longe do que jamais foi, que se apaixonasse mais profundamente do que jamais saberá.

Talvez isto valha alguma coisa.

Zen passa a mão em meu cabelo e guia minha boca para a dele. O beijo é diferente de todos os milhares de beijos que vivemos em nosso passado. Não é furioso nem desesperado. Não grita adeus, nem murmura um olá. Não procura por algo que falta, nem resgata nada perdido.

A ciência nos uniu. A ciência nos separou. E este é o beijo que nos desacorrenta.

Em algum lugar lá fora, neste exato momento, dois sócios preparam-se para construir uma corporação que um dia dominará o mundo. Uma enfermeira jamaicana em um hospital cuida de uma sobrevivente de desastre aéreo sem nenhuma memória. Um fogo queima a pele de uma bruxa condenada. Um pastor conta histórias sobre monstros. Uma criança cai de uma árvore.

E, no chão macio e musgoso de uma floresta no interior da Inglaterra, uma garota que finalmente descobriu a verdade beija um garoto que sabia dela desde o começo.

E isto os torna mais íntimos do que eles jamais foram.

69

AGORA

Estou deitada sob o dossel de árvores e escuto a floresta respirar. O sol nascerá em breve. Zen dorme profundamente a meu lado, com o braço por cima de mim, como costumávamos dormir quando morávamos aqui. Quando esta floresta era nosso quintal e este nascer do sol, nosso ritual matutino. Em uma época na qual tínhamos a impressão de que poderíamos viver aqui para sempre. Pacífica, imperturbável, longe dos horrores que nos uniram.

E então, novos horrores nos encontraram. As pessoas de quem esperávamos ajuda para nos proteger nos expuseram. O gene que corria no sangue de Zen virou-se contra ele. Nossa serenidade tornou-se um pesadelo em um piscar de olhos.

Gostaria de pensar que talvez pudéssemos ter feito as coisas de maneira diferente. Talvez, se minhas capacidades não fossem reveladas, talvez, se eu não conseguisse encontrar uma cura para a doença de Zen e o trouxesse de volta para cá, talvez, se eu não tivesse conhecido Kaelen, nunca soubesse sobre a Providência pela dra. Maxxer, nunca tivesse visto tantos inocentes morrerem, então teríamos podido ficar. Nossa fantasia de passar o resto da vida juntos e enterrados no passado talvez tivesse durado.

Sei que isso é apenas uma doce ilusão. Sei que daqui a quinhentos anos haverá problemas que simplesmente não desaparecerão. Haverá uma corporação causando estragos na vida das pessoas e almas que morrerão porque não conseguem impedir que isso aconteça.

Há uma batalha que ainda preciso travar. Existe um monstro que ainda tenho que destruir. E preciso fazer isso no presente. Na época à qual pertenço. Não posso continuar fugindo e desaparecendo no passado. Não é no passado que esta guerra será vencida.

Sei que Zen odiará o que estou prestes a fazer. Sei que nunca aprovaria que eu fizesse isso sozinha. Mas sozinha é a única opção.

Com cuidado, retiro seu braço de cima de mim e me sento. Pego o injetor no meu bolso e prendo o primeiro frasco que trouxe em seu reservatório.

Ele não se retrai nem quando a pressão da ponta belisca sua pele.

Espero que a droga entre em seu corpo. Que o sono se torne profundo e sem sonhos. O Liberador funciona melhor nele do que já funcionou em mim.

Quando tenho certeza de que ele não vai acordar, entrelaço sua mão na minha e nos levo de volta. De volta à realidade. De volta ao presente.

A cama na barraca de Zen range quando nosso peso se materializa nela. Fecho os olhos e conto até dez, enquanto a vertigem e a náusea cedem. Depois, pego o segundo frasco. Aquele que roubei do Setor Médico antes de vir para cá.

– Me desculpe – digo a ele enquanto prendo o frasco no injetor e posiciono a ponta em sua veia de novo. – Não podemos viajar pelo universo para sempre. Mais cedo ou mais tarde, teremos que ir para casa.

Libero o soro que reprimirá seu gene da transessão, salvando sua vida mais uma vez, fazendo o tempo voltar a ser uma rodovia.

Como é para todo mundo.

Eu me curvo e roço meus lábios nos dele, roubando um último beijo. Do bolso, retiro o pequeno drive cúbico. Houve uma época em que Zen o enterrou fundo com uma mensagem a ser descoberta por mim. Com uma promessa de voltar para mim. Agora é minha vez de deixar algo para ele.

Coloco o cubo em sua mão e fecho seus dedos quentes em volta dele. Devagar e com cuidado, traço o símbolo de nosso nó eterno em sua mão e nos nós de seus dedos. Uma vez, duas, três.

Dois corações, para sempre entrelaçados. Em um ciclo que nunca tem fim.

– Apaixone-se por mim em um mundo diferente – sussurro.

E então desapareço.

Não posso ficar. Não era minha intenção ficar.

70

LENDA

Era uma vez uma cientista brilhante chamada dra. Rylan Maxxer. Ela descobriu que os seres humanos podem viajar no tempo e no espaço com um único ajuste no DNA. Um gene da transessão.

Mas estava convencida de que as pessoas que a contrataram para desenvolver esse gene o usariam para os fins errados. Assim, injetou em si mesma sua criação e desapareceu no passado. Foi quando descobriu uma organização secreta chamada a Providência: um grupo das pessoas mais poderosas do planeta. Uma sociedade secreta que já existia havia séculos. Sua prioridade máxima sempre foi manter o controle sobre a raça humana e o poder em suas próprias mãos.

A certa altura, não muito tempo atrás, quando sentiram que o controle talvez lhes estivesse escapulindo, investiram em uma pequena empresa de biotecnologia chamada Diotech. Embora a Diotech tenha lançado muitos experimentos importantes, a Providência na verdade só se importava com um deles.

O Projeto Gênese.

A criação de formas de vida superiores que serviriam de instrumentos promocionais de uma nova linha de modificações a ser lançada no mercado. O que o público não sabe é que os aprimoramentos farão mais do que apenas aprimorar.

Eles as controlarão. As injeções serão batizadas com sistemas indetectáveis de estímulo-resposta que podem ser ativados sempre que a Providência quiser. A humanidade manipulada ao toque de um botão.

Essa foi a história que a dra. Maxxer me contou quando fui levada a seu submarino, no ano de 2032.

Foi a essa história que ela dedicou a própria vida.

E, no último ano, acreditei que era exatamente isto – uma história.

As divagações de uma louca.

No que acredito agora? Não sei bem. Sei que a Diotech não é o que parece. Sei que o dr. Alixter mentiu para mim, manipulou-me e me usou em um jogo maior do que posso enxergar.

Quando penso em tudo que aconteceu nas últimas semanas, momentos cruciais se destacam mais do que o restante.

A conversa misteriosa do dr. Alixter de manhã cedo.

A morte da dra. Maxxer em 2032.

Incontáveis relatos de pessoas que sofreram nas mãos de uma corporação que, de algum jeito, sempre conseguia ser inocentada das consequências de seus erros.

Aparentemente, *protegida* por uma entidade invisível e todo-poderosa.

Se eu relacionar as evidências que tenho, a verdade fica *quase* patente.

A Providência é real.

Eles estão aí fora. Estão vigilantes. Estão nos manobrando feito peças em um tabuleiro de xadrez.

Mas ainda não tenho certeza. Ainda não os vi com meus próprios olhos. Nunca ouvi suas vozes com meus ouvidos. Só o que testemunhei foi a destruição de outros que alegaram ter sido abandonados pelas mãos deles.

Se essa organização é tão secreta, tão incognoscível e tão poderosa como dizia a dra. Maxxer, então talvez eu nunca tenha a prova definitiva de que ela exista.

É algo em que tenho que escolher *acreditar*.

Ou não.

A dra. Maxxer morreu tentando localizar a Providência. Tentando destruí-la. Mas como destruir um inimigo que você não consegue ver? Como derrotar um monstro que tem a capacidade de se esconder em plena vista?

A resposta é que você não destrói. Não pode.

A única esperança que se pode ter é tirar seu poder. Tirar seu combustível. Pensar no que a alimenta e destruir.

Então, talvez ela morra no exato lugar onde se esconde.

Quando abro os olhos, vejo meu próprio rosto. Ele me olha fixo de um grande ReflexiVidro. No início, não o reconheço. Os olhos são velhos demais. A boca é severa demais. A postura é ereta demais.

Mas não há como confundir: esta sou eu.

Atrás de mim há uma arara de vestidos e terninhos. Uma parede de tecidos deslumbrantes feitos sob medida com nanocosturas. À minha frente, em uma longa bancada, uma coleção de aperfeiçoadores de beleza. Pomadas cremosas para a pele, nanocorretores e tinturas intensas para os olhos.

Estou em um camarim.

Pertence à mulher sentada em uma cadeira perto de mim, lendo um Slate.

Ela se assusta quando me vê. Como eu esperava. Não sei se um dia compreenderá como apareci magicamente diante dela sem sequer tocar a porta.

– Sera – diz ela, reconhecendo-me prontamente. – O que está fazendo aqui?

Dou um passo em sua direção, mantendo os ombros para trás e a postura confiante.

– Quero voltar ao Feed. Hoje. Neste exato momento.

Ela ri como se tudo isso fosse uma grande pegadinha que alguém me obrigou a fazer.

– Tudo bem. Tem mais a dizer sobre a Diotech?

Não me junto a ela no riso, embora cada um de meus uploads de etiqueta social me diga que é a reação adequada.

– Sim, Mosima. – Pronuncio seu nome decidida. Com convicção. – Tenho *muito* a dizer sobre a Diotech.

71

LUZ

– Entraremos ao vivo em dez, nove, oito, sete, seis... – A voz com o sotaque de Seres entra por meu ouvido enquanto as hovercâmeras zumbem acima de minha cabeça. Neste momento, estão todas apontadas para Mosima, que prometeu fazer minha apresentação. Em breve, elas se voltarão para mim. Transmitirão meu rosto à nação pelo Feed. As hovercâmeras transmitirão minha história.

Minha *verdadeira* história.

Não a que a Diotech inventou para enganar o país. Não a que Dane abrandou e lustrou para melhorar minha popularidade. Não dou a mínima para quem gosta de mim. Não mais. E tenho a sensação de que *ninguém* gostará de mim depois de ouvir o que tenho a dizer.

– Cinco, quatro, três...

Como aconteceu em minha aparição anterior no segmento, os últimos dois segundos são omitidos, mas parece que as luzes e as câmeras não precisam deles. Nem Mosima. A luz bem em frente a ela se acende e ilumina seu rosto caloroso e reluzente para o mundo.

– Bem-vindos ao *The Morning Beat* na AFC Streamwork, sua fonte número um de plantão jornalístico e atualizações mundiais em tempo real. Eu sou Mosima Chan.

Ela se interrompe enquanto as câmeras navegam a sua volta, pegando-a de outro ângulo. Aguardo no escuro, com o coração na garganta.

– Esta manhã, temos uma convidada especial. Uma convidada especial *inesperada*. Vocês já a viram. Bem aqui, neste palco, na verdade. E vocês a viram nas últimas semanas por toda a mídia. Ela está aqui com uma mensagem especial para nossos espectadores. Deixem-me dar as boas-vindas à ExGen Sera, em pessoa, da Diotech!

A hoverlâmpada que esperava pacientemente diante de mim é ativada e de repente estou nos refletores. Neste exato momento, noto como é solitário ficar neste palco. Não só porque Kaelen e o dr. A não estão comigo.

Esta é uma solidão diferente.

Do tipo que corre fundo em suas veias. Que ecoa em seus ossos quando você tenta dormir à noite.

Do tipo que nasceu com você. E morrerá com você.

Embora Seres, mais uma vez, tenha me alertado do contrário, olho diretamente para a hovercâmera que se coloca diante de mim enquanto Mosima começa a entrevista.

– Fico feliz em saber que você está bem, Sera. Li que a sede da Diotech sofreu um pequeno acidente outro dia. Algo sobre uma fundação defeituosa que provocou o desmoronamento de um edifício.

Ainda olho diretamente para a câmera, nos olhos dos espectadores, enquanto declaro a primeira das muitas verdades desoladoras.

– Isso foi uma mentira.

Mosima é apanhada inteiramente desprevenida. Ela tosse de leve.

– Como disse?

– Não houve problemas na fundação. A Diotech foi atacada. Muitas pessoas morreram. Inclusive várias que eu amava.

Pelo canto da minha visão, vejo Mosima se debater sobre como proceder. Evidentemente foi liberado um comunicado à imprensa sobre o desmoronamento do edifício, e o que eu disse está muito aquém do que ele continha.

Tenho certeza de que Mosima Chan está acostumada a notícias de última hora, mas isto não será parecido com nada que ela tenha revelado.

Ela está prestes a ter a exclusiva de sua vida.

– Está dizendo que a Diotech *mentiu* no comunicado à imprensa sobre o edifício?

Olhe para a frente. Não pisque. Não vacile.

– Sim. E não foi só sobre isso que eles mentiram.

Outra pausa longa e pensativa enquanto Mosima se recupera e organiza seus pensamentos. Espero que ela pergunte alguma coisa inteligente e profunda, mas só o que ela diz é:

– Continue, por favor.

– O complexo foi atacado por um grupo de pessoas lideradas por uma mulher de nome Jenza Paddok. Esse mesmo grupo também foi responsável pela interrupção inesperada da turnê publicitária na semana passada. A turnê não foi encurtada, como disseram, porque o dr. Alixter adoeceu. Foi encurtada porque eu fui sequestrada.

– Sequestrada? – Mosima repete, sem acreditar.

– Sim. Por Jenza Paddok. Jenza, assim como cada integrante de sua equipe, foi enganada pela Diotech. O filho de Jenza, Manen, com outras 51 crianças, foi morto porque um drone liberou uma lata de gás nervoso letal no pátio de recreio de uma escola.

– Está se referindo ao incidente na Hillview Elementary School, alguns anos atrás – confirma Mosima. – Soube que o drone se chocou com uma ave, provocando sua queda no pátio da escola.

– Isso foi o que todos souberam. Outra mentira. A Diotech havia desenvolvido uma nova variante do gás nervoso. Mas, antes de poder vendê-la aos militares, precisava testá-la em uma miríade de formas de vida... vegetais, cães, lagartos, adultos, crianças. Aquele drone foi *enviado* à escola propositalmente.

Mosima se recosta na cadeira. Não posso deixar de notar o ceticismo gravado em seu rosto.

– Essas são acusações muito pesadas, Sera. Você tem alguma prova?

– Sim. Tenho os arquivos de memória do funcionário da Diotech que programou o drone. Essa memória específica foi apagada da mente dele, assim ele não poderia revelar a verdade e nunca testemunharia contra a empresa. Também tenho os arquivos de memória de todos os funcionários e cientistas de alta posição que já trabalharam para a Diotech.

Ouço um arquejo baixo e levo um tempinho para notar que não veio de Mosima. Veio de alguém na cabine de controle. Talvez de todos.

– Bem – Mosima parece meio ofegante –, estou certa de que todos vamos adorar ver esses arquivos. Talvez Seres possa...

– Ainda não terminei.

Mosima pisca, os olhos arregalados para minha ousadia, mas permite que eu continue.

– Jenza Paddok e a maioria de sua equipe foram mortos durante o atentado ao complexo, junto com vários funcionários da Diotech. Jenza é apenas uma entre milhares de pessoas cuja vida foi destruída por essa corporação. Inclusive a minha. – Eu me inclino para a frente e fixo o olhar no pequeno objeto flutuante que paira tão tranquilamente diante de mim. Tento imaginar os rostos de todos que conheci e de todos que perdi, condensados naquele olho vermelho minúsculo e piscante. – Mas é minha esperança que, com a ajuda de vocês, ela tenha sido a última.

72
DESVENDADA

– Em junho de 2114, eu fui criada pela Diotech Corporation. Fui fabricada em um laboratório para provar a supremacia da ciência e mostrar a todos vocês como podem ficar muito melhores com a ajuda das modificações genéticas que a Diotech pretende lançar ao longo do ano que vem. – Olho para Mosima, depois de volta à câmera. – Mas vocês já sabem de tudo isso. O que não sabem é *por que* eles estão fazendo isso.

Ouço um tumulto pelo alto-falante que Seres colocou junto de meu ouvido. Olho rapidamente a cabine de controle. Alguém – um homem de terno que nunca vi – invadiu a sala. Os olhos de Mosima disparam, nervosos, entre mim e ele.

Volto o foco para o público. Eu me pergunto quantos espectadores assistem agora. Cinco bilhões? Sete bilhões? Todos eles?

– A Diotech não quer que vocês fiquem mais bonitos, nem mais fortes, nem mais rápidos, nem mais imunes a doenças. A Diotech quer controlar vocês. Vejam bem, dentro de cada aprimoramento genético da Coleção ExGen haverá uma nanotecnologia que não pode ser rastreada. Quando ativada, essa tecnologia poderá manipular seus atos e seus pensamentos. Ela tem a capacidade de controlar tudo que vocês dizem e fazem.

O homem de terno agora grita com os técnicos.

– Tenho 25 advogados da Diotech em minhas Lentes ameaçando processar seu traseiro se não a tirar do ar agora!

– Não. – É a voz de Seres que responde a ele. Mas o homem já não está mais na cabine. Desceu ao palco, está conosco. – Quem fala aqui é seu produtor – grita ele para os técnicos. – Ordeno que mantenham a transmissão no ar.

Olho rapidamente para Seres, o careca do Leste Europeu com incontáveis nanotatuagens rodopiantes competindo por atenção na cabeça. Ele não olha mais o palco. Seus olhos estão voltados para o alto, para a cabine. Ele revida. Provavelmente arrisca o emprego para me manter ao vivo.

Mas será apenas uma questão de tempo até a Diotech vencer de novo e meu rosto desaparecer das telas das pessoas. Preciso fazer o que tenho que fazer com a maior calma e rapidez possíveis.

Meu estômago borbulha, ameaçando expulsar seu conteúdo no piso encerado deste palco. Respiro fundo e me obrigo a continuar falando.

– Sei que vocês devem estar escandalizados ao ouvir o que lhes digo. Mas a verdade é que não culpo a Diotech pelo que fizeram comigo. Nem pelo que estão tentando fazer com vocês. Eu culpo *vocês*. – Paro, deixando que minha acusação seja absorvida. – Sim, todos vocês, aí fora, assistindo. Quando confiam em algo tão às cegas que nem mesmo questionam seus motivos, estão entregando o poder a ele.

"A Diotech é a corporação de maior sucesso no mundo. Ela domina todo o resto. Mas só porque vocês depositam sua fé nessa empresa. Vocês compram seus produtos, engolem suas alegações e querem desesperadamente ter as coisas que ela promete a vocês.

"Quando Kaelen e eu estivemos neste palco duas semanas atrás e lhes mostramos como vocês podem ser bonitos, como podem correr velozes, como seu intelecto pode ser afiado, vocês não duvidaram. Perguntaram como poderiam obter e quanto tempo teriam que esperar. A Diotech sabia o que vocês queriam e vocês provaram que a empresa tem razão. Vocês escolheram fazer dela um deus. Mas os deuses só podem sobreviver se vocês acreditam neles."

– Se não cortarem essa transmissão NESTE EXATO SEGUNDO – grita o homem de terno em meu ouvido –, vou atirar em cada um de vocês!

Pelo canto do olho, vejo Seres subindo a escada. Um instante depois, ele aparece pelo SintetiVidro da cabine. Começa uma discussão, mas procuro bloqueá-la enquanto luto para continuar.

Começo a ficar tonta. Desorientada. Cem visões e sons giram por minha cabeça ao mesmo tempo.

A luz moribunda nos olhos de Rio enquanto eu o abraçava nos escombros do complexo.

A fúria no rosto do pastor Peder quando me chamou de monstro sem alma.

A tristeza na voz de Paddok quando sussurrou uma oração ao falecido filho na frente da porta do bunker.

Posso sentir Mosima a meu lado. Ela me observa. Estupefata e muda. Mas ainda querendo mais. Esforço-me para encontrar as próximas palavras. Para organizar o caos que reina em minha cabeça. Para transformar emoções confusas em sílabas.

Quando volto a falar, minha voz está mais branda. Quase ao ponto da ruptura.

– Certa vez, uma mulher muito corajosa me disse: "Acho que todos precisamos acreditar em alguma coisa. Isso nos dá uma razão para sair da cama de manhã. Algo pelo que lutar." Nunca acreditei muito nisso. Sempre pensei que isso me tornaria mais fraca. Aprendi que a ciência tinha a resposta para todas as minhas perguntas e, assim, eu não precisava perguntar nada. Recebi pensamentos para ter e verdades para memorizar. Sofri lavagem cerebral pela Diotech também.

Na cabine, Seres e o homem de terno gritam nos ouvidos opostos do pobre técnico cujas mãos trêmulas estão posicionadas e instáveis acima do painel de controle.

Fecho os olhos por um breve momento. Em algum lugar lá fora, Kaelen está assistindo. E o dr. A e o diretor Raze, e talvez até Zen. Enquanto arranco o último grama de forças do fundo de meu ser, tento me esquecer de todos os outros. Eu me dirijo apenas a eles.

– Mas a crença não precisa nos enfraquecer. Ela pode nos fortalecer. No entanto, deve haver um meio-termo. Chega uma hora em que precisamos pensar por nós mesmos. Chega uma hora em que precisamos acreditar no que já sabemos e ignorar o restante. A fé só é ruim quando usada para controlar vocês. Mas não precisa ser assim. Ela também pode ser esclarecedora.

– Pelo amor de Deus, que droga! – Ouço a voz trovejar em meu ouvido. Ergo os olhos a tempo de ver o homem de terno jogar o corpo no painel de controle, derrubando o técnico de sua cadeira. Seres arremete atrás dele, tentando puxá-lo dali. Mas é tarde demais. A mão do homem deve ter alcançado o alvo pretendido, porque justo nesta hora cada luz do estúdio se apaga e sou devolvida ao escuro.

73
SEMELHANÇAS

Respiro em baixo da água. Vago no espaço. Não faço parte do mundo que me cerca. Estou em meu próprio reino de existência. Separada da anarquia que estoura à minha volta. Distanciada dos gritos, do frenesi, dos chamados dos guardas. Observo-os como um peixinho dourado observa de um aquário. Seus passos batem abaixo de mim, perturbam a água, estremecem minha visão. Mas apenas flutuo. E observo. E espero.

Espero que os resultados de meus atos tenham efeito.

Espero que Seres encontre o link para o pod público do SkyServer que transmiti para suas Lentes. O pod que contém todas as memórias incriminadoras que roubei dos servidores da Diotech antes de sair.

Espero pela mudança no mundo.

Não importa o que vai acontecer agora, minhas palavras me libertaram.

Perdi as cordas.

Perdi as amarras.

Mesmo que os guardas da Diotech assaltem o estúdio, instaurem o caos, quebrem braços e pernas para chegar a mim.

Perdi os grilhões.

Mesmo que pressionem as pontas do Modificador em minhas têmporas.

Perdi as correntes.

Mesmo que eles me levem embora.

Entro em uma sala de metal. Não tem portas, nem janelas. Eu me imagino vinte andares no subsolo, abaixo, até do bunker do servidor que Paddok não conseguiu destruir. Mas, na verdade, provavelmente só fui metida em uma das celas do Setor Administrativo que eles usam para manter os voluntários que chegam ao complexo a fim de testar os novos produtos.

Tento transeder de uma ponta à outra do espaço pequeno e quadrado, menos por vontade de fugir e mais por curiosidade básica. Como previsto, não vou a lugar nenhum. Meu gene foi reprimido outra vez.

Como deveria ser.

Ninguém deveria ter a capacidade de se deslocar no espaço e no tempo. Ninguém deveria poder fugir das consequências de seus atos, desaparecendo em pleno ar. Todos deveriam ter que enfrentar a vida que lhes é dada. De frente. Com coragem. Sem o uso de feitiçaria científica.

Já fiz bastante disso. Minha própria existência é um truque da natureza. Minha velocidade, minha força, a visão, todas são armas de ilusão. Um jeito de trapacear com a vida... e a morte.

Está na hora de enfrentar meu futuro, como todos os outros.

Como uma Normata.

Como um ser humano.

As horas se arrastam, lentas e obstinadas. Ninguém aparece. Ninguém entrega comida. Em algum lugar neste complexo, decidem o que fazer comigo. Qual será meu castigo.

Não faz diferença para mim o que eles decidirem. As verdadeiras consequências de meus atos – aquelas que importam – não estão acontecendo aqui. Acontecem lá fora. Fora dos muros fortificados do complexo.

Meu destino pode estar nas mãos da Diotech.

Mas agora o destino da Diotech está nas mãos de todos os outros.

Não faço ideia de que horas são, como não sei quanto tempo se passou desde que fui desativada pelo Modificador. Mas estimo quatro horas até que uma porta se materializa em uma das paredes de aço e se abre.

De todas as pessoas que eu esperava ver passar por ali, Kaelen era a última. Ele também é a pessoa a quem estou menos preparada para ver.

Engulo em seco e me sento, imóvel, enquanto ele entra na sala e a porta se fecha. Preciso de cada grama de minhas forças para não correr até ele. Sei, pela agitação de suas mãos e a curva dura de seu maxilar, que ele trava a mesma batalha.

Mas nosso autocontrole tem fundações muito diferentes.

Para ele, correr até mim, me abraçar, me beijar, tudo isso irá minar suas forças. Sua autoridade. Sou a prisioneira e ele ainda é o herói. Sou a traidora e ele ainda é o soldado consciencioso. Sou a vilã e, não importa o que diga o projeto genético dele, ele não pode amar uma vilã.

Pelo menos não com seus braços, sua boca ou suas palavras.

Sem dúvida, existem olhos do outro lado destas paredes. Sem dúvida, estão nos observando agora. Ouvem tudo o que falamos. Ou, como pode ser o caso, *não* falamos.

Eu, por minha vez, não me controlo porque ele é meu inimigo. Jamais poderia olhar de novo para Kaelen e ver um inimigo. Faço isso porque abri mão de meu direito de correr até ele, de reclamá-lo como meu. Abri mão no momento em que traí este lugar e todos que estão nele. Não tenho mais o direito de amá-lo.

Pelo menos, não com meus braços, minha boca e minhas palavras.

Já meu coração, isso é outra história.

O DNA aprimorado que corre por minhas veias, forma minhas células, une meus ossos, sempre pertencerá a ele. Mas vivi algo que Kaelen não viveu. Amei mais profundamente que meu DNA. Mais profundamente que minha pele, meu sangue e minha medula.

Eu amei Zen.

Tenho pena de Kaelen. Ele nunca sentiu isso. Nunca soube como é. Como altera a pessoa. Como muda seu íntimo.

E provavelmente jamais saberá.

– Eles querem você morta. – Kaelen é o primeiro a falar. Agora entendo por que ele demorou tanto. As palavras lutam para sair de sua boca.

Faço que sim com a cabeça.

– Como eu supus.

Eles tentaram apagar minhas memórias. Não deu certo. Tentaram reassociar minhas memórias. Também não deu certo.

É evidente que esgotaram os meios de me controlar.

A morte é a única opção que não tentaram.

Kaelen hesita.

– Estou tentando dissuadi-los, mas...

– Não precisa fazer isso.

– Sim, eu preciso. – Sua resposta é dada a mil quilômetros por hora, expondo instantaneamente suas verdadeiras emoções. Ele está furioso comigo. Pelo que fiz. Por quem sou. Por regredir a meu ser anterior, o traiçoeiro. Ele me olha e vê fraqueza onde quer ver sua própria força infalível.

Ele não percebe que me sinto mais forte do que nunca na vida.

Será que ele ouviu o que eu disse no Feed? Ele não entende que trabalha para o inimigo? Ou não se importa? Desde o dia em que o conheci, naquele apartamento abandonado, em 2032, ele deixou claro para mim que trabalha para a Diotech. Sua aliança é com o dr. Jans Alixter. E, por algum tempo, não havia problema nisso. Porque, por algum tempo, achei que estávamos do mesmo lado.

Será que nunca conseguirei convencê-lo a fazer a travessia comigo?

De certo modo, eu duvido. E isso me entristece profundamente.

– Você não teria feito o mesmo por mim? – pergunta ele, a toxina azedando sua voz. – Se fosse o contrário?

É claro, é a resposta que abre caminho em minha cabeça.

Mas a resposta que dou é:

– *Nunca* poderia ser o contrário.

Ele não pode questionar isso.

– Como o dr. Alixter quer que seja feito?

Kaelen meneia a cabeça.

– O dr. A não tem mais o controle deste complexo. Atualmente, está incapacitado.

– Incapacitado?

Kaelen suspira e pega um Slate enrolado do bolso. Abre e entrega a mim. Na tela, uma imagem ao vivo do interior do Centro de Saúde. Quase não reconheço o homem amarrado a um dos leitos flutuantes. Ele é frágil demais, impotente demais, pequeno demais para ser o dr. Alixter, o governante carismático, tirânico e de pavio curto deste complexo.

Seu corpo está imóvel, mas seus olhos estão abertos e desfocados. O maxilar fica aberto e se mexe ligeiramente, como se ele tentasse verbalizar palavras, mas a boca não conseguisse acompanhar.

– Depois de seu aparecimento no Feed esta manhã – explica Kaelen, virando-se de modo a não ver o que estou olhando –, ele entrou em estado de choque. Entrou sorrateiramente nos laboratórios de memória e tentou apagar as próprias memórias. As consequências foram... prejudiciais, para dizer o mínimo. Os médicos têm certeza absoluta de que ele ficará em estado vegetativo pelo resto da vida.

Minha mente está em turbilhão. Ele fez isso por minha causa? Pelas coisas que eu disse no Feed?

Ou porque teve medo do que poderia acontecer *com ele* como castigo por minha traição pública?

Dou uma última olhada na sombra de homem que se tornou o dr. Alixter, enrolo o Slate e devolvo a Kaelen. Ele o recoloca no bolso e encara o chão, as mãos em punhos junto do corpo. No início, penso que é a compaixão que dificulta tudo para ele. Ele e o dr. A sempre foram próximos. Mas logo reconheço que a emoção que corre em Kaelen é outra coisa inteiramente diferente. O leve arriar dos ombros, o maxilar cerrado.

Não sou o único objeto de sua raiva.

– Kaelen? – pergunto gentilmente. – Está tudo bem com você?

– Ele é fraco! – grita Kaelen, a fúria subitamente faísca em seus olhos, fazendo-me me retrair. – É um covarde! Ele tentou enterrar a cabeça na areia em vez de enfrentar o que precisava ser feito. É nesses momentos que precisamos ser fortes. Quando deveríamos nos concentrar na reconstrução. Relançar o Objetivo. Em vez disso, ele está deitado e inútil naquela porcaria de leito hospitalar feito um idiota anormal.

Sua reação me assusta. Ele se volta com muita rapidez contra o homem que o criou, que o tratou como um filho. Como um protegido. Com que facilidade ele se envergonha do homem. Não há empatia nenhuma ali. Só decepção.

A ironia é que o dr. A reagiria de maneira idêntica nesta mesma situação.

É quase como se Kaelen realmente *fosse* filho dele.

Essa ideia me perturba. A noção de que posso ter me apaixonado por alguém como o dr. A não é uma ideia que eu queira considerar. Porém, por mais que eu tente, não consigo me livrar da ideia. Ela gruda nos cantos da minha mente, exige atenção, recusa-se a ser repelida com tanta pressa.

E então, como uma erva daninha, ela começa a crescer, espalha-se, floresce, até que é mais do que um pensamento. Mais do que apenas uma ideia. É uma mudança transformadora de perspectiva.

Reflito sobre a memória que me bombardeou no laboratório do dr. Rio. A percepção de minha verdadeira origem. S:E/R:A só teve sucesso porque continha uma parte de DNA humano verdadeiro. *Não* sintetizado.

O único motivo para eu estar aqui – o único motivo para eu existir – é que o dr. Rio pegou fragmentos do código genético da filha e os entrelaçou no meu.

Mas, e Kaelen?

Ele foi criado *depois* de o dr. Rio sair do complexo. Usaram o DNA de quem, para garantir que a sequência dele sobrevivesse?

Apesar de nossa ligação genética, sempre desconfiei de que Kaelen e eu éramos intimamente diferentes. Ele é tão encantador. Fica furioso tão facilmente. Fica tão à vontade sob os holofotes.

Não sei por que não enxerguei isso antes. Eles são muito parecidos, em muitos aspectos. Até no cabelo louro e sedoso.

Sentada em minha cela, novamente prisioneira da Diotech, olho a figura majestosa e quase ameaçadora de Kaelen, e outra verdade perturbadora se choca em mim.

O dr. Alixter queria viver em um corpo mais forte, mais rápido, mais resistente.

E só havia um jeito de fazer isso.

74

HERDADO

De repente, tanta coisa faz sentido. A relação especial entre os dois. O favoritismo do dr. A para com ele. Os segredos que confiava a Kaelen, mas não a mim. O dr. A sempre olhou para Kaelen como se fosse o filho que nunca teve. Olhava para mim como uma traidora.

Porque eu era. Em meus atos e meu direito inato. O dr. Rio traiu esta empresa. Traiu o Objetivo supremo do dr. A, e sou filha dele. A falsidade corre em minhas veias.

Quanto será que Kaelen sabe? Concluo que não importa. Se ele não sabe a verdade a respeito de sua origem, não sou eu que vou contar. Principalmente enquanto ele está tão perturbado com os defeitos do dr. A.

Kaelen cruza os braços, lembrando-me muito do garoto escultural que conheci em 2032. Pelo visto, não fui a única a regredir.

– Agora, as decisões são tomadas por mim e pelo diretor Raze – ele me diz com certa autoridade que me faz estremecer.

"Por mim e pelo diretor Raze."

Num instante, Kaelen manobrou para o topo da cadeia. Num instante, ele mergulhou e tomou o controle da empresa, cumprindo seu dever como o comandante em treinamento extraoficial do dr. A.

Se ele for parecido em alguma coisa com o homem que o fez a sua imagem, não há esperanças para mim. Não importa o que o coração dele esteja dizendo, não importa quantos beijos partilhamos dentro dos muros deste complexo, sua programação genética será mais forte.

Ele me desprezará, como o dr. A me desprezou por tanto tempo.

Se é que já não começou.

– Tudo bem – respondo.

Porque não há mais nada a dizer. Não há mais nada a fazer. Não vou implorar. Não suplicarei por minha vida. Estou farta de tentar fugir deste lugar. Mentalmente, já escapei. E isso basta.

Sua postura fica mais reta e ele descruza os braços.

– Tudo bem – repete, sentindo a mesma deficiência das palavras. – Informarei a você a decisão a que chegarmos.

– Obrigada.

Foi a resposta mais errada a ser dada por muitos motivos, mas é a única que sai.

Não estou esperançosa com a notícia que ele trará. O que mais podem fazer além de me matar? Substituir meu cérebro? Transformar-me em um androide desligado, como Rio? Será melhor morrer.

Kaelen corre o dedo no metal liso, levando a porta a se reabrir. Está passando por ela, mas para de repente e se vira.

– Eu sinceramente amei você.

Não sei o que o leva a dizer isso. Sei que não é a genética do dr. A que impele essa confissão de última hora. É outra coisa.

Solto uma risadinha leve.

– Você tem que dizer isso. Está em seu DNA.

O sorriso dele é tenso.

– Talvez. Mas isso não torna a frase menos verdadeira.

75
FAVORES

No curso de um dia e uma noite, recebo outras duas visitas. A primeira é de um bot médico que injeta em mim um novo lote de nanossensores. Não sei o que isso quer dizer. Que eles pretendem me manter viva? Ou talvez planejem usá-los para me ver morrer.

A segunda visita é de Crest. Não a vejo desde pouco depois do atentado. Quando estava abraçada ao corpo do pobre homem, aos prantos. Ela não parece muito melhor agora. Substituída por algo cansado e turvo. Até as nanotatuagens exibem imagens sombrias e melancólicas de gente que grita de agonia e chora por amores perdidos.

Quando abrem a porta para ela, Crest não fica como uma estátua estoica, como fez Kaelen. Ela corre até mim. Joga-se no chão, me abraça e chora em meu ombro.

Tento reconfortá-la, mas este nunca foi o meu forte. Acabo acariciando suas costas em silêncio. Não direi que vai ficar tudo bem, porque essas parecem palavras vazias que não têm significado nenhum.

– Sera – balbucia ela. – Estou tão perdida. Tão confusa. Não sei o que pensar. Tudo está desmoronando. Estão invadindo os muros lá fora. Tentam entrar. Não sei se Raze conseguirá segurá-los por mais tempo.

Sobressaltada, eu a afasto e a chacoalho para que ela se concentre em mim.

– O quê? Crest. Preste atenção. O que está acontecendo?

Ela funga, tentando se recompor.

– Sua transmissão no Feed. Ela... as pessoas estão furiosas. Estão fazendo um tumulto na frente do complexo. Tentam pular os muros. Estão sobrevoando de hovercóptero e largando gente aqui. Não quero que tenham raiva de mim. Eu não sabia! Juro que não sabia!

Ela recomeça a chorar.

– Ninguém tem raiva de você – garanto a ela. – Ninguém a está culpando por nada disso. Você só estava fazendo seu trabalho. Quantas pessoas, Crest? – Ela dá de ombros, o olhar vago. Eu a chacoalho de novo. – Quantas?

– Não sei! Mil. Duas mil. Demais para contar. Nem mesmo vi todas. Acabou que Raze escureceu as VersoTelas para não vermos nada do lado de fora. Quanto tempo acha que ele consegue contê-los?

Isso é ruim. Muito ruim. O diretor Raze já está com poucos soldados depois da explosão no bunker. Já mandou a polícia embora. Se um número suficiente de pessoas resolver invadir este lugar, não creio que ele possa combatê-las.

– Escute – digo a Crest. – Você precisa sair daqui. Consegue algum hover? – Ela está com os olhos vidrados, como que perdida em devaneios. – CREST! – Ela pisca e volta a atenção a mim. – Vá para o Setor de Transporte. Consiga um hover. Vá para o mais longe possível daqui. Está me ouvindo?

Ela assente vagamente.

– E você?

– Eu ficarei bem. Não se preocupe comigo. Sou forte. Lembra o que você me disse? Naquela noite, no quarto? Sou mais forte do que acredito ser.

Ela assente outra vez, insegura. Sinto que entro em pânico. Ela precisa sair daqui. *Tem* que sair. Não posso lidar com mais uma inocente que amo morrendo devido a minhas decisões. E Crest é tão inocente quanto possível.

– Você está péssima – diz ela vagamente, passando a ponta do dedo em meu cabelo sujo.

Uma insinuação de sorriso se abre em meu rosto.

– Eu sei.

– Precisa de um banho. E de um esfoliante. E de escovar o cabelo.

– Pode me fazer um favor? – pergunto.

– Sim.

– Pode ir a meu quarto e pegar minha escova, meu esfoliante e todas as outras coisas que acha que preciso? Depois pode entrar em um hover e levá-las para um lugar bem longe daqui?

– Onde? – Ela parece tão pequena. Tão traumatizada.

– Qualquer lugar. Um hotel. Uma ilha. Aonde você quiser ir. Depois que chegar lá, me mande um ping, está bem? Mande o endereço e encontrarei você. Vou fugir deste lugar e me encontrar com você. Entendeu?

Outro sim com a cabeça. Posso ver um leve foco voltando a seus olhos. Um propósito enche as faces encovadas. Dei-lhe uma tarefa e, mais importante, ela acredita que seja real.

Estendo a mão e puxo Crest para um abraço. Beijo seu rosto, no alto da tatuagem cíclica de uma mulher andando pelo que resta de um campo de batalha sangrento. Depois, dou um leve empurrão nela.

– Vá. Agora. Vejo você depois.

Ela se levanta e vai até a porta, socando-a para sair.

– Não conte nada a ninguém – digo.

– Não vou contar – sussurra ela quando a porta se abre.

Posso deduzir, pelo barulho e o tumulto fora desta sala, que os rebeldes já entraram pelos muros que antigamente eu achava tão impenetráveis.

Os muros construídos para me proteger.

Enquanto vejo Crest desaparecer atrás da porta, rezo para que ela consiga sair daqui a salvo. Rezo para que encontre outra vida que a faça feliz.

Rezo para que um dia ela me perdoe por mentir.

76

FIM

Quando a porta volta a se abrir, muitas horas depois, não é alguém que eu reconheça do outro lado. Uma turba de oito homens invade a sala, me arrasta, me coloca de pé e me carrega dali.

Não luto.

Sou transportada por um longo corredor que reconheço como aquele do prédio da publicidade. Eu tinha razão. Estava sendo mantida em uma das celas de teste. O escuro do lado de fora fica mais barulhento quanto mais nos aproximamos da saída. Assim que passamos pela porta e entramos no coração do Setor Administrativo, mal reconheço o complexo.

Foi totalmente tomado.

Tem gente por todo lado. Não são apenas milhares, como especulou Crest, mas pelo menos dezenas de milhares. Cada espaço disponível foi ocupado por manifestantes. Gente enfurecida, batendo, entoando. Quando me veem sendo erguida pelos braços dos homens que me carregam, só ficam mais barulhentas. Gritam e aplaudem minha captura.

Eu poderia me libertar em um instante, mas que sentido teria? Nunca chegaria a lugar nenhum. Seria perseguida e espremida até a morte pela turba.

Enquanto a multidão entoa, sou carregada para o Setor Residencial. Sou dominada pelo cheiro de suor e fogo.

Neste momento, uma voz alta e ribombante chocalha o ar e abala meus ossos.

– Ahá! A segunda foi apreendida! – As palavras são um tanto distorcidas pelo sistema de alto-falantes que conseguiram instalar, mas reconheço a voz medonha. Sua cadência vigorosa e áspera.

O pastor Peder.

Eu me contorço esforçando-me para saber de onde vem a voz, e é quando vejo o que foi feito do Campo Recreativo. Está tão apinhado de gente que nem consigo enxergar a superfície verde do gramado sintético. Do outro lado, ainda a uns cem metros, erigiram um palco improvisado. Peder está de pé ali, de braços estendidos para mim.

De minha posição desajeitada, esparramada acima do mar de cabeças, é difícil ter uma boa visão, mas atrás de Peder consigo divisar dois globos transparentes pairando uns dez metros no ar. São quase idênticos àqueles que usamos durante nossa primeira entrevista a Mosima Chan.

E, para meu pavor, olhando pelo SintetiVidro grosso da esfera da esquerda, está Kaelen.

É quando começo a lutar. Mas rapidamente descubro que não adianta. É muita gente. Muitas mãos. Eles me passam para a frente, uma progressão de dedos rudes e ávidos esmurrando minhas costas, a coluna e as pernas, até que chego ao palco.

Kaelen soca o vidro, grita algo, mas não consigo ouvir. Nenhum de nós consegue. O SintetiVidro é grosso demais. Mesmo que eu pudesse ouvi-lo, o som seria tragado pelos gritos estridentes da horda.

Enfim entendo o que estão dizendo.

– Extermine os Gens! Extermine os ExGens!

Eles nos querem mortos. Não preciso de um grito de guerra para deduzir isso.

O ovo da direita é baixado e sou jogada dentro dele. A superfície transparente se lacra a minha volta, trancando-me ali dentro. Pelo menos há silêncio. Pelo menos não preciso mais ouvi-los.

Abro as pernas para me equilibrar enquanto sou suspensa no ar.

Dali, posso ver quase todo o complexo. Os domos cintilantes do Setor Aeroespacial. Os hangares impressionantes do Setor de Transporte. As flores vibrantes que ladeiam as calçadas. Até o álamo nodoso e retorcido. Onde a vida de Sariana terminou e a minha começou.

A visão me tira o fôlego. Tantas faces coléricas que nem consigo começar a contá-las. Devem ter vindo de todos os cantos da terra.

Zen estará em algum lugar lá fora?

Uma lufada de ar fresco misturado nesta loucura? Um único pontinho de luz na escuridão?

Alguns prédios do complexo foram parcialmente destruídos. Alguns agora são assaltados. A Residência Presidencial atrás de nós está em chamas. O fogo começa a estourar as janelas de VersoTela e lambe as laterais da casa. Só consigo pensar em minha esperança de que Crest tenha saído a tempo.

Torço para que ela não esteja ali ainda, procurando por escovas de cabelo e nanogrampos.

Em pânico, eu me viro para o Setor Médico, distante. É, de longe, o setor mais impenetrável do complexo. Os prédios são reforçados com SintetiAço. Os laboratórios têm seguranças. Mas e se eles conseguirem entrar? E se descobrirem o que fiz? Vão destruí-lo, com toda certeza.

Será que Zen viu o drive cúbico que deixei para ele?

Terá visto a memória que armazenei ali?

Ou sentirá raiva demais de mim por ter reprimido seu gene da transessão e o deixado para trás?

Preciso que ele acesse o conteúdo daquele drive. Preciso que proteja o que há dentro do laboratório.

Minha prisão esférica para quando chego a minha posição ao lado de Kaelen. Seu corpo se vira para mim, as mãos achatadas na superfície curva do globo.

Imito a posição, colocando as mãos no vidro. Como se pudesse estendê-las e tocar nele. Como se pudesse sentir sua pele na minha pela última vez.

Meus olhos se fixam nos dele, e, naquele momento, eu entendo. Eu sei. Nós dois sabemos.

Ele não me odeia. Nunca poderia odiar.

Assim como eu jamais conseguiria odiá-lo.

Talvez o dr. Alixter tivesse razão o tempo todo. Talvez realmente sejamos incapazes de nos ferir. Porque enquanto nossos olhares se cruzam e sinto o magnetismo quente e familiar me atraindo para ele, apesar deste vidro impenetrável, sei que tudo foi perdoado.

E logo tudo será esquecido.

Peder fala à multidão, incentivando ainda mais as pessoas. Ele aponta com veemência para nós, pairando indefesos no céu.

Parte de mim quer poder ouvir o que ele diz.

Outra parte fica agradecida por não conseguir.

Porque, no fim, isso não importa. Queria fazer as pessoas enxergarem a verdade. Queria ajudar a construir um novo mundo. Um mundo no qual corporações como a Diotech não podem sair ilesas ao enganar as pessoas. Ao fazer lavagem cerebral nas pessoas.

Vendo esse espantoso espetáculo, acho que consegui.

Mesmo que não tenha saído do jeito que imaginei.

Sabe-se que o SintetiVidro é hermeticamente fechado. Chegará o momento em que ficaremos sem oxigênio aqui dentro. Mas vai demorar um bom tempo.

No entanto, logo fica evidente que eles não estão dispostos a esperar.

Vejo o vapor verde e silencioso escapar da pequena lata presa no alto da esfera. Desliza, ameaçador, para mim. Como um dedo comprido e torto, estendido, chamando.

"Se fosse letal, seria verde."

Kaelen prende a respiração. Faço o mesmo. Mas parece que não importa. Assim que o vapor chegar a minha pele, gritarei de agonia. Ele queima. Asfixia. E, enquanto vejo o rosto de Kaelen, seus lábios abertos em um grito, logo noto que o gás também desfigura.

Enquanto o gás ferve minha carne e cria bolhas, quase tenho que rir. Considero a arma perturbadoramente adequada. Os dois espécimes mais belos da raça humana, nascidos em câmaras artificiais não muito diferentes destas, sofrendo uma morte atroz e deformante.

Enquanto grito, me contorcendo e tentando em vão espanar o vapor de minha pele, consigo enxergar, através da nuvem verde e venenosa que me envolve, um hovercóptero distante, alto no céu. Seguido por um segundo, um terceiro e um quarto.

Trazem mais rebeldes?

Ou trazem ajuda?

Eu me viro para Kaelen para saber se ele os viu, mas ele não olha para cima. Olha para mim. Ele se esforça para ver através da névoa verde e densa. Nossos olhos se encontram de novo. Coloco a mão empolada e putrefata no vidro. Agonizante e lentamente, começo a tocar os acordes de nossa língua secreta.

Polegar = A.

Polegar, indicador, dedo médio, quarto dedo = D.

Indicador = E.

Meus músculos desistem antes que eu consiga terminar, e minhas mãos caem a meu lado. Enquanto as pernas arriam e bato no fundo do vidro da cela de prisão no céu, só posso torcer para ele ter conseguido inferir o resto da mensagem.

Agora que estou caída, o vapor trabalha melhor para acabar comigo rapidamente. Sou grata por isso. Meu corpo deteriorado entra em convulsão. Os ossos murcham dentro da minha pele. Meus olhos ficam pesados. A última coisa que vejo antes de eles se fecharem para sempre é Kaelen. Ele ainda está de pé. Ainda se mantém firme. Ainda resiste à dor. Mas nós dois sabemos que chegará a hora em que ela o levará também.

Sua determinação me faz sorrir.

Ele sempre foi o mais forte.

77

MAIS TARDE

TRÊS HORAS DEPOIS...

O capitão grita várias ordens ao mesmo tempo enquanto seu hovercóptero toca a terra destroçada. Os Neutralizadores que espargiram sobre o complexo dispersaram a maioria dos rebeldes, mas ainda existem alguns retardatários vagando sem rumo e em círculos, feito zumbis perdidos nas próprias sombras.

Ao desembarcar, ele vê a destruição que se estende diante dele. Uma mansão destruída por um incêndio. Edifícios rasgados, como feridas largas e sangrentas. E dois globos gigantescos, suspensos no ar feito bolhas de sabão, cada um deles encapsulando um corpo inconsciente e uma nuvem monstruosa de gás verde.

– Desçam aquelas porcarias para cá e tirem aquelas pessoas!

Seus subordinados correm para as câmaras de flutuação procurando pelos controles que os mantêm no ar. Quando finalmente conseguem baixá-los ao chão, o capitão nota as bolhas na pele dos prisioneiros.

– Parem! – grita ele. – Não abram ainda. Alguém me arrume um traje.

A área é evacuada e o capitão, protegido por uma camada de borracha sintética, abre a primeira câmara. Mal reconhece a menina. Seu rosto foi quase totalmente deformado pelo gás. A carne está corroída e o cabelo ficou chamuscado em alguns lugares, deixando trechos rugosos e manchados de couro cabeludo. É só quando levanta sua pálpebra inchada e vê o tom púrpura luminoso que o encara que ele começa a juntar as peças do que aconteceu aqui.

Ele pega um Slate no bolso e procura por um sinal. Dois jogos de nanossensores aparecem em sua tela. Contam a triste conclusão de uma história que começou e terminou dentro destes muros. Um fim a qual ele chegou tarde demais para evitar.

– Mortos – anuncia ele a seu implante auricular. – Os dois.

Ele transmite as ordens para que os corpos sejam apanhados e colocados em um hospital próximo, do exército, onde o Estado poderá decidir o que fazer com eles.

Enquanto coloca a menina no chão e se afasta, ele sente um endurecimento no coração que não consegue evitar. E provavelmente não vai amolecer tão cedo.

– Malditos canalhas – diz, a meia voz.

Em seguida, por seu implante, alguém grita tanto que o faz se encolher e colocar o dedo no ouvido.

– Capitão, acho melhor vir aqui!

As coordenadas são transmitidas e o capitão age rapidamente, retirando o traje enquanto deixa a área marcada no mapa de seu Slate como SETOR RESIDENCIAL e entra em outra marcada como SETOR MÉDICO.

Ele segue o sinal do subordinado, que o leva a um laboratório imenso e escuro, iluminado apenas pela esfera laranja e cheia de fluido no meio. Apesar da alta patente e de ter visto praticamente de tudo no mundo, não consegue conter o arquejo que escapa de seus lábios.

– Mas que diabos – pragueja, em voz baixa.

– Conseguimos invadir o sistema de segurança e desativar a rede de força – o sargento informa ao chefe. – Foi aí que pudemos entrar na fortaleza.

O capitão se limita a assentir, incapaz de tirar os olhos da visão extraordinária diante dele. Através do fluido laranja gelatinoso, ele distingue uma mão, um braço, uma face.

– Sabe há quanto tempo isso está aí dentro?

O sargento aponta uma tela afixada na lateral do gigantesco aparelho. Está em contagem regressiva ativa.

35 dias, 8 horas, 7 minutos, 9 segundos restantes

– Ah – acrescenta o sargento –, encontramos isto. – Ele puxa a gola da camisa de um jovem alto e magro, encolhido atrás da máquina incandescente, e o arrasta para a linha de visão do capitão. – Claramente ele foi afetado pelos Neutralizadores, porque nada do que ele diz faz sentido. Mas não quer sair da sala. Tentamos escoltá-lo para fora e colocá-lo com os outros, mas ele ficou fora de si. Começou a gritar, espernear e se debater. Meteu um murro em cheio na cara do soldado Lanster.

O capitão esconde um sorriso malicioso enquanto fita Lanster, parado, de cara feia, atrás de um nariz rosado e inchado.

– Podemos transportar essa coisa? – O capitão se pergunta em voz alta. – Quer dizer, sem perturbá-la?

O sargento assente.

– Acho que sim. Chamei um técnico da base. Ele está a caminho para verificar. Ainda está funcionando, mesmo depois de cortarmos a energia. Acho que tem gerador próprio. O que significa que talvez a gente consiga simplesmente colocar em um hover e tirá-lo daqui.

Neste momento, um grito primal e animalesco ressoa pelo laboratório, assustando o capitão. O jovem que se escondia atrás da esfera arremete para ele, as mãos estendidas.

– NÃO! Não a leve de mim! Não vou deixar que a levem!

Precisam de três soldados para contê-lo.

O capitão ri.

– Grande coisa, os Neutralizadores. É melhor deixar que ele venha junto. Pode ser nossa única esperança de entender que diabos é isso.

TRINTA E CINCO DIAS DEPOIS...

O jovem que dorme no saguão do hospital do exército acorda de repente quando as portas da unidade de tratamento intensivo se abrem e dois sapatos pretos e brilhantes estalam no piso de ladrilho sintético.

Ele olha com avidez e ansiedade nos olhos do médico, que para diante dele.

– Ela está desperta – diz o médico.

O jovem se levanta de um salto, sentindo oscilar a terra sob seus pés, enquanto se esforça para andar em linha reta atrás do jaleco branco enfunado. Este é o momento pelo qual esperou desde que acordou e descobriu o drive cúbico metido em sua mão. Desde que conectou o drive ao Slate de seu melhor amigo e viu o arquivo de memória baixado que ela armazenou ali. Desde que percebeu o que ela havia feito.

Ela criara uma vida no mesmo laboratório que antes a criou.

Ou melhor, ela *devolveu* uma vida.

A sua dona por direito.

As palavras dela ecoam persistentes em seu cérebro.

"Apaixone-se por mim em um mundo diferente."

Ele as ouviu na memória, mas achou de uma familiaridade sinistra. Como se ela as tivesse sussurrado em seu ouvido também. Em algum lugar entre o sono, os sonhos e a realidade fria e dura da luz do dia.

Ele não pode desfazer o que ela fez. Sabe disso. Algumas coisas simplesmente não podem ser revertidas.

Só o que ele pode fazer é viver com a decisão que ela tomou.

Viver com ela, tentar entendê-la... e esperar.

Mas, agora, a espera acabou.

O médico dá uma guinada para a esquerda, depois para a direita, até que eles chegam a uma parte do hospital protegida por uma porta de SintetiAço e dois homens fardados, segurando o tipo de arma que o jovem só tinha visto em programas no Feed. Ele nem quer saber do que essas armas são capazes na vida real.

Eles passam por outro corredor, e o médico para na frente de um quarto. O jovem ouve o próprio coração martelando em seus ouvidos. Espera que a porta se abra, mas, em vez disso, o médico se vira para ele, com a apreensão gravada no rosto velho e enrugado.

– Devo alertá-lo, Zen – diz ele com a voz grave, provocando arrepios pela coluna do jovem. – Ela não se lembra de nada. Não disse nada. Mal conhece as letras do alfabeto. De muitas maneiras, ela é como um bebê recém-nascido.

Ele assente, compreendendo.

– Mas ela vai aprender. Levará tempo. A funcionalidade de seu cérebro é normal. Seus sinais vitais são normais. Tirando os impedimentos da fala e mentais, ela é uma menina normal de oito anos.

Ele se vira e passa a digital no painel da parede. O jovem prende o ar nos pulmões enquanto a porta desliza e se abre.

A menina deitada na cama parece menor do que ele imaginava. Mas ele passou os últimos 35 dias construindo-a mentalmente. Se Sera tinha alguma esperança de fazer par à vasta gama de fantasias que ele elaborou enquanto devaneava com este momento, ela teria três metros e meio de altura.

Mas é sua beleza que mais o surpreende.

Ele sinceramente não sabia o que esperar.

A pele tem o mesmo tom de mel, mas com salpicos de sardas claras. O cabelo é do mesmo castanho dourado. Só não cintila. Uma marca de nascença clara, no formato de uma folha de bordo, fica pouco abaixo do queixo.

Mas ele sabe, no instante em que a olha. Sem sombra de dúvida, ele sabe.

É o rosto da menina que ele ama.

Porque ele entende o que há por trás disto. Sempre entendeu.

– Sariana. – Ele experimenta o nome de um arquivo de memória, dizendo em voz alta pela primeira vez. O *S* é familiar, um som íntimo de sua língua. O resto terá que vir com o tempo.

Ela abre os olhos ao ouvir a voz dele. Pisca. Duas gemas brilhantes, cor de nogueira – de um castanho tão intenso que é quase púrpura – encaram-no, tirando o fôlego dele. Ela o olha de cima a baixo com um fascínio sutil, como se o memorizasse pela primeiríssima vez.

– Acha que ela reconhece você? – pergunta o médico da porta, notando o olhar estranho e quase volúvel da menina.

Sim... sempre sim.

– Não – responde o jovem em voz baixa. – Ela nunca me conheceu.

Mas, enquanto ele se volta para a menina e permite que os olhos dos dois se encontrem novamente, um leve sorriso torto abre caminho para os lábios dele.

Ela não o conhece. Não se lembra dele.

Mas se lembrará.

AGRADECIMENTOS

As ideias vêm de uma única centelha de inspiração. Mas as ideias não equivalem a livros acabados. Elas não colocam histórias nas mãos dos leitores. Não editam, comercializam, seguram, apoiam, amam, encorajam, criticam ou fazem você rir quando tudo parece perdido. É preciso ter pessoas para isso. Pessoas brilhantes, divertidas, solidárias, *extraordinárias*.

Agradeço à equipe ímpar de *super-humanos* do Macmillan Children's Publishing Group: Simon Boughton, Joy Peskin, Allison Verost, Caitlin Sweeny, Kathryn Little, Angus Killick, Molly Brouillette, Lauren Burniac, Jon Yaged, Lucy Del Priore, Katie Halata, Jean Feiwel, Liz Fithian, Courtney Griffin, Holly Hunnicutt, Kate Lied, Ksenia Winnicki, Mark Von Bargen e Nicole Banholzer. Um obrigada superfervilhante e alvoroçado a Janine O'Malley e Angie Chen por me pressionarem a fazer destes livros o melhor que eles poderiam ser e por sempre dizerem "sim!" quando pedi mais tempo. A Stephanie McKinley por ser uma fã, amiga e leitora beta! Elizabeth Clark por projetar as três melhores capas do mundo. E Chandra Wohleber por editar o texto desta fera e por chamar o final de "perfeito" quando eu mais precisava ouvir isso.

Mary Van Akin, você merece sua própria linha. Seu próprio parágrafo. Seu próprio livro. Você faz com que seja fácil ser admirável. Mas você dificulta muito encontrar as palavras para expressar minha gratidão. Obrigada por ser minha defensora, amiga, companheira de viagem, confidente, mestre de estratégia e, ah, sim, assessora de imprensa.

Agradeço a meus agentes incríveis, Bill Contardi e Jim McCarthy, pelo entusiasmo, sabedoria, estímulo e paciência infinitos (é preciso ter um espírito ousado e corajoso para adotar uma profissão que trabalha com escritores). Agradeço a Marianne Merola e Lauren Abramo, as rainhas dos direitos estrangeiros! Também agradeço a minha incrível agente para o cinema, Dana Spector, e ao advogado superastuto do setor de entretenimento, Mark Stankevich.

Obrigada a Soumya Sundaresh, Deepak Nayar, Tabrez Noorani e às pessoas incríveis da Kintop Pictures and Reliance Entertainment por levar a história de Sera à cintilante Hollywood. E, em especial, a Soumya por segurar minha mão durante esse processo incrível e empolgante, mas assustador.

Do outro lado do oceano, agradeço a Claire Creek e a todos da Macmillan Children's UK por seu apoio fantástico e capas de arrasar!

Não importa o que nós, escritores, façamos para aperfeiçoar nossos personagens, os livreiros, bibliotecários e professores são os verdadeiros heróis de qualquer história para jovens adultos. Agradeço a cada pessoa que colocou meu livro na mão de um leitor e disse as palavras mágicas "Acho que vai gostar deste". Agradeço particularmente a Cathy Berner, da Blue Willow, Caitlin Ayer, da Books Inc., Jade Corn e Cori Ashley, da Phoenix Book Company, Carolyn Hutton e Kathleen Caldwell, da A Great Good Place for Books, Crystal Perkins, Maryelizabeth Hart, Courtney Saldana, Amy Oelkers, Julie Poling, Heather Hebert, Damon Larson, Mike Bull, Sandy Novak, Dennis Jolley, Sherri Ginsberg e Allison Tran.

Graças ao mero talento, à habilidade e à grandeza de Nikki Hart, da Multi-Designs, Mel Jolly, da Author RX, e Dan Martino e Janey Lee, da Haney Designs, posso continuar mentalmente sã, organizada, e parecer relativamente a par dos acontecimentos.

Também sou grata a minha "tribo" – as pessoas que realmente "entendem". Minhas irmãs Leitoras Destemidas: Emmy Laybourne, Anna Banks, Leigh Bardugo, Gennifer Albin, Ann Aguirre, Nikki Kelly, Lish McBride, Elizabeth Fama e Marissa Meyer. Minhas guerreiras Garotas da Sci-Fi: Tamara Ireland Stone, Jessica Khoury, Lauren Miller, Melissa Landers, Sophie Jordan, Victoria Scott, Alexandra Monir, Gretchen McNeil, Beth Revis, Megan Shepherd, Meagan Spooner, Debra Driza, Amy Tintera e Anna Carey. Minhas estrelas de Histórias de Viagens: Robin Benway, Kevin Emerson, Megan Miranda e Claudia Gray. Minhas Almas Gêmeas do Pileque: Marie Lu, Morgan Matson, Brodi Ashton, Jenn Johansson e Jennifer Bosworth. Meus queridos amigos Brad Gottfred, Robin Reul, Carol Tanzman, Lauren Kate, Alyson Noël, Carolina Munhoz, Raphael Draccon, Nadine Nettman Semerau, Mary E. Pearson e Joanne Rendell. E um obrigada muito especial a Michelle Levy, responsável por grande parte da coisa mais bacana que já aconteceu comigo!

Obrigada a minha linda e compreensiva família: Laura e Michael Brody (uma garota não pode pedir pais melhores. Bem, ela pode, mas nunca os encontraria!); Terra Brody (integrante cofundadora do Team Zen); Cathy e Steve Brody, que sempre ficam verdadeiramente animados com o que faço (Você escreveu um livro? Oba! Você foi à lavanderia? Oba!); e meus bebês peludos: Honey Pants, BooBooShush, Gracie-Kins e Baby Baby. Não importa por quanto tempo eu desapareça, vocês sempre ficam felizes em me ver. E, é claro, Charlie, minha rocha e meu Zen. Obrigada por sempre manter os pés no chão para que eu possa voar.

Com o risco de parecer completamente louca (tarde demais!), quero agradecer a Seraphina e Zen. Vocês são tão reais para mim quanto qualquer outro nestas páginas. Sentirei falta de vocês.

E agora vem a parte difícil. Como agradecer direito a *você?* A pessoa responsável por tudo isso. Se agora você tem este livro nas mãos, significa que chegou ao fim. Fez toda a jornada comigo. Você poderia ter feito muitas outras coisas com seu tempo (jogar Candy Crush, ver *The Mind Project*, comer um bagel), mas, ainda assim, escolheu passá-lo com Sera e Zen. Apesar de eu ganhar a vida organizando palavras em frases, não sei se conseguirei transmitir adequadamente quanto fico agradecida por você estar aqui. Por você ter me acompanhado nesta viagem. Talvez você simplesmente tenha que confiar em mim. Talvez simplesmente tenha que acreditar.

Impressão e Acabamento:
Gráfica e Editora Cruzado